RANKA KESER

Das Herz ist ein gutes Versteck

Roman

DIANA

Der Verlag weist ausdrücklich darauf hin, dass im Text enthaltene externe Links vom Verlag nur bis zum Zeitpunkt der Buchveröffentlichung eingesehen werden konnten. Auf spätere Veränderungen hat der Verlag keinerlei Einfluss. Eine Haftung des Verlags ist daher ausgeschlossen.

MIX
Papier aus verantwortungsvollen Quellen
FSC® C014496

Verlagsgruppe Random House FSC® N001967

Originalausgabe 03/2017

Neumarkter Straße 28, 81673 München
Redaktion: Uta Rupprecht
Umschlaggestaltung: FAVORITBUERO, München
Umschlagmotive: © Lozas, Lana Smirnova, Nancy White, Tatishdesign/Shutterstock
Satz: Leingärtner, Nabburg
Druck und Bindung: GGP Media GmbH, Pößneck
Printed in Germany

ISBN 978-3-453-35911-6

www.diana-verlag.de
Besuchen Sie uns auch auf www.herzenszeilen.de
Dieses Buch ist auch als E-Book lieferbar

VOR DREISSIG JAHREN UND ZWEI MONATEN

Der Tag, an dem meine erste Liebe mit mir Schluss machte, war Freitag, der 13. Juli. Trotzdem bin ich nicht abergläubisch geworden. Ich war sechzehn Jahre alt, Patrick ein Jahr älter. Es geschah in der zehnten Klasse Realschule, zwei Wochen vor den Sommerferien.

Patrick wartete nach der Schule auf mich, wie so oft. Normalerweise sagt man doch: »Ich spürte, dass irgendetwas anders war.« Also ich spürte gar nichts. Meine Intuition war damals schon eher mittelprächtig. Ich brauche noch heute möglichst viele Fakten, um meine Entscheidung zu treffen, und natürlich meine Pro-und-contra-Liste. Die hat mich bis jetzt immer weitergebracht.

Patrick sah aus wie immer. Er saß auf der Mauer des angrenzenden Sportplatzes und sah mich an, als ich näher kam. In seinem Blick lag etwas Schuldbewusstes. Oder interpretiere ich das aus heutiger Sicht so? Damals dachte ich: Hatte er Ärger mit einem Lehrer, so kurz vor den Ferien?

»Ich muss mit dir reden, Rieke«, sagte Patrick, sobald ich vor ihm stand. Er kniff die Augen zusammen, weil ihn die Sonne blendete.

»Klar. Gehen wir zu dir? Emma hat heute Besuch.«

Meine Schwester und ihre beiden besten Freundinnen lachten ständig, und das so penetrant, dass die Fenster davon vibrierten. Zu diesen Tussis, die sich kichernd die Hand vor den Mund hielten und blind jedem idiotischen Modetrend folgten, wollte ich nie gehören. In der Schule nannten sie mich »Punk«, weil ich meinen eigenen Stil hatte. Dabei trug ich einfach das, was mir gefiel. Nicht nur einmal hatten sie über meine Stilbrüche gespottet und sie mir dann später nachgemacht. Spätestens seit ich in der achten Klasse gefragt worden war, was ich mir zu Weihnachten wünschte, und antwortete: »Eine Nähmaschine«, galt ich als anders. Meine falschen Perlenketten zu einer Pilotenjacke und braunen Stiefeln trug ich allerdings eher deshalb, weil ich Coco Chanel liebte und zugleich Vivienne Westwood und ihren Stil so cool fand. Die anderen hatten Poster von Boygroups an der Wand ihres Zimmers, ich Fotos von Coco und Vivienne Westwood. Sie waren meine Rockstars und sind es heute noch. Coco, die an ihrer Armut nicht zerbrach, sondern vielleicht gerade deshalb so stark wurde, und die abgedrehte Vivienne, die die Klamotten der Punkband Sex Pistols entwarf.

Patrick sah mich verschämt an. »Nee, also«, druckste er herum, »ich muss dir nämlich etwas sagen, Rieke.«

»Was denn?« Ich betrachtete seinen wunderschönen Mund. Er hatte den schönsten Mund und das schönste Lächeln, das man sich vorstellen konnte.

»Ich hab vorgestern Isabella in der Bibliothek getroffen …«

Ich verdrehte die Augen. »Mensch, Patrick! Keine Ahnung, was sie zu dir gesagt hat, aber man kann eben nicht von jedem gemocht werden.« Ich wusste nicht, was vorgefallen war, aber Isabella hatte für die wenigsten Menschen ein nettes Wort übrig. Sie war hübsch – um präzise zu sein: schön –, ihre Eltern waren reich, und sie besaß seit Kurzem eine Vespa, was sie auf der Bewunderungsskala noch weiter nach oben katapultierte.

Patrick senkte den Kopf. »Wir haben uns ganz lange unterhalten.«

»Ach?«, rief ich überrascht. »Man kann sich mit der unterhalten? Die muss ja einen verdammt guten Tag erwischt haben. Vielleicht war sie betrunken.«

Meinen Scherz belohnte Patrick mit einem schwachen Lächeln. Er blickte auf seine Cowboystiefel und sagte leise: »Wir ... Also die Isabella und ich ... Wir haben uns verknallt.«

Man mag mich für hoffnungslos bekloppt halten, aber ich kämpfte gegen die Demütigung an, so gut ich konnte. »Wie verknallt? Du bist doch schon verknallt. In mich.«

Er sagte nichts, sondern wandte den Blick ab. In diesem Moment begriff ich: Dass so ein Mädchen wie Isabella ihn ausgesucht hatte, hob Patricks Image gewaltig. Sie war das Traummädchen schlechthin, für alle Jungs an der Schule. Und nun schnippte sie mit dem Finger – und Patrick kam hechelnd zu ihr gelaufen.

Ich liebte Patrick, wie man seine erste große Liebe nur lieben konnte. Benommen stand ich da und starrte ihn einfach nur an. Patrick redete nun mit mir, als wäre ich seine kleine Schwester: »Die Isabella und ich haben uns verknallt, Rieke. Es ist einfach passiert. Da kann niemand was dafür. Es tut uns beiden furchtbar leid. Wir möchten jetzt zusammen sein.«

Manche Gefühle kann man nicht beschreiben. Am

ehesten trifft es noch der Satz: *Ich fühlte mich, als hätte mir jemand das Herz herausgerissen,* denn ich spürte mein Herz gar nicht mehr. Ich stand einfach nur da und starrte auf Patricks wunderschönen Mund, den ich nie wieder küssen würde.

Patrick murmelte noch eine Entschuldigung, bevor er aufstand und wegging. Völlig aufgelöst setzte ich mich auf die Mauer und starrte auf den Pflasterstein vor mir. Erst als jemand »Rieke?« sagte, merkte ich, dass mir die Tränen übers Gesicht liefen. Da stand Werner, ein Junge aus unserer Klasse, und hielt mir ein Papiertaschentuch hin. Werner war ganz nett, aber ein ziemlicher Langweiler. Ich nahm das Taschentuch und sagte: »Danke.«

»Was Schlimmes?«, fragte Werner.

»Nö. Passt schon.«

»Na, dann mach's mal gut.«

»Mh-hm.«

Ich weiß nicht mehr, wie lange ich noch dort saß und weinte, aber als ich nach Hause kam, schimpfte meine Mutter, weil es so spät geworden war.

Ein paar Wochen später hörte ich, dass Isabella Patrick wegen eines Zwanzigjährigen abgeschossen hatte. Ja, ich spürte eine gewisse Genugtuung. Aber es dauerte noch lange, bis sich mein Selbstwertgefühl wieder stabilisiert hatte – und dann kam Gregor, der es wieder zerschlug. Gregor, und alles, was mit ihm verbunden war.

Als Gregor zur Tür draußen war, schwor ich mir, dass mir so etwas nie wieder passieren würde. Die Liebe war für mich gestorben. Sie war die beschissenste Erfindung, seit es Schmerzen gab.

I

Es war ein Traum und würde einer bleiben: das Ladengeschäft des Neubaus gegenüber, das sich noch im Rohbauzustand befand. Vier große Schaufenster sollte es bekommen, Stützsäulen im griechischen Stil, Ahornparkett ... Das alles war der Wandtafel zu entnehmen, die vor der Baustelle thronte.

Seit einem halben Jahr war da diese Baustelle, und alle in der Nachbarschaft jammerten über den Lärm. Mich störte er nicht, und noch weniger hätte er mich gestört, wenn ich dieses wunderschöne Ladengeschäft hätte haben können. Ich hatte den Eigentümer angerufen, um zu fragen, ob der Laden im Erdgeschoss noch zu vermieten sei. Ja, sagte er und nannte mir den Mietpreis. Niedergeschmettert hatte ich das Gespräch beendet. Ein Viertel mehr Monatsmiete, als ich jetzt bezahlte! Das hasste ich an meiner Stadt, die Mietpreise. Als ob in München nur Adlige und Großverdiener lebten.

Ich wandte mich ab, um mich nicht weiter zu quälen, und machte mich daran, auf dem Kleiderständer die Blusen zu sortieren, die unachtsame Kundinnen einfach irgendwo hineingehängt hatten, ohne auf die Größenschilder zu achten. Pierre hielt einen Teebecher in der Hand und sah zum Fenster hinaus. »Sieh dir das an!«, rief er auf einmal. Wahrscheinlich hatte er wieder einmal ein *Fashion Victim* entdeckt, wie er das nannte. Mein Secondhand-Laden befand sich an einer belebten Straße, nahe einer Bus- und Trambahn-Station, und es passierte oft, dass Pierre entrüstet feststellte, wie unmöglich jemand herumlief.

»Was denn?«, meinte ich teilnahmslos. »Leggings zu bauchfreiem T-Shirt?« Es war ein warmer Septembertag, und draußen schien die Sonne. Manchmal trugen Passantinnen aufgeknöpfte Blusen, unter denen der BH hervorspitzte. Pierre hielt es mit Miuccia Prada und war der Meinung, je sexier sich Frauen kleideten, desto weniger Sex würden sie haben. Ich fand das allemal ästhetischer als Bommelmützen oder Crocs oder noch schlimmer: Haremshosen. Aber das war nur meine persönliche Meinung, denn grundsätzlich fand ich, alles war erlaubt, wenn man sich damit wohlfühlte. Und gerade bescheuerte Sachen konnten Individualität zeigen, weil sie Mut erforderten. Einmal hatte eine Kundin mit Crocs meinen Laden betreten, zu denen sie eine Marlenehose und eine weiße Volantbluse trug. Sie besaß eine solche Grazie, dass diese ungewöhnliche Kombination bei ihr zum Niederknien aussah. Diese Frau unterwarf sich keinem Modediktat, so viel war klar.

»Die Wittner schleift einen Müllsack hinter sich her.« Pierre hörte sich leicht fassungslos an.

»Wie bitte?«

»Ich glaub, die will zu uns.«

Ich ließ von den Blusen ab und stellte mich neben Pierre. Tatsächlich, Frau Wittner zerrte mit wütendem Gesicht an dem besagten Müllsack. »Dass die so was wie einen Müllsack überhaupt besitzt!«

»Was hat sie denn da drin, um Himmels willen?«

»Klamotten, nehme ich an. Sie kommt über die Straße, also will sie wirklich zu uns.« Das verblüffte mich umso mehr, als Petra Wittner eine Frau mit Stil war. Mittlerweile hatte sie die fünfzig wohl schon seit geraumer Zeit überschritten; mir war aufgefallen, dass sie nur noch alle zwei Jahre Geburtstag feierte. Sie war eine meiner ersten Kundinnen gewesen, als ich *Glamour Secondhand* vor zwanzig Jahren eröffnet hatte. Viele meiner Kundinnen kannte ich beim Namen, da sie oft auch Kleidung und Accessoires bei mir verkauften und ich ihre Daten speicherte. Von der einen oder anderen kannte ich sogar die näheren Lebensumstände samt pikanten Details. Dabei war ich gar nicht der Typ Therapeutin, sondern blieb immer sachlich. Pierre meinte, es ginge den Kundinnen ohnehin nicht um gute Ratschläge, sondern nur ums Erzählen. Mich störte das nicht, die meisten mochte ich und unterhielt mich gerne mit ihnen. Aber manchmal war ich doch überrascht, welche Prioritäten diese Frauen in ihrem Leben setzten. Nicht wenige von ihnen träumten noch immer von der großen Liebe und litten darunter, keinen Partner zu haben. Ich hingegen war mit meinem Single-Dasein mehr als zufrieden, geradezu glücklich. Wer brauchte diesen verdammten Liebesschmerz? Ich jedenfalls nicht. Hier und da eine nette Episode war ideal, um ein wenig Pep ins Leben zu bringen und gleichzeitig dem ganzen Leiden zu entgehen. Vollkommen enthaltsam leben mochte ich auch nicht. Ich hielt es mit Vivienne Westwood und war wie sie nie daran interessiert, Nonne zu werden.

Petra Wittner machte mit einer Hand die Tür auf, dann schmetterte sie den Müllsack mit Schwung in die Mitte des Ladens.

»Hallo, Petra«, begrüßte Pierre unsere treue Kundin. Pierre duzte die Kundinnen gerne. Natürlich fragte er sie erst, ob ihnen das recht sei, aber bislang hatte keine abgelehnt. Ich behielt es lieber bei, sie zu siezen.

Frau Wittner übersprang die Begrüßung und kam gleich zur Sache. »Ich verscherble alles, was mir dieser Mistkerl je gekauft hat!«

»Oh«, kam es bedauernd von Pierre. Er stellte seinen Teebecher auf meinem Schreibtisch ab. »Hat es mit Paulchen nicht geklappt?« Seit ein paar Monaten traf sie sich mit einem gewissen Paul, den sie in ihrer Verliebtheit bisher Paulchen genannt hatte. Wie es aussah, hatte es sich ausgepault.

»Ich will ihn nie wiedersehen!« Frau Wittner warf ihr langes dunkelblondes Haar zurück, ihre blauen Augen funkelten wütend, und sie schnaufte von der Anstrengung. Sie war plastische Chirurgin und eine attraktive Frau, vor zwanzig Jahren war sie eine Schönheit gewesen. Vor ein paar Jahren hatte sie sich von einem ihrer Kollegen ein Lifting verpassen lassen. Es war professionell gemacht, und auch ihre Figur war die einer Dreißigjährigen. In der Liebe allerdings habe sie immer nur Pech, meinte sie.

Ich sah das anders. Das Muster war nämlich stets das gleiche: Verliebtheit, Streit, Versöhnung, Streit, Trennung. Sie wollte vergöttert werden und der Mittelpunkt im Leben des Mannes sein. Leider suchte sie sich Männer aus, die beruflich sehr eingespannt waren, und hin und wieder gab es auch einen, der geschieden war und Kinder hatte. Kinder waren Petra Wittners größte Konkurrenten.

Sie trug die Marc-Cain-Strickjacke, die sie letzte Woche bei mir gekauft hatte. »Heute Morgen hat er mir gesagt, ich sei hysterisch. Kann man sich das vorstellen?«

Das konnte ich mir sogar sehr gut vorstellen. Sie regte sich immerzu über etwas auf, ob nun über die Baustelle in unserer Straße (die mit dem wunderbaren Ladengeschäft) oder das viele Schwarz in den letzten Kollektionen sämtlicher Designer.

»Er hat nur seine blöde Arbeit im Kopf und kaum Zeit für mich.«

»Hm …«, machte ich.

Frau Wittner öffnete den Müllsack und fing an, die einzelnen Stücke herauszuziehen und über meinen Schreibtisch zu verteilen.

»Eine Ray-Ban?«, rief Pierre aufgeregt. »Unisex! O Gott, sieht die cool aus!«

Ich entdeckte ein anderes Objekt der Begierde. »Der Gucci Bamboo Shopper Mini!« Ich nahm ihn in die Hand. Wenn man bedachte, dass der Entwurf aus reinem Materialmangel entstanden war. »Was wollen Sie dafür haben, Frau Wittner?«

»Ach, keine Ahnung«, erwiderte sie gelangweilt.

»Sagen Sie schon«, drängte ich.

Sie zuckte die Schultern. »Die hat tausend Euro gekostet, hab sie nur zweimal getragen. Ach, geben Sie mir, was Sie wollen.«

Mir wurde schwindlig. Ich wusste, dass sie genug Geld hatte und nur deshalb in meinen Secondhand-Laden kam, weil sie um die Ecke wohnte. Wenn ich ihr zweihundertfünfzig Euro für die Tasche gab und sie als neuwertig für vierhundertneunzig verkaufte, wäre das ein gutes Geschäft. Ich beobachtete, wie sie ein Kleid herausfischte. Es war von Valentino, in diesem wunderschönen besonderen Rot, das ich bei diesem Designer so mochte. Danach kamen eine Prada-Tasche, ein Armani-Kostüm und ein Burberry-Schal. Für den hatte ich zwar noch nie geschwärmt, aber ich hatte gelernt, mich auf die Wünsche meiner Kundinnen einzustellen, und ein Burberry-Schal ging immer sofort weg.

»Na gut, Frau Wittner, lassen Sie uns das alles durchgehen ...« Ich hatte mich inzwischen entschlossen, die Gucci-Tasche nicht zum Verkauf anzubieten, sondern sie selbst zu behalten.

Frau Wittners Handy klingelte. Sie warf einen Blick aufs Display und seufzte, dann meldete sie sich genervt mit: »Was willst du?« Nach einer kurzen Pause folgte mehrmals »Interessiert mich nicht« und »Ich denke nicht daran«.

Pierre und ich begutachteten derweil die Ware. Ich sah ihn von der Seite an, dann flüsterte er: »Die Ray-Ban nehme ich. Kann ich sie zu dem Preis haben, den du ihr zahlst? Komm schon, das passiert ja nicht so oft.«

»Na gut.« Ich lächelte ihn an. Pierre La Ferrer hieß eigentlich Peter Laferer. Er war seit fünfzehn Jahren mein Angestellter, daher war er natürlich nicht umhingekommen, mir seinen wahren Namen preiszugeben. Er musste einen arabischen oder südeuropäischen Einschlag haben, dafür sprachen die schwarzen Haare, die dunklen Augen und die dunklere Haut. Das war aber nur meine Vermutung, denn über seine Familie erzählte er jedem, der ihn fragte, eine andere Geschichte. Das schien ihm Spaß zu machen, und es war ihm egal, ob man ihm glaubte oder nicht. An seinem ersten Arbeitstag hatte er mir erzählt, sein Vater sei ein chilenischer Widerstandskämpfer gewesen und vom Militär erschossen worden. Ich empfand Mitgefühl für ihn und hatte sogar gesagt: »Es muss eine ewige Narbe auf Ihrer Seele sein«, was sonst gar nicht meine Art war. Nach ein paar Tagen hatte eine Kundin ihn gefragt, ob er Türke sei, und Pierre hatte geantwortet: »Zur Hälfte. Mein Vater ist Japaner.«

Die Kundin hatte den Kopf geneigt. »Eine Türkin und ein Japaner, wie ungewöhnlich.«

Pierre hatte abgewinkt. »Das ist noch gar nichts. Mein Großvater war zur Hälfte schwarz. Er war Amerikaner und hat Martin Luther King persönlich gekannt.« Das alles trug er völlig überzeugend und ohne mit der Wimper zu zucken vor und vergaß dabei nicht einmal die passende Mimik.

»Neeeein!« Die Kundin hatte sich ergriffen an die Brust gefasst.

»Doch. Er war Kings Zeitungsjunge. King hat ihm manchmal Eis oder Limonade hingestellt und ihm durchs Fenster zugewinkt. Später hat er ein deutsches Au-pair kennengelernt, also meine Großmutter, und dann ist er aus Liebe zu ihr nach Deutschland ausgewandert.«

Ich war überzeugt, dass sie ihm das unmöglich abnehmen würde. Aber die Kundin hatte den Kopf geschüttelt und Pierre verblüfft betrachtet. Mittlerweile hatte ich mich schon so an seine Fantasiegeschichten gewöhnt, dass sie mich sogar amüsierten. Nicht nur einmal hatte ich mich fragen hören: »Und was ist dann passiert?«

Frau Wittners Telefongespräch schien beendet zu sein. Sie steckte das Handy wieder in die Hosentasche und lächelte uns säuerlich an. »Äh ... Na ja ... Ich pack das mal wieder in den Sack.«

»Was?«, rief Pierre entsetzt. »Wieso denn?«

Sie warf alles wieder hinein und vermied es dabei, uns anzusehen. »Er hat gesagt, dass es ihm leidtut.«

»Das ist alles?«, rief Pierre. »Wir wissen doch beide, wie der Honig heißt, den Männer uns ums Maul schmieren: Schmeichelei!«

»Nein«, wehrte Frau Wittner ab, »Paulchen hat sich nächste Woche eigens freigenommen, um in meiner Urlaubswoche mit mir nach Dubai zu fliegen.«

»Na und?«

»Das ist ein unglaublich großes Opfer von ihm«, verteidigte Frau Witter ihr Paulchen.

»Na, meinetwegen«, schnaubte Pierre gnädig. Er schien Frau Wittner grünes Licht zu geben. »Aber lassen Sie uns wenigstens die Ray-Ban.«

»Na ja ... Die hat er mir an einen ganz besonderen Tag gekauft.«

Pierre warf den Kopf nach hinten. »Wir geben Ihnen fünfhundert dafür.«

»Bist du verrückt?«, rief ich.

»Das war ein Scherz, mein Gott, ein Scherz. Dreißig Euro?«

»Nein, tut mir leid, Pierre.« Frau Wittner legte ihm die Hand auf den Oberarm und neigte den Kopf. »Ich hätte nicht herkommen sollen.«

Pierre wandte langsam den Kopf in meine Richtung. »Darauf darf ich jetzt nichts sagen, oder?«

»Nein«, gab ich zur Antwort.

Pierre konnte herzlich sein, aber auch manchmal verdammt zickig. In einer Hinsicht war er mir aber sehr ähnlich: Er war ehrlich. Allerdings unterschieden wir uns dadurch, dass ich meine Ehrlichkeit taktvoll verpackte, Pierre hingegen nahm kein Blatt vor den Mund. Einmal hatte ich mich beinahe zu Tode geschämt. Als unsere Stammkundin Frau Knobloch auf dem Weg zu einem Date war und von uns wissen wollte, wie sie aussah, hatte Pierre gesagt, ihre Schuhe sollten nur Frauen tragen, deren Arbeitsplatz der Bordstein sei, und angeboten, ihr die Jimmy Choos aus dem Schaufenster zu leihen.

Danach bekamen Pierre und ich zum ersten Mal richtig Krach. Ich schrie ihn an, er solle nie wieder einer Kundin sagen, sie sähe aus wie eine Schlampe, und verbot ihm, mich jemals wieder dazu aufzufordern, etwas zu verleihen. Seit damals hatte Pierre sich ein wenig gebessert. Obwohl er manchmal ziemlich anstrengend sein konnte, hatte ich ihn in all den Jahren sehr zu schätzen gelernt. Mittlerweile betrachtete ich ihn schon beinahe als Familienmitglied. Er hatte sich in den letzten fünfzehn Jahren als zuverlässig erwiesen, und Mode war seine größte Leidenschaft. Zuvor hatte er bei einem Designer gearbeitet, aber dort hatte man ihn seiner großen Klappe wegen hinausgeworfen. Zumindest diese Geschichte entsprach der Wahrheit; ich hatte sein Arbeitszeugnis und das Kündigungsschreiben gelesen.

Er sah wieder zu unserer Kundin. »Schon gut, Petra. Irgendwann werde ich vielleicht die Gelegenheit haben, mit einer Kelly Bag vor deiner Nase herumzuwedeln und zu rufen: ›Ätschbätsch, bereits verkauft!‹«

»Tut mir wirklich leid, Pierre, aber Paulchen hat sie mir geschenkt, als wir miteinander dieses wunderschöne Wochenende …«

»Ich bin untröstlich.«

»Pierre!«, rief Frau Wittner etwas lauter, »eine Ray-Ban kannst du dir doch für hundert Euro selbst kaufen und …«

»Ich will sie aber für dreißig Euro.« Pierre fasste sich theatralisch an die Stirn. »Es ist genau das Modell, das … mein Vater … getragen hat, als ich ihn zum letzten Mal sah. Er saß auf diesem schmutzigen Lieferwagen, der inmitten der fallenden Bomben davonfuhr. Ich sehe ihn noch winken, während er immer kleiner wurde und schließlich verschwand.«

Unglaublich! Und dabei trug der Mann natürlich eine Ray-Ban, wie in einem schlechten Werbefilm. Sein größtes Problem war vermutlich, dass er in den Kriegswirren nicht von der Sonne geblendet wurde. Kannte Pierre eigentlich so etwas wie Hemmungen?

»Großer Gott, Pierre!« Frau Wittner starrte ihn betroffen an. »In welchem Land war denn das?«

Pierre senkte den Kopf. »Darüber möchte ich nicht sprechen.« Er verzog schmerzlich den Mund und schüttelte den Kopf.

»Das verstehe ich gut.« Frau Wittner nickte ihm aufmunternd zu, griff in den Müllsack, kramte kurz nach dem Etui und überreichte es ihm feierlich. »Für dich. Als Geschenk.«

Pierre biss sich auf die Lippen, um Ergriffenheit zu demonstrieren. »Gott sei Dank, Petra, Gott sei Dank gibt es noch Menschen wie dich.«

Frau Wittner und ihr Müllsack waren gerade draußen, als Gigi mit zwei Kaffeebechern hereinkam. Pierre trank keinen Kaffee, sondern machte sich zweimal täglich seinen grünen Tee. Gigi hatte eine kleine Schneiderei neben *Glamour Secondhand*, und manche meiner Kundinnen ließen Kleider bei ihr ändern. Gigi schloss jeden Tag eine halbe Stunde ab, ging zum Coffeeshop nebenan, holte mir einen Cappuccino und dazu ein Cremetörtchen und sich selbst eine Latte Karamell. Sie wollte nie Geld dafür nehmen, weil ich ihr die Kundinnen schickte. Trotzdem lud ich sie dafür regelmäßig ins Restaurant *Jean-Luc* ein, weil wir beide so für französische Küche schwärmten. Gigi hieß eigentlich Geraldine, war zwei Jahre älter als ich, smart und witzig. Sie war seit über zwanzig Jahren verheiratet, hatte aber keine Kinder. Das Einzige, was mich an Gigi irritierte, war ihr Männerparfüm. Es war natürlich ihre Sache, und ich wusste, dass viele Frauen Männerdüfte bevorzugten. Ich jedenfalls wollte nicht riechen wie ein frisch rasierter Kerl, auch wenn ich sie um ihre Standhaftigkeit beneidete. Ich hätte gerne nur ein einziges Parfüm gehabt, weil ich es so niveauvoll fand, wenn eine Frau jahrzehntelang den gleichen Duft trug. Aber was sollte ich machen, wenn ich mich für keinen der Jil-Sander-Düfte entscheiden konnte? Für mich gab es keine schöneren Parfüms, und so hatte ich etwa zehn verschiedene Flakons im Bad.

»Was sollte denn der Müllsack?«, fragte Gigi und blickte Frau Wittner nach.

Pierre klärte sie über den Besuch auf, wobei er ihr stolz wie ein kleiner Junge, der mit seinem neuen Fußball prahlte, seine neue Sonnenbrille hinhielt.

»Warum tut sie sich das eigentlich an?«, fragte Gigi rhetorisch und reichte mir den Pappbecher und das Cremetörtchen, die ich erst mal auf meinem Schreibtisch abstellte. »Danke«, sagte ich.

»Du hast gut reden«, sagte Pierre zu Gigi, »sie ist eben einsam und erhofft sich immer wieder den Mann fürs Leben.«

»Jede Woche?« Gigi prustete in sich hinein. Pierre stimmte mit ein, aber ich lächelte nur verkniffen, weil ich mich über Petra Wittners persönliches Drama nicht lustig machen wollte. Ja, sie war etwas exaltiert, aber sie war auch ein netter Mensch.

Wir tranken unseren Kaffee, und ich verputzte mein Cremetörtchen, und als Gigi gegangen war, schüttelte ich den Kopf über Pierre. »Das mit der Brille war nicht nett von dir. Du hast Frau Wittners Gutmütigkeit ausgenutzt.«

Pierre setzte sie auf und betrachtete sich im Spiegel. »Ich sag es mal mit ihren eigenen Worten: ›Eine Ray-Ban kann sie sich jederzeit für hundert Euro kaufen.‹«

Ich nahm mich wieder der zu sortierenden Blusen an. »Vielleicht geht es hier um den ideellen Wert und um schöne Erinnerungen. Ist dir das nicht in den Sinn gekommen?«

»Pfff ... Die Erinnerung daran, wie sie es an diesem Wochenende haben krachen lassen?« Er steckte die Brille wieder ins Etui. »Und ich glaube nicht, dass es dabei ums Tanzen oder ums Bootfahren ging.«

»Du bist vulgär.«

»Hey«, meinte er und drehte sich zu mir um. »Erschieß nicht den Boten.«

»Manchmal würde ich das gerne tun, dich erschießen.«

Pierre grinste. »Das würdest du nicht. Wir beide wissen, dass du mich liebst.«

Ich musste lachen. So hätte ich das nicht gesagt, aber ich mochte ihn wirklich sehr. Pierre hatte keine Ausbildung, und bei unserem Vorstellungsgespräch wollte ich von ihm wissen, wie er es geschafft hatte, in diesem renommierten Unternehmen unterzukommen. Ganz selbstbewusst hatte er erklärt: »Ach, wissen Sie, Frau Diesel, immer diese lächerliche Ehrfurcht vor großen Namen ... Jean Paul Gaultier hatte auch nie eine Ausbildung als Designer. Er hat seine Skizzen einfach an die großen Häuser geschickt, fing irgendwann bei Pierre Cardin an und landete schließlich bei Hermès. Und darum bin ich da reinmarschiert und hab gesagt: ›Leute, ich hab's drauf.‹« Ich bezweifelte, dass er das wörtlich so gesagt hatte, andererseits traute ich ihm solch einen Auftritt zu. Heute wusste ich, warum Gaultier eine Art Vorbild für ihn war: Ein Enfant terrible, das imponierte meinem Pierre.

Ich fand es total affig, dass er sich Pierre La Ferrer nannte, aber es war seine Sache. Der Postbote sagte immer Herr Fererer zu ihm. Als Pierre sich bei mir vorstellte, hatte ich erst auf den zweiten Blick bemerkt, dass er schwul war. Er war ein maskuliner Typ, und seine Gesten wirken souverän, mit einem nur kleinen Hauch Affektiertheit, und das auch nur, wenn man genau hinsah. Dass er wahrscheinlich schwul war, war für mich zunächst nur eine neutrale Beobachtung gewesen. Mein zweiter Gedanke war, dass es ein Pluspunkt sein könnte, da er für so einen Laden ein Modeklischee erfüllte. Er war mittelmäßig attraktiv, aber die charismatischsten Männer, die ich in meinem Leben kennengelernt hatte, waren keine Schönlinge. Vielleicht schloss das eine das andere sogar aus.

Manchmal gingen wir zusammen essen oder verbrachten einen gemeinsamen Fernsehabend. Aber seine wahre Familiengeschichte würde ich wohl nie erfahren. Ich hatte ihn zweimal nach seinen Eltern und seiner Kindheit gefragt, aber er hatte mir nur zwei seiner Fantasiegeschichten erzählt. Entweder war er eines dieser verzogenen Kinder gewesen, die für jeden Firlefanz gelobt wurden, oder in seiner Biografie gab es eine große Tragik. Meine Vermutung war Letzteres, und deshalb fragte ich nicht mehr.

2

Zu Hause empfing mich ein überquellender Briefkasten wie meistens am Samstag. Woran lag das eigentlich? War Freitag in Behörden und Büros der Tag, an dem die Post verschickt wurde? Ich steckte das Bündel in meine neue Tod's-Tasche. Frau Eisenach hatte sich nach gerade mal fünf Monaten »an dem Ding sattgesehen«, wie sie sich ausgedrückt hatte.

Langsam stieg ich die Stufen nach oben. Es war ein stressiger Nachmittag gewesen, nicht zuletzt, weil Frau Wittner wieder mit ihrem Müllsack angekommen war, nach nur drei Tagen. Diesmal sei wirklich Schluss, und Dubai könne er sich in seine grauen Haare schmieren, von denen sowieso nicht mehr viele übrig seien. Ich hatte nichts dazu gesagt, denn zuvor hatte sie Paulchen immer als sechzigjähriges Edelstück bezeichnet, was so klang, als könnte er jederzeit als Unterwäschemodel arbeiten. Leider war die Gucci-Tasche diesmal nicht im Müllsack gewesen, aber ich mochte nicht fragen, denn letztendlich ging es doch um den Zusammenbruch einer Beziehung.

Zu meiner großen Überraschung hatte Pierre ihr das Etui mit der Ray-Ban überreicht und erklärt, er habe nun zufällig das gleiche Modell geschenkt bekommen. Das stimmte natürlich nicht, aber offenbar wollte er meinen Vorwurf, er hätte Frau Wittners Gutmütigkeit ausgenutzt, nicht auf sich sitzen lassen. Als sie weg war, hatte er mich böse angesehen, den Zeigefinger ausgestreckt und gemeint: »Sag jetzt bloß nichts!«

Trotzdem hatte ich es getan: »Ich bin stolz auf dich.«

Darüber konnte Pierre nicht lachen.

An diesem Tag hatte Pierre gründlich an meinen Nerven gesägt. Er war frisch verliebt und somit noch hibbeliger als sonst. Pierre war mittlerweile dreiundvierzig und ein- bis zweimal im Jahr heftig verliebt. Bernd hatte er am Donnerstagabend in einer Bar kennengelernt.

Wenigstens hatte ich heute einen großartigen Umsatz gemacht, nachdem ich die restliche Sommerkleidung, die noch übrig war, nochmals um zwanzig Prozent reduziert hatte.

Endlich war ich im dritten Stock angelangt. Bedauerlicherweise wohnte ich in einem Altbau ohne Aufzug. Mit meinen sechsundvierzig Jahren kam es mir so vor, als hätte ich die Stufen vor zwanzig Jahren ein bisschen leichter genommen. Na ja, zumindest ein winziges bisschen.

In diesem Haus gab es regen Mieterwechsel. Frau Hindemann und ich waren die einzigen Bewohnerinnen, die schon lange hier lebten. Sie war seit vorletztem Jahr Witwe und mit ihren achtundsiebzig Jahren etwas vereinsamt. Manchmal ließ ich mich mit ihr auf einen Plausch ein, weil sie mir leidtat, aber ihre Themen kreisten stets nur um ihren Kater Seppi und die Grabpflege. Einmal hatte sie mich zu sich auf einen Kaffee eingeladen, ganz spontan, und ich hatte nicht ausschlagen wollen. Da saß ich also auf ihrer Eiche-rustikal-Eckbank und trank Kaffee aus Tassen mit blauem Zwiebelmuster. Neben mir ruhte Seppi, der mir mit Blicken zu verstehen gab, dass ich nicht willkommen war. Als Frau Hindemann sich umdrehte und die Zuckerdose aus dem Hängeschrank nahm, fauchte er mich giftig an. Anderthalb Stunden lang ertrug ich Seppis Hass, untermalt von gelegentlichem Fauchen und mörderischen Blicken, dann verabschiedete ich mich freundlich und beschloss, mir das nie wieder anzutun. Ich hatte mir nie ein Haustier angeschafft; so ein Tier brachte doch nur zusätzlich Stress ins Leben. Außerdem zerriss es den Leuten das Herz, wenn es starb. Warum sollte ich mir unnötig noch mehr Schmerz ins Leben holen?

Ich öffnete die Wohnungstür meiner Dreizimmerwohnung. Vor zwanzig Jahren war ich von Laim nach Bogenhausen gezogen und hatte meinen Laden eröffnet. Es war keine leichte Entscheidung gewesen. Aber dann sagte ich mir, Miuccia Prada habe als Quereinsteigerin in die Modebranche auch von vorne anfangen müssen, als sie das Familienunternehmen übernahm.

Meine Schwester Emma und ihr Mann Lutz waren damals frisch verheiratet, die beiden hatten mir das Geld für den Laden geliehen. Das würde ich ihnen nie vergessen, zumal Lutz mich ja bis dahin kaum kannte. Meinen Vater, der immer noch um unsere Mutter trauerte, mochte ich nicht fragen. Ich hätte es geschmacklos gefunden, ihn um Geld zu bitten.

In Gedanken versunken schloss ich die Haustür hinter mir. Ich liebte mein kleines Reich, obwohl mir die Wohnung im Grunde zu klein war. Ich hatte einfach zu viele Sachen. Zum Glück hatten im Schlafzimmer ein riesiger Kleiderschrank und zwei Kommoden Platz gefunden.

Meine Accessoires wie Taschen, Schmuck, Hüte und auch die Schuhe waren im Flur verstaut.

Ich streifte mir die Schuhe von den Füßen, nahm die Post aus der Tasche und ging in die Küche. Als Erstes schaltete ich den CD-Player ein, in dem noch die CD von Edith Piaf steckte. Dann legte ich die Post auf den Küchentisch und schenkte mir eine Holunderschorle ein. Seufzend ließ ich mich in den Küchensessel fallen, trank ein paar Schlucke und zog den Stapel Briefe zu mir heran. Rechnung, Rechnung, Rechnung, ein Prospekt für eine neu eröffnete Parfümerie, ADAC, ein Brief von der Bank (wahrscheinlich mal wieder ein unschlagbares Angebot), der Flyer eines Nagelstudios – und ein Brief, handgeschrieben, in schwungvoller Schrift und mit Füller. Als ich den Umschlag umdrehte, stand da: *Franziska Müller-Dietrich*.

Die einzige Franziska Müller, die ich kannte, war eine ehemalige Mitschülerin. Sie war damals Klassensprecherin gewesen. Gespannt riss ich den Brief auf.

Hallo, ehemalige Mitschüler,
es sind 30 Jahre vergangen. Kann man das glauben? Es wäre schön, sich wieder zu versammeln und auszutauschen. Sind wir nicht alle neugierig, was aus den anderen geworden ist?
Unser Treffen findet statt am Samstag, den 5. Oktober, um 18 Uhr im Wirtshaus Zum Silberkrug (Sendlinger Tor).

Eure Franzi

Sie hatte eine schöne Schrift, und ich fand es irgendwie rührend, dass sie einen richtigen Brief schickte. Es war zwar eine Kopie, aber die Anrede und die Adresse waren immerhin mit Füller geschrieben. Einen Füller hatte ich das letzte Mal vor über zwanzig Jahren benutzt. Die meisten an Franzis Stelle hätten eine Rundmail geschickt.

Ein Klassentreffen. Das rief gemischte Gefühle in mir wach. Natürlich war ich neugierig, was aus den Leuten geworden war. Komisch, dass ich noch vor ein paar Tagen an Patrick gedacht und mich gefragt hatte, was er wohl jetzt machte. Aber ausgerechnet Patrick und Isabella wiederzusehen, nachdem meine erste Liebe so abrupt und brutal geendet hatte? Das Ganze war schon so lange her, es sollte keine Rolle mehr spielen. Trotzdem, damals hatte es mich unendlich verletzt.

Es heißt, die Zeit heilt alle Wunden. Natürlich stimmte es, dass der Schmerz mit der Zeit nachließ. Aber die Wunden prägten einen Menschen auch, gaben seinem Leben eine andere Richtung. Wenn ich mich mit Patrick nicht eingelassen hätte ... Oder wenn ich neun Jahre später nicht meinen Schirm im Café vergessen hätte, dann wäre Gregor mir nicht nachgelaufen, und wir wären nicht ins Gespräch gekommen. Mir wäre so viel erspart geblieben.

Das Telefon klingelte. Sofort wusste ich, dass es Saskia war. Saskia und ich waren beste Freundinnen, seit wir uns mit zwölf auf der Realschule eine Bank geteilt hatten. Ich lief in den Flur und nahm den Hörer ab.

»Hast du auch diesen Brief bekommen?«, kam Saskia gleich zur Sache.

»Ja.«

»Ich kann da nicht hingehen, Rieke.«

»Was?«, rief ich überrascht. »Wieso denn?«

»Na, wieso denn wohl?«

»Keine Ahnung.« Ich verstand es wirklich nicht.

»Ach ... Diese blöden Fragen, die sie mir ins Ohr kippen werden! Mit was kann ich denn aufwarten? Ich war ein Jahr verheiratet, und jetzt lebe ich mit einem Druckereibesitzer zusammen, der gerade so über die Runden kommt. Seit einer Ewigkeit bin ich Sekretärin bei einem Versager-Anwalt ... Und sosehr ich meinen Enkel liebe, wahrscheinlich werde ich auch die einzige Oma dort sein. Ach ja, und ich wiege zwanzig Kilo mehr als früher.«

Es dauerte ein paar Sekunden, bis sich Saskias Redeschwall bei mir gesetzt hatte. »Warum putzt du denn dein Leben so herunter?«

»Ist doch so«, meinte sie kleinlaut. »Ich mag mein Leben ja eigentlich, aber die sind doch bestimmt alle schön und erfolgreich. Die werden ihre Fotos rausholen, und dann kommt: mein Haus, mein Boot, meine Firma ...«

»Selbst wenn sie das tun würden, Saskia, was hat das mit dir zu tun?«

Saskia schwieg eine Weile, dann meinte sie: »Ich finde es nett von dir, dass du mich aufbauen willst. Aber ich weiß auch, dass dir Aussehen wichtig ist, und dass du es im Grunde genauso siehst. Ich meine die zwanzig Kilo.«

Was sollte ich darauf sagen? Saskia hatte sich in den letzten Jahren gehen lassen, hatte zugenommen und kaufte ihre Kleidung beim Discounter. Ich hatte nie ein Wort darüber verloren, weil ich ihre Gefühle nicht verletzen wollte und ich sie mochte, wie sie war. Aber wenn sie schon darüber jammerte, dann wollte sie vielleicht auch mal ein ehrliches Feedback. »Ich finde die zwanzig Kilo gar nicht schlimm, aber ganz ehrlich, Saskia, wenn es dich stört, dann iss halt nicht immer so deftig. Du schlägst dir den Bauch voll, zündest dir eine Zigarette an, und danach mampfst du noch Schokoküsse ...«

»Ich esse halt gerne.«

»Das ist okay, das tue ich doch auch. Aber meinst du nicht, dass es dir viel an Lebensqualität nimmt, wenn du ständig darüber jammerst? Essen ohne Schuldgefühle ist bestimmt gesünder als essen mit Schuldgefühlen.«

»Hey, das ist ein guter Satz, gefällt mir.«

»Hm, na ja, hab ich irgendwo mal gelesen. Könnte sein, dass es da ums Rauchen ging. Jedenfalls ist Dings ohne Schuldgefühle gesünder als Dings mit Schuldgefühlen.«

»Welches Dings?«

»Du musst das Dings ersetzen.«

»Was?«

»Das wird mir zu anstrengend. Jedenfalls fände ich das nicht gut, wenn du nicht aufs Klassentreffen gehst, nur weil du jetzt mehr wiegst als vor dreißig Jahren. Das ist doch lächerlich.«

»Du kannst leicht reden«, griff Saskia den Faden wieder auf, »du siehst immer noch gut aus, mit guter Figur und ohne Falten.«

Ohne Schokolade und Cremetörtchen konnte ich nicht leben, daher hatte auch ich ein paar Kilo mehr als damals. Aber das belastete mich nun wirklich nicht. Ich hielt es kaum für wünschenswert, mit sechsundvierzig dasselbe zu wiegen wie mit sechzehn. Mit Hungergefühlen würde ich vielleicht in Größe sechsunddreißig passen, aber dafür war mir Schokolade zu wichtig, und ein lecker aussehendes Gericht bei *Jean-Luc* war auch nicht zu verachten.

Also war ich mit meiner Kleidergröße vierzig bis zweiundvierzig rundum glücklich. Dass ich kaum Falten hatte, lag allerdings daran, dass ich meine Haut diszipliniert mit Feuchtigkeitscreme, Hyaluron-Serum, Bio-Arganöl und Bio-Aloe-Vera-Gel bearbeitete und nie geraucht hatte. Und gegen die Lachfalten um die Augen konnte auch ich nichts ausrichten. Und wenn schon! Ein Freund, den ich vor drei oder vier Jahren mal hatte – er hieß Toni oder Tino –, hatte gesagt, das wären die schönsten Lachfältchen, die er je gesehen habe. Meine Haare hingegen waren Segen und Fluch zugleich, je nachdem. Ich hatte lange, dunkle Korkenzieherlocken. Viel lieber hätte ich glattes Haar gehabt, und ich war der Kommentare, dass Dauerwellen das Haar schädigten, wirklich überdrüssig. Als ob ich mir jemals eine Dauerwelle legen lassen würde!

»Wir werden da zusammen hingehen, Saskia. Du wirst dich ein bisschen aufbrezeln ...« Ich lachte kurz auf. »Keine wird eine so tolle Ausstrahlung haben wie du.«

»Thorsten ist gestern ausgezogen«, sagte sie unvermittelt.

»Oh ... Okay.« Mal wieder.

»Diesmal ist es für immer.« Nun gut, das hatte sie bisher noch nie gesagt, aber was hieß das schon?

»Ihr vertragt euch schon wieder«, sagte ich sanft.

»Nein! Das werden wir sicher nicht. Er hat eine andere.«

»Was? Wirklich?«

»Er ist verliebt, hat er selbst gesagt. Aber ich hab es auch so schon gemerkt.«

»Aber du hast gar nichts erwähnt.«

»Ich dachte, wenn ich nicht darüber spreche, dann ist es nicht wahr.«

»Tut mir leid, Saskia.«

»Mir aber nicht. Ich bin es leid. Es ist eine Erleichterung. Hätte ich gar nicht gedacht.«

»Bist du dir sicher?«

»Ich bin mir absolut sicher.«

»Willst du morgen vorbeikommen?«

An ihrer Stimme merkte ich, dass sie lächelte. »Nein, danke. Es geht mir wirklich bestens, Rieke. Das kannst du mir glauben.«

»Na gut.« Ich ließ ein bisschen Zeit verstreichen, dann sagte ich: »Und was das Klassentreffen angeht … Du gehst da hin!«

Saskia seufzte wieder. »Wenn's dich glücklich macht.«

Nachdem ich aufgelegt hatte, ging ich in die Küche, machte mir einen Tee und ein Fertigporridge mit Kokosmilch und dachte über das Klassentreffen nach. Es war mir unbegreiflich, wie schnell dreißig Jahre vergangen waren. Damals war meine Mutter noch am Leben gewesen. Sie war vor zweiundzwanzig Jahren auf dem Fahrrad von einem Auto überfahren worden und an Ort und Stelle verstorben. Damals war ich vierundzwanzig gewesen, Emma sechsundzwanzig. Ich hatte gelernt, irgendwie damit klarzukommen. Meine Schwester hatte nach dem Unfall tagelang ihre Wohnung nicht verlassen. Ich war selbst am Boden zerstört gewesen, hatte mir aber große Sorgen um sie gemacht und jeden Tag bei ihr geklingelt. Dann hatte sie sich plötzlich zusammengerissen und gesagt: »Das Leben geht weiter, Rieke. Was sollen wir machen …« Auch mein Vater war erst einmal in ein tiefes Loch gefallen und hatte danach gefasst sein Leben weitergelebt. Bei mir war es umgekehrt. Ich war tieftraurig, doch mein Leben war nicht aus den Fugen geraten. Daran hat sich nichts geändert, im

Grunde hatte ich mich von dem Verlust meiner Mutter nie richtig erholt. Und von dem schlimmsten meiner Verluste, der ein Jahr später folgte, sowieso nicht. Sobald diese furchtbare Erinnerung hochkam, schob ich sie weg. Ich verscheuchte sie nicht, sondern verabschiedete mich nur in Sekundenschnelle von ihr und dachte: Jetzt nicht, ein anderes Mal.

Einmal hatte ich Pierre gefragt, ob er meinte, dass ich verdrängte, und ob das falsch sei. »Ach, Rieke«, erwiderte er, »was soll denn daran falsch sein, dass du den Schmerz nicht immer und immer wieder fühlen willst? Manchmal sind die vergrabenen Dinge dort ganz gut aufgehoben.«

Ein Jahr nach dem Tod unserer Mutter heiratete Emma ihren Lutz, der fünfzehn Jahre älter war als sie. Und ich traf Gregor, verliebte mich Hals über Kopf ... und erlebte den größten Albtraum.

Emma und Lutz gaben mir Geld für das Geschäft, wobei das Geld natürlich zum größeren Teil von Lutz kam, denn Emma hatte noch keine Gelegenheit gehabt, viel anzusparen. Sie war heute Unternehmensberaterin und Lutz Wirtschaftsprüfer. Er war ein prima Kerl, aber mir würde es immer ein Rätsel sein, wie man einen so viel älteren Mann heiraten konnte. Lutz war jetzt dreiundsechzig, und Emma sah mit ihren achtundvierzig Jahren jünger aus. Kürzlich hatte ihn jemand für ihren Vater gehalten. Emma hatte das lustig gefunden, Lutz aber nicht.

Die beiden hatten zwei Kinder, die siebzehnjährige Katharina und den fünfzehnjährigen Samuel. Wir kamen alle gut miteinander klar, denn wir waren nun einmal eine kleine Familie. Lutz hatte keine Geschwister, und seine Eltern lebten auch nicht mehr. Die beiden führten ein beschauliches Leben, das ich ein bisschen zu perfekt und beinahe spießig fand. Reihenhaus, Putzfrau, Sparbriefe, All-inclusive-Urlaub, Rhododendron auf dem Balkon …

Emma und ich standen uns zwar nah, aber wir hätten nicht unterschiedlicher sein können. Das fing schon beim Aussehen an. Ich war ein Abbild meiner Mutter: lange, dunkle, lockige Haare und grüne Augen. Emma hatte blondes Haar und blaue Augen genau wie unser Vater.

Manchmal fand ich es furchtbar schade, wie wenig Emma und ich das Leben der anderen verstehen konnten. Aber im Gegensatz zu ihr nörgelte ich an ihrem Leben nicht herum. Sie dagegen gab mir manchmal das Gefühl, als sei ich eine Enttäuschung für sie.

Manch einer dachte vielleicht, ich würde sie beneiden. Nichts lag mir ferner, vielleicht abgesehen davon, dass sie zwei wunderbare Kinder hatte. Ja, das war ein wunder Punkt, der ein gewisses Neidgefühl in mir wachrief und den ich nie vertiefen wollte. Aber auf Katharina und Samuel konnte sie wirklich stolz sein – und ich als ihre Tante war es ebenfalls.

Was ich bei Emmas Kindererziehung überhaupt nicht nachvollziehen konnte, war diese zwanghafte Antiautorität. Sie stellte ihre Kinder ständig vor Entscheidungen wie »Fahren wir mit dem Rad oder gehen wir zu Fuß?«, oder auch »Was soll ich heute kochen?« Irgendwann war mir der Kragen geplatzt, und ich hatte gesagt: »Du bist doch die Mutter! Triff du die Entscheidungen!« Es war mir einfach auf die Nerven gegangen. Unsere Eltern waren nicht streng gewesen, wir hatten niemals eine Ohrfeige oder andere harte Strafen bekommen. Aber ich konnte mich auch nicht erinnern, dass unsere Eltern uns auf Knien tausendmal um einen Entschluss gebeten hätten. Und unsere Mutter hatte uns auch nie gefragt, was sie kochen sollte.

In dieser Hinsicht würden Emma und ich uns niemals einig werden. Aber sie verstand umgekehrt auch mein Leben nicht, und selbst wenn sie es nicht aussprach, um nicht als spießig dazustehen, konnte sie nicht nachvollziehen, dass ich mit einem Schwulen befreundet war. Und das traf mich wirklich! »Diese Leute können natürlich nichts dafür, aber man sollte ihnen nicht ständig vermitteln, das wäre normal.« Allein wegen des Ausdrucks »diese Leute« hätte ich schreien können, aber ich hielt mich zurück. Tief drinnen hatte Emma eine sehr konservative Ader, und daran konnte ich nichts ändern, weder mit Diskussionen noch durch Streit. Doch nie würde ich vergessen, was Emma und Lutz für mich getan hatten, und wie Emma mich nach der Sache mit Gregor aufgefangen hatte.

3

»Wie sehe ich aus?«, fragte mich Saskia heute schon zum fünften Mal. Sie saß neben mir im Auto und strich immer wieder ihren Rock zurecht. Sie hatte ihn bei C&A für neunundddreißig Euro gekauft. Leider konnte ich ihr kein Designerteil aus dem Laden leihen, da sie Kleidergröße sechsundvierzig hatte.

»Du siehst wirklich gut aus«, sagte ich und meinte es halbwegs ehrlich. Auf die rosafarbene Bluse hätte ich verzichtet, da ich persönlich die Kombination mintgrün-babyrosa nicht mochte, zumindest nicht bei Frauen jenseits der zwanzig. Pumps mit Blockabsatz würde ich wohl auch erst tragen, wenn ich die siebzig überschritten hätte, genau wie Moon Boots oder Birkenstock-Sandalen. Meine Favoriten in Sachen Schuhe waren Jimmy Choo und Christian Laboutin, und Manolo Blahnik war natürlich auch nicht übel.

Der grüne Glockenrock stand Saskia wirklich gut, wenn man sich die Farbe wegdachte. Zum Glück versteckte der schwarze Trenchcoat das Ganze.

Ich hatte eine schwarze Stoffhose an, eine champagnerfarbene Bluse und eine Dolce & Gabbana-Lederjacke, für die ich gemordet hätte. Das Ding hatte mich vierhundert

Euro gekostet und sah nicht mehr allzu neu aus. Ich hatte das Leder großzügig mit Feuchtigkeitscreme eingerieben und die Jacke damit etwas aufgemöbelt. Leder kaufte ich grundsätzlich nicht neu, nur gebrauchte Stücke. Damit würde ich sicher nicht die Welt retten, aber es war wohl besser, ein bisschen etwas zu tun als gar nichts, sagte ich mir.

»Bist du nervös?«, fragte Saskia und sah mich an.

»Ein bisschen.« Das traf es in etwa. Ich war nicht aufgeregt, aber auch nicht total gelassen.

Der Tag des Klassentreffens war sehr plötzlich gekommen, weil seit dem Brief die Zeit so schnell vergangen war. Die letzten Wochen waren etwas anstrengend gewesen, Pierre ging mir mit seinem Bernd gehörig auf die Nerven. Bernd hier, Bernd dort. »Der Bernd hat gesagt …« und »Der Bernd findet das auch …« Er kam mir vor wie eine dieser Frauen, die bewundernd zu ihrem Herkules aufsahen. Aber vor ein paar Tagen hatte er mich dann doch einmal wieder zum Lachen gebracht, als er schockiert von seiner Oktoberfesterfahrung des Vortags berichtete: »Ich sag's dir, Rieke, grünes Mini-Dirndl zu pinkfarbenen High Heels, schwarzen Netzstrümpfen und Zebra-Handtasche … Dagegen ist die Muppets-Show 'ne Fashion Week.«

Ich war schon viele Jahre nicht mehr auf dem Oktoberfest gewesen, aber in meiner Jugend hatten nur die alten Leute Tracht getragen. Mini-Dirndl gab es noch nicht, und High Heels trug man auch nicht. Abgesehen davon sagte man damals Stöckelschuhe.

Als Saskia ins Auto stieg, klärte sie mich sogleich darüber auf, dass sie nicht über die Geschichte mit Thorsten reden wolle, weil sie einen klaren Schnitt gemacht habe, wie sie sich ausdrückte.

Nun unterbrach sie meine Gedanken. »Warum wolltest du eigentlich unbedingt das Auto nehmen? Zum Sendlinger Tor hätten wir doch mit allen möglichen Verkehrsmitteln fahren können.«

»Ich weiß auch nicht. Blöd, oder? Jetzt kann ich nicht mal einen Wein trinken.«

»Ist vielleicht sowieso besser, wenn wir keinen Alkohol trinken.«

»Ja? Warum?«

Saskia verzog den Mund. »Ach, du weißt doch, wie die Leute sind. Wenn man zwei Wein trinkt, sagen sie schon, man sei Alkoholiker.«

»Was? Wie kommst du denn auf den Schmarrn?«

Sie zuckte die Schultern. »Denk ich mir so.«

»Saskia, du solltest mal einen Positives-Denken-Kurs belegen.«

»Hab gehört, dass positives Denken ziemlicher Scheiß ist.«

»Ich glaube, ich finde keinen Parkplatz.«

»Aha, aha. So, jetzt denk mal positiv. Na los, denk positiv! Ich sag doch, wir hätten mit der U-Bahn fahren sollen.«

»Du gehst mir auf die Nerven.«

»Das klingt aber gar nicht positiv.«

Darüber musste ich lächeln. Saskia fiel mit ihrer Art manchmal aus dem Rahmen, und wer sie nicht kannte, konnte sie für zynisch halten. Möglicherweise waren die wenigen Freundschaften, die ich hatte, allesamt ein bisschen außergewöhnlich. Gigi wollte nicht wirklich erwachsen werden, und Saskia tat, ohne es zu merken, alles dafür, immer Grund zur Unzufriedenheit zu haben – und wer es ihr sagte, lernte ihr freches Mundwerk kennen. Und Pierre? Da wüsste ich gar nicht, wo ich anfangen sollte. Allerdings hatten wir uns gegenseitig schon so viel verziehen, dass es kein Ehepaar mit uns aufnehmen konnte. Etwa als ich seinen vierzigsten Geburtstag vergessen hatte, oder als mir nach drei Tequilas beim Mexikaner herausgerutscht war, dass ich ihn damals nur deshalb genommen hatte, weil kein Besserer aufgetaucht war …

In einem Punkt gab ich Coco Chanel nicht recht: Ich meinte, irgendwo gelesen zu haben, dass sie Freundschaften zu Frauen schwierig fand und glaubte, sie hätten kein Gefühl für Ehre. Nein, sie hatten nur ein anderes Ehrgefühl als Männer. Sie versuchten nicht, stets die Contenance zu bewahren und ihre Gefühle zu verbergen. Frauen konnten so stark sein, und es war auch eine Form von Würde, nicht durch die Peitschenhiebe des Lebens in die Knie zu gehen.

Es dauerte ewig, bis ich einen Parkplatz fand, und so war es kurz vor sieben, als wir den Nebenraum des Restaurants betraten. Wir waren wohl die Letzten.

Als wir die Gruppe entdeckten, erkannte ich einige sofort wieder. »Ist das da drüben Mathilde?«, flüsterte Saskia. »O Gottogott, die hat sich ja gar nicht verändert. Sieht immer noch aus wie ein Dorftrottel.«

»Sei nicht so gemein«, schalt ich sie.

»Ich mein's doch nicht bös, will nur die Spannung abbauen.«

»Ach so, na dann …«

Fünf Minuten später saßen Saskia und ich nebeneinander inmitten unserer Mitschüler. Es regnete viele Begrüßungsfloskeln und gegenseitige Komplimente. Mein Blick wanderte umher auf der Suche nach Patrick. War er das? Der Mann, der mich anstarrte und mir mit verkniffenem Mund zunickte? Ja, er war es tatsächlich. Patrick trug eine randlose Brille, hatte einen Bundeswehrhaarschnitt und steckte in einen beigefarbenen Anzug mit Micky-Maus-Krawatte. Wenn ich mit ihm zusammengeblieben wäre, hätte er so etwas nicht tragen dürfen! Ich lächelte ebenfalls und wandte dann den Blick ab. »Weißt du, wer der Typ mit dem grauen Bart ist?«, flüsterte Saskia.

»Keine Ahnung. Aber das hab ich mich auch schon gefragt.«

»Ich glaub, das ist Dieter Kuhlmann. Der sieht doch aus wie sein eigener Großvater, oder nicht?«

»Dieter? Der war doch ein total lässiger Kerl.«

Saskia nickte. »Die Betonung liegt auf *war*. Jetzt fehlen nur noch die Pfeife und der Schaukelstuhl.«

Mein Blick blieb auf einem schwarzhaarigen Mann haften, der mir durch seine markanten Gesichtszüge auffiel. Wer war das bloß? Er erinnerte mich an niemanden.

Als ich nach draußen ging, um ein wenig frische Luft zu schnappen, stand plötzlich Patrick neben mir. »Hallo, Rieke.«

Ich wandte den Kopf. »Hallo, Patrick.«

Er lächelte mich an. Seine Lippen fand ich gar nicht mehr wunderschön, sondern leicht verbittert, und in seinem Aufzug wirkte er irgendwie bieder.

»Wie geht's dir, Rieke?« Patrick hielt ein Getränk in der Hand, und ich merkte, dass er lässig sein wollte, was ihm aber nicht gelang. Er schien angespannt zu sein, und sein Lächeln wirkte aufgesetzt.

»Gut. Und dir?« Diese Frage war ein Fehler. Die nächsten gefühlt zwei Stunden erzählte Patrick mir haarklein, wie er seine Firma aufgebaut hatte, dass seine Tochter hochbegabt sei und dass die Haushaltshilfe der Familie mit dem Putzen nicht nachkam, weil die Doppelhaushälfte so groß war. Was für ein Angeber! Wo blieben die Fotos über das Haus und das Boot, die Saskia erwähnt hatte? Es hätte mich keineswegs gewundert, wenn er sie aus seiner Sakkotasche gefischt hätte.

»Doppelhaushälfte«, murmelte ich vor mich hin. »Komisches Wort. So widersprüchlich.«

Patrick starrte mich an. »Wie bitte?«

»Klingt wie Sommerkälte, irgendwie unlogisch. Erst das *Doppel* und dann die *Hälfte*.«

»Na ja«, sagte Patrick verwirrt, »jedenfalls hab ich also diese Doppelhaushälfte gekauft und ...«

»Ach, entschuldige, Patrick, ich würde mir gerne noch weiter deinen Lebensweg anhören, aber ich bin am Verdursten.« Damit drehte ich mich um und ging weg. Es war mir egal, ob er das unhöflich fand oder nicht. Schließlich interessierte ihn auch nicht, wie seine Wichtigtuerei auf mich wirkte und ob er mich damit langweilte. Aber anscheinend war Status schon immer eine wichtige Sache für ihn gewesen, weshalb er sich damals auch für Isabella entschieden hatte, ohne lange zu überlegen. Grauenhafter Kerl.

Auf dem Weg zurück musste ich an Isabella vorbei. Unsere Blicke trafen sich, und sie lächelte mir zu. Isabella war nicht mehr die Schönheit von früher, sah aber gepflegt und adrett aus. Ihr Haar war dünner und die Hüften waren etwas breiter, aber sie wusste ihr Make-up gut einzusetzen. Sie trug schwarze Jeans, eine weiße Bluse und dazu eine graue Strickweste, was leger, aber nicht zu jugendlich wirkte. »Kann ich dich mal sprechen, Rieke?«

Was wollte sie von mir?

»Ja?« Meine Überraschung war mir wohl anzusehen.

Sie stellte sich vor mich hin, lächelte mich freundlich an und sagte: »Es ist lange her, und ich weiß, dass dich das wahrscheinlich überhaupt nicht mehr interessiert, aber trotzdem möchte ich etwas loswerden.«

»Ja?«, wiederholte ich. Natürlich konnte es nur um Patrick gehen.

»Ich möchte dir sagen, dass es mir leidtut.« Sie sah mich freundlich an und wartete auf eine Reaktion.

»Was denn?« Ich stellte mich unwissend. Im nächsten Moment bereute ich es, weil mir klar wurde, dass es unglaubwürdig war.

»Na ja ... das mit Patrick.«

»Ich glaub nicht, dass dir das noch leidtun muss.«

Isabella nickte, dann lächelte sie auf eine leicht traurige Art. »Wir waren Kinder, Rieke, und es ist nicht mehr wichtig, aber ...«

»Entschuldige«, unterbrach ich sie, »aber ich wollte mir gerade etwas zu trinken nehmen und ...«

»Ja, gut«, fiel nun sie mir ins Wort, »ich warte hier.«

Mit großer Anstrengung gelang mir ein Lächeln. Großer Gott, was gab es denn da noch zu reden? Warum ließ sie mich nicht einfach in Ruhe? Also sagte ich: »Alles klar.«

Kurze Zeit später ging ich mit meiner Grapefruitschorle wieder zu ihr. Was blieb mir auch anderes übrig. »Also, Isabella, wolltest du denn noch etwas sagen?«

»Weißt du, es ist mir wichtig, für all meine Fehler, die ich gemacht habe, geradezustehen und um Vergebung zu bitten.«

»Vergebung?«, fragte ich, eine Spur zu laut, weil sich ein paar Köpfe nach uns umdrehten. »Vergebung?«, wiederholte ich etwas leiser. »Findest du das nicht etwas dramatisch?«

»Nein«, sagte sie nur.

»Vergebung«, sagte ich wieder. Was für ein gewaltiges Wort für eine Teenagerromanze. Und doch, sie hatte mich unendlich verletzt und gedemütigt. Aber warum machte sich Isabella Gedanken um mein gebrochenes Herz von damals? »Ich weiß nicht, Isabella, das Ganze ist so seltsam.«

»Wie meinst du das?«

»Dass dich das überhaupt noch interessiert?«

»Das tut es. Ich hab viel über mein Leben nachgedacht. Es gibt so vieles, was ich hätte anders machen sollen, so vieles ... Und es ist mir wichtig, dass du mir verzeihst.«

Mein Blick muss argwöhnisch gewirkt haben, denn sie sah mich plötzlich erschrocken an.

»Es kommt mir beinahe so vor, Isabella, als wolltest du Absolution.«

Sie presste die Lippen aufeinander, sagte aber nichts.

»Also? Warum ist dir das so wichtig?« Ich hörte mich etwas ungeduldig an, aber das Ganze nahm schon mehr Zeit in Anspruch, als es die Sache wert war.

»Ach, schon gut.« Sie schüttelte den Kopf, dann versuchte sie zu lächeln. »Ich wünsche dir noch einen schönen Abend.«

»Ja, ich dir auch.«

Sie ging hinüber zu Iris, einer ihrer damaligen Bewunderinnen. Aber Iris schien sie gar nicht mehr zu bewundern, denn sie grüßte Isabella von oben herab und verzog keine Miene, als diese sich zu ihr stellte.

Ich wandte den Kopf zur Terrasse und blickte durch die Glastür nach draußen. Patrick lutschte gierig an der Orangenscheibe seines Cocktails. Dann warf er die Schale ins Glas und machte sich an das Ananasstück.

Für eine Sekunde schloss ich die Augen. Diesem Mann hatte ich so lange nachgetrauert? Verliebtsein hatte etwas von einem Vollrausch: Man hatte sich nicht mehr unter Kontrolle – und danach war man fassungslos und fragte sich, welcher bescheuerte Teil von einem selbst da die Oberhand gehabt hatte.

Immerhin hatte Patrick mir beigebracht, was Liebe eigentlich bedeutete. Sobald man nach der ersten Verliebtheit dahinterkam, dass der andere nicht dazu da war, einem sämtliche Bedürfnisse zu erfüllen, blieb von der Liebe nur noch Wut und Enttäuschung übrig. Gut, man konnte jemanden gern haben, weil die Chemie stimmte, man die gleichen Interessen hatte und sich dachte: Lieber zu zweit durchs Leben stapfen als allein ... Aber Liebe? Ich ließ mich emotional auf nichts mehr ein, und ich hatte kein Problem damit, das zuzugeben. Meine halbgaren Beziehungen, wie Emma sie nannte, waren mir ganz recht, auch wenn meine Schwester das überhaupt nicht verstehen konnte. Männer waren mir sowieso ein Rätsel.

Ich machte mir nicht die Mühe, meine Kurzzeitliebhaber näher kennenzulernen, da ich nach ein paar Wochen oder Monaten ohnehin das Weite suchte. Mir war dieser ganze Beziehungskram zu anstrengend. Pierre meinte, ich sei wie ein Kerl, der Angst vor Nähe hat. Ein paarmal hatte ich es immerhin versucht, aber das war mir jedes Mal schnell zu stressig geworden. Nach einer Weile wollten sie, dass man ihre Eltern kennenlernte (oder noch schlimmer: die Kinder), das Wort *Zusammenziehen* fiel immer öfter, und wenn man nicht bereit war, jeden verdammten Abend mit ihnen zu verbringen, fingen die Diskussionen an. Ich wusste, was ich wollte, nämlich meine Ruhe. Auf diese Weise war und blieb ich der Boss in meinem Leben und musste nicht jedes Mal Rücksprache halten, wie ich die Woche planen sollte. Nun gut, der Preis war, dass ich seit Längerem keine Beziehung mehr gehabt hatte. Die letzte im letzten Jahr, im Urlaub in Norwegen. Die Tage mit Magnus waren nett gewesen. Aber bei meiner Abreise gab ich ihm eine erfundene Adresse und Telefonnummer.

Coco Chanel hatte gesagt, sie hasse das Alleinsein, lebe aber doch völlig allein. Sie wisse, dass die Melancholie auf sie lauere, wenn sie es zuließe. Coco soll auch gesagt haben, langweilige Menschen seien Gift, und vielleicht hatte sie recht. Auch ich blieb lieber allein, als mit einem giftigen Menschen zusammen zu sein.

»Hey, Rieke«, unterbrach jemand meine Gedanken. Ich erschrak ein bisschen, dann blickte ich in das Gesicht von Franzi, unserer Klassensprecherin. »Siehst gut aus.«

»Du aber auch, Franzi.«

»Weißt du, was ich glaube? Hier regnet es den ganzen Abend Komplimente, dann geht jeder nach Hause und erzählt seinem Partner, wie alt die Leute geworden sind.«

Darüber musste ich lachen. Wir unterhielten uns eine Weile, und ich erwähnte, wie schön ich es fand, dass sie die Einladung auf die klassische Art per Postweg gemacht hatte.

»Das war kein so großer Aufwand; hab ich an einem Samstag gemacht, als mein Mann auf Geschäftsreise war. Das sagt er zumindest. Vielleicht hat er auch eine Affäre.«

Ich sah sie bedauernd an, aber dann lachte sie.

»Oh, das war ein Witz?«

Franzi nickte. »Ja.« Nach einer kurzen Pause ergänzte sie: »Hoffentlich.«

Sie war lustig, was mich ein bisschen überraschte. Früher war sie eher die Vernünftige gewesen, weshalb wir sie auch zur Klassensprecherin gewählt hatten.

»Sag mal, Franzi, weißt du, wer der Mann mit dem schwarzen Hemd ist, der sich gerade mit Dieter Kuhlmann unterhält?« Dass ich mich das schon vor einer Stunde gefragt hatte und dass sich unsere Blicke getroffen hatten, verschwieg ich lieber.

Franzi sah kurz hinüber, dann wandte sie sich wieder mir zu. »Du erkennst ihn nicht?«

»Nein.«

»Das ist Werner.«

Ungläubig blickte ich abwechselnd Franzi und dann Werner an. Konnte es sein, dass sie sich irrte? »Werner Mielke?« Der Junge, der mir nach der Trennung von Patrick ein Taschentuch gereicht hatte?

Franzi nickte. »Manche werden mit dem Alter interessanter, oder?« Sie lachte leise auf.

»Werner Mielke?«, wiederholte ich. »Der schlaksige, dünne, langweilige, picklige …«

Franzi grinste. »Na ja, das alles ist er jetzt nicht mehr.«

»Unglaublich.«

Plötzlich hob Werner den Kopf und sah uns, wie wir dastanden und ihn anstarrten. Er blickte von einer zur anderen, und ich konnte spüren, wie ich rot wurde. Franzi und ich sahen uns an.

»Äh ... Ja ...«, sagte sie verlegen.

»Na ja ... Also ...«, stotterte ich herum.

Wir waren beide peinlich berührt, dass er uns ertappt hatte. Zum Glück wurde Franzi in diesem Moment von einer anderen Mitschülerin angesprochen, und Saskia trat neben mich. Sie klärte mich darüber auf, dass Jens nach Neuseeland ausgewandert war und dort eine Bäckerei betrieb. Welcher Jens?

In der nächsten Stunde unterhielt ich mich mit verschiedenen Leuten, und jedes Gespräch glich dem vorherigen.

Nachdem gerade Klaus-Jürgen Kramer ein paar Floskeln mit mir gewechselt hatte, stand irgendwann plötzlich Werner neben mir.

»Hallo, Rieke«, sagte er mit tiefer, rauer Stimme und hob zur Begrüßung kurz das Kinn. »Du hast dich ja überhaupt nicht verändert.« Meinte er das als Kompliment? Oder eher auf die Art, wie Saskia vorhin Mathilde beschrieben hatte, sie sähe immer noch aus wie ein Dorftrottel?

»Ja, danke«, sagte ich sicherheitshalber. »Ehrlich gesagt, dich habe ich nicht wiedererkannt.« Ich konnte mich nicht erinnern, jemals mehr als drei Sätze am Stück mit ihm gewechselt zu haben. Werner war immer ruhig gewesen und hatte nicht zu den Jungs gehört, die sich kindisch aufführten.

Werner sah mir direkt in die Augen. »Ja, ich habe mich vom unscheinbaren Jungen in einen tollen Kerl verwandelt.«

»Was …« In seinem Gesicht suchte ich nach Anzeichen von Ironie. Er lächelte. »Und witzig bist du auch geworden«, bemerkte ich.

Er nickte. »Ja, witzig bin ich jetzt auch, ja.«

Ich lachte, und er sah mich dabei grinsend an. »Was machst du so, Rieke?«

Nun erzählte ich im Schnelldurchlauf mein Leben, zum etwa fünfzehnten Mal an diesem Abend.

»Aha«, sagte Werner ruhig. Er war zwar auch früher ruhig gewesen, aber eher auf eine schüchterne Art. Heute wirkte er selbstsicher.

»Und du?«, fragte ich.

»Ich betreibe eine Model-Agentur.«

»Wirklich?«

»Nein.«

Ich sah ihn verwirrt an. »Sondern?«

»Ich bin Produzent. In der Hauptsache geht es um Spielfilme.«

»Echt?«

»Nein.«

Langsam wurde es mir zu bunt. »Schlägst du gerade deine Zeit mit mir tot?«

»Du hattest doch früher Sinn für Humor«, bemerkte er.

»Na, stell dir vor, den habe ich immer noch.«

Er neigte den Kopf. »Wenn du es sagst.« Das hörte sich etwas provokant an, aber ich beschloss, es einfach zu ignorieren.

»Also …« Ich zog die Augen zusammen. »Letzte Chance. Was machst du beruflich?«

Er sah mich eine Weile amüsiert an, dann antwortete er: »Ich bin Koch.«

»Okay. Das stimmt jetzt aber, oder?«

»Wieso? Kann man damit angeben? Pardon, das wusste ich nicht. Aber ich höre es natürlich gern.«

»Koch also?«

»Ja, Küchenchef in einem französischen Restaurant.«

Ich nahm mein Glas mit der Grapefruitschorle vom Tisch und trank, während ich nachdachte. Sollte ich die Unterhaltung fortsetzen oder ihm langsam den Rücken zuwenden? Ich beschloss, noch eine Weile zu bleiben. Irgendetwas an ihm fand ich interessant.

»Und was ist das für eine Boutique, die du vorhin erwähnt hast?«, wollte er wissen.

»Eine Secondhand-Boutique, sie heißt *Glamour Secondhand.*«

»Glamour? Sind das luxuriöse Sachen?«

Ich nickte. »Exklusive Markenware. Mode ist meine Leidenschaft. Na ja, weil ich kein Zeichentalent habe, konnte ich nicht Designerin werden. Außerdem ist das heutzutage eine oft brotlose Kunst, weißt du. Sich auf diesem Markt durchzusetzen ist verdammt hart. Also habe ich einen anderen Weg gefunden, mich auszuleben.«

»Das ist toll.« Es hörte sich ehrlich an, wie er das sagte.

»Weißt du, Werner, ich bewundere deinen Beruf. Wahrscheinlich deshalb, weil ich nicht kochen kann.«

Werner verzog nachdenklich den Mund. »Och, Spaghetti oder Omelette kannst du doch bestimmt, oder?«

»Ja, und damit hört mein Können auch schon auf.«

Werner neigte den Kopf und meinte: »Tja, nicht jeder kann alles. Muss man ja auch nicht.«

»Und in welchem Restaurant arbeitest du als Koch?«

»Im *Jean-Luc.*«

»Was?«, rief ich überrascht aus. »Wirklich? Im *Jean-Luc?* Da gehe ich regelmäßig hin.«

Er wirkte unbeeindruckt. »Na ja, da gehen eine Menge Leute regelmäßig hin.«

Seltsamer Mensch. Der Höflichkeit halber hätte er jetzt zumindest etwas erstaunt tun können.

Ich versuchte, meine Begeisterung wieder zu dämpfen. »Nicht, dass es ein Weltwunder des Zufalls wäre, aber witzig ist es schon irgendwie.«

»Ja, absolut. Äußerst witzig, ja. Normalerweise würde ich jetzt in schallendes Gelächter ausbrechen, aber ich bin gerade mit anderen Dingen beschäftigt.«

Ich musterte ihn eine Weile, dann sagte ich: »Ich will dir nicht zu nahe treten, aber ich nehme an, du bist nicht verheiratet, oder? Zumindest nicht mehr?«

Werner grinste. »Stellst du diese Frage, weil du ein Date mit mir willst oder weil du mich für ein Arschloch hältst?«

Ich strich mir eine Strähne aus dem Gesicht. »Das Erste halte ich für einen schlechten Witz. Das Zweite ist etwas zu hart, geht aber in die richtige Richtung.«

Werner nickte und tat verständnisvoll. »Verstehe. Nein, ich war nicht verheiratet. Leider. Das bringt mich jetzt vielleicht um mein Erbe.«

»Wie meinst du das?«

Er wiegte den Kopf hin und her. »Mein Großonkel hat mich kürzlich angerufen. Er ist mittlerweile vierundachtzig, und es gibt keine Verwandten außer mir. Er hat sich erkundigt, ob mein Leben auf solidem Fundament gebaut ist.« Werner machte eine säuerliche Miene. »Seine Worte, nicht meine. Jedenfalls ist er vermögend, besitzt ein Haus und ist nicht bereit, mir sein Erbe zu hinterlassen, wenn ich nicht die Reife einer stabilen Beziehung zu präsentieren habe.«

»Seine Worte, nicht deine?«

»Genau.«

»Tut mir leid für dich. Da musst du halt jetzt weiterkochen …« Normalerweise war beißende Ironie nicht meine Art, wenn sich jemand gerade in einer schwierigen Lage befand, aber ich fand, ich sollte ihm seine Sprüche ein wenig heimzahlen.

»In meiner Panik«, erzählte Werner weiter, »hab ich dann einfach gesagt, dass ich schon seit zwei Jahren in festen Händen bin, und wie der Zufall es will, haben wir auch schon über Heirat gesprochen. Nun hat er uns für nächstes Wochenende eingeladen.«

»Dich und deine imaginäre Freundin?«

»Ja.«

»Oh«, stieß ich hervor. Was für eine wirre Geschichte. »Du kannst doch irgendeine Bekannte fragen und dich dann später einfach scheiden lassen. Ich meine, so schlimm ist es ja nicht, was du da tust. Vielleicht hinterlässt er sonst alles der Kirche.«

»Das Problem ist, dass ich niemanden weiß. Die Frauen, die ich kenne, sind entweder schon verheiratet, oder sie sind nicht präsentabel.«

»Nicht präsentabel? Wie meinst du das?«

»Na ja … In der Arbeit gibt es ein paar nette Kolleginnen, aber die eine ist tätowiert, die andere zwanzig Jahre jünger und ein bisschen vulgär, die dritte geht bald in Rente und so weiter.«

Benommen schüttelte ich den Kopf. »Aber es muss doch irgendeine Frau geben, die bereit ist, mit dir zu deinem

Onkel zu fahren und eine Stunde lang eine Unterhaltung zu führen. Du könntest ihr dafür eine Entschädigung zukommen lassen. Die Leute machen für Geld viel schlimmere Dinge. Manche ziehen sich ein Tierkostüm an und verteilen Flyer.«

»Du trägst keinen Ehering«, stellte er nüchtern fest.

»Und du bist ziemlich verzweifelt, wenn du auf ein Klassentreffen gehst, um eine Frau zu finden.«

»Probieren geht über studieren.«

»War dieser Frauenfang dein erster Gedanke, als du die Einladung zum Klassentreffen gelesen hast?«

»Mein zweiter.«

»Und was war dein erster?«, fragte ich.

»Ich dachte: Wahnsinn, wie schnell die Zeit vergangen ist.«

»Ja«, stimmte ich zu und nickte. »Das ist wahr. Unglaublich. Dreißig Jahre.«

»Wenn das nächste Klassentreffen wieder in dreißig Jahren ist, dann wird die Hälfte schon tot sein.«

»Du solltest jedenfalls nicht als Stimmungs-Clown auf Kindergeburtstagen auftreten.«

Er zuckte die Schultern. »Aber es ist doch wahr.«

»Nun ja, war nett, mit dir zu reden ...«

Werner steckte die Hände in die Hosentaschen und sah mich direkt an. »Hast du einen Freund?«

»Nein. Warum?«

»Also gibt es niemanden, der etwas dagegen haben könnte, wenn du mit mir zu meinem Onkel fährst?«

»Warum sollte ich das tun?«

»Vielleicht, weil du ein netter Mensch bist und mir helfen willst, oder weil ich mich dafür erkenntlich zeigen könnte, wenn du was brauchst? Nein, nicht mit Geld, das wäre vielleicht etwas plump, aber vielleicht mit körperlicher Einsatzbereitschaft.«

»Wie bitte?« Ich starrte ihn mit offenem Mund an.

»Na, wenn du mal eine Waschmaschine anschließen oder einen Boden verlegen willst. Ich bin handwerklich sehr geschickt. Wieso? Was hast du denn gedacht?«

»Ich? Gedacht? Gar nichts.« Am liebsten hätte ich mich in Luft aufgelöst.

»Okay.« Er grinste. »Ich hatte schon die Befürchtung, du hast da etwas falsch verstanden.«

»Was? Nein, nein. Äh ... Du wirst schon jemanden finden. Aber Werner, ich muss jetzt langsam los. Saskia wartet schon, und sie wird immer so schnell grantig, wenn sie warten muss.«

Werner gab mir die Hand, und ich ergriff sie. So standen wir eine ganze Weile händeschüttelnd da, dann fragte er: »Gibst du mir deine Telefonnummer, Rieke?«

»Warum?«

»Vielleicht kann ich dich doch noch überreden mitzukommen. Falls er tatsächlich auf einer Heirat bestehen sollte, kannst du jederzeit abspringen.«

»Lieber nicht, Werner. Wenn dein Onkel dich gern hat, wird er dir das Erbe auch ohne Frau überschreiben.«

»Mein Onkel hat niemanden gern. Außerdem kennt er mich doch kaum.«

»Aber du bist sein einziger Verwandter.«

Werner atmete hörbar aus. »Deswegen kann er's trotzdem jemand anderem vererben.«

»Na gut. Meine Telefonnummer ist ein zwei drei vier fünf sechs sieben. Am besten bin ich abends zwischen acht und fünf nach acht zu erreichen. Tschüs, Werner. Alles Gute.«

Sein Gesichtsausdruck war eine Mischung aus amüsierter Überraschung. Sein »Tschüs« hörte ich, als ich mich bereits ein paar Schritte entfernt hatte.

4

Eine Stunde später lag ich auf der Couch im Wohnzimmer und ließ den Abend Revue passieren. Erst das Gespräch mit Patrick, der mich überhaupt nicht mehr interessierte. Und dann Isabellas überraschende Bitte um Vergebung, die eigentlich nett von ihr gewesen war. Ich hätte das wertschätzen und nicht einfach abhauen sollen. Damit hatte ich nur gezeigt, dass mir das Ganze immer noch ein bisschen nachhing. Schade, ich hätte wirklich Ja sagen sollen, als sie sich entschuldigte.

Am meisten beschäftigten mich aber Werner und seine schräge Story. Kaum waren Saskia und ich ins Auto eingestiegen, hatte sie mich neugierig angesehen, und ich hatte ihr die Geschichte erzählt. »Warum hast du nicht gesagt, du willst fünfhundert Euro, wenn du mitkommst?«, hatte sie gefragt und dann im Scherz vorgeschlagen, ihn anzurufen und sich selbst um den Job zu bewerben. »Das sollte ein Witz sein. Ist doch klar, dass er *dich* will«, hatte sie gleich darauf gesagt. Wie kam sie darauf?

Wahrscheinlich hatte er mich bloß deshalb gefragt, weil ich zufällig gerade herumstand und die Einzige war, die keinen Ehering trug. Ich musste ihn unbedingt googeln. Vielleicht hatte er mir eine erfundene Geschichte erzählt, wie anfangs von der Model-Agentur. Wahrscheinlich war er auch überhaupt nicht Küchenchef im *Jean-Luc*. Ich nahm meinen Laptop und tippte seinen Namen in die Suchleiste. Sofort verspürte ich eine seltsame Mischung von Aufregung und Abwehr.

Werner Mielke war tatsächlich Küchenchef im *Jean-Luc,* da war ein Foto von ihm. Zu seinen braunen Augen und dem schwarzen Haar stand ihm die weiße Kochjacke wirklich klasse. Aber das fiel mir nur nebenbei auf. Nun gut, wenigstens hatte er in dieser Hinsicht nicht gelogen. Vielleicht war das die einzige Wahrheit an diesem Abend gewesen.

Schon am nächsten Morgen war Werner Mielke nur noch irgendwo in meinem Hinterkopf, zumindest fast. Eines wusste ich mit Sicherheit: Auf das nächste Klassentreffen musste ich unbedingt gehen, um zu erfahren, was aus der Sache mit dem Onkel geworden war. Ob alles erfunden war oder einfach nur eine irrwitzige Geschichte. Vielleicht wird er dann mit einer Frau verheiratet sein, die er auf die Schnelle aufgegabelt hat, und die nun über eine eigene schwarze American-Express-Card verfügt. Na ja, das konnte mir egal sein. »Vielleicht hätte ich doch mitgehen sollen«, murmelte ich vor mich hin. Manchmal führte ich kleine Selbstgespräche. Irgendwo hatte ich mal gelesen, das sei gut. Keine Monologe oder Gespräche, als wäre ich zwei Personen, es waren nur so kleine Murmler und Kommentare. Einmal hatte ich Pierre gefragt, ob er das auch mache, aber er hatte mich nur belustigt angesehen und gesagt: »Nee, Gott sei Dank noch nicht.«

Mein Vater rief mich an und fragte mich, ob ich Lust

hätte, mit ihm in den Tierpark zu gehen. Er hatte nach dem Tod meiner Mutter nicht mehr geheiratet und ging kaum noch aus, außer freitags abends zu seiner Skatgruppe mit seinen alten Freunden. Seine Vergesslichkeit machte mir ein bisschen Sorgen, aber laut ärztlicher Untersuchung war er nicht dement, es war nur altersbedingt. Mein Vater war sechsundsiebzig, also nicht uralt, aber langsam brachte er Dinge durcheinander.

»In den Tierpark? Warum?«

»Was 'ne blöde Frage«, erwiderte mein Vater. »Um Tiere zu sehen.«

Natürlich, die Frage war unnötig gewesen. »Ja, klar, ich frage mich doch nur, warum du das plötzlich willst?«

»Woher weißt du denn, dass das plötzlich gekommen ist? Vielleicht denke ich schon ein paar Tage darüber nach. Kannst du doch nicht wissen.«

Ich hatte überhaupt keine Lust, in den Tierpark zu gehen, wirklich nicht das kleinste bisschen. Aber er war mein Vater, und er war einsam, also sagte ich: »Okay.«

»Red nicht immer so amerikanisch daher.«

Wann hatte er mich wegen meiner Ausdrucksweise das letzte Mal gerügt? Das musste etwa dreißig Jahre her sein.

»Also gut, ich gehe gerne mit dir in den Zoologischen Garten, lieber Vater.«

»Rotzfrech wie immer.«

»Aha.«

»Ach, und ruf mal lieber Emma an, weil sie mich am Wochenende immer anruft, und wenn ich nicht ans Telefon gehe, dann macht sie sich Sorgen.«

»Ruf sie doch selbst an, Papa.«

»Nee, vielleicht geht der Lutz ans Telefon.«

»Und?«

Mein Vater zögerte ein paar Sekunden, dann meinte er: »Der zwingt mich immer zum Lachen. Das mag ich nicht.«

Ich machte eine ungläubige Grimasse, aber zum Glück konnte er es nicht sehen. »Lutz zwingt dich zum Lachen? Wie soll ich das verstehen?«

»Ach, er will mich immer aufheitern, was ich einerseits nett von ihm finde, andererseits frage ich mich, warum er diesen Drang hat. Jedenfalls merke ich, dass er erwartet, dass ich lachen muss.«

Brachte er da etwas durcheinander? Ich hatte nie erlebt, dass Lutz jemanden zum Lachen zwingt. »Kannst du mir ein Beispiel nennen, Papa?«

»Also, letztes Mal, da hab ich gesagt, dass mir Emmas Kuchen nicht geschmeckt hat, und darauf hat Lutz gesagt, er mag den Kuchen auch nicht, und wir müssen sie vom Kuchenbacken abhalten, weil wir Männer zusammenhalten müssen. Er hat gelacht, und ich hab mir gesagt: Jetzt musste lachen, Lothar, sonst ist der Lutz beleidigt.«

»Das ist doch jetzt nicht wahr, oder? Deshalb rufst du dort nicht an?«

»Ja.«

»Papa, das ist lächerlich.«

»Für dich vielleicht. Stell dir mal vor, du wirst jedes Mal zum Lachen gezwungen, wenn du mit einer bestimmten Person sprichst.«

Ich verdrehte die Augen. »Gut, ich ruf Emma an und hol dich in einer Stunde ab.«

»In einer Stunde erst?«

»Ja, in einer Stunde. Muss noch die Kaffeemaschine entkalken.«

»Was?«

»Das war ein Witz. Komm schon, jetzt lach doch mal. Du verstehst wirklich überhaupt keinen Spaß.«

»Verstehe. Ich hätte dir das mit Lutz nicht erzählen sollen.«

Ich lachte, und daraufhin lachte er auch. Hoffentlich hatte ich ihn nicht dazu gezwungen.

Neuerdings trug mein Vater eine Alte-Männer-Kappe, braun-beige kariert. Darunter kräuselten sich seine grauen Locken um den Rand, was so aussah, als hätte er jede Menge Haare. Tatsächlich hatte er eine Glatze.

Wir waren dreieinhalb Stunden im Tierpark und hatten einen langen Fußmarsch gemacht, dann wurde er allmählich müde. »Hauptsache, wir waren im Affenhaus. Die mochte ich nämlich immer am liebsten, die Affen«, erzählte er mir auf der Heimfahrt.

»Ja? Warum?«

»Warum nicht?«

Darüber musste ich lächeln, sagte aber nichts.

»Magst du noch auf einen Kaffee raufkommen, Rieke?«

»Ich glaub nicht, Papa.«

»Nicht?«, meinte er leicht krächzend.

»Ich will noch ein bisschen die Beine hochlegen, lesen und ein heißes Bad nehmen.«

»Die Beine hochlegen ... Haste Thrombose, oder was?«

»Nein, Papa, ich habe keine Thrombose, aber ich arbeite die ganze Woche und ...«

»Jeder arbeitet.«

Ich atmete hörbar aus, lenkte den Wagen an den Gehsteig und bremste. »Wir sind da, Papa.«

»Was du nicht sagst. Als ob ich nicht wüsste, wo ich wohne. Also, du willst wirklich nicht mit hochkommen? Es dauert auch nicht lange.«

Ach so. Wie es aussah, hatte das alles einen Grund. »Also gut. Ich suche einen Parkplatz.«

Zufrieden lehnte er sich wieder zurück. »Das wäre wünschenswert. Wir können ihn ja nicht mit hochnehmen, den Wagen.«

Ich schüttelte nur lachend den Kopf, parkte das Auto und begleitete ihn in seine Wohnung.

Er machte uns einen Kaffee, und als wir ausgetrunken hatten, stand er auf, machte eine Tür in der Wohnzimmer-Schrankwand auf und nahm zwei große Fotoalben heraus.

»Was willst du denn damit, Papa?«

»Ich hab ein Foto gefunden, in einer alten Schachtel mit anderen alten Sachen. Du weißt doch, dass man nicht immer alle Fotos einkleben kann, gell? Ich weiß nicht, warum ich dieses Bild nicht eingeklebt hab, kann's mir gar nicht erklären ...«, plapperte er, während er das erste Album hinten aufschlug. Dann nahm er das zweite zur Hand. »Ach, dann hab ich es wohl da reingeklebt. Letzte Woche hab ich das reingeklebt. Ja, da isses, guck mal, Rieke, du und ich. Ist das nicht ein schönes Foto von uns zwei Hübschen?«

Er drehte das Fotoalbum um hundertachtzig Grad und schob es mir hin. Sicherheitshalber tippte er mit dem Finger auf das besagte Foto, aber mein Blick fiel gleich darauf: Wir beide standen vor dem Nymphenburger Schloss. Es war sein Geburtstag gewesen, und er hatte sich gewünscht, dass wir als Familie an diesem Samstag dorthin gingen. Einen Tag nachdem Patrick mit mir Schluss gemacht hatte, das wusste ich noch genau. Auf dem Foto trug ich die selbst genähte Karobluse, die meine Mutter so scheußlich fand. Mein Vater hatte den Arm um mich gelegt, in seiner Herzlichkeit seine Finger leicht in meinen Arm gekrallt, und lachte in die Kamera. Ich stand einfach nur stupide da und war wahrscheinlich mit Kopf und Herz bei Patrick.

»Da siehst du so traurig aus, Rieke. Hab mich gefragt, was dir da durch den Kopf ging.«

»Ach, damals war ich noch so jung, Papa.«

»Ist doch ein schönes Andenken für dich, wenn ich mal nicht mehr bin.«

»Sag doch so was nicht, Papa.«

»Wieso soll ich so was nicht sagen? Solange sie keine Pille erfinden, die mich zweihundert Jahre ohne Rheuma leben lässt, muss ich damit rechnen, irgendwann Adieu zu sagen.«

»Adieu? Ach, du bist eben ein Mann von Welt, Papa. Und es freut mich, dass du das Foto gefunden hast.«

Er zog das Fotoalbum wieder zu sich heran, und dann sagte er: »Und mich freut es erst. Aber jetzt geb ich's dir noch nicht. Erst wenn ich tot bin, kannst du's haben.«

Noch auf dem Heimweg war ich gerührt, wie viel meinem Vater dieses alte Foto bedeutete. *Wenn ich mal nicht mehr bin* … Daran wollte ich gar nicht denken. Ich konnte mir ein Leben ohne ihn gar nicht vorstellen, da stand mir wieder ein großer Schmerz bevor. Dem würde ich mich nicht entziehen können, aber zumindest diesen überbewerteten Liebesschmerzen. Und damit ging es mir besser als Frauen wie Petra Wittner.

5

Am Abend machte ich mir eine Spargelsuppe aus der Dose, mit Croutons und Schnittlauch, setzte mich ins Wohnzimmer und blätterte, während ich löffelte, die *Vogue* durch. Das Telefon klingelte, und ich war mir hundertprozentig sicher, dass es Saskia war. Als ich aufs Display blickte, sah ich aber eine unbekannte Nummer. »Hallo?«

»Hallo, Rieke, hier ist Werner.«

Es war ein kleiner Schock. Ein paar Sekunden sagte ich kein Wort. Er rief tatsächlich an! Entweder die Geschichte war doch nicht erfunden, oder er wollte mich um eine Verabredung bitten.

»Hallo, Werner.« Ich versuchte, freundlich, aber nicht *zu* freundlich zu klingen. »Woher hast du meine Nummer?«

»Nachdem du unter eins zwei drei vier fünf sechs sieben nicht zu erreichen warst, hab ich mich im Internet schlau gemacht.«

»Wie clever. Auf die Idee muss man erst mal kommen. Du bist ein kleines Genie.«

»Störe ich dich gerade bei etwas?« Werner hatte eine angenehme Stimme, sie klang tief und selbstsicher. Er hätte Al Pacino synchronisieren können. Wenn ich es mir recht überlegte, sah er ihm sogar ein bisschen ähnlich.

»Nein, du störst nicht.«

»Tja, also ich ruf jetzt hiermit an.«

»Ach was?« Ich war mir nicht sicher, welche Reaktion jetzt angemessen gewesen wäre.

»Können wir uns treffen, Rieke? Wir sollten baldmöglichst diese Sache besprechen.«

Also hatte er doch die Wahrheit gesagt? »Du klingst, als planten wir einen Banküberfall.«

Er lachte leise auf, dann klang er wieder ernst: »Der weiße Lieferwagen ist vollgetankt und desinfiziert.«

»Du hast dir die Geschichte also wirklich nicht ausgedacht?«

»Nein.«

»Und wie stellst du dir das konkret vor?«

»Du kommst einfach mit und bestätigst unsere feste Partnerschaft.«

»Aha.«

»Wenn das alles klappt, dann bekommst du auch ein Stück vom Kuchen ab.«

»Wie meinst du das?«

Er dachte kurz nach. »So ausführlich habe ich mir darüber noch keine Gedanken gemacht, aber dein Engagement soll nicht umsonst sein.«

»Sprechen wir immer noch vom Bodenverlegen und Waschmaschineanschließen?«

Er lachte leise. »Natürlich nicht. Wir könnten einen Deal machen. Ich bezahle dir das, denn ohne dich würde es wohl nicht klappen.«

»Wie muss ich mir das vorstellen? Ich gebe mich als deine Freundin aus?«

»Genau. Du musst weder Schauspielunterricht nehmen

noch einen Lügendetektortest machen. Einfach nur sagen: ›Hallöchen, bin die feste Freundin vom Werner.‹ Hinter deinem Rücken kannst du ja die Finger verschränken, wenn du willst.«

»Und wann werde ich die Früchte für meinen Einsatz ernten?«

Er schwieg eine Sekunde, dann antwortete er: »Hör mal, ich stehe mit diesem Projekt selbst noch am Anfang und muss mir erst einen Überblick verschaffen. Sobald ich davon profitiere, wirst du es auch tun.«

»Na gut, das klingt fair. Für den Fall, dass ich einwillige, wann würden wir ihn dann besuchen?«

»Sonntags und montags habe ich immer frei. Freitags und samstags arbeite ich bis sechzehn Uhr, und dienstags bis donnerstags von sechzehn Uhr bis Mitternacht.«

»Wie heißt er eigentlich?«

»Mein Großonkel? Er heißt Wilfried.«

»Wilfried«, wiederholte ich. »Der Name klingt nach einem netten Opa, der nur die guten Seiten des Lebens sehen will und gütig zu anderen ist.«

»Na ja«, quetschte Werner hervor, »am Telefon klang er eher griesgrämig. Das letzte Mal habe ich ihn gesehen, als ich fünf oder sechs war. Ich erinnere mich, dass er mir auf die Hand geschlagen hat, als ich mir ein zweites Kuchenstück nehmen wollte.«

»Auf die Hand geschlagen? Oje!«

»So war's. Und zu meiner Mutter hat er gesagt, sie solle mir mal Manieren beibringen und darauf achten, dass ich nicht so viel fresse, sonst würde ich ein fettes Kind.«

»Das klingt wirklich nicht nett. Aber vielleicht ist er heute nicht mehr so schlimm.«

»Das bezweifle ich. Am Telefon hat er gefragt, ob ich immer noch diese weibischen Löckchen habe. Das wäre nämlich das Einzige, woran er sich bei mir erinnern kann. Gott, jeder hat als Fünfjähriger Löckchen, oder nicht?«

Ich grinste in mich hinein. »Glaub nicht, nein, aber die Löckchen hast du ja nicht mehr. Du bist jetzt ein gestandenes Mannsbild.«

»Ach ja? Danke.« Seine Stimme verriet, dass er lächelte.

Offenbar war mein Scherz anzüglich rübergekommen. »Ich wollte damit ...«

»Also gut, Rieke«, unterbrach er mich einfach, »wann wollen wir uns treffen, um uns vorzubereiten? Heute oder morgen?«

Abgelenkt durch seine Unterbrechung warf ich einen Blick zur Digitaluhr auf dem Fernseher. Es war kurz nach achtzehn Uhr. Eigentlich hatte ich es mir heute Abend noch in aller Ruhe gemütlich machen wollen. Dann fiel mir ein, dass ich vielleicht in einem Jahr um diese Zeit auf den Galapagos-Inseln sein könnte, wenn ich mich auf diese verrückte Geschichte einließ. Oder noch besser: das neue Ladengeschäft gegenüber beziehen könnte. Der Gedanke ließ mich plötzlich hellwach werden.

»In einer Stunde?«, schlug ich vor.

»Kein Problem.«

»Und wo wollen wir uns treffen? Wie wäre es im *Jean-Luc?*«

»Das geht nicht, ich arbeite dort.«

Ich verzog ungläubig den Mund. »Das war ein Scherz.«

»Ach so. Hör zu, Rieke, an deinen Scherzen solltest du noch arbeiten. Es ist nicht gut, wenn man sie erklärt bekommen muss.«

Ob das an mir lag, dass ich sie erklären musste? Ich ließ ein paar Sekunden verstreichen, bevor ich sagte: »Hast du vergessen, dass du auf meine Zusammenarbeit angewiesen bist? Du fliegst ganz schön hoch, mein kleiner Freund.«

»Nun, wo treffen wir uns?« Ich hörte seiner Stimme wieder an, dass er lächelte. »Es ist wohl das Beste, ich komme zu dir.«

»Und warum sollte dies das Beste sein?«

»Ich weiß auch nicht. Wir sind doch bald ein Pärchen, und da muss ich doch wenigstens wissen, wie du wohnst und was für ein Mensch du bist.«

»Meinetwegen kannst du vorbeikommen. Ich gebe Saskia Bescheid, dass du mich besuchst. Du weißt schon, falls sie meine Leiche finden und nicht wissen, wer der Mörder ist.«

»Ja, gut. Gib mir mal deine Adresse.« Er sagte das ganz ernst, und das war das Amüsante daran. Er war ein bisschen durchgeknallt, so ein kleines bisschen. Aber was soll's, dachte ich, er würde bald ein reicher Durchgeknallter sein. Und ich bekäme vielleicht einen Teil von dem Reichtum ab.

Als ich eine knappe Stunde später die Tür öffnete, stand Werner mit einem kleinen Blumenstrauß vor mir.

»Oh, du bist ein Gentleman«, sagte ich überrascht.

Er zuckte die Schultern. »Natürlich bin ich das.«

Wir sahen uns ein paar Sekunden an. Sein Gesicht wirkte freundlich, er hatte einen beinahe warmherzigen Blick. Überhaupt hatten seine Augen etwas sehr Einnehmendes, eben wie bei Al Pacino. Wenn er mich ansah, fühlte ich mich gleichzeitig herausgefordert und ein bisschen bewundert. Es war schwer zu erklären, aber so kam es mir vor. Er trug Jeans und ein langärmliges schwarzes Shirt.

»Und? Willst du mich nicht reinbitten?«

»Du stehst aber mächtig unter Zeitdruck. Na, komm schon rein.«

»Wie nett du das sagst. Du lullst mich geradezu ein mit deinem Charme.«

Etwas gereizt nahm ich den Blumenstrauß an mich. »Danke.«

Er neigte den Kopf ein wenig und sah mich an. »Bitte. Gern geschehen.« Als er eintrat, fragte er, ob er die Schuhe ausziehen müsse.

»Nein, ich habe keinen Teppichboden. Ist alles Parkett hier.«

Er nickte erleichtert. »Gut, ich mag es gar nicht, wenn man sich die Schuhe ausziehen muss.«

Ich ging voran zur Küche. »Ich hasse das regelrecht«, sagte ich.

»Wie schön«, sagte Werner, »wir haben unsere erste Gemeinsamkeit gefunden. Wenn uns jemand fragt, welche Gemeinsamkeit wir als Erstes aneinander entdeckt haben, können wir sagen: Wir hassen es beide, strumpfsockig durch die Wohnung zu gehen.«

»Das Wort ›strumpfsockig‹ gibt's nicht.«

»Doch. Hab's mal gegoogelt, steht im Duden.«

Ich drehte mich um, mit dem Blumenstrauß in der Hand, und sah ihn an. »Du hast ›strumpfsockig‹ gegoogelt? Ich frage lieber nicht, womit du deine freien Tage verbringst. Vielleicht erzählst du mir dann, dass du deine

Haare zählst oder E-Mails an Journalisten schreibst, die ein Komma vergessen haben.«

Um seinen Mund lag der Anflug eines Lächelns. »Willst du mir nicht einen Platz anbieten?«

»Nimm doch bitte Platz, Werner.«

Er setzte sich in den Rattansessel neben dem Bistrotisch, und ich holte eine Vase aus dem Schrank. »Möchtest du etwas trinken?«

»Ja, gerne. Ein Wasser oder eine Schorle.«

»Bist du mit dem Auto da?«

»Nein, aber ich trinke selten Alkohol. Bier ist mir zu bitter, von Wein bekomme ich Kopfschmerzen und von Schnaps ein Brennen im Hals.«

»Ein Brennen im Hals«, murmelte ich spöttisch vor mich hin, während ich die Getränke einschenkte.

»Okay, wenn Schnapstrinken für dich ein Kriterium für Männlichkeit ist, dann kann ich mir deine Männerbekanntschaften ausmalen.«

»Ja, aber Rocco und Chuck schreiben mir noch regelmäßig aus dem Gefängnis.«

Er lächelte.

Ich stellte zwei Apfelschorlen auf den Tisch und setzte mich ihm gegenüber. »Fangen wir an. Was muss ich wissen?«

Werner nahm erst mal einen Schluck Apfelschorle, setzte entspannt das Glas ab und sah mich an. »Okay, zunächst die Eckdaten. Ich wohne in der Prinzregentenstraße, nahe dem Friedensengel …«

»Das ist ja nur fünf Minuten von hier. Ist ja witzig.«

»Ja, finde ich auch.« Er nickte und fuhr fort: »Ich war nie verheiratet und habe keine Kinder. Ich nehme an, das findest du ebenfalls witzig?«

»Warum warst du nie verheiratet?«, bohrte ich nach.

»Ich glaube nicht, dass Onkel Wilfried das fragen wird. Außer, *du* willst es wissen.« Seine Augen blickten bei diesem Satz irgendwie schelmisch.

Ich winkte ab. »Das weiß ich sowieso schon. Du hast die Richtige nicht getroffen. Das Übliche eben.«

Er dachte eine Weile nach. »Einmal dachte ich, dass ich die Richtige getroffen hätte. Wir haben uns vor siebzehn Jahren kennengelernt und waren vier Jahre zusammen.«

»War sie am Ende doch nicht die Richtige?«

Werner wirkte nachdenklich. »Christiane war geschieden und hatte zwei Kinder. Als wir uns kennenlernten, war der Junge vier und das Mädchen zwei. Wenn ich abends gearbeitet habe, war ich tagsüber für die Kinder da, und am Wochenende hatte ich sie ständig um mich.«

»Ah, verstehe«, sagte ich verständnisvoll, »das wurde dir irgendwann zu viel.«

Werner schüttelte den Kopf. »Was? Nein. Ich habe mit der Zeit gemerkt, dass Christiane und ich eigentlich gar nicht zusammenpassen. Aber ich hatte mich schon so an die Kinder gewöhnt und ... Ich hab mich um sie gekümmert, mit ihnen gespielt, sie die ganze Nacht herumgetragen, wenn sie krank waren ... Die Trennung von Christiane war nicht so schlimm, aber mich nach vier Jahren von den Kindern zu trennen, das war schrecklich. Ich wollte so etwas nicht noch mal erleben.«

Mitfühlend sah ich ihn an. »Hast du denn noch Kontakt zu ihnen?«

»Nein. Christiane hat ein Jahr darauf geheiratet und ist mit ihrem neuen Mann und den Kindern in die Schweiz gezogen.«

»Ja, zu lieben kann so verdammt schmerzvoll sein.«

Er lehnte sich zurück und ließ mich nicht aus den Augen. Wahrscheinlich fragte er sich gerade, was mich zu dieser Aussage veranlasst hatte. Aber ich wollte jetzt nicht von mir reden, deshalb sagte ich: »Erzähl weiter. Was sollte ich noch über dich wissen?«

»Jedenfalls habe ich Koch gelernt, und seit zwölf Jahren arbeite ich im *Jean-Luc*. Küchenchef bin ich seit fünf Jahren. Geschwister habe ich keine, mein Vater ist während einer Operation gestorben, als ich zwölf war, und meine Mutter letztes Jahr an einem Herzinfarkt.«

Eine Weile saßen wir uns schweigend gegenüber. Der letzte Satz war keiner, an den ich anknüpfen wollte.

»Das sind so die groben Fakten«, meinte er abschließend.

»Du bist also ganz allein?«

Werner winkte ab. »Na ja, ich habe ein paar Freunde und Bekannte, aber keine Familie, und das ist okay. Was ist mit dir? Hast du Familie?«

Ich erzählte von Emma, Lutz und ihren Kindern. Den Tod meiner Mutter tat ich in einem Satz ab, weil ich nicht gerne davon erzählte. »Wir sollten uns eine Geschichte zurechtlegen, wie wir uns kennengelernt haben«, schlug ich schließlich vor.

»Ich habe überlegt, dass wir ruhig die wahre Geschichte aus der Schule erzählen können. Vor zwei Jahren sind wir uns dann zufällig über den Weg gelaufen, und da haben wir uns verliebt.« Die Art, wie Werner das sagte, verursachte mir ein unerklärliches Kribbeln im Bauch. So etwas hatte ich schon lange nicht mehr gespürt, aber ich schob diesen Gedanken beiseite und nickte bloß zustimmend.

»Was meinst du, Rieke? Du kommst ins *Jean-Luc*, ich trete aus der Küche, erkenne dich, unsere Blicke treffen sich, und dann frage ich dich einfach: ›Rieke? Bist du das?‹ Und dann kommt der ganze Liebesschmus. Treffen, weitere Treffen und so weiter.«

»Äh ... Ja, klingt doch ziemlich ... schlüssig.«

»Das meine ich auch.«

»Aber dass du vor und nach Christiane nicht geheiratet hast ... Und Christiane hast du auch nicht geheiratet.«

Er zuckte die Schultern. »Weiß auch nicht. Warst du schon mal verheiratet? Nein! Und warum?«

Ich machte eine ungeduldige Handbewegung. »Wir sprechen jetzt aber nicht über mich!« Nachdem er keine Anstalten machte, irgendetwas darauf zu sagen, fuhr ich fort: »Ich glaube nicht mehr an die große Liebe. Ich meine, es ist doch in allen Geschichten immer das Gleiche. Der andere wird so gesehen, wie man ihn gerne hätte. Dann kommt so langsam die Erkenntnis, dass er doch nicht so ist wie erhofft. Wahre Liebe wäre, wenn man will, dass es dem anderen immer gut geht.« Was Gregor mir angetan hatte, und wie er mich am Ende ... Nein, das war vorbei, Liebe hatte sich für mich erledigt.

Werner sah mich einfach nur an.

»Was ist?«, fragte ich.

»Wow! Also, du hast dir ausgiebig Gedanken gemacht, das steht schon mal fest. So wie du das schilderst ... hört sich das verdammt pessimistisch an. Mit dieser Einstellung ist es natürlich kein Wunder, wenn du alleine lebst.« Er beugte sich nach vorne und stützte die Arme an seinen Knien ab. »Nichts für ungut, Rieke, aber wenn du einem Mann nicht einmal eine Chance gibst, sondern das Ganze von vornherein für Kalkül und eine verlogene Sache hältst, dann kann daraus auch nicht das werden, was du dir wünschen würdest.«

»Ich wünsche es mir ja gar nicht!«, beharrte ich. »Es bringt nur Kummer und Verzweiflung.«

Werner sah mir ins Gesicht, dann sagte er: »Ja. Wir alle leben unser Leben so, wie wir es für richtig halten. Sonst würden wir es auch nicht so leben. Wenn es dir damit besser geht, ist es in Ordnung. Geht es dir damit denn besser?«

Ich sah ihn an, dann sagte ich selbstbewusst: »Ja, natürlich.«

Werner hob die Handflächen nach oben. »Gut. Wenn es deine Lebensqualität verbessert, dann machst du schließlich irgendetwas richtig.«

Ich lehnte mich zurück und seufzte. »Du sagst das freundlich, aber eigentlich denkst du, ich habe eine Art Knall.«

Er lächelte ein wenig, dann meinte er: »Das würde ich so nicht sagen, aber wenn du schon wissen willst, was ich denke: Du machst dir etwas vor, indem du nichts in dein Leben lässt, was dich verletzen könnte. Ob das der richtige Weg ist? Das ganze Leben ist ein Risiko, und Liebe ist auch ein Risiko. Wenn du dich auf nichts einlässt, dann entgehst du vielleicht dem Kummer, aber dir entgehen auch Glück und wunderbare Erfahrungen.«

»Du bist also so etwas wie ein Experte in Beziehungsfragen?«

Er schüttelte den Kopf. »Bestimmt nicht, aber ich bin nicht grundsätzlich abgeneigt, mich auf etwas einzulassen.«

Leicht nervös klopfte ich mit den Fingern auf den Tisch. »Werner? Worüber reden wir hier eigentlich?«

»Keine Ahnung. Du hast doch damit angefangen.«

»Ich war nur ein bisschen neugierig, weiter nichts.«

Er grinste. »Ein bisschen neugierig ist, wenn man wissen will, welche Lieblingsfarbe jemand hat, oder welche Musik er gerne hört ...«

»Welche Musik hörst du denn gerne?«, unterbrach ich ihn. Wir mussten unbedingt weg von dem Thema Liebe.

Werner lachte kurz auf. Es war das erste Mal, dass ich ihn richtig lachen sah. Er hatte ein einnehmendes Lachen, irgendwie ansteckend. »Ich höre hauptsächlich deutsche Künstler. Da verstehe ich zumindest die Texte.«

»Oh, na ja, das ist doch mal ein Argument. Reden wir eher über ›Die Toten Hosen‹ oder eher über Hansi Hinterseer?«

Werner hob irritiert die Augenbrauen. »Ich glaub, der Hansi ist Tiroler. Aber er singt deutsch, schon klar. Also, um deine Frage zu beantworten, gerne und oft höre ich Peter Maffay, Herbert Grönemeyer und Udo Jürgens.«

»Ach wirklich?« Ich versuchte ein Lächeln.

»Was ist?«, hakte er nach. »Ich weiß ja nicht, wie viel Ahnung du von Musik hast, aber das sind großartige Künstler. Hör dir doch bitte mal *So bist du* von Peter Maffay oder *Liebe ohne Leiden* von Udo Jürgens an. Das ist wunderbare Musik, und von den beiden gibt es noch viele andere großartige Songs.«

»Ist ja gut.« Ich hob abwehrend die Hände. »Zugegeben, viel habe ich von denen nicht gehört. Ich tendiere in eine ganz andere Richtung, ist eben alles eine Geschmacksfrage. Ich höre überwiegend Chansons.«

»Chansons?« Werner war anzusehen, dass er sich das Lachen verbiss.

»Ja. Und?«

»Wenn ich das Wort Chansons höre, muss ich an die alten Quizshows denken, die meine Oma geschaut hat, da kamen auch immer Chansons.«

»Du hast doch keine Ahnung von der Musik von Edith Piaf oder Gilbert Bécaud. Aber Patricia Kaas würde dir vielleicht gefallen, sie geht eher in Richtung Jazz.«

»Singt sie französisch?«

»Ja.«

»Dann würde sie mir nicht gefallen.«

»Na ja, ist ja auch egal.«

»Vielleicht hör ich sie mir mal an«, meinte Werner und stand plötzlich auf. »Ich sollte allmählich gehen.«

In diesem Moment bedauerte ich das beinahe. Es war eigentlich recht nett, hier mit ihm zu sitzen und sich zu unterhalten. Aber ich sagte nur: »Okay.«

Als wir dann an der Eingangstür standen, sagte Werner: »Das Klassentreffen war recht interessant, oder?«

»Ja, schon.«

»Und wie manche sich verändert haben! Besonders Isabella.«

»Ja, stimmt. Sie hat mich sogar um Vergebung gebeten, wegen der blöden Geschichte mit Patrick.«

»Ach ja«, meinte Werner und umfasste mit der Hand die Klinke der Wohnungstür. »Du warst ja mal mit ihm zusammen. Und dann war er plötzlich mit Isabella zusammen.«

»Du hast mir an diesem Tag ein Taschentuch gereicht.«

»Ja, hab ich stets einstecken. Meine Mutter hat immer gesagt: ›Werner, geh nie ohne Taschentuch aus dem Haus.‹«

Ich lachte, und er ließ für eine Sekunde seine Zähne aufblitzen.

»Und dafür hat Isabella sich bei dir entschuldigt?«, fragte er.

»Ja, stell dir vor, nach so vielen Jahren.«

Werner dachte einen Augenblick darüber nach, dann sagte er: »Liegt wohl an dieser schweren Krankheit, die sie hatte. Hartmut hat mir erzählt, dass sie Krebs hatte und sich nur schwer davon erholt hat. Die Ärzte können nicht garantieren, dass der Krebs nicht wiederkommt, und dann ist auch noch ihre Ehe gescheitert.«

»Ach so«, sagte ich leise vor mich hin.

»Ich nehme an, sie räumt irgendwie ihr Leben auf, aber ich kenne mich mit so spirituellen Sachen nicht aus.«

»Tja, ich auch nicht.«

»Willst du vielleicht in den nächsten Tagen mal bei mir vorbeikommen?« Als er mein Zögern bemerkte, fügte er hastig hinzu: »Aber das wird wohl nicht nötig sein. Das Wesentliche haben wir ja geklärt.«

»Genau.« Eigentlich gründete mein Zögern darauf, dass ich in Gedanken noch bei Isabella war, aber das mochte ich nicht sagen.

»Ich rufe dich am Freitagabend an, damit wir das mit Samstag klarmachen können.« Er drückte die Klinke und öffnete die Tür.

»Gut, aber lieber übers Handy. Freitagabend bin ich wahrscheinlich nicht zu Hause.« Manchmal ging ich mit Gigi, Saskia oder Pierre noch etwas trinken oder ins Kino, aber meistens ins *Jean-Luc*. Allerdings wollte ich das in diesem Moment nicht erwähnen.

»Ja, klar.« Werner nickte mir lächelnd zu und sagte: »Danke, Rieke. Tschüs. Und bis bald.«

»Tschüs, Werner.« Ich schloss die Tür hinter ihm und fragte mich, wofür er sich bedankt hatte. Ich tat das alles doch nicht uneigennützig. Trotzdem war es irgendwie nett von ihm.

Dann ging ich ins Wohnzimmer und suchte nach der Klassenliste, die wir alle bekommen hatten. Darauf standen die Namen und die E-Mail-Adressen, auch die von Isabella. Ich schaltete meinen Laptop ein und schrieb:

Liebe Isabella,

es tut mir leid, dass ich bei unserem Klassentreffen so kurz angebunden war. Ich hatte eine stressige Arbeitswoche hinter mir.
Hiermit möchte ich dir sagen, ganz offiziell, aber herzlich: Ich verzeihe dir!
Wir waren so jung, und ich denke daran, wie froh und glücklich ich bin, wenn mir jemand meinen Fehler verzeiht und sagt, dass ich wegen eines Fehlers noch längst kein schlechter Mensch bin. Ein Fehler ist einfach nur ein Fehler und kein Weltuntergang. Wenn wir die Uhr zurückdrehen könnten, würden wir doch alle vieles anders machen. Ich glaube niemandem, der sagt, dass er nichts bereut, nicht mal Edith Piaf. Du musst dir also keine Gedanken mehr deswegen machen. Es ist nicht mehr wichtig.

Ich hoffe, dass du noch ein langes und glückliches Leben vor dir hast.
Alles Gute!

Herzlichst,
Rieke

Ich staunte über mich selbst. Die Mail war länger geraten, als ich beabsichtigt hatte. Eigentlich wollte ich nur ein, zwei Sätze schreiben, dann waren meine Finger plötzlich über die Tastatur geglitten. Ich hoffte wirklich, dass ich ihr damit ein bisschen helfen konnte, wenn es ihr schon so viel bedeutete.

Schließlich suchte ich im Internet nach *So bist du* und *Liebe ohne Leiden*.

Ja, wirklich wunderschön. Ich hörte die Lieder mehrere Male hintereinander. Und bei *Liebe ohne Leiden* musste ich an meine Mutter denken und weinte dabei wie schon seit Langem nicht mehr.

6

Werners Besuch ging mir auch am Montag noch durch den Kopf. Es berührte mich, dass er die Kinder von dieser Christiane so lange vermisst hatte. Wenn man bedachte, dass es leibliche Väter gab, die sich um ihre Kinder nach einer Scheidung kaum kümmerten, waren Werners Gefühle beinahe außergewöhnlich. Er wäre bestimmt ein guter Vater geworden.

»Bernd hat gesagt, wir sollten das Schaufenster mit einer kräftigen Farbe auslegen.«

»Wie bitte?« Noch ganz in Gedanken sah ich auf. Pierre brachte die Handtaschen wieder in eine ordentliche Position, weil die Kundinnen sie meist einfach irgendwie zurückstellten. »Bernd meint, eine Farbe wie Rot oder Blau im Background würde den Blick auf die Ware lenken.«

Mit hastigen Bewegungen heftete ich einige Rechnungen auf meinem Schreibtisch im Ordner ab. Ich sah ihn missmutig an. »Ach, hat der Bernd das gesagt, ja? Mensch, warum ist er dir nicht früher begegnet? Schließlich habe ich nur darauf gewartet, dass mir jemand etwas über mein Geschäft erzählen kann. Besonders über den Background.« Genervt legte ich den Ordner zur Seite. »Und was ist Bernds Background? Ist er Unternehmensberater? Requisiteur? Oder Schaufensterdekorateur?«

Pierre drehte sich zu mir um und stemmte eine Hand in die Hüfte. »Bernd hat einen ausgezeichneten Geschmack.«

»Und ich nicht?«

Er schüttelte ungläubig den Kopf. »Doch, natürlich. Aber manchmal sehen Außenstehende mit gutem Geschmack die Dinge klarer.«

Ich stand auf und fing an, die neu eingekauften Kleidungsstücke auf Bügel zu hängen. »Was macht er eigentlich beruflich?«

»Bernd ist Eventmanager. Der beste.«

»Natürlich ist er der beste. Alles andere hätte mich gewundert.«

»Tss«, machte Pierre bloß, dann half er mir mit den Blusen und Kleidern.

»Und?« Ich sah ihn grinsend an. »Welche Familiengeschichte hast du ihm erzählt, Pierre?«

»Die mit der kolumbianischen Mutter und dem Grönland-Vater.«

»Wirklich? Ich finde die mit dem Ölscheich-Opa viel beeindruckender.«

Pierre zuckte die Schultern. »Beeindruckender? Ich hab's doch nicht nötig zu beeindrucken. Wenn ich beeindrucken will, gehe ich in die Sauna.«

»Ah ja.«

»Und, wie war dein Klassentreffen am Wochenende, Rieke?«, fragte er plötzlich.

Für eine winzige Sekunde war ich irritiert, weil er so plötzlich das Thema wechselte. »Es war recht interessant. Warst du schon mal auf einem Klassentreffen?«

»Ich?« Pierre lachte. »Zu welchem Klassentreffen sollte ich denn gehen? Ich bin von so vielen Schulen geflogen, da hab ich selbst den Überblick verloren.«

Für einen Augenblick hielt ich inne und sah ihn an. »Warum eigentlich?«

»Was?« Er hängte ein weiteres Teil auf und tat betont teilnahmslos.

»Warum bist du von Schulen geflogen?«

»Ich glaube, die hatten Vorurteile gegenüber Brandstiftern.«

Für einen Moment schloss ich die Augen. »Nein, jetzt mal im Ernst«, beharrte ich.

Pierre wand sich. »Ach, da gab's unterschiedliche Gründe. Was soll ich sagen? Schlechtes Benehmen, Rauchen im Klassenzimmer, Sex auf'm Klo …«

»Was?!« Mir fiel die Kinnlade runter.

Pierre holte tief Luft, wedelte mit einer Bluse herum und rief: »Ein einziges Mal in meinem Leben schlaf ich mit einem weiblichen Wesen, und dann kommt die Lehrerin rein! Das war kein gutes Omen. Deswegen bin ich auf Männer umgestiegen.«

Ich blinzelte. »Genau. Deswegen. Du redest manchmal so einen Blödsinn.«

»Na, erzähl mal. Haben die Leute sich sehr verändert?«

Ich machte mit der Hand eine relativierende Bewegung und stand von meinem Schreibtisch auf. »Manche mehr, manche weniger.«

»Heinrich Böll hat gesagt, wie alt wir geworden sind, sehen wir an den Gesichtern derer, die wir jung gekannt haben.« Pierre grinste. »Du weißt doch, wer Heinrich Böll ist, oder?«

Ich tat so, als würde ich scharf darüber nachdenken, während ich die neu eingekaufte Lagerfeld-Jacke hochhob. »Ist das nicht dieser entfernte Verwandte von dir? Ich glaube, dein Vater hat für seinen Verleger gearbeitet, oder?«

Pierre wich einen Schritt zurück. »Hey, Rieke! Geile Geschichte, darauf wäre nicht mal ich gekommen. Muss ich mir merken.«

Während Pierre noch lachte, sagte ich trocken: »Ich werde eine inszenierte Partnerschaft eingehen.«

Pierre hörte sofort auf zu lachen und starrte mich an. »Wie bitte?«

Langsam legte ich die Lagerfeld-Jacke auf meinem Schreibtisch ab, dann sah ich Pierre an. »Es ist eine verrückte Geschichte.«

»Darauf wette ich. Aber ich mag verrückte Geschichten, wie du weißt.«

Nachdem ich Pierre alles über das Klassentreffen, die Geschichte mit Isabella, Werners Pläne und seinen darauffolgenden Besuch bei mir erzählt hatte, wollte ich wissen: »Was hältst du davon?«

Pierre machte »Hm« und »Puh«, dann sagte er, das sei eine Chance, die man nur einmal im Leben bekomme. »Vielleicht springt ja viel für dich raus.«

»Hör mal, Pierre. Sag mal ganz ehrlich, ja? Wenn ich ein paarmal mit Werner vor dem Onkel so tue, als ob ich mit ihm zusammen bin, wäre das schlimm? Würdest du das machen?«

Er verzog ungläubig das Gesicht. »Soll das ein Witz sein? Ich würde dem Alten so schnell wie möglich ein Kissen aufs Gesicht pressen.«

»Pierre! Ich meine es ernst!«

»Das würde doch jeder machen, Rieke. Jedenfalls *fast* jeder.« Sein Gesichtsausdruck wurde mit einem Mal ganz sanft und freundlich. »Aber wenn du Bedenken hast, dann tue es lieber nicht.«

Ich nahm die Jacke wieder an mich, aber statt sie aufzuhängen, strich ich den Kragen glatt, um etwas zu tun zu haben. »Wenn er irgendwann tot ist, dann kann es ihm doch egal sein, oder?«, redete ich vor mich hin. »Ich meine, es ist doch besser, Werner bekommt sein Geld – und einen Teil davon ich – als ein Verein oder so.«

»Das kommt darauf an. Ein Tischtennisverein? Ein Schützenverein? Oder ein Verein für arme Kinder oder herrenlose Tiere?«

»Du weißt, was ich meine.«

Pierre nickte. »Na klar. Aber wenn du gut absahnst dabei und es dein Gewissen beruhigt, kannst du einen Teil ja auch spenden.«

»Genau.«

»Und einen Teil davon kannst du mir geben. Ich wollte schon immer mal nach Jamaica.« Als er bemerkte, dass mir nicht zum Lachen war, klopfte er mir kurz auf die Schulter. »Wenn Yves Saint Laurent solche moralischen Skrupel gehabt hätte, dann würde heute niemand seinen Namen kennen. Er hatte sich nämlich mit Christian Dior verkracht, die Firma verklagt und mit den hunderttausend Dollar, die er rausgeschlagen hat, sein eigenes Unternehmen gegründet. Der ist nicht hergegangen und hat sich gesagt: ›Mensch, das kann ich dem armen Christian doch nicht antun.‹«

»Hm, vielleicht hast du recht. Wenn meine Performance

erfolgreich ist, wird mein Traum von dem Laden drüben vielleicht doch noch Wirklichkeit.«

Mechanisch wandten wir die Köpfe und blickten durchs Schaufenster zur anderen Straßenseite.

»Das wäre schon schön«, sinnierte ich, »das viele Licht, der edle Holzboden, die Säulen …«

»O Gott. Jetzt fällt sie wieder ins Delirium«, murmelte Pierre vor sich hin. Dann sagte er lauter: »Steigere dich nicht so hinein. Wenn es nichts wird, bist du danach nur enttäuscht.«

»Du hast ja recht. Übrigens, du darfst es noch niemandem erzählen. Diese Sache mit Werner und so.«

»Na gut.«

»Ich kann nur hoffen, dass dieser Großonkel nicht auf einer Heirat besteht. Ich muss vielleicht Emma und meinem Vater bald erzählen, dass ich einen Freund habe, das reicht mir erst einmal. Aber ich will nichts überstürzen. Mal sehen, wie sich das bei dem Besuch beim Großonkel entwickelt. Also, noch mal: kein Wort zu Gigi und den anderen. Du erzählst es nicht mal Bernd.«

Er machte eine Grimasse. »Weißt du, Bernd und ich haben eigentlich keine Geheimnisse voreinander.«

»Pierre, ich bitte dich! Du hast ihm die Kolumbien-Grönland-Geschichte erzählt.«

»Okay, ich geb dir mein Wort. Meine Lippen sind versiegelt.« Er drehte mit der Hand einen imaginären Schlüssel vor dem Mund, dann machte er eine ausholende Armbewegung, als ob er den Schlüssel wegwerfen würde.

»Du bist ein Idiot.«

»Dafür kann ich doch nichts, Rieke. Das liegt bei uns in

der Familie. Wusstest du, dass mein Urgroßvater Hofnarr bei König Ludwig war?«

»Diese Geschichte scheint mir von allen die glaubwürdigste.«

Pierre gab ein kurzes Glucksen von sich. Wir hängten weiter die Kleider auf Bügel, dann fragte Pierre: »Und wie ist er so, dieser Werner?«

»Ganz nett. Aber er hat manchmal einen spitzfindigen Humor.«

»Wirklich? Ganz im Gegensatz zu dir, oder wie?«

Die Ironie ignorierte ich. »Er mag nur deutsche Musik. Grönemeyer, Maffay, Udo Jürgens und so. Ich weiß auch nicht, warum mir das jetzt einfällt.«

Pierre hob den Kleiderbügel auf, der ihm gerade runtergefallen war. »Ich hatte mal einen Kerl, der hat ständig Rammstein gehört. Die Musik hat ihn richtig scharf gemacht.«

»Ich wünschte, du hättest bei ›Rammstein gehört‹ aufgehört.«

»Jedenfalls kann ich Rammstein nicht mehr hören, ohne dass ich an Gerhard und die romantische Zeit mit ihm denke.«

»Die Episode mit dir, Gerhard und Rammstein war romantisch?«

»Ja, total.« Pierre lächelte verträumt vor sich hin.

Am Freitag regnete es ununterbrochen. Es war der abwechslungsreichste Oktober, den ich je erlebt hatte: ständige Wechsel zwischen Sonne und Regen. Pierre und ich waren die ganze Zeit mit Bodenwischen beschäftigt, weil die Kundinnen mit ihren nassen Schuhen und Schirmen auf dem Boden Nässe und Schmutzspuren hinterließen. Aber ich war froh, dass ich viel zu tun hatte, denn die letzten Tage hatte ich mit Grübeln verbracht. Ohne dass ich es wollte, sprangen meine Gedanken immer wieder zu Werner, Wilfried und dem kommenden Wochenende. Aber mit einem Besuch würde es wahrscheinlich nicht getan sein. Diese Sache war das typische Beispiel der berühmten Medaille mit zwei Seiten. Auf der einen Seite konnte ich jederzeit Nein zu diesem Schmierentheater sagen und musste mich zu nichts verpflichten. Auf der anderen Seite könnte das, was dabei heraussprang, durchaus verlockend sein, wenn Werners Angebot großzügig war. Ich wollte diesen Laden! Mehr als alles andere!

Ich fragte mich, wie ich Emma und meinem Vater erklären sollte, dass ich schon eine Weile einen Mann traf, ohne ihnen davon zu erzählen. Schließlich kannten sie meine Einstellung und wussten, wie gerne ich allein lebte. Und wie kam plötzlich dieser Mann in mein Leben, den ich so schnell heiraten wollte? Was sollte ich ihnen da auftischen? »Hey, Leute. Ich hätte nie gedacht, dass es so etwas gibt, aber ich wurde wie vom Blitz getroffen. Es war Liebe auf den ersten Blick.« Wenn Wilfried dann gestorben war, käme die Ernüchterung: Werner und ich hätten uns verrannt, wir seien beide schon zu lange allein gewesen, um noch mit jemand anderem leben zu können. Das klang absolut plausibel, fand ich. Aber darüber musste ich mir erst dann Sorgen machen, wenn der Plan konkreter wurde. Bis dahin würde ich alles einfach auf mich zukommen lassen.

Gestern Abend hatte ich mich schon um neun ins Bett gelegt, wie eine Zehnjährige, weil ich die letzten Tage so schlecht geschlafen hatte. Um Viertel nach neun klingelte Frau Hindemann.

In all den Jahren hatte sie noch nie bei mir vor der Tür gestanden. Ich war nur einmal bei ihr, damals zum Kaffeetrinken, als ihr Kater Seppi mich mit hasserfülltem Blick angefaucht hatte.

»Bitte entschuldigen Sie die späte Störung, Frau Diesel.«

»Ist gar nicht schlimm, Frau Hindemann. Brauchen Sie etwas?«

Es war ihr sichtlich unangenehm, und sie strich sich den geblümten Hauskittel glatt. »Ich wollte fragen, ob Sie mir vielleicht Fencheltee leihen könnten, für den Seppi. Verklebte Augen hat er. Das ist nichts Schlimmes, hat der Tierarzt gesagt, aber manchmal hat der Seppi das. Ich hab ja sonst immer Fencheltee da, nur letztes Mal hab ich vergessen, welchen zu kaufen, und jetzt haben die Geschäfte nicht mehr auf.«

Ich schüttelte den Kopf. »Es tut mir wirklich sehr leid, Frau Hindemann, aber Fencheltee kaufe ich nie. Leider.«

»Oh, na ja, dann frag ich mal die Frau Krause. Schlimmstenfalls muss er bis morgen früh ausharren.«

Ich machte ein bedauerndes Gesicht. »Gute Besserung für Seppi.«

»Danke, ganz lieb von Ihnen. Schönen Abend noch.«

»Ihnen auch, Frau Hindemann.« Sie drehte sich um und ging mit gesenktem Kopf die Treppen hinunter. Es tat mir so leid, dass ich diesen blöden Fencheltee nicht hatte, weil dieser Kater das Einzige war, was ihrem Alltag einen Sinn gab.

Wie schön, dass es endlich Freitag war. Heute Abend musste ich auf andere Gedanken kommen. Pierre wollte unbedingt in die neue Bar, die unweit meines Ladens eröffnet hatte. Ich war einverstanden, bedauerte aber, dass Gigi diesmal nicht mitkommen konnte. Ihr Mann hatte die Grippe. Ich hatte nicht viel Erfahrung in solchen Dingen, aber offenbar war das für eine Ehefrau ein Grund, nirgends hinzugehen.

Als ich abschloss, und Pierre hinter mir stand, sagte ich: »Komisch, dass Werner sich noch nicht gemeldet hat.«

»Wer?«

»Werner. Der Mann, mit dem ich eine Schein-Partnerschaft eingehe.«

»Ach ja, Werner. Tja, vielleicht muss er arbeiten.«

»Nein, freitags und samstags arbeitet er nur bis vier.« Ich warf den Schlüssel in die Handtasche, Pierre hielt den Regenschirm über meinen Kopf, dann gingen wir los.

»Magst du ihn überhaupt?«, fragte er.

»Also, darüber hab ich noch nicht nachgedacht.«

Pierre warf mir einen langen Seitenblick zu, während er neben mir herging und darauf achtete, dass mein Kopf nicht nass wurde. »Solltest du vielleicht.«

Verständnislos sah ich ihn an. »Warum?«

»Keine Ahnung. Es könnte jedenfalls nicht schaden, wenn du ihn magst. Ich glaube, das werden die Leute spüren. Ich meine die Leute, die ihr davon überzeugen wollt, dass der Himmel für euch voller Geigen hängt. Der Onkel muss euch das abkaufen. Wenn ihr euch nicht mögt, wird er es merken.«

»Meinst du?«, fragte ich ängstlich.

»Darauf kannst du deinen Arsch verwetten, meine

Liebe. Sieh dir mal Petra Wittners Gesicht an, wenn sie im siebten Himmel ist, und dann, wenn sie sich verkracht hat. Ich würde sagen, das ist Dr. Jekyll und Mr. Hyde in Reinform.«

»Da ist was dran. Ob ich ihn mag, kann ich noch nicht sagen, aber ich finde ihn nicht abstoßend oder so.«

»Na, immerhin.«

Zwei Stunden und zwei Gin Tonic später klingelte mein Handy. Pierre und ich saßen auf ungemütlichen Barhockern, und ich kramte in meiner Tasche. Die Barhocker waren wahrscheinlich nicht unbequemer als früher, als ich noch jünger war, aber … Na ja, ich wollte lieber nicht darüber nachdenken, warum ich von dieser Sitzgelegenheit heutzutage Kreuzschmerzen bekam. Kreuzschmerzen – auch so ein Zustand, den ich vor zehn Jahren noch nicht kannte.

»Hast du das Ding immer noch nicht gefunden?«, nörgelte Pierre und sah genervt auf meine Tasche. »Warum schleppst du überhaupt immer diese riesigen Strandtaschen mit dir rum?«

»Weil ich so viel Zeug habe. Außerdem ist das meine Lieblingstasche von Michael Kors und keine Strandtasche.« Endlich fand ich mein Handy. Es war Werner.

»Tut mir leid, Rieke, aber ich hatte heute viel zu tun. Deshalb rufe ich so spät an.«

»Kein Problem«, sagte ich gelassen.

»Wo bist du denn gerade? Das ist ja eine seltsame Musik im Hintergrund.«

»Ich bin mit Pierre in einer Bar.«

»Wer ist Pierre?«

»Das ist mein schwuler Angestellter.« Als ich das ausgesprochen hatte, sah ich, dass Pierre die Arme hob und mich mit offenem Mund entsetzt ansah.

»Ach so«, meinte Werner. »Ich will nicht lange stören. Wie lange arbeitest du denn morgen?«

»Bis zwei.«

»Hm. Also, ich arbeite samstags normalerweise bis vier, aber ich habe mir ein paar Stunden freigenommen, weil es zu spät wäre, um noch nach Hause zu fahren, zu duschen und dann um sechs Uhr abends bei Großonkel Wilfried zu sein. Er ist alt und geht vielleicht früh ins Bett.«

»Ich könnte gleich nach der Arbeit losfahren. Wie lange fährt man bis Ebersberg?«

»Vierzig Minuten. Also, dann hole ich dich um zwei Uhr vor deinem Geschäft ab.«

»Nein, ich würde lieber selbst fahren.«

Werner schwieg.

»Das musst du nicht persönlich nehmen, Werner, aber ich bin nicht gerne Beifahrerin.«

»Ich nehme es nicht persönlich. Warum sollte ich? Ich denke nur, dass Großonkel Wilfried das ziemlich merkwürdig finden wird, wenn wir mit zwei Autos kommen.«

»Ach ja«, meinte ich nachdenklich. »Dann fahren wir mit meinem Auto.«

»Also bitte!« Werner sagte das ein bisschen streng, was ich in diesem Augenblick irgendwie sexy fand. Das musste an den zwei Gin Tonic liegen. »Der Mann hat schon gelebt, Rieke, als Frauen noch Korsetts getragen haben ...«

»Jetzt übertreib mal nicht. Coco Chanel hat die Frauen vom Korsett befreit, und da hat Wilfried noch nicht gelebt.«

»Aha, wieder was dazugelernt. Jedenfalls sollten wir es

nicht unnötig kompliziert machen. Es wäre besser, wenn wir keine Plattform für Misstrauen und unbequeme Fragen bieten.«

»Meinetwegen. Ohne Plattform«, gab ich nach, weil seine Argumente etwas für sich hatten. Er fragte nach der Adresse meines Geschäfts, und dann sagten wir Tschüs.

Ich warf mein Handy wieder in die Tasche und sah dann zu Pierre, der eine grimmige Miene machte. Auf einmal wandte er den Kopf ab.

»Was ist?«, fragte ich.

»Ich hasse das.« Er würdigte mich keines Blickes.

»Was denn?«

»Wenn man unnötig dieses schwule Adjektiv in den Raum wirft«, sagte er schnippisch.

»Welches schwule Adjektiv?«

»Mein *schwuler* Angestellter«, machte er mich nach. »Also echt. Wie würde es dir gefallen, wenn ich sagen würde: meine heterosexuelle Chefin, die sich gerade in den Wechseljahren befindet.«

Im Affekt schlug ich mit der Hand auf den Tresen. »Ich bin nicht in den Wechseljahren!«

Der Barkeeper sah zu mir rüber. Er war Ende vierzig und gut gekleidet. Das dunkelviolette Hemd saß ihm wie angegossen, und die schwarze Hose hatte den perfekten Schnitt. Das Einzige, was mir an ihm nicht gefiel, waren die vielen Gelbgold-Ringe an seinen Fingern. Sein Blick blieb eine Weile an mir haften, er wollte sich wohl ein eigenes Urteil bilden, ob ich in den Wechseljahren war oder nicht. Nein, ich war es nicht! Das hätte ich am liebsten laut herausgeschrien, wenn ich mich damit nicht blamiert hätte.

Pierre grinste zynisch. »Na ja, kann sich nur noch um

Monate handeln. Darum geht es aber nicht.« Er sah mir zornig ins Gesicht.

»Tut mir leid, Pierre. Ich wusste wirklich nicht, dass dir das so viel ausmacht. Ich meine, du stehst doch dazu.«

»Das hat damit nichts zu tun.« Pierre fing an, nickend den Kopf zu bewegen, wie ein Vogel. »Das hinzuzufügen heißt bloß, dass es immer noch ein Stigma ist.«

Ich sah ihn an, dann lächelte ich versöhnlich. »Okay. Soll nicht wieder vorkommen.«

Pierre nickte mir zu. »Gut.« Trotzdem sah er immer noch beleidigt aus.

Wir nahmen einen Schluck aus unseren Gläsern, dann fragte Pierre: »Falls du mal heiratest, wer wird dann dein Trauzeuge sein?«

Ich verdrehte die Augen. »Ich werde nicht heiraten, Pierre.«

»Man kann nie wissen. Also, rein hypothetisch.«

»Wieso? Wärst du denn gerne mein Trauzeuge? Ich würde dich wahrscheinlich sowieso wählen, wenn ich wirklich mal heiraten sollte, aber ich glaube kaum, dass Werner und ich heiraten müssen, bloß um Wilfried zu überzeugen.«

»Und wenn doch?«

»Pierre! Es geht doch erst mal nur um einen Besuch.«

»Bitte!«, rief er und sah mich an, als ginge es um Leben und Tod. »Versprich mir, dass du mich wählst, wenn du mal heiratest. Ich will einmal im Leben Trauzeuge sein. Eigentlich finde ich Heiraten zum Kotzen spießig ...«

»Aha.«

»Aber es hat etwas Anerkennendes, Trauzeuge zu sein, finde ich.«

Es schien ihm viel zu bedeuten, obwohl er doch wusste, dass diese Hochzeit, sollte es tatsächlich dazu kommen, nur ein Fake war. Also konnte ich darauf nur eines sagen: »Es wäre mir eine Ehre.« Hatte ich denn eine Wahl? Nach seiner theatralischen Bitte konnte ich doch nicht einfach Nein sagen. Er wäre tagelang beleidigt, und schließlich musste ich mit ihm zusammenarbeiten.

Pierre lächelte zufrieden. »Ich liebe dich, du alte Zicke.«

»Ich weiß, du egomanischer Mistkerl.«

Der Barkeeper warf uns einen verwunderten Blick zu.

Pierre sah ihn an. »Wir wurden im selben Krankenhaus geboren, wissen Sie, am selben Tag.«

Der Barkeeper hob die Augenbrauen. »Ist ja verrückt.«

Pierre plapperte munter weiter: »Durch Zufall haben wir uns vor zwei Monaten gefunden. Und wissen Sie, was?«

Der Barkeeper hielt im Glaspolieren inne. »Was?«

»Mein Vater war der Anwalt ihres Vaters. Der Kerl hat nämlich seinen Konkurrenten ermordet. Aber durch meinen Vater hat ihr Vater«, nun zeigte er auf mich, »nur drei Jahre auf Bewährung bekommen. Heute schicken sich die beiden gegenseitig Weihnachtskarten.«

Der Barkeeper starrte von mir zu Pierre, dann sagte er: »Wahnsinn. Die besten Geschichten schreibt wirklich das Leben.«

Ich lächelte verkniffen. »Tja, so ist es wohl.«

Der Barkeeper lächelte mich an, dann meinte er: »Und Sie können ja nix dafür.«

»Wie bitte?«

»Dass Ihr Vater ein Mörder ist.«

»Ach das«, winkte ich lässig ab. Dann bestellte ich mir noch einen Gin Tonic.

7

Werner trug ein weißes Hemd und einen dunkelblauen Blouson. Das stand ihm hervorragend, er hatte offensichtlich einen guten Geschmack. Nachdem ich eingestiegen war und wir uns begrüßt hatten, sagte Werner: »Du hast einen Hut auf.«

»Du bist ein scharfer Beobachter.«

»Na ja, ist wohl Geschmackssache ... das mit dem Hut ...«

Ich legte meine Tasche auf den hinteren Sitz und daneben die Geschenktüte. »Ja, ist es wohl.«

»Was ist denn da drin?«, fragte Werner und fuhr los.

»Ich dachte, es wäre nett, etwas mitzubringen. Also habe ich Pierre losgeschickt, um etwas zu besorgen.«

Werner sah mich für eine Sekunde an. »Das ist schön. Und was hat Pierre sich einfallen lassen?«

»Das wirst du ja später sehen.«

»Wie du meinst.«

Werner und ich sprachen eine ganze Weile nicht miteinander. Heute war wieder einmal ein schöner Tag. Die Herbstfarben der Bäume rauschten an uns vorbei, und ich sah ein paar Kinder beim Kastaniensammeln.

Aus dem CD-Player kam angenehme Musik, die ich

aber nicht kannte. »Peter Maffay?« Ich zeigte auf den CD-Player.«

»Ja.«

»Okay.«

»Schön, dass du einverstanden bist«, meinte er leicht ironisch.

»Ja. Schön, dass du kooperativ bist.« Ich verdrehte die Augen, aber er sah es nicht. Ich blickte auf die Uhr. Zehn Minuten hatten wir bereits hinter uns gebracht. Noch eine halbe Stunde. »Muss ich eigentlich irgendetwas beachten?«, wollte ich wissen.

Werner dachte ein paar Sekunden nach, dann meinte er: »Ich kenne ihn doch kaum.«

»Ja, klar.«

»Läuft dein Laden gut?«

»Ja, läuft gut.«

»Super.«

Verstohlen sah ich zu ihm hinüber. Er hielt den Kopf etwas geneigt, das sah nett aus. Ich musste daran denken, wie unscheinbar er als Junge war. Werner war nicht nur dünn gewesen, sondern hatte sich auch immer im Hintergrund gehalten. Er war damals nicht verklemmt-schüchtern, sondern eher introvertiert-schüchtern. Ich fand ihn ziemlich langweilig. Außerdem hatte er viele Pickel, worunter er bestimmt gelitten hatte. Viele von uns hatten sie, aber Mädchen konnten sie mit getönter Tagescreme kaschieren.

Den nächsten Gedanken sprach ich, bedauerlicherweise, laut aus. »Weißt du noch, was du mir ins Poesiealbum geschrieben hast?« Als ich es ausgesprochen hatte, wurde mir erst klar, wie peinlich das war, dass ich Poesiealbenverse zum Thema machte.

Verwundert sah er mich an. »Was denn?« Er blickte wieder geradeaus, lächelte aber.

»Äh …« Geschah mir jetzt wohl recht. An seiner Stelle hätte ich auch gefragt. »Ich glaube, es war etwas Originelles.«

»Und was?«

»Ich hab das Ding vor ein paar Monaten gefunden, weil ich den Keller ausgeräumt habe. Also habe ich darin geblättert und die uralten Einträge gelesen.« Das stimmte wirklich. Warum sollte er mir diese wahre Geschichte auch nicht glauben? Ich hatte mir wohl kaum ein eingerahmtes Blatt aus meinem Poesiealbum die letzten fünfunddreißig Jahre über das Bett gehängt.

Werner biss sich nachdenklich auf die Unterlippe. »Etwas Originelles also? Komisch. Ich war noch nie besonders originell.«

Darauf sagte ich mal lieber nichts mehr. Genug geplappert. Jedenfalls hatte Werner etwas Originelles geschrieben, wahrscheinlich ein Gedicht, das ich nicht kannte. Auswendig wusste ich es nicht mehr.

Als die CD zu Ende war, schaltete Werner das Radio ein. »Übrigens, die Musik von Maffay war schön.«

Er warf mir einen kurzen Blick zu und lächelte. Seine Augen strahlten dabei, was bei einem Menschen ja immer ein Zeichen von einem ehrlichen Lächeln war.

Ein paar Minuten später erzählte ich ihm, ich hätte eine Mail an Isabella geschrieben, sie habe aber nicht geantwortet.

»Komisch«, meinte Werner, »aber das war eine feine Geste von dir.«

»Hab ich gern gemacht.«

Werner schaltete den Motor aus, und wir sahen durch die Windschutzscheibe auf das Haus. »Hübsch«, kommentierte ich.

»Ja, ein wirklich schönes Haus.«

Es hatte ein Stockwerk und eine Mansarde, die aber möglicherweise nur ein Dachboden war. Das Erdgeschoss hatte eine weiße Fassade, der obere Stock eine Holzverkleidung. Die Haustür aus dem gleichen Holz befand sich in einem Rundbogen. In dem trüben Herbstwetter sah es aus, als ob das Haus der düsteren Stimmung trotzte, es wirkte freundlich und einladend. Aber das Schönste daran war die Tatsache, dass es keine unmittelbaren Nachbarn gab. Die nächsten Häuser standen mindestens hundert Meter weit weg. Um Wilfrieds Haus befand sich ein Anwesen von beeindruckender Größe, was der Zaun verriet. Es gab zwei Gärten, rechts vom Haus wuchsen Blumen, und links befand sich ein Gemüsegarten.

Wir stiegen aus und gingen auf die Eingangstür zu. Auf der Klingel stand *Wilfried Burkhard Mielke*. Werner drückte sie, dann warteten wir minutenlang, bis die Tür geöffnet wurde.

Wilfried hatte ich mir ganz anders vorgestellt, groß, schlank, mit Brille und edler Strickjacke. Der Mann, der uns die Tür öffnete, war mittelgroß, korpulent und trug eine leicht zerschlissene schwarze Stoffhose und ein graues Flanellhemd. Sein Gesichtsausdruck war grimmig, und sein Blick nicht viel anders. Er stand im Türrahmen und machte keinerlei Anstalten, uns hereinzubitten.

Werner sagte als Erster etwas. »Hallo, Großonkel Wilfried.«

»Großonkel Wilfried«, wiederholte er missmutig. »Lassen wir doch den Großonkel mal weg. Wir leben nicht mehr im neunzehnten Jahrhundert.«

»Na gut. Hallo, Wilfried.«

»Tach.«

Die beiden gaben sich die Hand. Dann wanderte Wilfrieds Blick zu mir. Er betrachtete mich eine ganze Weile, so lange, dass es schon unangenehm wurde. Endlich sagte er etwas. »Sie haben einen Hut auf.«

»Das stimmt.« Ja, in den Adern von Werner und Wilfried floss das gleiche Blut. Sie fanden eine Frau mit Hut in höchstem Maße ungewöhnlich.

»Und Sie sind die ... Was sagt man heute? Freundin, Verlobte, Herzblättchen?«

»Äh ... Genau. Ich bin Rieke.« Etwas umständlich streckte ich meinen Arm aus, und Wilfried langte tüchtig zu. Für sein Alter hatte er einen sehr kräftigen Händedruck.

»Rieke?«, meinte er abschätzig. »Was ist das für ein Name?«

Ich sah ihn an. Wollte er uns nicht erst einmal reinbitten? Anscheinend nicht. Wie lange sollten wir noch hier stehen? »Mein richtiger Name ist Frederieke. Der Name ist lang und ... da musste eine Abkürzung her. So heiße ich schon von klein auf.«

»Jetzt sind Sie doch nicht mehr klein. Wie groß sind Sie? Eins siebzig?«

War das wichtig? Wir standen an der Tür und unterhielten uns über meine Körpergröße? »Eins fünfundsiebzig.«

»Aha. Und als Abkürzung nennen Sie sich Rieke?«

»Wie soll ich mich denn sonst nennen? Fred?«

Werner sah mich von der Seite an und lachte leise.

»Jetzt kommt mal rein und steht nicht so blöd rum.« Er trat zur Seite, und wir gingen ins Haus.

Wilfried ging vor uns her und redete weiter: »Barbara, meine Haushaltshilfe, ist am Wochenende nicht da. Stört euch also nicht daran, wenn's nicht perfekt aussieht.«

»Aber ich bitte Sie«, sagte ich hinter ihm, »es blitzt doch überall, wo man hinschaut.«

Wir betraten das Wohnzimmer. Wilfried machte eine wegwerfende Handbewegung. »Früher, da hat die Barbara wirklich zu putzen und zu kochen gewusst, aber sie ist mit ihren siebenundsechzig Jahren auch nicht mehr die Jüngste.«

Auf einem der drei kleinen Couchtische im Raum brannte eine Lampe. Sie verströmte ein warmes goldenes Licht. Das Zimmer war ziemlich vollgestopft mit antiken Möbeln.

Wilfried setzte sich in einen großen Ohrensessel und seufzte auf. »Was steht ihr denn rum? Gefällt euch die Couch nicht, oder was?«, blaffte er uns an.

Brav wie zwei Kinder ließen wir uns auf die Couch sinken. Ich nahm meinen Hut ab, dann zogen Werner und ich unsere Jacken aus und legten sie neben uns.

»Was is'n in den Tüten drin?«, fragte Wilfried geradeheraus. »Ist das für mich?«,

»Ja«, sagten Werner und ich im Chor.

»Ich bekomme gerne Geschenke. Ist aber nicht mehr oft der Fall.«

Wir nickten ziemlich lange so vor uns hin, weil eine unangenehme Stille entstand.

»Was ist?«, rief Wilfried laut, dass wir ein bisschen

zusammenzuckten. »Soll ich meine alten Knochen hochhieven, oder bringt ihr mir das Zeug her?«

Wir beide standen gleichzeitig auf und stellten die Tüten auf dem Tisch ab. Ich kam mir vor, als überreichte ich einem Gebieter meine Gaben in der Hoffnung, er würde mir die Pacht für mein Ackerland erlassen.

Werner und ich setzten uns wieder, und Werner erklärte: »Die blaue Tüte ist von mir und die rosafarbene von Rieke.«

Wilfried nahm die Tüten an sich und legte sie auf den Schoß. »Na! Umgekehrt wäre ich auch erstaunt gewesen.« Er nahm den Inhalt aus der blauen Tüte. »Eine Flasche Rotwein. Ja, is 'n guter Tropfen, aber für mich bedauerlicherweise vollkommen ungeeignet. Ich hatte immer schon eine Abneigung gegen Rotwein.«

»Oh, schade«, meinte Werner.

»Und was ist das?«, fragte Wilfried, als er noch mal in dieselbe Tüte griff und eine Schachtel in Augenschein nahm.

»Handgemachte Pralinen«, antwortete Werner, »mit Schnapsfüllung.«

»Handgemacht, dass ich nicht lache. Ihr jungen Leute seid so naiv, man kann euch alles verkaufen. Schnapsfüllung, aha. Na, da wird sich meine Leber mächtig freuen, über den vielen Alkohol. Und mein Arzt erst.«

Werner und ich sahen uns an. Er machte einen überraschten und leicht schockierten Eindruck. Ich sah ihm an, dass er eher eine höfliche Floskel von Wilfried erwartet hätte.

Wilfried nahm sich nun meiner Tüte an. »Jetzt schauen wir mal in die rosa Tüte.« Als er die Flasche hochhielt, rief er aufgebracht: »Cognac! Was ist denn los mit euch? Habt ihr so was wie 'ne Alkohol-Fixierung?«

Wir schüttelten beide den Kopf.

»Und was ist das?« Er riss das Papier von meinem Geschenk, das noch in der Tüte war, blickte auf den Buchdeckel und murmelte verwundert: »Mein Leben.«

»Wissen Sie, Wilfried«, fing ich an, »es ist eine Chronologie Ihres Lebens, da können Sie Bilder einkleben, die Fragen beantworten und selbst kreativ werden, indem Sie sich zurückerinnern.« So wie ich Wilfried bisher kennengelernt hatte, würde er nun eine abfällige Bemerkung dazu machen und mein Geschenk als lächerlich abtun. Merkwürdigerweise sagte er keinen Ton, blätterte das Buch durch und schien tief in Gedanken versunken zu sein.

Werner räusperte sich.

Ich hustete dezent.

Werner räusperte sich lauter.

»Tja«, unterbrach ich die Stille, »ich hoffe, es gefällt Ihnen.«

Endlich hob Wilfried den Kopf. »Was? Ja, ja, das ist ... wirklich zauberhaft. Sie haben sich Gedanken gemacht, womit Sie einem alten Mann eine Freude machen könnten.«

Nun, das verursachte mir beinahe einen leichten Stich ins Herz. Einen Dreck hatte ich. Pierre hatte sich Gedanken gemacht, ich jedenfalls nicht.

Wilfried blickte heiter in meine Richtung. »Auf einer Sympathieskala von eins bis zehn haben Sie hiermit locker die Drei erreicht.«

»Drei?«, krächzte ich. »Von zehn?«

»Mindestens.«

»Ah ... Okay.« Wenn ich die Drei erreicht hatte, wo befand

sich dann Werner? Bei minus zehn? Selbst bei meinem Vater konnte ich seinen Gedankengängen und seiner Logik oft nicht folgen. Bei Wilfried brauchte ich es gar nicht erst zu versuchen.

Er lächelte mich an. »Vielen Dank, Fredi.«

Werner betrachtete mich, und ohne ihn anzusehen, wusste ich, dass er grinste. Aus zweierlei Gründen konnte ich mich nicht rühren. Erstens plagte mich mein Gewissen, dass ich Pierre losgeschickt hatte, um dieses Geschenk zu besorgen. Zweitens war es das *Fredi*. Ich musste befürchten, dass er diesen Kosenamen für mich gewählt hatte. »Ich freue mich, dass Ihnen das Geschenk gefällt, Wilfried. Aber bitte nennen Sie mich doch Rieke.«

Wilfried legte die Sachen auf die Kommode neben sich und sagte entschieden: »Ich kenne niemanden, der Rieke heißt.«

»Und wie viele Fredis kennen Sie?«

»Eine ganze Menge.«

»Ach ja?«

Wilfried streckte die Beine von sich und lehnte sich nach hinten. »Wir sollten uns wichtigeren Dingen widmen. Es geht hier nicht um Sie, Fredi. Schließlich habe ich Werner seit vierzig Jahren nicht gesehen. Aber ich weiß natürlich, dass Frauen sich gerne in den Mittelpunkt stellen. Das liegt in ihrer Natur.«

Meinte er das ernst? *Frauen* würden sich in den Mittelpunkt stellen? Vielleicht sollte ich einfach aufstehen und schreiend weglaufen …

Werner legte die Stirn in Falten und kratzte sich grinsend am Kopf. An Wilfried gewandt meinte er: »Ich glaube, sie ist ärgerlich.«

»Ich ärgere mich nicht über sie«, kam es kopfschüttelnd von Wilfried.

Verwirrt sah ich von einem zum anderen. »Ich bin nicht verärgert!« Selbst wenn, was hätte es gebracht?

»Siehst du«, belehrte Wilfried seinen Neffen, »sie hat es richtig gesagt. ›Sie ist ärgerlich‹ bedeutet, dass man sich über sie ärgert. Aber wenn wir sagen, dass sie verärgert ist, dann meinen wir damit, dass sie sich ärgert.«

Werner rieb sich die Augen. Er wirkte etwas erschöpft. Schließlich hob er den Kopf und sah Wilfried an. »Ganz ehrlich? Ich glaube, beides ist korrekt.«

Wilfried hatte eine andere Meinung. »Nein, das glaube ich nicht! Kann nicht sein. Nun gut, erzähl doch mal. Du bist Koch, hast du gesagt?«

»Ja, ich bin Küchenchef in einem französischen Restaurant.«

»Wie heißt das Restaurant?«

»*Jean-Luc*.«

»Ist es der Name des Besitzers?«

»Nein, der Besitzer heißt Gerd Aigner.«

»Und wer ist dann dieser Franzose?«

Werner streckte in leicht genervter Geste die Arme aus. »Es gibt keinen Franzosen.«

»Aha«, stieß Wilfried aus, »also alles nur heiße Luft.«

Nun sah ich amüsiert zu Werner. Er hatte die Finger gespreizt und drückte sie angespannt gegeneinander. »Nein, ist es nicht, denn es gibt gehobene französische Küche.«

»Dann ist es nicht original.«

Werner blinzelte. »Was?«

»Originale Küche ist nie gehoben, sondern immer

bodenständig. Diese Champagner-Soufflés und Trüffelsoßen sind nur etwas für Leute mit Komplexen.«

»Oder für Gourmets«, verbesserte Werner.

Wilfried winkte ab. »Von mir aus. Nun, wie ist es denn so, Küchenchef zu sein?«

Werner lächelte ihn versöhnlich an. »Na ja, meistens ist es Stress pur, aber ...«

Wilfried hob missbilligend die Augenbrauen. »Du meinst purer Stress?«

Werner war für eine Sekunde irritiert. »Jaaa, das meine ich wohl.«

Nun musste ich ein bisschen lachen. Bei dem Wort ›Stress‹ musste ich immer an Karl Lagerfeld denken, der gesagt hat, er kenne keinen Stress, nur Strass.

»Wie findest du es«, richtete Wilfried das Wort an mich, »dass Werner Koch ist?«

»Wie ich das finde? Großartig! Wahrscheinlich deshalb, weil ich nicht kochen kann.« Ich lachte kurz auf.

»Du kannst nicht kochen?« Wilfried sah mich an, als hätte ich gesagt, ich habe noch nie im Leben gearbeitet. »Wie kann man denn nicht kochen können?«

»Warum sollte ich kochen können? Weil ich eine Frau bin?«

»Nee, weil du ein erwachsener Mensch bist, der imstande sein sollte, sich angemessen zu versorgen.«

»Also ... Ich achte schon auf gesunde Ernährung ...«

»Papperlapapp. Nicht kochen ist nicht gesund.«

Mein Gott, war dieser Mann ein Sturkopf!

Nun beglückte er Werner mit einer seiner harten Thesen: »Hattest du denn nicht größere Ziele, als in einer Küche zu arbeiten?«, wollte Wilfried wissen. Der Mann sprach alles aus, was ihm in den Sinn kam. Mich schreckte das nicht, denn Pierre hatte mich, was Exzentrik und direkte Konfrontation anbelangte, in vielerlei Hinsicht geschult. Aber selbst Pierre besaß ein Portiönchen Taktgefühl.

Werner schwieg, und ich konnte mir denken, was jetzt in ihm vorging. Also sagte ich freundlich zu Wilfried: »Wissen Sie, Wilfried, Küchenchef ist doch ein guter Job. Das kann nicht jeder schaffen.« Ich redete einfach weiter, weil ich Werners Kränkung spüren konnte. »Und der Beruf sagt über einen Menschen ohnehin nichts aus. Gucci war Liftboy; Louis Vuitton hat sich auf den Weg nach Paris gemacht und war zwei Jahre unterwegs, und nebenbei hat er Gelegenheitsarbeiten verrichtet, um zu überleben. Ralph Lauren war Verkäufer; Balenciaga war der Sohn eines Fischers; Oscar de la Renta war eines von sieben Kindern in der Dominikanischen Republik ... Und Werner will sein eigenes Restaurant eröffnen.«

»Will ich das?«, murmelte Werner mir leise mit vorgehalter Hand zu.

Ich nickte bestätigend sowohl für Werner als auch für Wilfried.

Wilfried sah verwirrt aus. »Wer sind all diese Leute? Freunde von Ihnen?«

In seinem Gesicht suchte ich nach einem Anhaltspunkt, ob er scherzte, aber ich ſand nichts. »Das sind weltbekannte Modedesigner«, erklärte ich verblüfft.

Wilfried machte eine missbilligende Grimasse. »Aha. Modeschöpfer. Unser aller Vorbilder sozusagen. Aber jetzt sagen Sie mal, wie lange sind Sie mit Werner schon liiert?«

Liiert? Den Ausdruck hatte ich schon lange nicht mehr gehört. »Seit zwei Jahren. Wir haben uns im *Jean-Luc* kennengelernt. Da saß ich mit einer Freundin, Werner kommt aus der Küche, sieht mich und fragt: ›Rieke? Bist du das?‹ Und so nahm die Geschichte ihren Lauf.«

»Genauso war's«, bestätigte Werner überflüssigerweise.

Wilfried nickte nachdenklich. »Ihr seid euch also wiederbegegnet? Das heißt, ihr kennt euch schon länger?«

Gerade hatte ich den Mund aufgemacht, da kam Werner mir zuvor. »Wir sind zusammen zur Schule gegangen, in dieselbe Klasse.«

»Und da hast du sie gleich wiedererkannt?« Bildete ich mir das ein, oder hörte Wilfried sich skeptisch an? »Nichts für ungut, Fredi, aber du hast dich ja seitdem bestimmt ein bisschen verändert.«

»Es waren die Haare«, erklärte Werner hastig. »Diese bezaubernden, langen dunklen Locken, die mir aufgefallen sind. Und als ich ihr Gesicht und das Lächeln sah, da hab ich sie sofort wiedererkannt.«

»So?« Wilfried sah mich prüfend an, dann nickte er anerkennend. »Du bist nicht hässlich.«

»Äh ... Vielen Dank auch.«

»Was machst du denn beruflich?«

»Ich besitze eine Secondhand-Boutique.«

Wilfried verzog die Mundwinkel nach unten. »Secondhand? Du verkaufst gebrauchte Sachen weiter?«

»Wie? Nein! Es handelt sich um Designerware. Das sind kostbare Stücke, die als Neuware einen drei- oder vierstelligen Betrag kosten.«

»Aha. Na ja, jedem das Seine.«

Werner und ich saßen da und blickten auf unsere Schuhspitzen.

»Also«, polterte Wilfried los, »jetzt haben wir uns ein

bisschen warmgelaufen. Ich habe dir ja schon am Telefon gesagt, worum es geht, Werner. Jetzt bin ich vierundachtzig ... Ach, Kinder, wie die Zeit vergeht ... Es kommt mir vor, als wär's gestern gewesen, dass ich meine erste Elvis-Presley-Platte kaufte ... Ihr wisst doch, wer Elvis Presley ist, oder? Ja? Na ja, die jungen Leute heute hören ja alle so seltsame Musik.«

Ich weiß nicht, wie Werner das sah, aber ich fand es klasse, dass er uns als junge Leute bezeichnete. So unangenehm Wilfrieds Gesellschaft auch sein mochte, man konnte sich bei ihm richtig jung fühlen.

»Jedenfalls«, erzählte Wilfried weiter, »ist da das Haus und das Grundstück, und ich habe selbstverständlich auch Erspartes. Der Barbara werde ich einen Teil meines Geldes hinterlassen, die hat sich immer gut um das Haus gekümmert. Nun ja«, seufzte er, »manchmal ist sie so passiv-aggressiv, aber ich glaube, das ist das Alter bei Frauen. Ich werde mein Vermögen jedenfalls nicht einem Hallodri hinterlassen. Wie sieht es eigentlich bei euch mit Kindern aus? Wie alt bist du denn?« Er sah mich interessiert an.

»Genauso alt wie Werner, sechsundvierzig.«

»Oh«, rief er bedauernd aus, »da ist der Zug wohl abgefahren. Hast du denn Kinder? Von früher, meine ich.«

Die schlimmste aller Fragen für mich! Alles in mir zog sich zusammen. Wilfried sah mich prüfend an. Ich weiß nicht, ob er mir etwas ansah, aber er sagte: »Wenn du nicht antworten willst, musst du ja nicht.«

»Ich ... habe keine Kinder.«

Werner betrachtete mich von der Seite, dann sah er zu Wilfried, der sagte: »Hm, hab ja auch keine.«

»Und verheiratet war ich bis jetzt auch nicht, falls Sie

das interessiert.« Meine Stimme klang brüchig und angriffslustig.

Wilfried nickte, dann machte er ein säuerliches Gesicht. »Ihr wart beide noch nie verheiratet und seid euch nach Jahrzehnten wieder über den Weg gelaufen. Das lässt zwei Vermutungen zu.«

Es war bestimmt nichts Gutes, und ich mochte nicht nachfragen, aber er erwartete natürlich, dass wir nachfragten. »Ja?«, kam es von Werner und mir gleichzeitig.

»Entweder hatte das Schicksal seine Hände im Spiel und hat euch zusammengeführt, oder da haben sich zwei Verkorkste gefunden, die sonst keiner will.«

Vielleicht sollte ich wirklich schreiend weglaufen ...

»Wir sind nicht verkorkst«, verteidigte Werner unsere Würde. »Und überhaupt, du warst doch auch nie verheiratet.«

Wilfried verzog zynisch den Mund. »Und? Mache ich den Eindruck, als wäre ich ein unverkorkster Typ?«

Werner schüttelte den Kopf. »Wenn du so fragst, nein.«

»Hach, Kinder, ich habe euch ja gar nichts zu trinken angeboten. Wenn die Barbara nicht da ist, dann kriege ich nichts auf die Reihe. Wollt ihr einen Bananensaft?«

»Bananensaft?«, wiederholte Werner mit hoher Stimme. »Hast du keinen Kaffee da oder Wein oder ... keine Ahnung ... einen anderen Saft?«

Wilfried schüttelte den Kopf. »Kaffee hab ich nicht, den verträgt mein Magen nicht. Wein hasse ich, und ich kaufe keine anderen Säfte.«

Werner und ich wechselten einen kurzen Blick. Ich nickte zustimmend, dann sagte Werner: »Gut, dann bitte Bananensaft.«

Wilfried stand auf, schlurfte in den Flur, und ließ uns ein paar Minuten allein.

»Tut mir leid«, flüsterte Werner mir zu. »Er ist ziemlich unhöflich.«

»Lass nur«, winkte ich ab, »er ist etwas exzentrisch.«

»Wir haben es bald überstanden.«

»Ja«, sagte ich erleichtert.

Werner seufzte. »Ich wusste ja, dass er ... exzentrisch ist, um dein höfliches Wort zu benutzen, aber es ist schon grenzwertig, wie er sich benimmt.«

»Mach dir darüber mal keine Gedanken. Das kommt wohl durch die Einsamkeit.«

Werner sah mich an. »Du meinst, wir müssen damit rechnen, irgendwann auch mal so zu werden?«

Wilfried kam wieder herein und rief: »Ich zeige euch dann gleich die Zimmer, wo ihr übernachtet.«

»Was? Nein! Übernachten?«, riefen wir beide.

Wilfried reichte uns die Gläser mit Bananensaft, und wir nahmen sie zerstreut entgegen. »Das geht auf gar keinen Fall, Wilfried!« Ich merkte, dass ich mich etwas panisch anhörte. »Ich hab keine Zahnbürste dabei, keine Kosmetik, keine Unterwäsche ... Und ich brauche mein Asthmaspray!« Das war mir auf die Schnelle eingefallen, denn das würde er sicher verstehen.

»Du hast Asthma?« Wilfried stand betroffen vor mir. »Seit wann hast du das?«

»Seit ... Seit Kurzem. Ist aber nicht so schlimm.«

Er ging wieder zu seinem Ohrensessel und nahm langsam wieder Platz. Ich nahm derweil einen Schluck von dem Bananensaft. Eigentlich schmeckte er gar nicht schlecht. Sollte ich bei Gelegenheit mal kaufen.

»Aber du musst das Asthmaspray doch immer dabeihaben, Fredi.«

»Ja, schon. Diesmal habe ich es eben vergessen.«

»Na, dann bleibst halt *du* hier, Werner. Ich zeige dir das Haus und das Grundstück, und wir plaudern ein bisschen über deine Kocherei und meine alten Zeiten. Na, wie klingt das?«

Werner nickte ergeben. »Ganz toll.« Er hatte einen leicht verzweifelten Unterton. Ich unterdrückte ein Lachen.

»Aber wie kommt Rieke dann nach Hause?«, überlegte Werner. »Ich fahre sie wenigstens bis zur S-Bahn.«

»Ach, Unsinn!«, rief Wilfried, »ich rufe der Fredi ein Taxi. Das geht natürlich auf meine Kosten.«

Ich versuchte zu protestieren. »Das ist wirklich nicht nötig. Ich kann ...«

Wilfried hob die Hände. »Kommt überhaupt nicht infrage! Wenn du schon dein Asthmaspray vergessen hast, dann will ich nicht, dass du mit der S-Bahn fährst oder das Taxi selbst bezahlst.«

Ich versuchte zu lächeln. »Das ist sehr nett von Ihnen.«

Wilfried lächelte zurück. »Du bist ebenfalls nicht unnett, und das mache ich gerne für dich. Schließlich hast du dir solche Gedanken gemacht, was du einem alten Mann wie mir schenken kannst. Es ist ein so schönes Geschenk.« Er nickte lächelnd vor sich hin, dann hob er den Kopf und sah mich an. »Aber du bleibst doch noch ein bisschen, Fredi?«

8

Zu Hause angekommen nahm ich erst einmal ein heißes Schaumbad. Dieser Nachmittag bei Wilfried hatte mich erschöpft. Während ich in der Wanne lag, ließ ich mir alles noch mal durch den Kopf gehen. Armer Werner. Er musste bis morgen dort ausharren. Sein Großonkel war nicht gerade der unkomplizierte Typ. Ich hoffte nur, dass ich ihn nicht mehr allzu oft zu Gesicht bekommen würde. Vielleicht würde er bald sein Testament aufsetzen oder ändern, dann wäre Werners Erbe in trockenen Tüchern, und ich müsste mich nur noch ein- oder zweimal blicken lassen. Aber Werner würde das alles doch erst bekommen, wenn Wilfried tot war. Zwar war er schon vierundachtzig, aber er konnte noch zehn Jahre leben, und der Laden würde nicht ewig auf mich warten. Ja, es gab andere schöne Geschäftsräume, aber keinen so schönen, der in der Nähe war. Ich hatte meine Stammkundschaft, und das war fast wie in einer Dorfgemeinschaft, jeder kannte jeden.

Werner konnte mich jedenfalls nicht vor Wilfrieds Ableben ausbezahlen. Ich wünschte Wilfried noch viele gesunde Jahre, aber ich war nicht bereit, von nun an wöchentlich dort aufzutauchen, um erst im Rentenalter die Lorbeeren dafür zu ernten. Und vermutlich konnte ich

Werner auch nicht dazu drängen, sich mit der Auszahlung meines Anteils zeitlich festzulegen. Wie denn? Er wusste selbst nicht, wann er etwas zu erwarten hatte. Also hatte ich die Wahl, entweder abzuspringen oder noch zu warten, wie sich die Dinge entwickelten.

Nach dem Bad machte ich mir ein chinesisches Fertiggericht in der Mikrowelle warm. Verärgert musste ich an Wilfried und seine Bemerkung über meine Ernährung denken. Er wusste doch überhaupt nichts von mir. Dieses Gericht hier war vegetarisch, bio und leicht bekömmlich. Das stand alles groß auf der Packung.

Ich stellte den Teller auf den Tisch und zündete drei Kerzen am Kerzenständer an. Das machte ich abends oft, weil der Raum so viel gemütlicher wurde. Das Deckenlicht drehte ich mit dem Dimmer etwas dunkler. Gedankenverloren aß ich so vor mich hin, dann fiel mir das Poesiealbum wieder ein. Was hatte Werner da nur reingeschrieben? Unfassbar, dass mich das wirklich interessierte, aber das tat es. Als ich mit dem Essen fertig war, zog ich mir eine Jacke über und ging in den Keller.

Eine Viertelstunde später setzte ich mich wieder an den Küchentisch. Ich war etwas außer Atem. Wenn ich noch einmal in meinem Leben umziehen sollte, dann nur in ein Mietshaus, das einen Aufzug hatte. Mit leicht nervöser Anspannung schlug ich das Poesiealbum auf und blätterte. Dann lag die Doppelseite vor mir, links eine Zeichnung, rechts der Text:

Glück entsteht oft durch Aufmerksamkeit in kleinen Dingen,
Unglück oft durch Vernachlässigung kleiner Dinge.

Wilhelm Busch

Das fand ich schön. Wo hatte er das gefunden?

Die Zeichnung war ein goldgelbes Hufeisen, aus dessen Löchern grüne Kleeblätter lugten. Sehr niedlich. Werner war damals dreizehn Jahre alt gewesen. Es war schwer zu glauben, dass er diesen Satz überhaupt verstanden hatte.

Ich suchte, was Patrick geschrieben hatte. Er hatte auf die linke Seite eine selbstklebende Blume gepappt, und rechts stand:

Braune Augen sind gefährlich, aber in der Liebe ehrlich.

Hatte er das geschrieben, weil ich braune Augen hatte? Das war wahrscheinlich das Erste, was ihm eingefallen war.

Ich stand auf und holte ein Blatt Papier und einen Kugelschreiber aus der Küchenschublade. Dann zog ich in der Mitte des Blattes einen langen senkrechten Strich. Oben malte ich einen waagrechten Strich und schrieb links *Pro* und rechts *Contra*.

Unter *Pro* schrieb ich:

neuer Laden
neue Einrichtung
schöne Reisen
höhere Rücklagen
Shopping
evtl. neueres Auto
evtl. neuer Fernseher
evtl. neuere Möbel (Küche, Bad, Wohnzimmer)

Unter *Contra* schrieb ich:

Schlechtes Gewissen (Wilfried täuschen)
Investierte Zeit mit unabsehbarem Endtermin

Unter *Contra* gab es nur zwei Punkte. Das war doch gut. Besonders der erste Punkt in der Contra-Spalte belastete mich. Wog dieser eine Punkt schwerer als alle anderen zusammen? Was würden die meisten Menschen tun? Aber was hieß schon, die meisten Menschen? Der Dalai-Lama würde es bestimmt nicht tun. Und Buddha oder Jesus hätten so etwas bestimmt auch nicht getan. Vielleicht sollte ich mir andere Vorbilder nehmen. Vielleicht sollte ich eher denken: Würde Emma es tun, wenn sie an meiner Stelle wäre? Oder Lutz? Oder Gigi, Saskia – oder Wilfried selbst? Pierre würde es tun, da war ich mir sicher. Ich stützte mich mit den Ellenbogen am Tisch auf und ließ den Kopf in die Hände fallen.

Mein Handy klingelte. Ich zuckte zusammen. Es war fast zehn Uhr. Ich stand auf und nahm das Handy von der Kommode im Flur. Es war Werner. »Entschuldige, wenn ich so spät noch anrufe. Ich hoffe, du bist nicht jemand, der um neun Uhr ins Bett geht.«

»Nein, frühestens um elf. Macht nichts, dass du noch anrufst. Wie geht es dir da drüben?« Auch wenn ich mich bemühte, aber ich konnte mir nur schwer das Lachen verbeißen.

»Rieke, deshalb ruf ich an. Ich möchte mich entschuldigen. Er ist grob unhöflich. Kein Wunder, dass er alleine lebt.«

»Hm, aber das tun wir doch auch.«

»Bei uns ist es etwas anderes.«

»Was denn?«

»Wir tun das, weil wir … Individualisten sind.«

Darüber musste ich lächeln. »Genauso ist es.«

»Ich habe mich teilweise fremdgeschämt.«

»Ach, Quatsch. So schlimm war es auch wieder nicht. Er ist halt einer, der frei von der Leber weg redet.«

Werner lachte leise auf. »Ja. Aber ich muss ehrlicherweise sagen, dass ich für zehn Minuten sogar ein nettes Gespräch mit ihm hatte. Und ich werde das Gefühl nicht los, dass er auf die Putzfrau steht.«

»Barbara?«

»Barbara hier, Barbara da …«

»Wahrscheinlich war sie über all die Jahre seine einzige echte Bezugsperson. Sag mal, wo bist du gerade? Hört Wilfried nicht mit?«

»Wilfried ist vor einer halben Stunde ins Bett gegangen. Ich wüsste nicht, womit ich mir die Zeit vertreiben könnte. Er hat keinen Fernseher!«

»Unglaublich. Was ist ein Mann ohne Fernseher?«

»Also liege ich hier im Gästezimmer, zwischen holzgerahmten Schwarz-Weiß-Fotos und olivgrünen Vorhängen. Übrigens, auf der Bettwäsche sind König Ludwig und Schloss Neuschwanstein.«

»Ach komm, hör auf!«

»Ich schwör's bei der bayerischen Monarchie!«

»Na ja, er ist schon irgendwie ein komischer Kauz.«

»Irgendwie, ja.«

Wir lachten kurz, dann sagte Werner: »Wir sollten uns in den nächsten Tagen treffen. Er hat übrigens gefragt, ob wir heiraten wollen.«

»Was hast du gesagt?«

»Dass wir darüber noch nicht gesprochen haben. Hast du morgen Zeit?«

»Zum Heiraten? Nö.«

»Schade. Und für ein Treffen?«

»Nein, morgen geht es wirklich nicht, Werner. Ich besuche meinen Vater und danach meine Schwester. Abends treffe ich mich mit Gigi. Sie hat eine Schneiderei neben meinem Laden, und manchmal unternehmen wir was zusammen.« Sonst trafen wir uns nicht am Sonntag, weil ihr Mann das nicht mochte, aber er war übers Wochenende zu Besuch bei seinen Eltern in Hanau.

»Oh, da hast du ja morgen eine Menge zu tun. Apropos: Vielleicht wäre es nicht schlecht, deiner Familie so langsam von mir zu erzählen, weil ... Äh ...«

»Was denn?«

Werner schien nach den richtigen Worten zu suchen, dann meinte er: »Also, Wilfried ist halt einer vom alten Schlag und ... Ich mach's kurz und schmerzlos, ja? Er will deine Familie kennenlernen.«

Ich schluckte. »Ach, wirklich?«

»Ja. Er sagt, wenn es ihnen zu aufwendig ist herzukommen, kann er auch nach München kommen.«

»Waaas?!« Ich schnaufte. »Großer Gott. Das geht weiter, als ich erwartet habe. Findest du das nicht zu schnell?«

»Eigentlich nicht, weil ... Ich wollte es dir morgen sagen, aber da du morgen keine Zeit hast, sage ich es dir schon jetzt.«

Für einen Moment schloss ich die Augen. Was würde jetzt kommen? »Bringen wir's hinter uns.«

»Ich hab mich ein bisschen verplappert. Es ging so hin

und her, und eins führte zum anderen ... Langer Rede kurzer Sinn: Ich hab gesagt, dass ich mich mit dir verloben will, und nun will er unbedingt eine Verlobungsfeier für uns ausrichten.«

»Verlobungsfeier?«, rief ich panisch. »Das ist doch kitschig! Kein Mensch macht heute noch eine Verlobungsfeier. Das ist absolut lächerlich!«

»Er will das aber unbedingt ...«

»Das ist doch ein Affentanz!«

»... und auf dieser Feier will er uns schon mal hunderttausend Euro schenken.«

Ich erstarrte. Mit langsamen Schritten ging ich ins Wohnzimmer und ließ mich auf die Couch fallen.

»Rieke?«

»Hunderttausend? Aber was heißt *schon mal*? Hör mal, Werner, so verlockend das alles ist, aber ich habe nicht die Absicht, deshalb zu heiraten. Verstehst du? Ich finde, wir verhalten uns auch so schon ... na ja ... nicht gerade fair ihm gegenüber. Außerdem wären Heirat und Scheidung ja auch aufwendig und teuer.«

»Das sehe ich auch so. Aber er kann uns schließlich nicht dazu zwingen, und wir können sagen, dass wir uns damit noch Zeit lassen wollen. Ich glaube, es ist nur wichtig, dass er denkt, wir leben zusammen. Es kann nicht an ihm vorübergegangen sein, dass das heutzutage normal ist.«

»Na gut. Und da ist noch was, Werner. Diese hunderttausend, also ... Wie ist denn der Deal zwischen uns?«

»Ach ja, der Deal. Wenn ich dir von den hunderttausend zwanzig Prozent gebe? Aber das gilt natürlich nicht auf den ganzen Deal, denn demnach müsste ich dir auf den

Wert des Hauses und alles andere ... Also, da müssten wir neu verhandeln.«

Müde rieb ich mir die Augen. »Bei aller Sympathie, Werner, aber ich bin nicht seit gestern Geschäftsfrau. Das alles kostet mich Zeit, Nerven und Energie. Also, wenn ich mich schon darauf einlasse, dann will ich klare Zahlen, am besten schwarz auf weiß und mit Unterschrift. Nichts für ungut, aber alles andere wäre naiv.«

»Hm, das ist okay. Lass uns darüber noch reden, ja?«

»Klar.«

»Wir sollten uns so bald wie möglich verloben, finde ich.«

»Ja, das finde ich auch.« Wenn ich noch länger wartete, dann hatte sich mein Ladentraum erledigt. »Gut, dann fange ich morgen damit an, meiner Familie von dir zu erzählen.«

Werner stöhnte auf. »Da steht dir was bevor, du Arme. Aber ich würde gerne mit dir tauschen.«

»Wie meinst du das?«

»Na ja, du hast eine Familie, der du davon erzählen kannst.«

»Ach so, ja, tut mir leid.«

»Macht nichts. Wie sieht es denn bei dir am Montag aus? Sonst geht es erst am Freitag wieder. Dienstags bis donnerstags arbeite ich abends, und freitags und samstags arbeite ich tagsüber.«

»Und Sonntag und Montag hast du frei, ich weiß.«

»Hey, du kennst meinen Dienstplan auswendig.«

»Dann nehmen wir den Montag.«

»Gut. Willst du zu mir kommen? Ich könnte uns was kochen.«

Wow. Das klang verlockend, war ich doch eine leidenschaftliche Esserin, auch wenn ich nicht kochen konnte. »Ja, warum nicht.«

Werner gab mir seine Adresse.

»Um sieben?«, schlug ich vor.

»Sieben ist perfekt«, meinte Werner, »dann bis Montag.«

»Bis Montag.« Ich warf das Handy neben mich auf die Couch und ließ mich nach hinten in die Kissen sinken. Nachdenklich starrte ich an die Decke. Wenn wir uns bald verloben würden und ich die zwanzigtausend bekam, dann könnte ich sowohl den neuen Laden einrichten als auch etwas zur Seite legen, um damit die nächste Zeit die höhere Monatsmiete zu decken. Natürlich könnte ich auch jetzt schon etwas von meinem Ersparten nehmen und die Anzahlung leisten, aber was, wenn etwas dazwischenkam? Wilfried konnte sein großzügiges Angebot jederzeit zurückziehen. Wie ich es drehte und wendete, es war zum Verrücktwerden. Oder wie mein Vater sagen würde: zum Mäusemelken.

9

Mein Vater saß mir am Küchentisch gegenüber, und ich blickte auf seine Glatze. Dieser Anblick berührte mich immer wieder aufs Neue, vielleicht weil mir durch seine Glatze und den grauen Lockenkranz bewusst wurde, wie vergänglich das Leben war. Und dass der Tag, an dem ich ihn verlieren würde, immer näher rückte. Meine Sonntage ohne ihn? Unvorstellbar traurig. Gleichzeitig war ich so dankbar dafür, diesen nörglerischen, besserwisserischen Griesgram zum Vater zu haben, den besten Vater, den man sich vorstellen konnte.

»Hab wieder diese Schulterschmerzen«, klärte er mich auf. »Ich glaube, die kommen von dem Kamelsturz.«

»Welchem Kamelsturz, Papa?«

»Das Kamel, von dem ich gefallen bin.«

»Ich wusste nicht, dass du mal auf einem Kamel geritten bist.«

»Das war in Ägypten.«

Für einen Moment schloss ich die Augen. »Papa, du warst nie in Ägypten.«

»Vielleicht hast du 's vergessen, kann mich ja selbst kaum daran erinnern.«

»Lutz ist mal vom Kamel gefallen, als er mit Emma in

Ägypten war. Unser Lutz erzählt halt immer so bildhaft, deshalb siehst du es vor dir.«

Mein Vater nickte nachdenklich. »Aber wovon kommen dann die Schulterschmerzen?«

»Das weiß ich auch nicht, Papa.« Was sollte ich denn sagen? Dass er sich damit abfinden musste, alte Knochen zu haben?

»Ach«, seufzte er, »es gibt so viel, was wir nicht wissen.« Dann lächelte er. »Schmeckt's dir?«

»Ja, aber sag mal, Papa, warum muss eigentlich immer ich zu dir zum Essen kommen? Warum kommst du nie zu mir?«

»Weil du nicht kochen kannst.« Er schob sich einen Bissen Zander in den Mund und kaute genüsslich darauf herum. In letzter Zeit vermied er es, Fleisch zu kochen, wenn ich zu Besuch kam, ohne dass er es mir unter die Nase rieb.

»Ich könnte mich bemühen.«

Mein Vater sah mich über den Tisch hinweg an, wie er es früher oft getan hatte, wenn ich mit einer schlechten Note nach Hause gekommen war. »Was Hänschen nicht lernt, lernt Hans nimmermehr.«

Etwas verärgert (oder ärgerlich) zerdrückte ich mit der Gabel meine Salzkartoffeln. Sollte er doch sehen, dass mir Püree besser schmeckte. »Ich will wirklich kein Klugscheißer sein, Papa, aber diese These ist mittlerweile widerlegt.«

»Was?«

»Man kann nämlich eben schon als Hans noch etwas lernen.«

»Ach, die Wissenschaft«, winkte er ab, »die drehen immer alles so, wie sie's brauchen.«

»Tun sie das?«

Er spülte seinen Fisch mit Radler hinunter, dann nahm er den Faden wieder auf: »Die beschäftigen sich doch mit allem möglichen Krimskrams. Da erfahre ich dann im Radio, dass Alleinstehende mehr Kekse essen oder dass Hundebesitzer die Farbe Blau bevorzugen. Hui, gut zu wissen, sag ich nur.«

Ich nahm einen tiefen Atemzug, dann fing ich an: »Ich hab dir doch schon mal von Werner erzählt ...« Oje. Eigentlich hatte ich das als Frage formulieren wollen. Hoffte ich wirklich, dass er glaubte, es vergessen zu haben? Was war denn los mit mir? Was spielte ich da für ein unfaires Spiel?

Mein Vater zog die Augenbrauen zusammen. »Wen? Wer is'n Werner?«

»Ich dachte, ich hätte ihn schon erwähnt. Es ist nämlich so, dass ich noch nicht großartig über ihn sprechen wollte, bis ich mir sicher bin.«

»Sicher?« Mein Vater starrte mir ins Gesicht. »Worüber denn sicher?«

»Ob das zwischen uns etwas Ernstes wird. Stell dir vor, Papa, ich werde mich vielleicht verloben.«

Da saß er: vollkommen überrollt. Er brauchte eine Weile, um sich zu sammeln. »Mit wem wirst du dich verloben? Wer ist dieser Heiner? Ich hab ihn noch nie zu Gesicht bekommen.«

»Er heißt Werner. Werner Mielke.«

»Ist mir wurscht, wie der heißt. Der kann sich nicht einfach mit dir verloben, ohne dass er sich bei mir vorgestellt hat.«

»Wie alt bin ich noch mal?«

Er schob den Teller zur Seite. »Das tut nix zur Sache. Das ist eine Frage von Anstand und Respekt.«

Als er das so sagte, musste ich mir eingestehen, dass diese Ansicht etwas für sich hatte. So modern konnte keine Zeit sein, dass man den Partner nicht bei der Familie vorstellte, wenn man vorhatte, sich zu verloben – obwohl ich diesen antiquierten Akt der Zurschaustellung immer noch lächerlich fand, aber das konnte ich schwerlich sagen. Ach, verdammt! Ich hätte Werner erst herbringen sollen, aber jetzt war es nun mal raus. »Du hast recht, Papa. Entschuldige. An deiner Stelle würde ich es bestimmt auch so sehen.«

Er wollte natürlich wissen, woher wir uns kannten. Ich erzählte ihm die gleiche Geschichte wie Wilfried. Das musste ich auch deshalb tun, weil sie sich aller Wahrscheinlichkeit nach begegnen würden. »Zwei Jahre!«, stieß mein Vater aus. »Und in der ganzen Zeit hast du nichts gesagt!«

Ich nickte ergeben. »Ja, in manchen Dingen bin ich ein bisschen verschroben«, gab ich zu.

Er schien über etwas nachzudenken, dann fragte er: »Aber wann habt ihr euch denn gesehen?«

»Wie bitte?«

»Ich weiß doch, wie und mit wem du deine Zeit verbringst. Normalerweise haben verliebte Leute weniger Zeit für andere. Du hast aber nichts an deinen Gewohnheiten geändert.«

»Du weißt doch nicht, was ich die ganze Woche mache.«

»So, und wann lerne ich das Bürschchen kennen?«

»Das Bürschchen wirst du bald kennenlernen, Papa.«

Er griff nach seinem Glas und nahm einen großen Zug Radler. Entweder hatte er großen Durst, oder er gab sich bewusst eine Dosis Alkohol. Als er das Glas wieder abstellte, fragte er: »Und ihr seid euch in diesem Restaurant wiederbegegnet? Und der ist da Koch? Und das war vor zwei Jahren?«

»Ja, ich weiß, es sind ziemlich viele Informationen auf einmal.«

Er hob die Hände und schlug sie über dem Kopf zusammen. »Mir ist von der Geschichte ganz schwindlig.«

»Tut mir leid, Papa.«

»Und? Liebst du ihn?«

Seine Frage war so direkt und kam so unerwartet, dass ich einfach »Ja, ja, klar« sagte.

»Ja, ja, klar?« Er legte die Stirn in Falten, dann schüttelte er den Kopf. »Na ja, du trägst dein Herz nicht auf der Zunge, da kommst du ganz nach mir. Hab auch immer meine Probleme damit gehabt, schwülstig zu werden. Im Fernsehen haben sie gesagt, das ist 'ne Methode, um nicht verletzt zu werden.«

Ich nickte zustimmend. »Da ist wohl etwas dran. Das Herz ist ein gutes Versteck.«

Mein Vater blickte nachdenklich an mir vorbei, als er sagte: »Deine Mutter war da ganz anders, weißt du. Lothar, hat sie gesagt, Lothar, du bist wie ein Plundertäschchen, außen knusprig und innen cremig.« Er strahlte, als er das sagte, deshalb wollte ich ihn nicht verbessern. Ich konnte mich nämlich daran erinnern, wie meine Mutter es sagte: »Lothar, du bist wie ein Krapfen: außen unscheinbar, aber innen mit köstlicher Cremefüllung.« Nein, eine Poetin war sie nicht, aber sie haben sich geliebt und es auf ihre Weise gezeigt.

Als ich zwei Stunden später in Emmas cremefarbenem und steril sauberem Wohnzimmer saß, sahen mich alle so komisch an. Lutz, Katharina und Samuel waren auch da. Normalerweise scherten sich Katharina mit ihren siebzehn Jahren und auch der fünfzehnjährige Samuel nicht um meine Angelegenheiten, denn in ihrem Alter hatten sie andere Interessen. Ich wusste, dass sie mich gern hatten, aber ich konnte mich nicht erinnern, dass sie jemals mit uns im Wohnzimmer saßen und an meinen Lippen hingen. Wie es aussah, hatte mein Vater in der Zwischenzeit ein Telefonat geführt. Ich konnte ihm nicht mal böse sein, denn wie es aussah, hatte es ihn gedrängt, die Geschichte loszuwerden und eine Meinung dazu einzuholen.

»Warum seht ihr mich alle so an? Hat Papa angerufen?«

Kaum hatte ich den Satz zu Ende gesprochen, platzte es aus Samuel heraus: »Du hast seit zwei Jahren einen Freund?«

Katharina warf ihr langes Haar nach hinten und sah mich bewundernd an. »Boah, du hast echt seit zwei Jahren was am Laufen, ohne dass jemand davon weiß? Und keiner kennt ihn. Wie du es geschafft hast, niemandem davon zu erzählen ... Ich könnte meine Klappe nicht halten. Ist echt 'ne geile Geschichte, Tante Rieke.«

Lutz warf ihr einen typischen Vaterblick zu. »Wir haben uns doch darauf geeinigt, dass du dieses Wort nicht mehr verwendest.«

Katharina machte auf blöd. »Welches Wort? Tante?« Manchmal erinnerte sie mich an mich, als ich in ihrem Alter war. Sie hatte sogar meine Haare und meine Augen. Es war schon irgendwie schräg: Katharina sah mir ähnlicher als Emma. Ich war Katharinas Patentante, und letztes Jahr hatte sie mir von ihrem ersten Mal erzählt, und nicht ihrer Mutter. Viel hatte ich nicht dazu gesagt, weil ich nicht wusste, was eine angemessene Reaktion darauf war. Mir schien es nicht passend zu sagen, sie hätte noch warten können, und noch unpassender wäre es gewesen, die Faust gen Himmel zu strecken, »Ja!« zu rufen und eine Flasche Champagner aufzumachen. Deshalb hatte ich nur zugehört, hin und wieder genickt und am Ende: »Hauptsache, ihr habt euch gern, und er ist ein netter Junge« gesagt. Bevor sie die Wohnung verließ, hatte sie gesagt, dass man mit mir wahnsinnig gut reden könne.

Die vier sahen mich an, und ich fühlte mich fast ein bisschen wie eine Verurteilte. »Ich mache Papa keinen Vorwurf«, sagte ich, »aber ich finde das ein bisschen unfair von ihm.«

Samuel sah mich kaugummikauend an und meinte. »Er ist ein alter Mann, Tante Rieke, das ist halt so.«

Ah ja, gut, dass mein fünfzehnjähriger Neffe mich darüber aufklärte, wie mein Vater war.

»Nein, Samuel«, sagte Emma, »da hat Tante Rieke schon recht. Eigentlich hätte er das nicht machen sollen, aber er ist besorgt und durcheinander.«

»Warum hast du nie was erzählt? Ich meine, es gibt doch gar keinen Grund, es zu verschweigen. Oder gehört er zu irgendeiner Randgruppe?«

Ich riss die Augen auf. »Was denn für 'ne Randgruppe? Brillenträger?«

»Nein«, sagte Lutz und lehnte sich auf dem weißen Ledersessel zurück, »aber ist er vielleicht ... keine Ahnung ...

irgendwie behindert … oder schwarz … oder zwei Köpfe kleiner als du … Oder ist er Asiate?«

Ich schloss für einen Moment die Augen. »Asiate? Werner Mielke soll Asiate sein?«

»Phh«, machte Lutz, »er könnte adoptiert sein oder so. Aber du weißt doch, dass wir liberal sind.«

Tatsächlich überschlugen sich meine Gedanken in diesem Moment. Lutz war liberal, ja. Emma war es weniger, da sie Schwule als ›diese Leute‹ betitelte, und als Katharina sich mal kurze Zeit in einen dunkelhäutigen Jungen verknallt hatte, war Emma im Dreieck gesprungen. Musste jemand, der so etwas sagte, mit Konsequenzen rechnen? Ich sagte ihr gewöhnlich die Meinung, und bei der Geschichte mit dem dunkelhäutigen Jungen hatte ich sogar das Wort *Rassistin* fallen lassen. Was sollte ich sonst tun? Wie verhielt man sich einem Menschen gegenüber, der für einen durchs Feuer gehen würde, dem man seine Karriere zu verdanken hat, auf den man sich felsenfest verlassen kann, mit dem man aufgewachsen ist und den man einfach liebt? Mein eigen Fleisch und Blut …

»Er gehört zu keiner Randgruppe«, sagte ich nur.

»Und ihr wollt euch verloben?«, wollte Katharina wissen. »Ich hab echt nicht gewusst, dass es das noch gibt. Aber das ist so retro, dass es schon wieder cool ist.«

»Ja, deswegen machen wir's ja.«

»Und wann bringst du ihn mal mit?« Samuel grinste mich an.

»Bald.«

»Sieht er gut aus?« Katharina sah mich neugierig an. »Beschreib ihn mal.«

»Ja«, antwortete ich brav, »er sieht gut aus, dunkle

Haare, braune Augen, groß, schöne tiefe Stimme …« Werner war ein attraktiver Mann, so viel war klar.

Emma verschränkte die Arme vor der Brust. »Ich bin schon ein wenig überrascht, dass du mich nicht früher eingeweiht hast.« Ihr Blick verriet pure Enttäuschung. »Ich bin deine Schwester.«

»Tut mir leid.«

»Dein schwuler Angestellter weiß es wahrscheinlich längst. Dem hast du's erzählt, oder?«

Ich nahm mir eine Praline vom Wohnzimmertisch. »Nein, der weiß es auch erst seit Kurzem. Ich wollte einfach sicher sein, ehe ich es erzähle. Außerdem heißt er Pierre.«

»Aber warum hast du nichts erzählt?«, fragte Lutz. »Die Kinder erzählen uns von ihren Freunden doch auch nicht erst, wenn sie sich verloben wollen.«

Katharina und Samuel sahen sich an und grinsten nachsichtig. Wahrscheinlich vergaßen wir Erwachsenen nur allzu oft, dass Teenager nicht weniger nachsichtig mit uns sind als umgekehrt.

»Ich weiß auch nicht, was ich sagen soll. Ich hatte seit Gregor und dieser entsetzlichen Geschichte keine richtige Beziehung mehr. Ich wusste nicht, ob das zwischen Werner und mir halten würde, also habe ich es erst mal für mich behalten.«

Katharina stand auf und ging zu mir. Langsam, beinahe behutsam setzte sie sich neben mich und nahm meine Hand.

»Und wie verdammt cool das erst ist, wie du über dem Mann stehst, ihm sagst, dass du dir Zeit nehmen willst und er sehnsüchtig darauf wartet, bis du bereit bist für was Festes. Das werde ich auch mal so machen.«

»Das ist lieb von dir«, murmelte ich und zwang mich zu einem Lächeln. Ich fühlte mich wie ausgekotzt.

Lutz hüstelte nervös. »Niemand sollte über dem anderen stehen, Kathi. Frau und Mann sind gleichberechtigt und haben einander respektvoll zu behandeln.«

Samuel hob anerkennend einen Daumen in die Luft. »Gut auswendig gelernt, Paps.«

»Lass bitte deinen Sarkasmus«, forderte Emma ihren Sohn auf. »Papa hat es nicht nötig, etwas auswendig zu lernen.« Sie wandte den Kopf und sah ihren Mann an. »Nicht wahr, Schatz?«

Um nicht als Pantoffelheld dazustehen, zuckte Lutz lässig die Schultern und sagte: »Ich entscheide, was ich nötig hab.« Das kam etwas trotzig rüber, weshalb Katharina, Samuel und ich grinsen mussten. Nein, Lutz war kein Pantoffelheld, aber Emma konnte ihn schon mal dazu bringen, ihre Thesen nachzuplappern, ohne sich dessen bewusst zu sein. Vielleicht machte man das in einer jahrelangen Beziehung so, und die Beeinflussung geschah automatisch.

Als ich den Deal mit Werner eingegangen war, hatte ich nicht bedacht, welche Kreise diese Geschichte ziehen könnte. Da saß ich und belog meine Familie, die immer für mich da gewesen war, und meine Nichte fand, ich wäre eine geheimnisvolle Coole. Ich würde ihr von dem Geld etwas Schönes besorgen, und Emma und meinem Vater auch. Natürlich war mir in diesem Augenblick klar, dass ich dadurch mein Gewissen freikaufen wollte, aber ich sagte mir, dass sie an einer kleinen Lügengeschichte schließlich nicht zugrunde gehen würden.

Am selben Abend war ich mit Gigi verabredet, und ich kam zu dem Schluss, dass ich mir mit drei Verabredungen pro Tag etwas viel zugemutet hatte. Das wollte ich Gigi nicht spüren lassen, weshalb ich ein Gähnen unterdrückte, als wir uns gegenübersaßen.

Gigi trank ihren Kakao aus einer Tasse, die so groß war wie eine Suppenschüssel. Aus angeblicher Rücksicht gegenüber Gigi hielt ich mich an Mangoschorle. Ich spielte ihr Spiel mit und achtete darauf, dass ich keine Zweifel an ihrer Geschichte zeigte: Gigi war nämlich angeblich trockene Alkoholikerin. Ich kannte sie schon eine ganze Weile, wusste in groben Zügen über ihre Biografie und ihre Lebenssituation Bescheid. Diese Trockene-Alkoholikerin-Geschichte passte da nicht hinein. Anfangs hatte ich mich gefragt, warum sie denn so etwas erfinden sollte, da es wahrlich keine Aufwertung bedeutete, gesoffen zu haben wie ein Loch. Aber irgendwann war ich mir sicher, dass ich des Rätsels Lösung hatte: Gigis Leben war so geradlinig und frei von Tiefen verlaufen, dass sie einen dramatischen Kontrapunkt setzen wollte, ohne gänzlich etwas zu erfinden – wahrscheinlich hatte sie in jungen Jahren hin und wieder einen über den Durst getrunken, und das griff sie auf, um sich einen verwegenen Zug zu verleihen. Gigi war für eine Alkoholikerin-Karriere viel zu positiv und sah auf alten Fotos zu gesund aus. Um sie als Alkoholikerin glaubwürdig zu finden, fehlte mir das Melancholische in ihrem Charakter. Gigi war ein weiblicher Peter Pan und wollte nicht erwachsen werden. Sie machte sich gerne über andere lustig und kicherte dabei. Das hatte bei ihr nichts Gemeines, sie tat es einfach, um gute Stimmung zu machen, so seltsam sich das anhören mochte. Dabei setzte sie keine bösen Gerüchte in die Welt, nein, es war eher etwas wie: »Wenn die Knobloch nicht immer diesen gewollten Schmollmund aufsetzen würde, wäre sie eine richtig hübsche Frau.«

Ich genoss das Zusammensein mit Gigi schon deshalb, weil es so etwas Leichtes, Ungezwungenes hatte. Wir redeten nie über Probleme, Weltschmerz oder Identitätskrisen. Mit Gigi war es anders, da wurde gelacht und gequatscht, und ich fand es schön, so eine lockere Bekanntschaft zu haben. Man musste nicht mit jedem gleich eng befreundet sein, und Gigi war dafür bestens geeignet.

Nachdem ich ihr von Werner erzählt hatte – natürlich die Version, die auch Wilfried, mein Vater und Emma zu hören bekommen hatten –, kriegte Gigi sich nicht ein. »Neeeein! Zwei Jahre!? Und keiner hat was gemerkt! Wow ... Das hat so etwas Verwegenes, unheimlich Toughes, finde ich.« Sie spielte mit ihrer Halskette, während sie mich bewundernd ansah.

Ich hätte nicht gedacht, dass ich dadurch für die anderen so interessant werden würde. Das weckte zwiespältige Gefühle in mir. War ich denn sonst nicht interessant genug? Aber dann sagte Gigi etwas, was diesem Eindruck widersprach: »Ich fand dich immer so perfekt, und jetzt kommst du mit so einer Geschichte.«

Gerade hatte ich mein Glas gehoben, um einen Schluck zu trinken, aber nun stellte ich es wieder ab. »Wie meinst du das?«

Gigi nahm die Finger von ihrer Halskette, dann beugte sie sich über den Tisch. »Nimm's mir nicht übel, Rieke, aber ich hab das immer bewundert, wie du selbstständig dein Leben meisterst. Und dann kommt heraus, dass auch du nicht ohne Liebe leben kannst.«

»Was? Doch, natürlich kann ich das. Und wie!«

»Ja«, nickte Gigi amüsiert, »aber natürlich. Das sieht man ja.« Sie lachte laut auf. »Ich wollte es dir nie sagen, weil es deine Sache ist, aber es ist doch Quatsch, Liebe vermeiden zu wollen. Sie trifft dich einfach so aus dem Nichts. Im Grunde haben wir gar keinen Einfluss darauf, wann sie uns packt. Du kannst planen, soviel du willst, aber du kannst ihr nicht entgehen. Und weißt du, warum? Weil du kein Eisbrocken bist. Weil du ein Mensch bist. Weil ... das Leben ohne Liebe nicht lebenswert ist.«

Mich packte ein unerklärliches Gefühl. War es Traurigkeit? Weshalb sonst musste ich in diesem Moment gegen die Tränen ankämpfen? Ich nahm all meine Willenskraft zusammen, um sie zurückzuhalten, setzte ich mich aufrecht hin und wechselte das Thema. »Weißt du, dass Frau Eisenach kürzlich im Fernsehen war?«

10

Versunken blickte ich aus dem Fenster und richtete in Gedanken den Laden gegenüber ein, den ich vielleicht bald mein Eigen nennen konnte. Heute Morgen hatte ich bei der Immobilienfirma angerufen und Interesse bekundet. Ich hatte gefragt, ob ich etwas anzahlen könne, um mir den Laden zu sichern, aber sie meinten, das würden sie nicht praktizieren. Allerdings sei das Objekt noch nicht verkauft, und ich hätte gute Chancen. Ja, mein Traum war nahe, aber immer noch zu weit weg, um danach zu greifen.

Die Bauarbeiter arbeiteten mittlerweile in Daunenwesten, und ich musste daran denken, wie sie in der unerträglichen Sommerhitze geschuftet hatten, manche von ihnen mit Sonnenbrand. An einem brütend heißen Julitag hatte Pierre fünf Wasserflaschen aus unserem kleinen Kühlschrank genommen und sie ihnen gebracht. Ihre Dankbarkeit hatte uns gerührt. Sie freuten sich so über das Mineralwasser, als hätte Pierre jedem einen Goldbarren geschenkt. Jetzt würden sie bald mit der Kälte kämpfen müssen, wenn sie über die Wintermonate nicht sogar aussetzten. Die wunderbaren Farben der Herbstblätter, die am Boden lagen, waren mittlerweile im einheitlichen Graubraun der regennassen Straße untergegangen.

Pierre hatte gerade die Damenschuhe auf den Boden gestellt, um die Regale zu wischen, und ich ging zum Sekretär neben dem Eingang und legte ein paar Kleidungsstücke zusammen, die sich nach einem ganzen Jahr nicht verkauft hatten. Wenn dieser Zeitraum abgelaufen war, bot ich sie im Internet an. Brachte auch das nichts, was äußerst selten vorkam, dann wanderten sie in die Altkleidersammlung. Das war zum Glück in all den Jahren nur vier- oder fünfmal geschehen. Ich faltete gerade das Prada-Kleid zusammen und musste mir eingestehen, dass ich beim Einkauf etwas übereifrig gewesen war. Ich liebte diese Designerin, aber das Kleid mit den großen Zierknöpfen und der Farbe Beige war nicht gut angekommen. So etwas konnte passieren, obwohl ich von Prada so gut wie alles an die Frau bringen konnte. Und von Miu Miu sowieso, der etwas erschwinglicheren Marke aus dem Hause Prada.

Den Mann, der nun mein Geschäft betrat, hatte ich nie zuvor gesehen. Er war Anfang fünfzig und machte einen herrischen Eindruck, womöglich von Berufs wegen.

Nachdem wir uns gegrüßt hatten, sah er sich kurz um, dann fragte er: »Haben Sie etwas Schönes für den Geburtstag meiner Frau? Aber keinen abgetragenen Fetzen, bitte.«

Ich wollte gerade leicht pikiert erwidern, dass wir so etwas grundsätzlich nicht hätten, da rief Pierre im Hintergrund mit zuckersüßer Stimme: »Oooh, da muss ich Sie leider enttäuschen. Wir führen nämlich ausschließlich nur abgetragene Fetzen.«

Der Mann hob kampflustig das Kinn. »Sie sind doch ein Secondhand-Laden. Da wird diese Bemerkung doch angebracht sein.«

Was für ein arroganter Kerl! Ich wandte den Kopf zu Pierre, um zu warten, wie er darauf reagierte. Pierre hob wie zur Verteidigung beide Hände und lachte affektiert. »Hach, das ist jetzt ein furchtbares Missverständnis. Ich bin kein Secondhand-Laden.« Er zeigte mit dem Finger auf sich. »Ich bin Pierre La Ferrer.« Dann ging er auf den Mann zu, streckte den Arm aus und sah ihn strahlend an. »Und wer sind Sie?«

»Ich? Muss man sich hier vorstellen, oder was?« Aber dann gab er Pierre doch die Hand und sagte: »Michael Kowitzky.«

»Angenehm, Herr Kowitzky. Ist das polnisch? Russisch?«

»Was? Äh ... Ich glaube, mein Ururgroßvater kam aus Polen.«

»Ah«, machte Pierre und tat so, als wäre es das Interessanteste, was er in letzter Zeit gehört hatte. Dann machte er eine einladende Bewegung, um den Mann nach hinten zu den Kleidern und Jacken zu führen. »Also, welche Größe hat denn Ihre liebe Frau?« Und dann verbrachte Pierre eine Stunde damit, ihm die schönsten Teile in Größe achtunddreißig zu zeigen. Ich putzte das Regal fertig, und danach stellte ich die Schuhe wieder hinein.

Der Mann kaufte eine Sonnenbrille von Salvatore Ferragamo und einen Mantel von Burberry. Er bezahlte mit EC-Karte, siebenhundertsiebzig Euro. Als er wieder draußen war, sagte Pierre: »Dafür lädst du mich am Freitag ins *Jean-Luc* ein.«

»Ich hab gehört, wie du ihm eine Cherokee-Vater-Geschichte erzählt hast. Jetzt bist du auch noch Cherokee-Indianer.«

Pierre grinste kokett, dann steckte er die Hände in die

Hosentaschen. »Für einen Moment hatte ich Angst, er würde mich vor Mitleid am liebsten an sich drücken.«

Ich sah ihn an, dann schüttelte ich lächelnd den Kopf.

»Also?«, hakte Pierre nach.

»Das mit Freitag geht klar.«

»Ach, Rieke«, seufzte er, »wir sind einfach zu gut für diese Welt.«

»Aber natürlich sind wir das. Und du bist immer viel zu bescheiden.«

Gespielt gerührt hielt er sich die Hand vor den Mund. »Du hast ja so recht.«

»Knallkopf.«

»Das war jetzt allerdings weniger nett.«

Ich nahm die Tüte mit den unverkauften Sachen und stellte sie auf den Boden, um sie später mit nach Hause zu nehmen. Pierre ging zum Schaufenster und meinte: »Wenn wir schon am Putzen sind, dann mach ich mal das Schaufenster.«

»Gute Idee.«

Später kam er mit dem kleinen Eimer und einem Putzlappen in der Hand aus unserer winzigen Toilette und sagte betont beiläufig: »Ach ja, Bernd geht beruflich nach Berlin.«

Ich drehte mich um. »Hat er einen größeren Auftrag?«

Pierre schüttelte den Kopf, ohne mich anzusehen. Er fing an zu wischen und erzählte dabei: »Nee, das mit der Selbstständigkeit hat nicht geklappt, deshalb hat er sich bundesweit bei großen Firmen beworben. Jedenfalls will diese Berliner Firma ihn haben, und das Gehalt ist gut … Und na ja, das war's dann.«

»Willst du nicht mitgehen?«

»Nö.« Pierre schnalzte mit der Zunge, wischte weiter und sagte: »Ich kann doch nicht einfach von hier weggehen.«

»Wieso denn nicht?«, bohrte ich nach.

Pierre hörte zu wischen auf und drehte sich zu mir um. Er hatte immer noch den Putzlappen in der Hand, als er sagte: »Ich kann doch nicht einfach so weggehen. Du bist der einzige Mensch, den ich habe, Rieke. Du bist meine Familie.«

Benommen stand ich da und sah ihn an. Ich wusste einfach nicht, was ich darauf sagen sollte.

Pierre putzte weiter, und ich zog irgendeinen Leitzordner aus dem Regal hinter dem Schreibtisch, damit ich etwas zu tun hatte. »Dir ist schon klar, dass ich dich nach diesem Bekenntnis nun schwer feuern kann?«, lockerte ich die angespannte Atmosphäre auf.

»Warum solltest du mich feuern?« Pierre drehte mir den Rücken zu. »Einen wie mich findest du nie wieder.«

»Wohl wahr. In jeder Beziehung.«

Als er darauf nicht reagierte, sagte ich: »Hab gedacht, du bist verrückt nach Bernd. Ich und mein Geschäft können doch nicht wichtiger sein, als deiner Liebe zu folgen.« Über den letzten Teil war ich selbst erstaunt, denn normalerweise redete ich nicht so kitschig daher.

Endlich drehte Pierre sich um und warf den Putzlappen in den Eimer. »Hör mal, Rieke. Ich bin doch kein geiler Teenager, der Hals über Kopf alles hinschmeißt. Natürlich stehe ich auf Bernd. Aber was mache ich, wenn es mit ihm nicht klappt? Könnt' ja sein, so gut kennen wir uns doch noch nicht. Und dann sitze ich da, in einem Berliner Apartment ... Und du hast mittlerweile jemand anderen eingestellt. Und ich hänge so an München, war doch nie irgendwo anders, nur mal in Italien, und in Österreich.« Er hob den Eimer hoch, und als er an mir vorbeiging, sagte er mürrisch: »Außerdem hat Bernd mich gar nicht gefragt, ob ich mitkommen will.«

»Tut mir leid, Pierre«, rief ich ihm hinterher.

»Mir aber nicht. Wär eh nicht mitgegangen«, schrie er aus der Toilette.

Die Ladentür ging auf, und der Postbote kam herein. »Grüß Gott. Hab da 'n Päckchen für Herrn Fererer.«

Pierre kam aus der Toilette geschossen und blaffte den Postboten an: »Es heißt La Ferrer! La Ferrer! Das ist doch nicht so schwer!«

Der Postbote, den wir seit über zehn Jahren kannten, hob die Augenbrauen und meinte: »Ihre Nerven liegen heute ganz schön blank, was?«

Pierre nahm einen tiefen Atemzug, ohne den Blick abzuwenden. »Entschuldigung.« Es klang aufrichtig, was den Postboten ein weiteres Mal überraschte.

»Wie heißen Sie eigentlich?«, hörte ich mich fragen. Jetzt fing ich auch schon an wie Pierre. Aber es erschien mir in diesem Moment passend.

»Alfred Hüssing. Wieso?«

»Wir kennen uns schon so lange, und da wäre es doch schön, wenn wir uns beim Namen nennen.« Ich lächelte ihm freundlich zu.

»Wenn Sie meinen«, bekam ich gleichgültig zur Antwort.

Als er draußen war, machte Pierre sich einen grünen Tee. Gigi kam mit meinem Cappuccino und einem Cremetörtchen vorbei.

»Ich muss dich bald mal wieder ins *Jean-Luc* einladen«, sagte ich.

Sie lachte, als sie mir den Pappbecher reichte. »Wir können aber auch mal woanders hingehen, wenn du willst.«

»Nein!«, rief ich, bevor mir bewusst wurde, wie entschieden das klang. Ich spürte Pierres Blick auf mir, aber ich wollte ihn nicht ansehen.

»Oh, okay.« Gigi verzog den Mund. »War ja nur ein Vorschlag.«

Ein paar Stunden später stand ich vor dem Spiegel und überlegte, ob ich für das Treffen mit Werner nicht overdressed war. Ich trug ein helles Tweedkleid von Diane von Fürstenberg und schwarze Schuhe mit leichten Plateausohlen, von Alexander Wang, einem meiner Lieblingsdesigner. Er war ein Wunderkind in der Modebranche und hatte seinen Durchbruch in einem Alter gehabt, in dem andere ihr Abitur machten. Mir gefielen seine Kollektionen auch deshalb, weil sie lässig und eigenwillig waren. Er verwendete viel Schwarz, ähnlich wie Lagerfeld. Auch Lagerfeld war schon jung seinen Weg gegangen und sagte, dass er es als Zeitverschwendung empfunden habe, klein zu sein. Ich bewunderte Leute, die schon als Kind wussten, was sie machen wollten. Ich hatte mich immer nur für Mode interessiert, aber nie wirklich eine Berufung verspürt.

Kritisch betrachtete ich mein Gesicht. Coco sagte, ab vierzig muss eine Frau sich entscheiden, entweder für das Gesicht oder für den Hintern. Da hatte sie recht. Zumindest traf das für viele Frauen zu, dass sie in diesem Alter entweder noch eine tolle Figur hatten und dafür ein paar

Fältchen im Gesicht oder ein hübsches, glattes Gesicht, aber dafür einige Polster auf den Rippen. Ich hatte mich eigentlich nicht bewusst entschieden, aber wie sollte ich ohne Süßigkeiten leben? Ohne Cremetörtchen, Schokolade und Eis im Sommer? Völlig unmöglich. Mit meiner Konfektionsgröße von vierzig bis zweiundvierzig passte ich gerade noch in die Designerware. Manchmal fragte ich mich, warum Designer eigentlich nur für dünne und schlanke Frauen Mode machten. Sie würden doch viel mehr verkaufen, wenn sie auch Mode für korpulentere Frauen anbieten würden. Kapierten die das denn nicht? Komisch. Aber wahrscheinlich waren sie alle ziemlich festgefahren. Und von wegen, das Dünnsein sei eine postmoderne Zivilisationskrankheit: In den alten Schwarz-Weiß-Filmen waren die Frauen auch alle spindeldürr. Schon Christian Dior hatte gemeint: »Jeder Bissen bleibt höchstens zwei Minuten im Mund, zwei Stunden im Magen und drei Monate an den Hüften.« Jeder Bissen! Das fand ich nun wirklich übertrieben.

Mein Spiegelbild gefiel mir, und darauf kam es an.

Als ich später mit dem Auto zu Werner fuhr, musste ich wieder an Pierres Worte denken. Sie hatten mich umgehauen. Eigentlich war mir nie bewusst gewesen, wie viel ich ihm bedeutete. Dann fiel mir etwas ein, was Petra Wittner vor ein paar Jahren mal geäußert hatte: »Es ist selten, dass wir den anderen in gleichem Maße lieben, wie er uns liebt. Meistens bedeutet der andere dir mehr als du ihm – oder umgekehrt. Aber das ist nicht schlimm, man kann es schließlich nicht erzwingen. Mal bist du der weniger geliebte, mal derjenige, der weniger liebt.« Damals hatte ich nur mit einem Ohr zugehört, aber womöglich war da etwas dran. Vielleicht liebte mich Emma mehr als ich sie. Vielleicht hatte ich Patrick und Gregor mehr geliebt als sie mich. Vielleicht bedeutete ich Pierre mehr als er mir ... Ja, vielleicht war es so.

Werner hatte ein blau-weiß kariertes Geschirrtuch um die Hüften gebunden, als ich ankam. Das fand ich süß und auch ein bisschen sexy. Warum auch immer, denn ich hatte noch nie gehört, dass ein Geschirrtuch um die Hüften sexy sein konnte.

Nachdem wir uns begrüßt hatten, trat ich ein und überreichte ihm den kleinen Blumenstrauß, den ich mitgebracht hatte.

Werner stand mit offenem Mund da und sah verdutzt auf den Strauß. »Äh ... Du schenkst mir Blumen?« Zögerlich nahm er das kleine Bukett entgegen.

»Ja, das bin ich gewohnt. Pierre hat mal gesagt, wenn ich ihm etwas mitbringen wolle, dann Blumen. Außerdem hab ich gehört, dass Männer Blumen genauso gerne mögen.«

»Pierre ist schwul, richtig?«

»Ja. Aber er meinte, es gebe nichts, was einem Gastgeber mehr beglücken würde als Blumen. Hätte ich lieber 'ne Pulle Wodka mitbringen sollen?«

»Na ja, du hättest gar nichts mitbringen müssen, aber ich habe noch nie von einer Frau Blumen bekommen.« Werner sah belustigt auf den Strauß, dann sah er mich an. »Nun, vielen Dank. Aber ich habe keine Vase.«

»Du kannst sie doch in ein Glas stellen.«

»Ja, na klar. Du kannst deine Jacke auf die Kommode legen, hab leider keine Garderobe oder so was. Die Schuhe musst du nicht ausziehen.«

»Ja, ich weiß, dass du Schuheausziehen nicht magst, genau wie ich.«

Er lächelte.

»Du siehst cool aus, mit der Geschirrtuch-Schürze und dem Blumenstrauß.«

Nun lachte er, und ich musste auch lachen. »Okay, lass uns in die Küche gehen, Rieke. Folge mir unauffällig. Aber in meiner Wohnung kannst du dich eigentlich nicht verlaufen. Es sind nur knapp fünfzig Quadratmeter. Schlafzimmer, Bad – und die Küche ist quasi im Wohnzimmer.« Werner ging voran. »Ich stell mal die Blumen ins Wasser«, sagte er und blieb dann plötzlich stehen. Lachend beugte er sich nach vorne.

»Was ist?«, fragte ich verwundert.

»Ich hätte ...«, dann kriegte er sich einigermaßen wieder ein und erklärte: »Ich hätte nie gedacht, dass ich diesen Satz mal sagen würde.«

»Dass du die Blumen ins Wasser stellst?«

»Ja.« Als er sich zu mir umdrehte, hatte er immer noch ein Lachen im Gesicht, und ich glaube, das war der Moment, als ich anfing, mir zu wünschen, dass wir diese Chose so bald wie möglich hinter uns brachten. Weil er anfing, mir zu gefallen, und weil er der Typ Mann war, der einem das Herz brechen konnte. Und davor hatte ich mehr Angst als vor allem anderen.

Also versuchte ich, mich auf andere Dinge zu konzentrieren. »Ist das eine CD von Grönemeyer?«

Er sah mich erstaunt an. »Klingt das etwa nach Grönemeyer?«

Ich zuckte die Schultern. »Keine Ahnung. Ich kenne mich mit deutscher Musik nicht so aus.«

»Ach ja, du bist ja eine halbe Französin.«

Erstaunt sah ich ihn an. »Wie bitte?«

Werner hob die Hände und neigte dabei ein wenig den Kopf zur Seite. »Französische Küche, französische Designer, französische Musik …«

Seltsam. Darüber hatte ich noch nie nachgedacht, aber es schien etwas dran zu sein. Dabei war mir das Land nicht gerade vertraut. Ich war nur einmal ein paar Tage in Paris gewesen. »Aber ich mag nicht nur französische Designer, sondern auch deutsche und italienische.«

»Du musst dich doch nicht rechtfertigen. Und die Musik ist von Klaus Lage.«

»Nie gehört. Aber das Lied hat was. Wie heißt es?«

»*Komm halt mich fest.*« Er warf mir einen belustigten Blick zu, dann stützte er sich mit der Hand aufs Spülbecken. »Ich meine, das Lied heißt so.«

»Ach so«, tat ich, als hätte ich die Zweideutigkeit nicht erfasst.

»Ja«, meinte er grinsend.

Ich sah mich um. »Nett hast du's hier. Und so … minimalistisch.« Dass Werner Geschmack hatte, ließ sich nicht leugnen, aber er hatte wohl nichts übrig für Wohnaccessoires. Die Küche war perlweiß, und an der Wand hingen zwei gemalte Bilder mit undefinierbaren Motiven. Die Küche war offen und grenzte direkt ans Wohnzimmer, das mit der weinroten Couch und den weißen Regalen einladend wirkte, aber das Einzige, was die Wände schmückte, war ein großes Poster. Es war ein Strand mit Palmen, etwas klischeehaft, aber das ging mich nichts an.

Mir stieg der wunderbare Geruch des Essens in die

Nase. Auf dem Herd standen Töpfe, und im Spülbecken hatte sich so einiges zum Abwasch angehäuft.

Werner nahm ein Bierglas aus dem Hängeschrank, auf dem »Himmel der Bayern Hacker Pschorr« stand. Er ließ Wasser hineinlaufen und steckte die Blumen hinein. »Komischerweise weiß ich genau, was du jetzt denkst. Ja, ich hab leider kein Händchen für Inneneinrichtung.«

»Trotzdem ist es geschmackvoll. Okay, ziemlich viel Weiß und ziemlich wenige Accessoires ... Farben oder Holz sind nicht so dein Ding, was?«

»Doch, schon, aber da muss dann alles zusammenpassen, und bei diesem Stil hier«, er machte eine ausholende Armbewegung, »muss man sich nicht viel Gedanken um Kombinationen machen.« Er stellte das Bierglas mit den Blumen auf den Kühlschrank.

Erst jetzt bemerkte ich den wunderschön gedeckten Tisch im hinteren Bereich der Küche. Weinrote Tischdecke, strahlend weiße Stoffservietten, Kristallgläser ... Noch nie hatte ein Mann für mich gekocht. Doch, einmal. Das war Jürgen gewesen, mit dem ich vor zehn Jahren für etwa zwei Monate zusammen war. Er hatte Wiener Würstchen aufgewärmt und Kartoffelsalat von Vinzenz Murr aufgetischt. Das hatte ich ihm nicht übel genommen, denn es war mehr, als ich je für ihn zubereitet hatte.

»Das Essen ist fertig«, sagte Werner, öffnete die Ofentür und zog das Backblech heraus, auf dem zwei goldgelb gebackene Baguettes lagen.

»Du hast die Baguettes selbst gebacken?« Mir blieb vor Überraschung der Mund offen.

»Na klar«, meinte Werner wie selbstverständlich.

»Und was gibt's sonst noch?«

»Coq au Vin.«

»Schon mal gehört. Hat was mit Huhn zu tun, oder?«

Werner zuckte eine Schulter. »Im Originalrezept ist es ein Hahn, aber der ist schwer zu bekommen. Also hab ich Huhn genommen. Das bleibt aber unter uns.«

»Versteht sich von selbst.«

Wir lächelten uns an.

»Und normalerweise mariniert man es mit Rotwein, aber ich habe es in Weißwein mariniert.« Werner nahm zwei Teller aus dem Schrank. »Wenn ich privat koche, dann wandle ich die Rezepte gerne etwas ab.« Er zog sich das Geschirrtuch von den Hüften und warf es auf die Ablage.

»Warum auch nicht. Wie lange muss es denn in der ... Soße bleiben?«

»Es heißt Marinade«, erwiderte er grinsend. »Vierundzwanzig Stunden. Hab es gestern Abend eingelegt.«

»Wow«, machte ich verblüfft. »Ich brauche zum Kochen höchstens eine halbe Stunde.«

»Na ja«, meinte Werner und fing an, die beiden Teller zu beladen. »Es ist ja nicht so, als hätte ich vierundzwanzig Stunden gekocht. Ich habe es gestern nur in die Marinade mit dem Wein und den Kräutern gelegt, mehr nicht. Magst du überhaupt Huhn?« Werner ging zum Tisch, und ich folgte ihm.

»Ich esse generell kaum Fleisch, außer ich bin eingeladen«, sagte ich mit einem Lächeln, um Werner nicht seine viele Arbeit zu vermiesen. »Mein Vater kocht sonntags für mich und ist mittlerweile auf Fisch umgesattelt. Das weiß ich sehr zu schätzen, denn sonntags Fisch ist für ihn ungefähr so wie Autofahren mit angezogener Handbremse.«

Werner stellte die Teller am Tisch ab, dann sah er mich fragend an. »Fisch ist doch nicht vegetarisch.«

»Für meinen Vater schon.«

Er lachte kurz auf. Ein wirklich schönes Lachen hatte er. Sein Mund bekam dann so einen frechen Zug.

Die ersten Minuten am Tisch mochte ich gar nicht sprechen, weil ich das Essen so großartig fand und jeden einzelnen Bissen genoss.

Irgendwann fragte Werner: »Schmeckt es dir?«

»Ob es mir schmeckt? Es ist einfach wunderbar. Das habt ihr im *Jean-Luc* aber nicht auf der Speisekarte?«

»Doch. Steht unter *Fleischgerichte*.«

»Ach so, natürlich. In diese Rubrik rutscht mein Blick eher selten. Aber dass du dir wegen mir so viel Arbeit gemacht hast!«

»Viel Arbeit? Hast du erwartet, ich serviere dir Leberkäs mit Brezen vom Bäcker?«

Wir lächelten uns über den Tisch hinweg an.

»Ach, Rieke?«

»Ja?«

»Wie machen wir das denn mit dieser Verlobungsfeier?«

»Verlobungsfeier. Hm, die Verlobungsfeier.« Ich schloss für ein paar Sekunden die Augen und hielt die Luft an. »Die Verlobungsfeier.«

Werner legte den Kopf schräg, während er seine Gabel in der Luft hielt. »Musst du es noch ein paarmal wiederholen? Nur zu, ich esse derweil weiter.«

»Nein, schon gut. Also, ich bin dafür, dass wir das in nächster Zeit erledigen. In diese Verlobungsfeier können wir alles reinpacken.«

»Alles reinpacken? Wie meinst du das?«

Nervös gestikulierte ich mit den Händen. »Da kannst du dich meiner Familie vorstellen, da kann Wilfried meine Familie kennenlernen, das ganze Zeugs eben.«

Er sah mich eine ganze Weile nachdenklich an. Schließlich meinte er: »Ich gebe zu, dass ich mich bei Wilfried um Kopf und Kragen geredet habe, aber wenn er uns dieses Geld zur Verlobung schenkt, wird er nicht eine baldige Heirat erwarten? Leider konnte ich das bei ihm nicht heraushören.«

»Wir sollten ihm lieber nicht sagen, dass wir nicht heiraten wollen.«

»Du meinst, er wird es nicht merken?«

»Das meine ich nicht. Aber er kann doch nicht darauf bestehen, oder?«

Werner hob die Hände. »Wenn ich das wüsste!« Ein paar Sekunden verstrichen, dann sagte er: »Kann ich mal unverbindlich etwas anbringen? Es ist nur ein Gedanke.«

Er würde doch nicht vorschlagen, dass wir tatsächlich heiraten sollten? Mein Herz klopfte schneller, und in mir mischten sich Angst und Freude. Wo kam plötzlich die Freude her? Die Vorstellung, mit Werner verheiratet zu sein, verursachte kleine Kicks. »Was denn?«, fragte ich also, und ich wusste nicht, auf welche Antwort ich eigentlich hoffte.

»Vielleicht würde es alles viel einfacher machen, wenn wir wirklich heiraten würden.«

In diesem Moment spielte die CD ihren letzten Takt, und in der Küche war kein Laut mehr zu hören. Wir sahen uns an, und ich spürte, dass wir beide hofften, der andere würde etwas sagen. »Heiraten hat so etwas Endgültiges«, brachte ich heraus.

»Na ja«, meinte Werner, »wahrscheinlich ist das der Sinn der Sache. Nicht *unserer* Sache, aber sonst schon, verstehst du?«

Ich nickte lächelnd, Werner lächelte zurück. »Weißt du, Rieke, mir ist klar, dass ich von uns beiden die besseren Karten habe. Aber ohne dich wäre es schwierig, besser gesagt, unmöglich. Ich dachte, wir könnten heiraten, und nach ein paar Jahren lassen wir uns wieder scheiden.«

»Das ist alles so viel Aufwand. Eigentlich hatte ich das neue Ladengeschäft im Visier, mit einer neuen Einrichtung, und ein bisschen was zusätzlich, um die höhere Miete abzufedern.«

Werner lehnte sich zurück und verschränkte die Arme vor der Brust. »Wann hast du Geburtstag?«

»Am sechzehnten April. Da werde ich siebenundvierzig.« Warum sagte ich das dazu? Er wusste doch, wie alt ich war.

»Und ich werde am sechzehnten Mai siebenundvierzig«, bemerkte er.

»Du bist genau einen Monat jünger? Ist ja witzig.«

»Ja«, nickte Werner. »Ist echt witzig.«

»Warum redest du so? Es war doch nur eine beiläufige Bemerkung.«

»Na ja, meinerseits doch auch.«

»Nein, das ist pure Ironie.«

Er blickte auf, dann sah er mich freundlich lächelnd an und sagte: »Du hast es richtig gesagt. Wilfried wäre stolz auf dich.«

»Wie bitte?«

»Pure Ironie statt Ironie pur.«

»Ach ja, apropos Wilfried. Ich wünsche mir wirklich, dass er noch viele Jahre lebt und gesund bleibt.«

»Hör zu, Rieke, mir ist auch nicht wohl dabei, aber wir sind uns doch einig, dass besser wir das Erbe bekommen als jemand anders.«

»Ja.«

Werner wirkte für eine Sekunde unsicher, dann wechselte er schnell das Thema, indem er fragte: »Möchtest du noch etwas von dem Essen?«

»Nein, vielen Dank.«

»Aber gerne doch. Es ist ja nicht das erste Mal, dass du etwas von mir isst, wenn du oft im *Jean-Luc* bist.«

»Ja, das stimmt.«

Werner trank von dem Weißwein und ich von meiner Cola light, weil ich mit dem Auto da war. »Zur Feier des Tages trinke ich mal Wein«, meinte er.

»Zur Feier des Tages? Okay, machen wir was Besonderes daraus.«

Er lachte auf. Dann erwähnte ich, dass meine Familie ihn kennenlernen wollte. »Oh«, machte er, und es klang nicht glücklich. »Die werden mich gründlich unter die Lupe nehmen, schätze ich. Der geheimnisvolle Freund, der so lange verschwiegen wurde. Was stimmt nicht mit ihm?«

Ich lächelte verkniffen. »Ja, was soll ich machen ...«

»Ach, schon gut«, fiel er mir ins Wort, »ist verständlich. Ich nehme es ihnen doch nicht übel.« Er streckte den Arm aus und berührte mich für eine Sekunde an der Hand. Mein Herz klopfte ein bisschen schneller. Rasch zog er seine Hand zurück, dann stand er auf und sagte: »Ich räume das nur schnell ab.«

»Soll ich dir helfen?«

»Nein, wirklich nicht.« Als er die Teller gerade auf die Anrichte stellte, klingelte das Telefon. »Entschuldige. Egal wer's ist, ich wimmle ihn ab.« Werner ging in den Flur, und kurze Zeit später hörte ich, wie er sagte: »Wilfried? Das ist ja 'ne Überraschung. Nein, du störst nicht. Rieke und ich haben gerade gegessen. Wir sitzen beieinander und unterhalten uns über unseren Tag.« Clever eingefädelt, das musste ich ihm lassen. Aber vielleicht einen Tupfer zu viel. Wurde Wilfried nicht misstrauisch, wenn Werner das so betonte?

»Aha, ach so. Freitag? Ich weiß nicht, ob Rieke da schon was vorhat. Ja, natürlich kann ich sie fragen. Warte.« Werner tauchte im Türrahmen auf und sah zu mir herüber. »Wilfried hat am Freitagnachmittag einen Termin in München, beim Urologen. Er fragt, ob er danach hier übernachten kann.« Werner zog eine Grimasse, die wohl Unentschlossenheit zeigen sollte. Normalerweise hätte ich darüber gelacht, aber im Moment war ich zu durcheinander.

»Also ... Ich wollte am Freitag mit Pierre ins *Jean-Luc.*« Das hatte ich so laut wie möglich gesagt, damit Wilfried mithören konnte.

Werner presste den Hörer wieder ans Ohr. »Wilfried? Ach, du hast es gehört. Was? Nein, also, was heißt, sie trifft sich mit anderen Männern? Pierre arbeitet bei ihr. Sie sind Freunde.« Darauf entstand eine kurze Pause, dann sprach Werner weiter. »Wenn du meinst. Was? Ich soll ihr das sagen?« Werner nahm den Hörer wieder vom Ohr, dann richtete er mir aus: »Wilfried sagt, es gehört sich nicht, dass du mit einem anderen Mann dort hingehst, wenn ich nicht dabei sein kann.«

Mein erster Gedanke war: Wilfried hatte ein faszinierendes Gedächtnis, wenn er sich Werners Arbeitszeiten gemerkt hatte. Mein zweiter: Geht den Kerl doch einen feuchten Keks an, was ich am Freitagabend mache. »Sag ihm, ich bin mit Pierre seit fünfzehn Jahren befreundet.«

Offenbar war Wilfried gnädig, denn das Gespräch drehte sich kurze Zeit später um Rheumasalbe. »Nein, Wilfried, ich weiß leider nicht, welche Rheumasalbe besser ist. Lass dich doch in der Apotheke beraten. Das sind Halsabschneider? Oh, na dann frag mal den Arzt. Ach so. Die sind natürlich auch Halsabschneider, klar. Wie bitte? Ach so, ihr Asthma. Da ist alles in Ordnung, Wilfried. Rieke und ihrem Asthma geht es gut.«

Zehn Minuten später konnte Werner endlich das Gespräch beenden. »Möchtest du einen Cappuccino?«, fragte er.

»Ja, gerne.«

»Normal oder koffeinfrei?«

»Normal, bitte.«

»Eigentlich trifft sich das gut, dass Wilfried herkommt. Dann können wir noch ein bisschen was aus ihm herauskitzeln.«

Ich nickte wissend. »Zum Beispiel, ob er auf einer Heirat besteht, um dir sein Erbe zu hinterlassen.«

»Genau.« Er hantierte an der Espressomaschine und bereitete die Tassen vor, als er mich fragte, ob ich es nicht einrichten könne, am Freitagabend herzukommen.

Ich stand auf und räumte die Gläser ab. »Das Treffen mit Pierre kann ich natürlich auf einen anderen Tag verschieben. Aber ich muss Samstagmorgen in die Arbeit, und dann müsste ich so viel hierher mitnehmen.«

Er stand dicht neben mir, als ich die Gläser in die Spüle stellte. Die Ärmel seines Hemds hatte er hochgekrempelt. Keine aufgepumpten Arme, sondern auf natürliche Weise muskulös. Eine Strähne fiel ihm vors Auge, dann wandte er den Kopf in meine Richtung. »Und was musst du alles mitnehmen?«

»Frauenkram halt.«

Er lächelte mich an, dann lächelte ich zurück.

»Verstehe«, meinte er, »Kosmetik, rosa Pantoffeln und Gesichtscreme.«

»Du sagst das so, als wäre ich eine affektierte Tussi.«

»Nein«, rief Werner entschieden. Er nahm die zwei Cappuccino und trug sie zum Tisch. Ich folgte ihm. »Ich weiß, dass Mode dir viel bedeutet, aber ich weiß, dass du nicht zu diesen oberflächlichen Leuten gehörst.«

Wir setzten uns, und ich rückte meinen Stuhl zurecht. »Wie meinst du das? Glaubst du, dass Menschen, die sich für Mode interessieren, üblicherweise oberflächlich sind?«

Werner überlegte eine Weile, dann hob er die Handflächen in meine Richtung, als wollte er etwas abwehren. »Ich hab da keinen Einblick, und ich mag es nicht, jemandem etwas zu unterstellen, ohne mich vorher informiert zu haben. Aber haben diese Designer nicht alle irgendwie einen Knall? Tut mir leid, aber ich kann auch nicht nachvollziehen, dass man Tausende von Euro für eine Tasche oder für Schuhe ausgibt.«

»Weißt du, Werner, wie alles im Leben ist auch das relativ, und es kommt auf die Betrachtungsweise an. Jeden Tag fliegen Tausende von Menschen erster Klasse, weil ihnen die Holzklasse nicht gut genug ist. Die Gäste im *Jean-Luc* würden auch im Fastfood-Restaurant satt werden, aber sie wollen lieber ein Filet und Kaviar oder Austern. Wo fängt Dekadenz an? Ich fahre seit neun Jahren dasselbe Auto, und als ich es gekauft habe, war es schon zwei Jahre alt. Meine Möbel sind von IKEA, manche davon sogar gebraucht. In Urlaub fahre ich alle fünf Jahre, und ich spende zweimal im Jahr.«

»Tut mir leid, ich wollte nicht überheblich klingen.«

»Nee, schon okay«, winkte ich ab. »Und natürlich haben viele der Designer einen Knall, wie du es nennst, aber es sind eben Künstler, und die sind in keiner Branche Normalos. Viele von ihnen kommen aus einfachen Verhältnissen und haben ganz klein angefangen. Wenn ich im Leben eins gelernt hab, dann ist es, nicht mit dem Finger auf andere zu zeigen, weil jeder irgendwie zu diesem System einen Beitrag leistet. Und gerade diejenigen, die wir verschwenderisch finden, tragen ja auch zum Prosperieren der Wirtschaft bei, sie schaffen Arbeitsplätze oder bringen das Geld unter die Leute.«

Werner lachte auf. »Ja.« Er hob seine Cappuccino-Tasse und rief: »Trinken wir auf die reichen Arschlöcher, und darauf, dass auch wir bald zu ihnen gehören.«

Das brachte mich zum Lachen. Wir tranken von unseren Tassen, dann fuhr sich Werner mit der Hand übers Kinn. Er betrachtete mich nachdenklich. »Ich finde, es ist manchmal schwierig, einigermaßen anständig durchs Leben zu gehen. Findest du nicht auch?«

»Ja, find ich auch. Weißt du, früher habe ich oft versucht, andere von meiner Meinung zu überzeugen, aber durch meine Arbeit habe ich Toleranz gelernt und halte mich jetzt zurück. Da ist zum Beispiel dieser großartige Designer Roberto Cavalli mit seinen Animal-Prints. Ich kann Leoparden- oder Zebramuster nicht leiden, weil ich es geschmacklos finde, Tierhäute zu tragen. Aber trotzdem ist er ein wunderbarer Designer. Und dann ist da Stella McCartney, die vegane Mode macht. Sie ist einfach toll, und ich finde ihre Einstellung klasse. Lagerfeld raucht nicht und trinkt keinen Alkohol, aber macht ihn das zu einem besseren Menschen? Aber ich verurteile niemanden, weil ich gemerkt habe, dass es unser Leben nicht verbessert, wenn wir den anderen pauschal verurteilen. Wir können etwas beim anderen nicht in Ordnung finden, aber deshalb ist nicht der ganze Mensch schlecht. Und natürlich ist es gut, wenn jemand nur Fair Trade und Bio kauft, ich weiß aber auch, dass eine vierköpfige Mittelstandsfamilie sich das nicht leisten kann.«

»Hm, und was ist mit uns?«

»Mit uns?«

»Was würden die anderen über uns sagen, wenn sie wüssten, was wir tun? Das mit Wilfried, meine ich.«

»Ich hab mir ein paar Gedanken gemacht, und weißt du, was? Wir könnten mit dem Geld doch auch Gutes tun? Wir könnten einen Teil davon spenden.« Ich hatte noch Pierres Worte im Ohr.

»Natürlich könnten wir das.«

»Ich werde das auf jeden Fall tun.«

Wir nippten an unseren Tassen, und meine Gedanken wanderten wieder zu Freitag. Ich sah mich um. »Wo sollen wir am Freitag schlafen? Ich meine, Wilfried ... und ich?«

»Für Wilfried beziehe ich das Wohnzimmersofa hier, und du schläfst natürlich bei mir.« Werner sah mir direkt ins Gesicht, und ich spürte, dass ich etwas nervös wurde.

»Bei dir im selben Bett?«

Werner blinzelte irritiert. »Ja, wo denn sonst? In der Badewanne? Meinst du, Wilfried erwartet nicht, dass wir im selben Bett schlafen? Gott, sieh mich doch nicht so an. Ich tu dir nichts. Mein Bett ist zwei mal zwei Meter groß.«

»Trägst du einen Schlafanzug?«, fragte ich.

»Ich trag alles, was du willst, Baby. Schlafanzug, Polizeiuniform, Lederkluft …«

»Sehr witzig. Nein, im Ernst.«

»Ich schlafe im T-Shirt. Zufrieden?« Werner grinste. »Oje, deinem Blick entnehme ich, dass du damit noch nicht zufrieden bist. Okay, 'ne Unterhose hab ich natürlich auch an. Das hätte ich vielleicht erwähnen sollen.«

Mir war das unangenehm, obwohl ich wieder diese kleinen Kicks spürte. »Das finde ich sehr beruhigend.«

»Selbst wenn ich das wollte, was du dir so bunt ausmalst, würde ich es bestimmt nicht machen, wenn Wilfried hier ist. Ich bitte dich!«

Was meinte er denn mit *Selbst wenn ich das wollte*? Also wollte er nicht? Wie verwirrend. Nicht dass ich wollte, dass er wollte, aber so klang es etwas negativ. Aber danach konnte ich ihn kaum fragen.

Wir hatten unseren Cappuccino ausgetrunken, und ich stand auf. »Es wird Zeit, Werner.«

»Jetzt?«, tat er gespielt entsetzt. »Einfach so? Ich dachte, unser Arrangement wäre platonisch.«

Fragend blickte ich auf ihn hinunter.

»Ein Scherz. Das muss das Koffein sein.«

»Ja, das muss es sein.«

Auf dem Weg zur Haustür fragte er: »Stimmt das Klischee, dass Frauen gerne Schuhe kaufen?«

»Ach, so viele Schuhe habe ich gar nicht, vielleicht zwanzig Paar.«

»Oh, also etwa fünfzehn Paare mehr als ich.« Er grinste.

»Ich habe eher eine Schwäche für Taschen und Sonnenbrillen. Eine Tasche von Saint Laurent oder Dolce und Gabbana ... oder eine Sonnenbrille von Damir Doma und Céline ...«

»Also ich kaufe meine Sonnenbrillen immer am Ständer in der Drogerie.«

Lächelnd zuckte ich die Schultern. »Tja, warum auch nicht.«

Als wir an der Haustür standen, fragte er mit verschmitzter Miene: »Gibt es etwas, was ich in deinem Beisein niemals tragen darf?«

»Nur zwei Dinge: T-Shirt unter aufgeknöpftem Hemd oder Sakko und eine Wollmütze in geschlossenen Räumen.«

»Okay. Werd's mir merken.«

Dann wurde ich ernst und sagte: »Danke für das tolle Essen und die Einladung.« Ich hatte erwartet, er würde sich geschmeichelt fühlen oder freundlich erwidern, wie sehr ihn mein Besuch gefreut habe, aber was er dann sagte, versetzte mir einen kleinen Stich, und ich wusste nicht einmal, warum. »Ja, war gut, dass du da warst, als Wilfried angerufen hat.« Er fasste sich mit der Hand an den Kopf. »Ach, und da fällt mir noch etwas ein. Bring den Frauenkram vorbei, bevor Wilfried am Freitag kommt, dann kann ich den schon mal hier in der Wohnung verteilen. Du kommst bestimmt erst nach Wilfried hier an, und wenn er da ist, muss es so aussehen, als ob du hier viel Zeit verbringst.«

Werner hörte sich so kalkuliert an, und es verwirrte mich, dass mich das so kränkte. Ich nickte.

»Magst du es am Donnerstag vorbeibringen? Ich muss ein paar Überstunden abbauen, deshalb habe ich mir freigenommen.«

»Ja, kann's nach der Arbeit bei dir vorbeibringen. Das ist kein großer Aufwand, nur fünf Minuten mit dem Auto. Also dann …«

Werner öffnete die Tür und ließ mich hinaus. »Tschüs, Rieke.«

»Und danke noch mal für deine Mühe. Ich wünschte, ich könnte auch so toll kochen, aber eigentlich wünsche ich mir das auch wieder nicht, weil es mir keinen Spaß macht.«

Werner lächelte. »Verstehe. Aber es muss ja auch nicht jeder kochen können. Jedenfalls, schön, dass du da warst. Es war ein wirklich netter Abend. Ich könnte mich echt stundenlang mit dir unterhalten.«

Ich drehte mich noch einmal um und lächelte ihn an. »Ja, tschüs.«

Nach dieser rationalen Planung sagte er am Schluss so etwas Nettes. Ich wünschte, das hätte er nicht getan. Als er die Tür hinter mir schloss, fühlte ich mich plötzlich furchtbar einsam.

11

Am Dienstagmorgen war ich wie gerädert. Ich hatte mich die halbe Nacht hin und her gewälzt und keinen Schlaf gefunden. Irgendwann hatte ich im Dunkeln an die Decke gestarrt und mich gefragt, was mich so unruhig machte. Es hatte eine Weile gedauert, bis mir klar wurde, dass es für meine Schlaflosigkeit zwei Gründe gab. Der erste war mein Gewissen. Ja, natürlich entstand Wilfried eigentlich kein Schaden. Aber Tatsache war, dass wir ihn täuschten. Ich versuchte, mich damit zu trösten, dass er ein unwirscher Griesgram war. Aber stand es mir wirklich zu, Urteile über ihn zu fällen? Was wir taten, war unmoralisch, und ich würde irgendwann dafür bezahlen müssen. Vielleicht würde ich auf der Treppe ausrutschen und mir das Genick brechen, oder mein Laden würde abbrennen, oder meine Haare würden ausfallen ...

Der zweite Grund für meine Schlaflosigkeit war Werner. Aus irgendeinem Grund sah ich ständig sein Gesicht vor mir. Wie ihm diese Strähne ins Gesicht gefallen war, dieses nette Lächeln ... Warum war ich damals in der Schule der Meinung gewesen, Patrick habe den schönsten Mund? Hatte ich nicht bemerkt, dass Werner ein tolles Lachen hatte?

Diese Gedanken über Werner gefielen mir überhaupt nicht. Es war besser, so wenig wie möglich Kontakt mit ihm zu haben, damit ich nicht noch mehr an ihn denken musste. Ich schlief erst ein, als mir einfiel, dass ich ihn bestimmt nur als Mensch anziehend fand und mir eine Freundschaft mit ihm vorstellen konnte. Als ich am Morgen aufwachte, griff ich diesen beruhigenden Gedanken wieder auf. Aber dann stellte sich mein Verstand wieder quer: Warum hatte ich nie Pierres Gesicht vor dem Einschlafen vor mir gesehen, sein Lächeln und die Art, wie er sich bewegte? Ja, sicher, er war schwul, Werner nicht. Schade, dass Werner nicht schwul war. Dann würde ich besser schlafen.

Den halben Dienstag verbrachte ich am Telefon. Zuerst schickte ich Werner eine SMS:

Kannst du mich bei Gelegenheit bitte anrufen? Danke! Gruß, Rieke.

Als er mittags anrief, merkte ich, wie mein Herz beim Klang seiner Stimme ein bisschen schneller schlug.

»Hey, Rieke, was ist los?«, fragte er.

»Entschuldige, wenn ich dich bei der Arbeit störe.«

»Schon gut, hab gerade Pause.«

»Ich wollte dich fragen, ob es dir recht wäre, wenn ich für Sonntag etwas mit meiner Familie ausmache.«

»Wie bitte?«

»Sie wollen dich doch kennenlernen.«

»Ach das, ja. Ich arme Sau.«

Darüber musste ich lachen, dann erklärte ich: »Falls du Zeit hast, könnte ich ihnen Bescheid geben, und wir würden uns bei meinem Vater treffen oder bei mir. Aber wahrscheinlich bei meinem Vater, weil er nicht gerne zu mir kommt.«

»Er kommt nicht gerne zu dir?«

»Nee, weil ich nicht kochen kann.«

»Ah, verstehe.«

»Bitte entschuldige, Werner, aber ich hab vergessen, wie das mit deinen Eltern war. Deine Mutter hatte einen Herzinfarkt, oder?«

»Ja. Letztes Jahr erst. Mein Vater ist während einer Operation gestorben, als ich zwölf war.«

Da fiel es mir plötzlich wieder ein. In der siebten Klasse war Werner ein paar Wochen nicht da gewesen. Die Lehrerin hatte gesagt, dass sein Vater gestorben sei. Als Werner wieder zum Unterricht kam, war er für längere Zeit noch stiller als sonst. Dann tauchte ein blasses Bild vor meinem inneren Auge auf: In der Pause sitzt Werner auf der Treppe, allein mit sich und seinen Gedanken. Er starrt auf den Boden und sieht unendlich traurig aus. »Ich erinnere mich«, kam es aus mir heraus.

»Was?«

»Als dein Vater gestorben ist. Du warst eine Zeit lang nicht da, und danach hast du kaum geredet und dich zurückgezogen.«

Ein paar Sekunden war es still, dann sagte er: »Ja, das hat mich fertiggemacht.« Wie offen er das sagte. Ich würde wahrscheinlich behaupten, dass ich mich nicht mehr daran erinnern könne.

»Also gut, dann mach das mit Sonntag klar. Wenn es bei deinen Leuten klappt, dann gib mir Bescheid, ob es dabei bleibt.«

»Ja, gut.«

»Wie ist denn die Adresse?«

Ich nannte ihm die Adresse meines Vaters, und wir verabredeten uns für fünfzehn Uhr.

»Tschüs, Rieke«, sagte er zum Abschied.

Ich fand es sehr schön, wie er meinen Namen aussprach. Er betonte dabei das R so schön.

Nachdem Emma gleich begeistert zugesagt hatte, wollte ich wissen, ob die Kinder auch mitkommen würden. Auch wenn ich sie wahnsinnig gern hatte, aber in diesem Fall hoffte ich, dass sie keine Zeit hatten. Teenager! Sie würden ihn anstarren und später über ihn reden. Katharina und Samuel stritten tagtäglich, aber wenn es um andere Leute ging, waren sie sich erstaunlicherweise immer einig. Im Positiven wie im Negativen.

»Die kommen bestimmt mit. Die beiden reden oft über dich und deine geheime Liebe.«

»Was?«

»Finde ich gar nicht gut, dass Katharina das so bewundert. Und ich sage dir, Rieke, wenn dieser Werner auch noch ein toller Kerl ist, dann wirst du für sie die Coolste überhaupt.«

»Ach«, tat ich gespielt lässig, »ich bin doch so schon cool genug. Da gibt's kaum noch Luft nach oben.«

»Ist er das?«

Ich überlegte, was sie wohl meinte. »Ist er was?«

»Ein toller Kerl.«

»Natürlich. Sonst wäre ich doch nicht schon zwei Jahre mit ihm zusammen.«

»Na ja.« Pause. »Es verletzt mich immer noch, dass du mir nichts von ihm erzählt hast.«

»Emma, ich wollte dich damit nicht belasten.«

»Belasten? Wie meinst du das denn?«

Tja, wenn ich wüsste, wie ich das meinte. »Du hast doch genug um die Ohren mit deiner Familie und deiner Arbeit.«

»Und deswegen können wir uns nicht über dein Privatleben unterhalten?«

»Ich wollte dich nicht belasten.«

»Jetzt kommt sie schon wieder damit«, murmelte sie. Also, gib Bescheid, wenn Papa einverstanden ist.«

Papa war einverstanden. Allerdings ergänzte er seine sofortige Zusage mit den Worten: »Na, dann bin ich ja mal gespannt auf das Bürschchen.«

»Papa, kannst du bitte damit aufhören, ihn Bürschchen zu nennen? Er ist ein erwachsener Mann und kein Fünfjähriger.«

»Wie heißt er noch mal? Holger?«

»Werner Mielke.«

»Mielke ... Mielke ... Rieke Mielke. Klingt komisch. Besonders, wenn du es schnell mehrmals hintereinander sagst.«

»Ich sehe keinen Grund, es schnell mehrmals hintereinander zu sagen. Außerdem würde ich meinen Nachnamen behalten, falls ich heiraten sollte.«

»Warum?«

»Na, weil sich Rieke Mielke blöd anhört.«

»Aber das hab ich doch eben gesagt. Trotzdem, ich finde das komisch, wenn Frauen ihren Nachnamen behalten. Aber immer noch besser als Doppelnamen.«

Tatsächlich konnte ich mir nicht vorstellen, anders als »Diesel« zu heißen, schließlich hatte ich meinen Namen schon seit sechsundvierzig Jahren. Einmal hatte mich eine Kundin gefragt, ob ich mit dem Modeunternehmen verwandt sei. Die Marke kam aus Italien, aber ich gab ihr recht, dass es sich überhaupt nicht italienisch anhörte. Und mein Biologielehrer in der Realschule hatte wissen wollen, ob ich mit dem Autoerfinder verwandt war.

»Aber wieso sagst du, falls du heiraten *solltest?*«, fragte mein Vater. »Ist Verlobung nicht quasi dir Vorstufe von Heiraten?«

»Schritt für Schritt, Papa. Wir verloben uns erst mal.«

»Ich hätte ja nicht gedacht, dass du eine Verlobungsfeier machst. Ich kenne niemanden, der das heutzutage noch tut. Aber manchmal werden altmodische Dinge wieder modern, gell.«

»Ja, Papa.«

»Ach ja, und am Sonntag, da wirst du schon sehen, dass ich mir das mit Lutz nicht einbilde.«

»Was denn?«

»Dass er mich zum Lachen zwingt.«

»Jetzt geht der Schmarrn schon wieder los …«

»Ich bausche es nicht auf. Das macht er jedes Mal. Ich hab beschlossen, ich lach nicht mehr, wenn der Lutz was sagt.«

Mit großer Mühe hielt ich mich zurück und sagte nichts mehr dazu. »Ist drei Uhr in Ordnung?«

»Ja. Kochen tu ich aber nichts, nicht für so viele Leute. Ihr müsst daheim essen.«

»Natürlich, Papa. Das würde auch niemand von dir erwarten.«

»Was macht er denn beruflich, dein Werner Mielke?«

»Er ist Koch.«

»Ha! Koch! Ha!«

»Darf ich fragen, was dich daran so amüsiert?«

»Einen besseren Beruf kann dein Freund nicht haben. Bei deinen Kochkünsten würdet ihr verhungern.«

Ich brachte das Gespräch langsam zu Ende, dann rief ich Emma noch mal kurz an, um ihr Bescheid zu sagen. Werner schickte ich eine SMS:

Es bleibt bei Sonntag 15:00. Gruß, Rieke.

Zwei Minuten später kam eine Nachricht von ihm:

O. K. Grüßchen und Küsschen, dein Verlobter.

Ich lachte so laut auf, dass Pierre zu mir nach hinten kam und fragte, was los sei. Ich zeigte ihm die SMS.

Pierre sah mich grinsend an. »Tja, Rieke, in jedem Scherz steckt auch ein Körnchen Wahrheit.«

»Was?«

Er hob die Hände und machte eine Grimasse der Unschuld. »Ein Körnchen nur. Aber auch ein Körnchen kann verdammt unangenehm werden, wenn du es im Auge hast.«

Ich wurde ernst. »Keine Ahnung, was du da redest.«

Pierre ging wieder zum Verkaufsraum. »Ach Gotterle, keine Ahnung hat das Mädel, ui ui ui.«

»Idiot.«

Pierre drehte sich um und rief: »Was man sagt, ist man selbst, wenn man nicht …«

Die Ladentür ging auf, und Frau Knobloch kam herein. »Josephine!«, rief Pierre euphorisch und streckte die Arme nach ihr aus. »Diese Strähnchen stehen dir ausgezeichnet! Ach, du hast so ein schönes Gesicht, du könntest auf dem Kopf eine grüne Perücke tragen und wärst immer noch ein flotter Feger.«

Frau Knobloch seufzte beseelt. »Du bist so gut für mein

Ego, Pierre. Deswegen komme ich so gerne zu euch. Warum gibt es keine Hetero-Männer, die so sind wie du?«

»Weil sie glauben, man könnte sie für schwul halten, meine Liebe.«

Frau Knobloch nickte verständnisvoll.

Pierre hatte sich gnädigerweise bereit erklärt, meine Einladung ins *Jean-Luc* auf den morgigen Tag vorzuverlegen. Mittwoch, das bedeutete, dass Werner auch da sein würde. Aber er arbeitete in der Küche, ich hatte ihn im Restaurant noch nie zu Gesicht bekommen. »Warum müssen wir das vorziehen?«, wollte Pierre wissen.

»Weil am Freitag Wilfried zu Werner kommt und ich auch da sein muss.«

Ich fragte Pierre, ob er etwas dagegen hätte, wenn ich Saskia auch dazubitten würde. Nein, es würde ihm nichts ausmachen, die alte Kanaille dabeizuhaben, wie er sich ausdrückte. Der Grund, weshalb ich den Abend mit beiden verbringen wollte, war, dass sie die Einzigen waren, die die Wahrheit kannten. Aus irgendeinem Grund wollte ich über Werner und die Sache mit Wilfried reden. Ich musste einfach mal meine Gedanken ordnen.

Saskia sagte zu, und dann bekam ich noch mal eine SMS von Werner:

Gerade musste ich an dich denken. Im Radio: Gilbert Bekod mit Nathalie. *Schönes Lied.*

»Bécaud« hatte er falsch geschrieben, aber das spielte keine Rolle. Ich freute mich mehr über diese SMS, als mir lieb war.

Abends fühlte ich mich zu Hause so seltsam beschwingt und ertappte mich dabei, wie ich lächelnd meine Instantsuppe löffelte. Vielleicht lag das ein bisschen an Werner und seiner netten SMS. Merkwürdigerweise fand ich die Vorstellung schön, dass er bei einem Lied im Radio an mich dachte. Ich stellte die Suppenschüssel in die Spüle und stand noch eine Weile da. Wie schade, dachte ich, dass wir uns nicht auf andere Weise begegnet waren. Wäre es nicht toll, wenn er tatsächlich mal aus der Küche gekommen wäre und wir uns angesehen und erkannt hätten, so wie wir es Wilfried erzählt hatten? Dann verscheuchte ich den Gedanken. Was sollte das? Es würde nichts daran ändern, dass ich auch in diesem Fall allein geblieben wäre.

Während ich mir ein Bad einließ, sah ich noch kurz in mein Postfach. Da war eine Mail von Isabella.

Hallo, liebe Rieke,

ich war ein paar Tage weg, deshalb meine späte Antwort. Deine Zeilen haben mich zu Tränen gerührt, wirklich. Ich danke dir! Ich wünschte wirklich, du wüsstest, wie anders ich heute bin, wie wenig ich noch mit dem Mädchen von früher zu tun habe. Natürlich, im Kern verändern wir uns nicht, aber genau das ist der Punkt: Ich habe meine Komplexe früher unter einer Maske versteckt, was mir nicht gut bekommen ist. Ich war so neidisch auf dich, weil du so selbstbewusst warst und schon so jung eine starke Persönlichkeit, mit der jeder befreundet sein wollte. Mit mir wollte niemand befreundet sein, und statt mich zu fragen, weshalb, und bestimmte Dinge zu ändern, habe ich mich für Arroganz und Protzigkeit entschieden. Wenn du glaubst, dass diese Wandlung ein langer Prozess war, kann ich dir sagen: im Gegenteil. Als ich die Diagnose bekam und im Krankenhaus lag, hab ich mir viele Gedanken gemacht, und dabei ist mir so vieles klar geworden. Ich habe gesehen, wer meine wahren Freunde sind, auf wen ich mich verlassen kann, und weißt du, wie viele übrig geblieben sind? 0. Ja, genau, null. Und dann hab ich zum ersten Mal auf mein Herz gehört. Ich habe meinen Eltern gesagt, dass ich die Firma nicht leiten will, und dann haben wir uns darauf geeinigt, dass die Firma auf meinen Bruder überschrieben wird und sie mich ausbezahlen. Jetzt arbeite ich in Teilzeit bei meinem Bruder, und in meiner Freizeit tue ich das, was mir am meisten Spaß macht, nämlich Modeschmuck herzustellen. Na ja, erfolgreich bin ich nicht damit, aber es füllt mich aus. Bitte entschuldige die lange Mail, das kam jetzt irgendwie über mich, liebe Rieke, nicht böse sein.

Ich wünsche dir, was man einem lieben Menschen nur wünschen kann!

Herzliche Grüße
Isabella

Isabella machte mich fertig. Ich musste mir tatsächlich die Tränen wegblinzeln, weil mich ihre Mail so rührte. Allerdings fand ich es erstaunlich, wie wir uns selbst sahen und wie uns die anderen sahen. Sie glaubte, dass alle mit mir befreundet sein wollten? Ich hatte keine Ahnung, wie sie darauf kam. Ja, ich kam damals mit allen klar und hatte mit niemandem Konflikte, aber dass sich die anderen um meine Nähe rissen, ging meilenweit an der Realität vorbei. Auch war ich damals alles andere als selbstbewusst, und eine starke Persönlichkeit wurde ich erst so mit Mitte zwanzig, wenn überhaupt. Es kam darauf an, wie man diesen Begriff definierte. Ich stand mitten im Leben, war zufrieden ... glücklich? Ein recht abgenutzter Begriff. Vielleicht nicht glücklich, aber sehr zufrieden.

Ich schrieb zurück:

Liebe Isabella,

danke für deine netten Zeilen, aber du solltest mich nicht so idealisieren. Ich war nicht so selbstbewusst, wie es vielleicht den Anschein hatte.
Es freut mich, dass du deinen Weg gemacht hast und dass es dir gut geht – und du zu dir selbst gefunden hast.
Komm doch mal bei mir im Laden vorbei (Glamour Secondhand in Bogenhausen), wenn du Zeit und Lust hast. Oder wir gehen mal einen Kaffee trinken.

Viele Grüße
Rieke

Gerade als ich die Mail abschickte, hörte ich das Wasser in der Wanne glucksen. Ich warf den Laptop auf die Couch und rannte ins Bad.

12

Am nächsten Morgen zog ich das Rollo hoch und sah einen strahlend blauen Himmel. Die kahlen Bäume standen in einer Decke aus Herbstblättern, und als ich das Fenster öffnete, schlug mir eine angenehm kühle Brise entgegen. Ich schloss die Augen und atmete den neuen Tag ein. Was würde er bringen? Als Kind hatte ich mich so oft morgens auf den Tag gefreut, aber irgendwann achtete ich nicht mehr so darauf, dass es häufig Tage gab, die Geschenke waren, mal kleinere und mal größere. Später hatte ich zu viele schwarze Tage erlebt und darüber die Vorfreude verloren.

Bevor ich aus dem Haus ging, begegnete ich bei den Briefkästen Frau Hindemann, die ihre Post herausnahm. Ihre Haustür stand offen, und da saß ihr Kater Seppi. Stoisch wie ein Löwe bewachte er den Eingang der Wohnung. Als ich ihm einen Blick zuwarf, riss er fauchend sein kleines Maul auf. Er konnte mich nicht leiden, das versuchte er gar nicht erst zu verbergen. Nun, ich war zwar eine Tierfreundin, aber Seppi war das unsympathischste Tier, das mir je begegnet war. »Guten Morgen, Frau Hindemann. Schönes Herbstwetter haben wir heute, nicht wahr?«

Die alte Frau wandte den Kopf in meine Richtung. »Ach, Frau Diesel. Hab Sie gar nicht kommen hören. Na ja, mein Gehör wird auch nicht besser.« Sie lachte.

Es schien mir unpassend, über ihre Schwerhörigkeit zu lachen, weshalb ich mich für ein freundliches Lächeln entschied.

»Sind Sie auf dem Weg zur Arbeit?« Frau Hindemann schloss den Briefkasten wieder ab.

»Ja, bin ich.

Sonst würde ich Sie auf meinen Balkon zum Kaffeetrinken einladen.«

Bei diesen Worten spürte ich Seppis Blick auf mir. Ich wagte nicht, ihn anzusehen. Womöglich würde er sich sonst wie ein hungriger Tiger auf mich stürzen, mit einem weiten Sprung, und mir das Gesicht zerkratzen.

»Das wäre zauberhaft, aber leider ist das nicht möglich.«

Frau Hindemann sah mich freundlich an, wie das ihre Art war. »Heute ist nicht aller Tage Abend. Klingeln Sie einfach mal bei mir, wenn Sie Zeit haben.«

»Das mache ich gerne, Frau Hindemann.« Ich ging Richtung Haustür und rief über die Schulter: »Schönen Tag noch.«

»Ihnen auch, Herzchen.«

Ich hatte um neunzehn Uhr im *Jean-Luc* reserviert. Das Lokal war fast voll. Die junge Bedienung führte Saskia, Pierre und mich zu einem Tisch in einer hinteren Ecke. Sie hieß Jessica. Das wusste ich, weil es immer auf der Rechnung stand, wenn sie uns bediente. Als sie uns die Speisekarten reichte, bemerkte ich für einen kurzen Augenblick ein Tattoo, das unter ihrer weißen Bluse hervorlugte. Mir fiel ein, dass Werner sie erwähnt hatte. Er hatte gesagt, er könne Wilfried nicht eine tätowierte Kollegin präsentieren. Ja, Wilfried ging nicht gerade mit der Zeit. Ich merkte, dass die Tatsache, dass Werner sie kurz in Erwägung gezogen hatte, bei mir ein seltsames Gefühl auslöste, beinahe wie Eifersucht. Nein, natürlich war es das nicht. Jessica war nett, sie wusste mittlerweile, dass ich in mein Mineralwasser extra viel Zitrone wollte, und brachte es von sich aus immer so.

Als Jessica sich entfernte, sah ich über den Tisch zu Saskia und Pierre. Saskia trug heute eine schwarze Bluse mit pinkfarbenen Knöpfen. Den Tipp, dass man ältere Sachen mit individuellen Details aufpeppen konnte, hatte ich ihr mal gegeben. Ich nähte selbst häufig andere Knöpfe auf Blusen, denn leider hatten gerade die schönsten Blusen häufig die langweiligsten Knöpfe.

Pierre trug ein azurblaues Hemd und ein dunkelbraunes Jackett, was großartig aussah. Ich hatte meine weiße Chloé-Bluse angezogen und mein Haar hochgesteckt.

Heute hatte ich mich entschieden, mit dem Taxi nach Hause zu fahren, um nicht den ganzen Abend nur Wasser oder Apfelschorle trinken zu müssen.

»Und?«, fragte Pierre an Saskia gewandt. »Ist Thorsten schon wieder zu dir zurückgekrochen?«

»Nein«, antwortete Saskia entschieden, »Natürlich hat er ein paarmal angerufen, aber diesmal bleibe ich bei meinem Nein. Mir ist das Ganze zu zermürbend, diese ständige Streiterei und die Diskussionen, die immer ins Leere laufen. Ich glaub, ich bin zu alt für diese Beziehungsquerelen.«

Pierre nickte zustimmend. »Wenn du schon so redest, dann bist du es auch.«

Saskia warf mir einen irritierten Blick zu. Ich zuckte die Schultern, um mich solidarisch zu zeigen.

Wir bestellten bei Jessica drei Hugo. Als sie die Gläser auf den Tisch stellte, fragte sie, ob wir gleich das Essen bestellen wollten. Pierre hatte sich für die Seeteufel-Medaillons entschieden, Saskia für Entrecôte, und ich nahm das Wintergemüse mit Ziegenkäse. Das war das Wunderbare hier: Auch wenn es sich noch so unspektakulär anhörte, was Werner zubereitete, war einfach göttlich.

Nachdem Jessica verschwunden war, fragte Saskia: »Und, seid ihr schon vorangekommen?« In letzter Zeit hatte ich sie nicht auf dem Laufenden gehalten, da ihr Enkel eine schwere Bronchitis gehabt und sie viel Zeit bei ihrer Tochter verbracht hatte, um sie zu entlasten. Außerdem hatte der Anwalt, bei dem sie arbeitete, gerade mit seiner eigenen Scheidung zu kämpfen, und sie musste sich trotz der vielen Arbeit auch noch Zeit nehmen, Therapeutin zu spielen. Deshalb hatte sie mir immer nur kurze SMS geschickt, und in einer davon stand als letzter Satz: *Bitte ruf mich nicht an, weil ich meine Ruhe haben will, bin müde.* Wir kannten uns lange genug, um der anderen so etwas nicht übel zu nehmen.

»Vorangekommen?«, wiederholte ich. »Du meinst, ob wir die Sache weitergeplant haben?«

Sie nickte. Über meinen Besuch bei Wilfried wusste sie Bescheid, also erzählte ich von meinem Essen bei Werner, von Wilfrieds Ankündigung und dem geplanten Treffen bei meiner Familie.

»Wenn sie mal heiratet, werde ich Trauzeuge«, informierte Pierre Saskia plötzlich, die überrascht die Augen aufriss, und mich dann vorwurfsvoll ansah.

»Ich dachte, dass *ich* deine Trauzeugin werde, wenn du mal heiratest.« Sie klang beleidigt.

»Es gibt doch gar keine Hochzeit, nur eine Verlobung, und Verlobungszeugen gibt es nicht.«

»Du ziehst Pierre vor, ist schon okay.«

»Hör auf, Saskia. Ist doch egal. Wenn ich irgendwann wirklich heirate, dann bist du meine erste Wahl.«

»Tut einfach so, als sei ich gar nicht hier«, warf Pierre ein.

»Nein, so meine ich das doch nicht, Pierre.« Ich legte meine Hand auf seinen Arm.

»Hau bloß ab«, zischte er und zog seinen Arm weg. »Na ja, du musst ja irgendwas sagen, wenn Saskia sich wie eine verzogene Göre benimmt.«

»Ich?«, rief sie und wollte noch nachsetzen, aber dann unterbrach ich dieses Thema mit den Worten: »Könnt ihr bitte damit aufhören, ich habe es doch schon schwer genug!«

Sie sahen mich an, dann waren sie still. Wahrscheinlich fragten sie sich gerade, weshalb ich es eigentlich so schwer hatte. Diese Worte waren einfach über mich gekommen, und ich fand sie beeindruckend wirkungsvoll.

»Er hat also für dich gekocht?«, griff Pierre das vorherige Thema wieder auf und grinste dabei. »Und was gab's als Dessert?«

»Oh, es gab kein Dessert, nur Kaffee. Er hatte sich sowieso sehr viel Arbeit gemacht. Stellt euch vor, das Huhn hat er einen Tag vorher ... äh ... eingeweicht.«

Saskia lachte. »Du meinst mariniert?«

»Ja, genau. Gott, es ist schon fast peinlich, wie wenig ich vom Kochen verstehe.«

»Also kein Dessert?«, hakte Pierre nach. »Echt, gar keins? Habt ihr gekuschelt? Geknutscht?«

»Was? Nein!«

»Nein!«, machte Pierre mich nach. »Jesus, Maria und Josef! Rieke, du hast vergessen, dir den Rosenkranz umzuhängen!«

Saskia verteidigte mich. »Nun mach mal halblang, Pierre, das wär doch auch irgendwie ... ungehörig.«

»Ungehörig?«, rief er schrill. »Was ist denn los mit euch?« Er sah von mir zu Saskia. »Muss ich mir Sorgen machen, dass ihr mich bald auf 'ne Kaffeefahrt einladet?«

»Hör auf«, sagte ich ruhig, »aber wir haben schließlich keine Romanze. Es geht um den Deal.«

»Ich würde ihn gerne mal sehen«, sagte Pierre. »Du kennst ihn doch, Saskia. Wie sieht er aus?«

»Er ist nicht der Typ, nach dem man sich auf der Straße umdreht, aber er hat was.«

Erstaunt sah ich sie an. Das war ihr aufgefallen? »Hat er das?«

Saskia nickte. »Ja, so ein gewisses Etwas. Mir gefällt die gelassene Art, wie er sich bewegt, und dieser ruhige Blick. Aber trotzdem wirkt er nicht phlegmatisch, im Gegenteil, er hat so eine subtile Dynamik.«

Ich starrte sie an. Tatsächlich hätte ich ihn nicht besser beschreiben können. »Ja, er ist kein uninteressanter Typ«, bemerkte ich. Nun machte ich schon doppelte Verneinungen, wie Wilfried.

Pierre forschte in meinem Gesicht nach weiteren Anhaltspunkten, aber da hatte er Pech. »Tja«, meinte er,

»vielleicht hättet ihr eine Chance, wenn nicht diese blöde Verlobung zwischen euch stehen würde.«

»Das bezweifle ich.«

Das Essen kam, und in den nächsten Minuten sagte keiner etwas. Wir genossen Werners Kreationen.

Dann begann ich zu erzählen, wie schrecklich ich mich dabei fühlte, meine Familie zu belügen. »Als ich mich darauf eingelassen habe, war mir nicht klar, wie weit das gehen würde.«

Saskia und Pierre sahen das unterschiedlich. Saskia verstand mich und meinte, sie würde sich bestimmt genauso fühlen. Pierre schüttelte den Kopf und sagte: »Jeder hat Geheimnisse, auch dein Vater und deine Schwester und dein Schwager. Ausnahmslos jeder. Gehen die Leute rum und plaudern über ihre ... wie soll ich das nennen ... Sünden, Fehler, wie auch immer? Nein. Jeder Mensch hat das Recht, seine persönlichsten Angelegenheiten für sich zu behalten.« Er sah mich sehr ernst an. »Ich kann verstehen, dass du ein schlechtes Gewissen hast, weil du ihnen etwas vorspielen musst. Aber es ist deine Entscheidung, und wenn sie dich lieben, dann würden sie das verstehen.«

Ich dachte über Pierres Worte nach. »Aber ich täusche sie.«

»Dann erzähl ihnen die Wahrheit.«

Ich aß den letzten Bissen Ziegenkäse, dann schob ich den Teller zur Seite. »Aber vielleicht verurteilen sie mich dann, dass ich einen alten Mann belüge. Sie werden denken, wie sehr sie sich in mir getäuscht haben.«

Pierre verdrehte die Augen. »Dein Gefühl wird dir schon sagen, was richtig ist.«

»Meinst du?«

»Da bin ich sicher.«

Nachdenklich nickte ich, dann sagte ich: »Am Freitag muss ich bei Werner übernachten.«

Saskia und Pierre starrten mich an. »Du musst?« Saskia beugte sich über den Tisch. »Was heißt das?«

»Wilfried hat in München einen Arzttermin und übernachtet bei Werner. Da muss es natürlich so aussehen, als ob wir immer zusammen sind und uns lieben. Deshalb übernachte ich da.«

»Im selben Bett?«, fragte Pierre.

»Ja.«

»Wer weiß, wann der seine letzte Frau hatte, und dann liegst du neben ihm, mit deinen Parfüm und der weißen Spitzenunterwäsche ... Zieh dich warm an, Rieke.«

»Ich trage bestimmt keine weiße Spitzenunterwäsche.«

»Ja, bloß nicht zu sexy«, gab Pierre mir recht. »Sexy sieht immer irgendwie verzweifelt aus. Als wollte man Anerkennung oder das, was ich vor euch nicht aussprechen darf, weil ihr heute auf dem Keuschheitstrip seid. Aber bitte auch keinen Flanellpyjama, Rieke. Wie wäre es mit einem ärmellosen schwarzen Seidenkleid? Du kannst behaupten, das trägst du immer beim Schlafen.«

Ich rieb mir die Augenlider. »Und warum sollte ich das tun, Pierre? Ich will doch gar nichts von ihm.«

»Blöderweise kann ich das nicht beurteilen, weil ich ihn nicht kenne und euch auch noch nicht zusammen gesehen habe.« Er dachte kurz nach, dann rief er »Ah«, hob den Arm und machte Jessica auf sich aufmerksam.

Wollte er noch etwas bestellen? Nein, Pierre hatte einen anderen Plan. »Sagen Sie«, wandte er sich an Jessica, »könnten Sie Werner etwas ausrichten?«

Jessica sah ihn überrascht an. »Unserem Küchenchef?«

Pierre nickte.

Ich vergrub das Gesicht in den Händen und befürchtete das Schlimmste. Was, in Gottes Namen, sollte sie ihm denn ausrichten? Schnell hob ich wieder den Kopf und sagte mahnend zu Pierre: »Er hat viel zu tun.«

»Und deswegen kann er nicht kurz ein Kompliment entgegennehmen?«

»Was soll ich ihm ausrichten?«, wollte Jessica wissen.

Pierre hatte sich die Worte anscheinend schon zurechtgelegt. »Sagen Sie ihm, dass Rieke mit ihren Freunden da ist, und dass wir wie jedes Mal hin und weg von seinem Essen sind. Ach ja«, Pierre hob die Hand in ihre Richtung, »und sagen Sie ihm, dass es wahnsinnig supertoll wäre, wenn er mal kurz rauskommen und Hallo sagen würde.«

»Mach ich«, kam es von Jessica, »aber ich weiß nicht, ob das klappt, weil er viel zu tun hat.«

»Sag ich doch«, warf ich ein.

Als Jessica weg war, beschimpfte ich Pierre als Ignoranten. Ich war so wütend auf ihn wie schon lange nicht mehr. Pierre verstand nicht, worüber ich mich aufregte, und Saskia sagte, sie fände das Ganze auch nicht so schlimm. »Er will ihn halt mal sehen, na und?«

Nach zehn Minuten kam Jessica mit drei Kuchentellern wieder. »Werner sagt, später vielleicht, aber jetzt geht es nicht. Ich soll Ihnen aber diese Desserts bringen.« Sie stellte die drei Teller auf den Tisch und sagte: »Crème brûlée, Himbeerparfait und Mousse au Chocolat.«

»Oh, vielen Dank!«, sagten wir im Chor, und darüber lächelte Jessica. Sie verließ uns wieder, und Pierre sagte: »Das geht hoffentlich aufs Haus, oder?«

»Nee, Pierre«, kam es von Saskia, »der Werner knallt ihr das auf die Rechnung. Schalt doch dein Hirn ein.«

Wir nahmen jeder eine Kuchengabel und einen kleinen Löffel und naschten durcheinander von den Tellern. Man konnte einfach nicht sagen, was besser schmeckte.

»Ich liebe diesen Mann.« Pierre schob sich einen Riesenberg Mousse au Chocolat in den Mund. »Ich würde ihn heiraten und behalten.«

»Nur weil er gut kochen kann?«

»Ja.«

»Was ist mit Bernd? Ist er schon auf dem Weg nach Berlin?«

»Nächste Woche Mittwoch«, war Pierres kurze Antwort. Ich wartete, dass er noch etwas sagte, aber es kam nichts.

Jessica räumte die leeren Dessertteller ab. Es war fast schon peinlich, wie blitzsauber sie waren. Pierre sagte ihr, es sei wunderbar gewesen.

Etwa zehn Minuten später wandte Pierre den Kopf um neunzig Grad und sagte: »Ist er das?«

»Was?« Das flüsterte ich beinahe, weil ich plötzlich so aufgeregt war. Ich würde jetzt nach hinten blicken und ihn da stehen sehen. Aber was sollte ich sonst tun? Also drehte ich mich um. Da stand er und blickte sich suchend um. Er trug eine grau-weiß karierte Hose und eine blütenweiße Kochjacke. Auf dem Kopf hatte er nichts. Wahrscheinlich hatte er beim Verlassen der Küche seine Kochmütze abgenommen. Unsere Blicke trafen sich, dann kam er auf unseren Tisch zu. Während er noch außer Hörweite war, murmelte Pierre: »Oh, ich mag diese Mischung von Verwegenheit und Sensibilität auf einem Gesicht.«

Werner stand vor uns, lächelte und sagte Hallo.

»Hallo, Werner.« Hörte sich meine Stimme nicht irgendwie anders an? »Entschuldige, wenn wir dich bei der Arbeit stören.«

»Schon okay.« Er blickte in die Runde, hatte immer noch ein Lächeln im Gesicht und wirkte so souverän, als hätte er gerade ein Passagierschiff aus den Fluten gerettet und »nur seine Pflicht getan«.

»Also, das ist Werner«, sagte ich überflüssigerweise. »Und ... Saskia kennst du ja, seit vierzig Jahren.« Ich lachte kurz auf und fragte mich, warum ich tat, als hätte ich einen Witz gemacht. »Und das ...«. Ich zeigte auf Pierre, aber er kam mir zuvor. Er gab Werner die Hand und sagte: »Ich bin der schwule Mitarbeiter.« Dass ich ihn beim Telefonat mit Werner so betitelt hatte, schien er mir nicht vergessen zu haben.

»Ah, okay«, kam es lächelnd von Werner. »Da bin ich ja beruhigt, dass Sie schwul sind, sonst könnten Sie sich vielleicht an meine baldige Verlobte ranmachen.«

Alle drei lachten, und ich lachte vorsichtshalber ein bisschen mit. Ich wusste nicht, warum er das jetzt gesagt hatte. Verlobte, eine Farce. Aber vielleicht lag der Witz genau darin, und ich hatte es einfach nicht kapiert.

Pierre legte sich die Hand auf die Brust. »Sie finden also, ich sehe gut aus?«

»Was?« Werner wirkte für einen Augenblick etwas zerstreut, was ich gut nachvollziehen konnte. Pierres Bemerkungen folgen zu können bedurfte jahrelanger Übung.

»Na, wenn Sie befürchten, ich könnte Ihnen die Verlobte ausspannen. Wenn ich nicht schwul wäre, meine ich.«

»O ja, Sie sehen toll aus«, sagte Werner, und wirkte

dabei so unglaublich charmant. Wie würde ich mich fühlen, wenn er das zu mir sagte?

Pierre machte ihm jede Menge Komplimente über das Essen, und wir alle bedankten uns für die Desserts. Dann plauderten wir ein wenig über französische Küche und den Kalorienreichtum von Nachtischen.

»Jetzt muss ich leider wieder an die Arbeit.« Werner sah mich ein paar Sekunden an. Ich versuchte zu lächeln, aber das Ergebnis war lediglich ein zuckender Mundwinkel. Am liebsten wäre ich unter den Tisch gekrochen. »Macht's gut, Leute«, sagte er. »Tschüs.«

Wir erwiderten den Gruß, und Saskia winkte sogar.

Als Werner am Nebentisch vorbeikam, sahen die zwei Frauen, etwa Ende dreißig, ihm nach, und dann rief eine: »Entschuldigung?«

Werner drehte sich um und sagte: »Ja?«

»Sind Sie der Koch?«, fragte eine der beiden.

Pierre kommentierte leise: »Gut, dass das keine blöde Frage ist. Bei dem vielen Weiß könnte er natürlich auch eine Krankenschwester sein.«

Die Frau, die die Frage gestellt hatte, sagte zu Werner: »Wir kommen nämlich oft hierher, und ich wollte Ihnen sagen, wie begeistert wir sind. Nicht wahr, Sabine?«

»Ja, total«, bestätigte die andere und dann kicherte sie.

»Schön zu hören«, meinte Werner, »danke.«

Als er weg war, sagte Sabine etwas zu ihrer Freundin, und dann kicherten sie.

»Rieke«, fing Pierre an, »dein Werner ist 'ne Sahneschnitte.«

»Ach«, winkte ich ab, »jetzt übertreib doch nicht so. Er ist okay, ja.«

»Er ist ein richtig cooler Typ. Wenn er schwul wäre, wäre ich vom Tisch aufgestanden und hätte mich ihm an den Hals geworfen.«

»Das bringst du fertig. Und außerdem ist er nicht *mein* Werner.«

Pierre lehnte sich auf dem Stuhl zurück. »Wenn du dich nicht ständig so verschließen würdest, dann könnte er das aber sein, oder?«

13

Eigentlich hätte ich gar nicht ins Bett gehen müssen, denn in dieser Nacht schlief ich keine einzige Minute. Kaum hatte ich einen Gedanken zu Ende gebracht, tauchte schon der nächste auf. Ich bekam Werner nicht aus dem Kopf. Er war wie eines dieser Probleme, die man einerseits loswerden und andererseits behalten wollte, ein süßer Schmerz wie bei Liebeskummer ...

Jedes Mal, wenn ich mir vorstellte, dass wir nicht nur ein Fake-Pärchen wären, fühlte ich mich wie jemand, der in Ketten liegt, aber vor sich eine wunderschöne Landschaft sieht. Vielleicht ein herrlicher Sandstrand? Aber ich war mir sicher, könnte ich mich befreien und glücklich auf den Ozean zulaufen, würde ich darin ertrinken. Denn noch einmal würde ich solch eine Enttäuschung nicht durchstehen.

In der Arbeit hatte ich keine große Lust zu reden, deshalb war ich froh, dass Pierre unablässig irgendetwas erzählte. Ich war müde, durcheinander und auf merkwürdige Weise traurig. Traurig darüber, dass Werner und ich uns nicht schon in der Schule gefunden hatten, ein Paar geworden und geheiratet hatten. Dann hätten wir heute zwei Kinder und einen Familienhund. »Großer Gott«, murmelte ich vor mich hin, als mir klar wurde, was mir da im Kopf herumging. Angeblich waren wir die Diener unseres Gehirns und nicht umgekehrt. Wohl wahr.

»Was ist?«, fragte Pierre und kam aus der Hocke hoch. Er sortierte die Stiefel und Stiefeletten, die ich in den letzten Tagen eingekauft hatte. Bald war es November, und die Ballerinas lagen längst eingecremt und in Baumwollsäckchen in unserem kleinen Lager und warteten auf den kommenden Frühling.

Ich sah auf und klappte den Ordner zu, in den ich die letzten Einkaufsbelege abgeheftet hatte. »Was soll sein?«

»Du hast doch gerade *Großer Gott* gesagt?«

»Ach ja, hab nur laut gedacht.«

Pierre schüttelte den Kopf, dann bückte er sich wieder, um für die restlichen Paare eine ästhetisch ansprechende Position zu finden. So drückte er sich immer aus.

Ich sah Petra Wittner freudestrahlend auf mein Geschäft zukommen. Entweder war sie schon wieder frisch verliebt, oder sie wagte mit Paul doch noch einen neuen Anfang. Kaum hatte sie die Tür aufgerissen, rief sie: »Frau Diesel! Pierre! Meine Lieben!«

Wir waren ihre Lieben? Welche Ehre! Ich wusste, dass sie uns mochte, was auf Gegenseitigkeit beruhte, aber diese Herzlichkeit war eine neue Seite an ihr. »Hallo, Frau Wittner. Sie sehen toll aus.«

Pierre fand ganz andere Worte für sie. Er ließ alles stehen und liegen, kam auf sie zu und sah sie von oben bis unten an. »Lass mich raten, du glücklichste und schönste Frau der Welt. Paul hat dir einen Heiratsantrag gemacht, altmodisch und romantisch?«

Frau Wittner blickte ihn überrascht an, dann fragte sie: »Woher weißt du das?«

»Pff, woher weiß ich das ... Glaubst du, ich erkenne nicht, was in einen liebenden Menschen vor sich geht? Glaubst du, ich habe nicht dieselben Sehnsüchte und ...«

»Ist schon gut, Pierre«, unterbrach ich ihn sanft und mit einem Lächeln, um seine oftmals fragilen Gefühle nicht zu verletzen.

Frau Wittner streckte Pierre und mir einen rosafarbenen Umschlag hin. »Wir heiraten am 30. April. Ihr beide seid herzlich eingeladen, meine lieben Freunde.«

»O danke, Frau Wittner. Ich komme natürlich gerne.«

»Und wo ist meine Einladung?« Pierre hatte einen leicht pikierten Unterton.

Frau Wittner sah etwas irritiert aus, als sie sagte: »Ich lade euch als Pärchen ein.«

»Als Pärchen?«, wiederholten Pierre und ich gleichzeitig.

»Ja, ich weiß«, winkte Frau Wittner ab, »ihr seid kein Pärchen, aber für mich irgendwie schon. Und ich muss auch an die Kapazitäten denken. Wieso? Habt ihr seit Neuestem Partner?«

Das war eine viel zu direkte Frage, fand ich, deshalb sagte ich lieber gar nichts. Pierre zuckte etwas zurück, dann meinte er: »Hey, sind Rieke und ich die zwei Singlefreaks im Viertel, oder wie?«

»Natürlich nicht. Also, wollt ihr mit euren Partnern kommen?«

»Wir haben keine Partner«, erklärte Pierre. »Und jetzt sieh mich nicht so an, denn es hätte schließlich sein können. Außerdem haben wir beide so 'ne Art Halbpartner.«

Das war der Moment, in dem ich eingreifen musste. »Nun, wir wollen das Ganze nicht unnötig aufblähen. Wir freuen uns über die Einladung und kommen gerne als … Pärchen.«

»Wundervoll!«, kommentierte meine Kundin.

»Wohin soll denn die Hochzeitsreise gehen?«, wollte Pierre wissen.

Frau Wittner strahlte noch immer, als sie sagte: »Na ja, wir können beide nicht einfach vier Wochen alles liegen lassen und wegfahren. Also fliegen wir eine Woche nach Reykjavik.«

»Wo is'n das? Klingt russisch oder ukrainisch oder so. Ich muss es wissen, denn mein Urgroßvater war Ukrainer.«

Frau Wittner ging nicht darauf ein. »Das ist die Hauptstadt von Island.« Sie hatte immer noch ein Lächeln im Gesicht, als sie sagte: »Ach, wisst ihr, ich war mein Leben lang auf der Suche nach der wahrhaftigen und großen Liebe, und ich hatte meine hohen Ansprüche im Kopf und meine Tabelle, in der ich meine positiven und negativen Punkte über den jeweiligen Menschen eingetragen habe. Aber dann wurde mir klar, dass die Dinge beim anderen nicht automatisch positiv oder negativ sind, das sind nur unsere Urteile. Und letztendlich kommt es nur auf eins an …«

Pierre und ich warteten neugierig auf ihr Resümee. »Was denn?«, hakte Pierre nach.

»Es kommt nur darauf an, welche Gefühle der andere bei dir auslöst, ob du dich in seiner Nähe gut und schön und klug fühlst und immer bei ihm sein willst, weil er dich kennt und dich genau so haben will, wie du bist.«

»Und du würdest ihn auch lieben, wenn er Hundefriseur oder Schuster wäre?«

»Wahrscheinlich nicht, einfach deshalb, weil er dann nicht genau der Paul wäre, der er ist und der zu mir passt.«

»Hm, das hat was für sich, Petra.«

Kurze Zeit später verließ Frau Wittner mein Geschäft, und das Erste, was Pierre abließ, war: »Pärchen! Tss. Glaub bloß nicht, dass ich mit dir zu *Can You Feel the Love Tonight* tanze. Sonst denken die anderen, dass wir ...«, an dieser Stelle machte er mit Zeige- und Mittelfinger Anführungszeichen in der Luft, »ein Pärchen sind«.

Ich stellte den Ordner wieder ins Regal zurück. »Warum spinnst du eigentlich so? Angenommen, du wärst nicht schwul, wäre ich dir dann nicht gut genug?«

»Rieke, du bist wunderschön, aber der Gedanke, mit dir ...« Aus seinem Körper kam ein Geräusch, als müsste er einen Würgereiz unterdrücken, »das ist ungefähr so, wie sich Sex mit einem Verwandten vorzustellen.« Er schüttelte sich. »Können wir bitte das Thema wechseln?«

»Wie findest du Werner?« Ich setzte mich auf den Stuhl zwischen Schreibtisch und Regal.

»Wowowow. Das war ja nicht gerade ein fließender Übergang.« Pierre stützte sich mit dem Arm an den Blusenständer. »Also ich finde ihn göttlich, ein echtes Karamellbonbon.«

»Ach, echt?«

»Du nicht?«

»Wie bitte? Nun, ich weiß nicht, ob ich ihn so beschreiben würde, aber er hat etwas, was mich ... beschäftigt.«

Pierre hob die Augenbrauen. »Dich beschäftigt? Holladiho, wir werden älter, hm? Vor zehn Jahren hättest du noch gesagt, dass du scharf auf ihn bist.«

»Erstens bin ich nicht scharf auf ihn, zweitens habe ich diesen Ausdruck noch nie verwendet. Wirklich nie!«

»Ja, du warst verbal schon immer etwas verklemmt.

Aber kommen wir doch auf Werner zurück. Er ist ein netter Kerl. Und ein echter Kerl. Ich meine, er hat etwas richtig Kerliges.«

»Ja, ich weiß.« Meine Lippen formten sich zu einem Lächeln, ohne dass ich etwas dagegen tun konnte.

Pierre lachte in sich hinein. »Ach, mein Riekchen, wenn du bloß nicht diese latente Beziehungsstörung hättest.«

Ich wandte mich ab und tat so, als würde ich etwas in der Schublade suchen. Im nächsten Moment spürte ich Pierres Hand auf meiner Schulter. Als ich den Kopf hob, lächelte er mich mitfühlend an. »Ich weiß, dass die Sache mit Gregor dir …«

»Hast du nichts zu tun?«

Pierre nickte und lächelte milde. »Doch, klar. Jede Menge.« Er drehte sich um, und ich sah ihm nach. Als er um die Ecke gebogen war, rief ich ihm nach: »Tut mir leid, dass ich dich angefahren habe.«

Jeder normale Mensch hätte jetzt gesagt, dass es ihm auch leidtat oder dass es schon gut sei, aber Pierre rief: »Scheiße! Der grüne Tee ist alle.«

Kurz vor Ladenschluss ging die Tür auf, und Isabella stand vor mir. »Hallo, ich sagte doch, dass ich mal vorbeikomme.«

Trotzdem war es eine Überraschung. »Isabella, wie schön. Ich dachte, du verstehst meine Einladung womöglich nur als Floskel«, sagte ich lachend.

Sie schüttelte den Kopf. »Nein, in meinem Leben gibt es keine Floskeln mehr.« Sie blickte zu Pierre. »Ist das dein Freund?«

»Wollen denn heute alle ein Pärchen aus uns machen?«,

murmelte Pierre vor sich hin, aber trotzdem war er deutlich zu vernehmen.

»Wie bitte?« Isabella war irritiert, was kaum verwunderlich war.

»Ach, weißt du, wir wurden heute als Pärchen auf eine Hochzeit eingeladen, und nun kommst du und denkst, wir sind ein Paar.«

Pierre kam zu Isabella, reichte ihr die Hand und sagte: »Hallo, ich bin Pierre. Riekes Mitarbeiter.«

»Und neben Saskia mein bester Freund«, ergänzte ich.

Ich stellte ihm Isabella vor, und wir plauderten über meinen Laden. Dezent ließ ich Isabella wissen, dass ich nun abschließen musste. Außerdem wollte ich zu Werner, damit er meine persönlichen Dinge in der Wohnung verteilen konnte. Letzteres behielt ich jedoch lieber für mich. »Dann will ich euch nicht länger aufhalten. Aber ich möchte dir noch etwas schenken, Rieke.« Sie öffnete den Reißverschluss ihrer Handtasche und kramte darin herum. Es war eine Gaudi-Tasche. Ich besaß ebenfalls zwei Taschen dieser Marke. Wenn ich sie beschreiben müsste, dann am ehesten mit den Worten: schöne Mode zu erschwinglichen Preisen. Aber eine besondere Schwäche in dieser Preiskategorie hatte ich für Buffalo. Schuhe und Taschen dieser Marke trug ich, bis sie auseinanderfielen.

»Aber du musst mir doch nichts schenken, Isabella.«

»Natürlich nicht«, sagte sie abwesend, während sie weiterhin in ihrer großen, vollgestopften Tasche herumkramte. »Ich wollte es aber gerne tun. Ist doch egal, warum, man muss nicht immer alles analysieren.«

»Aha, na gut.«

Isabella nahm ein weiß und lila gemustertes Papiertütchen aus der Tasche und reichte es mir. »Bitte schön.«

Zaghaft nahm ich das Präsent. »Vielen Dank, Isabella. Ohne Analyse und Fragen also?«

»Richtig.«

Es war eine silberfarbene Kette mit türkisfarbenen Steinen. »Wie nett. Die Kette ist wirklich schön.«

»Ich dachte, das Türkis passt gut zu deinen hellbraunen Augen.«

»Du kaufst mir einfach so eine Kette ...«

Sie schüttelte den Kopf und hängte sich die Tasche wieder um die Schulter. »O nein, die hab ich selbst gemacht.«

»Ach ja, du hast in deiner Mail geschrieben, dass du Modeschmuck herstellst.«

Pierre streckte die Hand nach der Kette aus. »Darf ich?«

Ich legte sie ihm in die Hand, und er betrachtete sie. »Wirklich sehr schön, und so professionell gemacht. Ist bestimmt ein anspruchsvolles Handwerk.«

»Ja, aber ich beschäftige mich auch schon jahrelang damit. Wisst ihr vielleicht, wie ich so etwas unter die Leute bringen könnte?«

Pierre reichte mir die Kette wieder. »Tut mir leid, Isabella, ich habe keine Ahnung, wie das bei Schmuck funktioniert. Sie bräuchten vielleicht eine Prominente, die eines Ihrer Stücke trägt und auf die Sie sich berufen können.«

Isabella zuckte die Schultern. »Wenn's weiter nichts ist.« Dann nahm sie mir die Kette aus der Hand und hängte sie mir um, als würde sie mir eine Medaille verleihen. »Eine Prominente also«, griff sie den Faden wieder auf. »Ich kenne zwar einflussreiche und wohlhabende Leute, Freunde und Bekannte der Familie, aber prominent ist keiner von denen. Und ich kann wohl schlecht eine Mail an Veronika Ferres schicken mit den Worten: *Würden Sie bitte bei der nächsten Preisverleihung eines meiner Schmuckstücke tragen? Das wäre nett. Mit freundlichen Grüßen.*«

»So funktioniert es wahrscheinlich nicht, nein.« Dann sah ich sie an. »Darf ich dich etwas fragen, Isabella?«

Sie nickte.

»Deine Familie war doch recht wohlhabend und ...«

»Ja, stimmt. Aus finanziellen Gründen muss ich das nicht machen, aber für die Arbeit, die man liebt, möchte man auch die Anerkennung.« Sie lächelte bitter. »Im Grunde ist es ein so niederes Bedürfnis, nicht wahr? Anerkennung. Aber ich kann es nicht verleugnen.«

»Das müssen Sie doch auch gar nicht«, warf Pierre ein. »Wir alle brauchen Anerkennung. Also ich nicht unbedingt, aber ...«

Ich lachte aus vollem Hals.

Pierre sah mich bitterböse an. »Was soll das? Was dir wie Heischen nach Anerkennung vorkommt, ist nur Entertainment. Ich unterhalte die Leute eben gerne.«

Eine halbe Stunde später stand ich vor Werners Tür. Die Haustür unten war offen gewesen, sodass ich nun an seiner Wohnungstür stand und mich darauf vorbereitete, den Klingelknopf zu drücken. Ich war nervös und versuchte, mich erst ein wenig zu sammeln. Kontrolle, Kraft, Konzentration ... Ich wusste es selbst nicht so genau.

Plötzlich wurde die Tür aufgerissen, und Werner stand vor mir. Er hatte einen zusammengeknoteten Müllsack in der Hand und starrte mich an. »Rieke? Wäre es nicht effektiver zu klingeln oder zu klopfen, als darauf zu warten, dass ich zufällig die Tür aufmache?«

»Sehr witzig. Ich bin doch gerade gekommen. Natürlich wollte ich klingeln.«

»Gut.« Er stellte den Müllsack an die Wand neben der Tür. »Hab ein bisschen aufgeräumt. Komm doch rein.«

»Und wem wird diese Ehre zuteil? Mir oder Wilfried?«

»Das Aufräumen? Ist natürlich für Wilfried.«

Ich warf Handtasche und Tüte auf den Boden und zog den Donna-Karan-Kaschmirmantel aus, den ich von Frau Eisenach hatte. Werner nahm ihn mir ab und hängte ihn auf. »Klar, für Wilfried«, sagte ich beiläufig. »Mir gegenüber musst du dich ja nicht von deiner besten Seite zeigen.«

»Ich sehe es eher so, dass ich dir nichts vormachen muss.«

Ich bückte mich, um die mitgebrachte Tüte aufzuheben. »Sag ich doch gerade.«

»Nein, ich meine es anders.« Er ging mir voraus zur Küche. »Damit wollte ich sagen, dass du ein vorurteilsfreier Mensch bist und sich bei dir jeder so geben kann, wie er will. Das finde ich angenehm.« Werner öffnete den Kühlschrank. »Was magst du trinken?«

»Ich finde schön, was du da gesagt hast. Ganz ehrlich.«

Werner wandte den Kopf in meine Richtung und tat überrascht. »Ich wusste ja nicht, dass man dir mit der Getränke-Frage so eine Freude machen kann.«

Darüber lächelte ich hinweg und sagte, ich wolle nichts trinken.

»Gar nichts?«

»Nein. Ich bin doch nur schnell gekommen, um meine Sachen vorbeizubringen.« Zum Beweis hob ich die Tüte hoch.

»Deswegen kannst du doch trotzdem etwas trinken.«

Ich blinzelte. »Wenn es dir so viel bedeutet, bitte, einen Saft oder so etwas.«

»Wie wär's mit Bananensaft? Ich habe ein paar Liter eingekauft.«

»Ach ja, Wilfrieds einziges Getränk, das er zu sich nimmt. Gut, bitte ein Glas Bananensaft. Ähm ... Ich geh dann mal ins Bad und verteile meine Sachen.«

»Ja, sicher. Das Bad ist gleich rechts.«

»Und ich habe ein Nachthemd mitgebracht. Das werde ich aufs Bett werfen.«

Er verbiss sich ein Grinsen. »Okay.«

»Und zwei Paar Schuhe, die stelle ich schon mal in den Flur.«

»Ich habe das Gefühl, du könntest das perfekte Verbrechen begehen.«

»Ach«, winkte ich gespielt geschmeichelt ab, »das sagst du doch nur so.« Dann wandte ich mich ab und hörte, wie er auflachte. Die Schuhe stellte ich neben Werners. Gucci-Stiefel und Peter-Kaiser-Pumps, aber für Wilfried war das ohnehin Perlen vor die Säue. Im Grunde hätte ich auch Gummistiefel und Espadrilles hinstellen können. Als ich die Tür zum Badezimmer öffnete, das sich gleich neben der Küche befand, hob Werner den Kopf, in der Hand sein Handy. Für ein, zwei Sekunden sahen wir uns an, dann blickte er wieder auf sein Handy, und ich ging ins Bad. Instinktiv schloss ich hinter mir ab. Es ergab keinen Sinn, aber nun mochte ich nicht wieder aufschließen, weil das verwirrt gewirkt hätte. Die Tüte stellte ich auf der zugeklappten Toilette ab, dann sah ich mich um. Nein, Werner hatte wahrlich kein Händchen oder keine Lust für

Verschönerungen. Im weiß gefliesten Bad waren die einzigen blauen Farbtupfer der runde Teppich und das Handtuch. Auf der Ablage vor dem Spiegel standen ein mir unbekanntes Rasierwasser, Zahnbürste, Zahnpasta, Zahnseide, Zahnweiß – anscheinend war Werner ein Zahnfanatiker –, Mundwasser ... Und eine Feuchtigkeitscreme! Sogar Naturkosmetik. *Moisture care for Men*. Aha, ein bisschen eitel war er dann doch, der Werner. Das fand ich irgendwie süß. Ich überlegte bereits, wie ich ihn damit aufziehen könnte, verwarf den Gedanken aber sogleich. Nein, das würde ich nicht tun. Zum einen bewegte ich mich hier in seinem Privatbereich und somit war Diskretion angebracht. Zum anderen hatte niemand das Recht, sich in die Körperpflegegewohnheiten anderer Leute einzumischen. Nachdem ich schon mal da war, benutzte ich auch gleich die Toilette. An der Wand gegenüber hing eines dieser Sprüche-Poster, das mir erst auffiel, als ich auf der Toilette saß: *Genieße den heutigen Tag, denn mit dem heutigen Tag beginnt der Rest deines Lebens*.

Es war nur ein Spruch, den sich irgendjemand mal ausgedacht hatte, ein kleines Poster an einer Klowand eines ehemaligen Klassenkameraden. Trotzdem las ich den Satz dreimal hintereinander. Ja, schon klar. Das Leben ist wertvoll, jeder einzelne Tag ist es, und jeder von uns gibt immer sein Bestes, und trotzdem scheitern wir immer wieder und sind darüber traurig und ergriffen. Vielleicht genau deshalb, weil wir wissen, wie wertvoll das Leben ist. Und wie sehr wir uns ins Zeug legen, dass alles gelingt.

Ich wusch mir die Hände, dann stellte ich meine Tiegel, Tuben und ein Deo auf die Ablage und verteilte alles zwischen Werners Sachen, damit es alltäglich aussah.

Nun musste ich aber wieder hinaus, denn ich hatte mittlerweile ziemlich viel Zeit hier verbracht. Ich öffnete die Tür und stellte mich in die Küchentür. Auf dem Tisch stand mein Glas Bananensaft, aber Werner war nicht zu sehen. Also suchte ich das Schlafzimmer alleine auf. Es war nicht schwer zu finden, denn viele Türen gab es nicht. Ich sah ein perfekt gemachtes Bett mit weißer Bettwäsche und weiße Möbel. Dass Weiß seine Lieblingsfarbe war, war offensichtlich. Ich trat näher, zog mein knielanges, dunkelblaues Nachthemd heraus und warf es aufs Bett.

Als ich in die Küche zurückkam, sah ich ihn drüben im Wohnzimmer. Er lag auf der Couch und war eingeschlafen. Leise trat ich näher und betrachtete ihn. Sein Kopf lag auf der Seite, und er wandte mir sein Profil zu. Die Haare waren leicht verstrubbelt, und sein Brustkorb hob und senkte sich langsam. Wie müde musste er sein, dass er einfach eingeschlafen war. Er wirkte gleichzeitig stark und zerbrechlich, wie er da lag. Dann fiel mir ein, dass er plötzlich aufwachen und mich erwischen könnte, wie ich auf ihn hinabblickte. Und das, nachdem er mich vorhin vor der Haustür überrascht hatte. Bevor er mich endgültig für eine besorgniserregende Persönlichkeit hielt, musste ich weg. Ich trank ein paar Schlucke von dem Bananensaft, dann suchte ich nach Papier und Stift und fand beides auf der kleinen Kommode in der Ecke. Ich wollte gerade einen Zettel vom Block reißen, als ich daneben eine Postkarte liegen sah. *New York by night*, ganz schwarz. Wie originell. Oder vielleicht war es das vor dreißig Jahren. Wer ihm wohl aus New York schrieb? Es ging mich nichts an. Ich riss ein Blatt ab und schrieb:

Bis morgen, Werner. Bin ca. um 19:00 da. Hab meine Sachen verteilt. Danke für den B-Saft. Herzlichen Gruß, Rieke

Dann legte ich den Stift wieder hin, und die Notiz platzierte ich auf dem Küchentisch. Ich warf noch einen Blick zu Werner, der sich nicht gerührt hatte – und dann hielt ich es nicht mehr aus. Ich musste die Karte lesen! Mit zittrigen Fingern drehte ich sie um:

Coole Stadt, schade, dass du nicht mitfahren konntest, aber du hattest recht, so eine Sprachreise ist verdammt teuer – und ich wusste leider nicht, dass diese Stadt sowieso verdammt teuer ist. Ist ja ein Ding, Verlobung. Echt? Ich bin vor Weihnachten wieder da, dann musst du mir das näher erklären, und nicht nur am Telefon.
Ja, und dass sie toll ist, glaub ich dir sofort. ☺

Viele Grüße, Jupp

Die Karte legte ich wieder so hin, wie ich sie vorgefunden hatte, dann verschwand ich aus Werners Wohnung.

14

Den ganzen Tag über war ich geistig nicht ganz anwesend. Ich hätte es niemals offen ausgesprochen, aber ich freute mich auf diesen Abend. Einfach nur, weil ich Werner wiedersah. O Gott! Wenn ich gewusst hätte, dass solche Gefühle in mir hochkommen würden, hätte ich mich nie darauf eingelassen. Nachdenklich blickte ich aus dem Fenster und fragte mich, ob ich den Laden gegenüber tatsächlich irgendwann beziehen würde. In Gedanken hatte ich ihn längst eingerichtet. Die Wände würde ich mit einer 3D-Tapete in rotem Backstein beziehen, die Regale hätten ein kräftiges Grün, nur meinen antiken Schreibtisch würde ich mitnehmen. Er war alt und schön, und ich hing an ihm, weil ich ihn seit dem ersten Tag meiner Selbstständigkeit besaß.

Werner. Was für ein wunderschöner Name. Dabei wusste ich nicht einmal, ob ich den Namen immer schon gemocht hatte, oder ob ich das fand, weil mir Werner gefiel. Ich konnte mir nicht vorstellen, dass seine Gefühle für mich über Sympathie hinausgingen. Aber er hatte diesem Jupp, wohl ein guter Freund von ihm, immerhin gesagt, dass ich toll sei. Das musste natürlich nichts zu bedeuten haben. Vielleicht hätte er das auch gesagt, wenn ich unansehnlich und dämlich wäre. Einfach, weil er sich nicht die Blöße geben wollte, dass er sich mit einer unansehnlichen und unterbelichteten Frau verlobte. Ich sollte das also nicht persönlich nehmen. Aber wenn er mit ihm telefoniert hatte, weshalb hatte er ihm dann nicht erzählt, dass diese Verlobung nicht echt war? Wenn sie sich doch gut kannten? Vielleicht schämte er sich, Jupp zu sagen, dass er seinen Onkel mit einer inszenierten Verlobung beerben wollte?

»Hast du dich denn immer noch nicht sattgesehen?«, fragte Pierre.

»Was?«

»Dann ruf doch noch mal da an, und frag, ob du den Laden reservieren kannst.«

»Hab ich schon. Ich dachte an eine Anzahlung, die ich von meinem Ersparten leisten könnte, aber ...« Ich brach ab.

»Aber?«

»Na ja, die wollen gleich den ganzen Zaster sehen.«

»Den ganzen Zaster«, wiederholte Pierre grinsend. »Du klingst wie Franky, ein Exfreund von mir. Er war Türsteher in einem Drogenschuppen.«

»Ach, ich müsste einfach mehr sparen, Pierre. Vielleicht sollte ich damit anfangen, dein Gehalt zu kürzen.«

»Den Teufel wirst du tun!«, erboste er sich.

»Das war doch bloß ein kleiner Scherz.«

»Damit macht man keine Scherze.«

Ich löste mich endlich vom Fenster und ging zum Regal, wo die Handtaschen lagen. Diejenigen, die nicht schnell eine Käuferin fanden, mussten jede Woche abgestaubt werden. Ich bückte mich nach dem Staubtuch, das in der untersten Schublade lag, und fing mit der Arbeit an.

Mein Handy piepte. Ich ging zum Tisch und hob es auf. Eine SMS von Werner:

Entschuldige, dass ich gestern eingeschlafen bin. So etwas Unhöfliches ist mir noch nie passiert. Wollen wir zu Wilfried heute sagen, dass wir die Verlobungsfeier Samstag in 2 Wochen machen wollen? Gruß, W.

Samstag in zwei Wochen? Je früher, desto besser, damit sich meine Nerven wegen des Ladens beruhigen konnten. Aber ob er uns das Geld dann auch schon aushändigen würde? Wissen konnte ich es nicht, nur hoffen.

Zu Pierre sagte ich, dass ich nach hinten ginge, um ein paar Telefonate zu erledigen. Also begab ich mich in unser Lager, das so groß wie ein Schuhkarton war. Ich rief Emma in der Arbeit an, und zum Glück hatte sie nicht viel Zeit für Fragen und ausführliche Überlegungen. Allerdings wollte sie wissen, wo die Feier stattfinden würde. Ich sagte, wir hätten uns noch nicht entschieden. »Aber schon in München, oder?«

»Na, wohl kaum in Kairo.«

»Ich meine, nicht außerhalb?«

»Nein, nicht außerhalb.«

»Gut, ich sag Lutz und den Kindern Bescheid. Wird knallrot im Kalender eingetragen. Und ich freue mich auf Sonntag, um ihn endlich kennenzulernen.«

Danach rief ich meinen Vater an, der sogleich feststellte, dass das Bürschchen es ja ziemlich eilig habe. Komischerweise war mein Vater furchtbar vergesslich geworden, nur

Termine konnte er sich merken. »So, Rieke, ich muss jetzt los. Meine Skatgruppe wartet.«

»Okay. Viel Glück.«

»Wobei denn?«

»Na, beim Skatspielen.«

»Da geht es nicht um Glück, sondern ums Beisammensein. Wir spielen seit vierzig Jahren freitags Skat, da brauchen wir kein Glück zu.«

»Tschüs, Papa, bis Sonntag.«

»Ja, bis Sonntag. Essen müsst ihr vorher, weil ich koche nicht für so viel Leute.«

»Ich weiß, Papa.«

Gigi kam mit Cappuccino und Cremetörtchen. Sie hatte eine Packung grünen Tee unterm Arm und reichte ihn Pierre.

»Sag bloß, du hast Gigi eine SMS geschickt.«

»Hab vergessen, welchen zu kaufen. Meine Güte, bin auch nur ein Mensch. Gigi hat das gern für ihren Freund Pierre gemacht, nicht wahr, Gigi?«

»Gern ist übertrieben, aber sagen wir, es hat mir nicht allzu viel ausgemacht.«

Die Tür wurde aufgerissen, und eine mir unbekannte Frau rief, ohne zu grüßen: »Ich hab heute eine wichtige Verabredung, und ich brauche unbedingt ein tolles Kleid!«

Pierre war die Ruhe selbst, als er sagte: »Madame, wir kennen uns noch nicht, und es freut mich, dass Sie sich an uns wenden, aber darf ich gleich zu Anfang eine kleine Bemerkung loswerden?«

Die etwa fünfunddreißigjährige Frau in Jeans und Kurzmantel sah ihn überrascht an und fragte unsicher: »Okay?«

»Niemals«, fing Pierre an und untermauerte seine Aussage mit ausladenden Armbewegungen, »und ich meine wirklich niemals, dürfen Sie die Fassung verlieren, weil Sie ein Date haben. Es muss immer umgekehrt laufen.«

»Umgekehrt?«, fragten die Kundin und Gigi gleichzeitig. Wir drei Frauen sahen ihn neugierig an.

»Er muss das Gefühl haben, dass Sie etwas Besonderes sind, dass Sie sich quasi dazu herablassen, sich mit ihm zu treffen, dass er das Gefühl hat, er müsste dankbar sein ...«

»Äh, ich habe eine Verabredung mit meiner potenziellen Chefin. Sie hat mich zum Essen eingeladen, eine Art Vorstellungsgespräch.«

Pierre verdrehte die Augen, als wollte er sagen, dass die letzten Minuten seines Lebens reine Zeitverschwendung gewesen waren. »Vorstellungsgespräch zwischen zwei Hetero-Frauen. Wozu brauchen Sie dann ein geiles Kleid?«

»Es muss nicht geil sein, nur geschmackvoll. Sie ist die Vorstandschefin der Firma, in der ich ... Also, haben Sie ein tolles Kleid oder nicht?«

Ich stellte die Tasse auf dem Schreibtisch ab und sagte: »Selbstverständlich. Ich bin sicher, wir finden etwas Passendes für Sie.«

Wilfried saß uns gegenüber und lobte Werners Essen. Es gab Chateaubriand-Steak mit jungem Gemüse, Sauce béarnaise und Kroketten. »Großartig, Werner, muss ich schon sagen.« Für Wilfried war es wahrscheinlich das größte Kompliment, das man sich vorstellen konnte.

Es war köstlich, obwohl ich das Fleisch nicht essen mochte. Dass Werner ein Fleischgericht zubereitet hatte, nahm ich ihm in keiner Weise übel, denn es war klar, dass Wilfried sich nicht über Couscous mit gehacktem Gemüse gefreut hätte.

»Warum isst du kein Fleisch, Fredi?«

»Können Sie mich nicht Rieke nennen, wie alle Welt es tut?«

»Oho, eine Frau von Welt. Du kennst die ganze Welt? Oder kennt die ganze Welt dich?«

»Es ist eine Redensart. Also, können Sie mich bitte Rieke nennen?«

»Wie heißt du noch mal richtig?«

»Frederieke.«

»Das kann ich mir nicht merken.« Wilfried schob sich eine Krokette in den Mund.

»Das müssen Sie ja nicht, Wilfried. Es reicht, wenn Sie sich Rieke merken.«

»Sag doch du zu mir.«

»Gut. Kannst du mich Rieke nennen?« Ich nahm einen kräftigen Schluck Bordeaux.

»Du bist ganz schön hartnäckig. Aber meinetwegen.«

»Danke.«

»Ach, Wilfried«, fing Werner an, »die Verlobungsfeier findet morgen in zwei Wochen statt.«

»Morgen oder in zwei Wochen?«

»Morgen in zwei Wochen«, beharrte Werner entschieden.

»Ich glaube nicht, dass man das so sagt. Aber ihr jungen Leute biegt euch in jeder Generation die Sprache immer so zurecht, wie es euch gefällt.«

»Kannst du zu unserer Feier kommen?«

»Natürlich kann ich, außer ich breche mir die Hüfte

oder habe einen Herzinfarkt, dann kann ich natürlich nicht kommen. Also, Fredi? Warum isst du kein Fleisch?«

Hatte es überhaupt einen Sinn, Wilfried zu erklären, dass ich es nicht über mich brachte und dass es gegen meine moralischen Grundsätze verstieß, auch wenn ich niemanden bekehren wollte?

»Es schmeckt mir nicht«, sagte ich bloß.

»Lüg mich nicht an.«

Erschrocken blickte ich auf. »Wie bitte?«

»Du isst kein Fleisch, weil dir die Tiere leidtun.«

Wir drei saßen da und sahen einander an. Ich wusste nicht so recht, was ich darauf sagen sollte. »Und wenn es wirklich so wäre? Würdest du das lächerlich finden?«

Wilfried schnitt ein Stück seines Steaks ab. »Nein, das finde ich nicht lächerlich.« Ich wartete darauf, dass noch etwas kam, irgendeine Erklärung oder Ergänzung, aber er schwieg, während er weiter sein Rindfleisch bearbeitete.

»Warum hast du nie geheiratet?« Werners Frage an Wilfried hing schwer im Raum, und Wilfrieds Schweigen machte die Situation nicht leichter. Ich fragte mich, was Werner sich dabei gedachte hatte, ihn das so direkt zu fragen.

Wilfried betupfte sich mit der Serviette die Mundwinkel, dann trank er in aller Seelenruhe von seinem Bananensaft, stellte das Glas ab, betupfte sich erneut die Mundwinkel, warf die zerknüllte Serviette auf den Teller und nach einer halben Ewigkeit entschloss er sich zu einer Antwort: »In meinem ganzen Leben hatte ich zwei ernsthafte Beziehungen. Die Liebelei mit Christa musste scheitern; wir beide waren Anfang zwanzig, und unsere Eltern waren einander nicht wohlgesonnen. Wir wohnten in derselben Straße, und unsere Väter waren zusammen zur Schule gegangen. Christas Vater hatte einer Rabauken-Clique angehört, die meinen Vater drangsaliert hatte. Später war mein Vater beruflich erfolgreich, und Christas Vater schlug sich mit Gelegenheitsarbeiten durch.«

»Das heißt, deinem Vater war Christa nicht gut genug?«, fragte Werner.

»Nein, es war umgekehrt. Christas Vater hat die Beziehung verboten. Der Neid auf den Erfolg meines Vaters hat ihn zerfressen.«

»Und deshalb seid ihr nicht zusammengeblieben?«, fragte ich fassungslos. »Obwohl ihr euch geliebt habt?«

»Ach, geliebt«, winkte Wilfried ab, »das war früher ganz anders. Da ist man nicht einfach hergegangen und hat die Eltern vor vollendete Tatsachen gestellt. Wenn die Eltern die Beziehung missbilligten, war man der Familie verpflichtet. Ihr jungen Leute glaubt, dass man die Autonomie seit jeher gepachtet hatte.« Er schüttelte den Kopf. »Aber wie alles im Leben hat das Vor- und Nachteile. Dieser Tanz ums Ich, wie er heute betrieben wird, und diese skurrile Art, wie sexuelle Ausschweifung und manisch-romantische Liebe nebeneinander, sind für mich dem Narzissmus der heutigen Gesellschaft geschuldet. Die Leute stagnieren seit Jahren in ihrer Weiterentwicklung.«

»Sag mal, Wilfried«, fing ich an, »was stellst du dir denn unter einer guten Partnerschaft vor? Ich meine, du persönlich. Falls die Frage gestattet ist.«

»Eine ideale Partnerschaft und vielleicht die wahre Liebe ist, wenn sich zwei Menschen finden, die einander verstehen, und die Dinge, die sie nicht verstehen, einfach hinnehmen.«

Werner und ich sahen ihn an. Was wohl in Werners Kopf vorging? Ich jedenfalls dachte gerade, dass sich das gar nicht so blöd anhörte. Wenn ich diesen Satz im Kopf gehabt hätte, hätte ich vielleicht andere Männer angezogen und meine Wahl nach anderen Gesichtspunkten getroffen.

»Und die zweite Beziehung«, fuhr Wilfried nun fort, »das war die Ingrid, meine Sekretärin in der Firma.«

»Oh«, kam es von Werner.

»Was heißt denn *Oh*?«, mokierte sich Wilfried. »Klingt ja so, als hätte ich meine Position ausgenutzt. Das war ein feines Mädel, die Ingrid. Sehr klug und gut erzogen. Die hätte studieren sollen, so klug war die, klüger als ich. Die hat mir manchmal Ratschläge gegeben und mir die Augen über Geschäftspartner, die Menschen und das Leben geöffnet. Dabei war sie zehn Jahre jünger als ich, aber manchmal kam es mir vor, als hätte sie doppelt so viel Lebenserfahrung. Aber sie konnte nicht studieren, weil die Familie mittellos war und sie ihre verwitwete Mutter und die Geschwister unterstützen musste.« Wilfried senkte den Kopf und starrte auf die weiße Tischdecke. Als er nicht weitersprach, fragte ich: »Und was ist mit Ingrid passiert? Warum seid ihr nicht zusammengeblieben?«

Wilfried hob den Kopf, sah mich an und sagte leise: »Sie ist sehr krank geworden.«

»Ist sie … gestorben?«, flüsterte ich.

»Ja. Sie ist gestorben. Das ging alles ganz schnell, innerhalb weniger Monate. Ist noch Bananensaft da?«

»Was?«

»Bananensaft. Gibt's noch welchen?«

Werner wollte aufstehen, aber ich hinderte ihn daran, indem ich ihn am Arm zurückhielt. Die Berührung fand ich im nächsten Moment fast etwas zu forsch, aber es war instinktiv passiert. »Ich mach das schon.« Ich stand auf, schenkte Wilfried Bananensaft in ein frisches Glas und stellte es vor ihn hin. »Danke, Fredi«, sagte er und blickte freundlich zu mir hinauf. »Bitte, Willi.«

Werner fing an zu lachen, dann lachte Wilfried kurz auf, so ein »Hm« mit geschlossenem Mund. Ich räumte den Tisch ab und trug alles zur Spüle, um Ordnung zu machen. Schließlich hatte Werner eingekauft und gekocht, da konnte ich ihn kaum auch noch aufräumen und abspülen lassen, während ich mich mit seinem Verwandten am Tisch unterhielt. Zum Glück saß Wilfried mit dem Rücken zu mir, so bekam er nicht mit, dass ich mich erst zurechtfinden musste: Meine Suche nach einer Spülmaschine blieb erfolglos, und es dauerte eine Weile, bis ich Spülmittel und Schwamm gefunden hatte. Unterdessen sprach Wilfried davon, in welch gutem Zustand sein Haus sei, um das er sich stets gut gekümmert habe. Als ich bereits beim Abspülen war, fragte Werner: »Und wann hast du das Haus gekauft?«

»Gekauft? Ich habe es doch nicht gekauft. Es ist seit hundertzwanzig Jahren in Familienbesitz. Mein Großvater wurde in diesem Haus geboren. Dein Urgroßvater.«

Ruckartig wandte ich den Kopf. Werners Gesicht rötete sich leicht, um seinen Mundwinkel zeigte sich ein verletzter Zug. Oder war es Ergriffenheit? Sein Blick wanderte zu mir. Da stand ich, starr, in einer Hand den Spülschwamm und in der anderen einen Teller, und wartete, was Werner sagen würde.

»Davon hatte ich keine Ahnung.«

»Ach ja«, seufzte Wilfried, »die Familie ist in den letzten

Jahrzehnten ziemlich auseinandergedriftet. Mein Vater und dein Großvater waren Brüder, aber sie sprachen dreißig oder vierzig Jahre nicht miteinander, haben sich nicht mal als Greise versöhnt. Das ist so traurig. Mein Großvater, der in dem Haus geboren wurde, hat die Firma gegründet, *Fenster und Türen Max Mielke*. Ich habe den Betrieb in dritter Generation geleitet, aber wer sollte ihn aus der Familie weiterführen? Da konnte ich mich nicht einfach auf die Suche nach irgendwelchen Verwandten machen, denn so etwas muss man von der Pike auf lernen. Ihr jungen Leute denkt, dass man mit einem BWL-Studium einen Betrieb führen kann.«

»Haben Sie denn BWL studiert?«, wollte ich wissen.

»Nein, ich habe Germanistik studiert. Ich wollte Lehrer werden.«

Nun war mir einiges klar. Seine Verbesserungen, wenn Werner etwas sagte, und warum er sich an diesen Dingen so aufhängte.

»Meine Eltern haben mir das irgendwann ausgeredet«, erzählte Wilfried weiter. »Jedenfalls braucht man neben dem Wissen auch Spürnase und Leidenschaft, um einen Betrieb zu führen. Jedenfalls hab ich die Firma vor sechzehn Jahren verkauft. Die heißt jetzt *Fenster und Türen Sockel & Sockel*. Tja, war nicht einfach für mich, aber ich will nicht sentimental sein.«

Werner sah seinen Großonkel mitfühlend an. »Ich kann mir gut vorstellen, wie schwer dir das gefallen ist.«

»Alles ist vergänglich«, kommentierte Wilfried leichthin, dann drehte er sich zu mir um. »Wie lange dauert denn diese Abspülerei noch?«

»Hab's gleich. Warum?«

»Das hat so etwas Ungemütliches. Habt ihr keine Spülmaschine?« Vorwurfsvoll blickte er seinen Großneffen an, und dieser schüttelte den Kopf.

Also ließ ich die zwei Gläser und einen kleinen Topf einfach stehen, wischte mir die Hände ab und setzte mich wieder zu den beiden an den Tisch.

»Und nun sagt mal, was werdet ihr mit meinem Verlobungsgeschenk machen?«

Eigentlich wäre es an Werner gewesen, zuerst zu antworten, aber in meiner Begeisterung platzte ich heraus: »Ich werde einen Teil in ein neues Geschäft investieren.«

»Was für ein Geschäft?«

»Gegenüber meinem jetzigen Laden entsteht gerade ein Neubau. Dorthin möchte ich umziehen.« Dann untermalte ich meine Beschreibungen mit ausholenden Gesten: »Riesige Schaufenster, der Parkettboden aus Ahornholz, griechische Säulen. Ich werde die Wände mit einer 3D-Tapete überziehen, die Decke mit einer Tapete mit einem Weltraummotiv und Regale in kräftigem Grün hinstellen ...«

»Sprechen wir über ein Geschäft mit gebrauchter Kleidung?«

Um mich zu sammeln, schloss ich für ein paar Sekunden die Augen und atmete tief durch. Dann sah ich Wilfried ins Gesicht und erklärte: »Schau, Wilfried. Ich kann schon verstehen, dass das für dich spanische Dörfer sind. Du siehst nur gebrauchte Klamotten. Aber diese Kleidung ist etwas ganz Besonderes. Es sind Kunstwerke, auch wenn du das nicht nachvollziehen kannst. Das erwarte ich auch gar nicht. Aber ich würde mich freuen, wenn du mal zu mir in den Laden kommst und ihn dir ansiehst.«

Wilfried verzog den Mund. »Nun, vielleicht mache ich das mal. Aber danke, dass du mir deine Sicht der Dinge erklärt hast, Fredi.«

»Wollen wir nicht lieber ins Wohnzimmer gehen?«, fragte Werner. »Auf der Couch ist es bestimmt bequemer für dich, als so lange auf dem Stuhl zu sitzen.«

Wilfried stand sogleich auf, nahm sein Glas Bananensaft, und während er zur Couch ging, grummelte er: »Ins Wohnzimmer ... sind ja bloß drei Schritte. Das würde mich wahnsinnig machen, wenn der Küchengeruch immer in den Wohnbereich zieht. Furchtbar ist das.«

Werner und ich folgten Wilfried, und als ich Werner ansah, verdrehte er die Augen, während er lächelnd den Kopf schüttelte. »Tja, Wilfried, dann musst du bis morgen ganz fest die Zähne zusammenbeißen und dich in diesem bescheidenen Reich ein bisschen anpassen.«

Wilfried ließ sich auf die Couch fallen und verschüttete dabei etwas Bananensaft, den er immer noch in der Hand hielt. »Entschuldigung.«

»Ist nicht schlimm«, sagte Werner und holte ein Geschirrtuch aus der Küche. Als er sich damit über die Couch beugte und über den Fleck wischte, wollte Wilfried wissen: »Und was ist mit dir? Willst du das Geld in das neue Restaurant investieren?«

Werner hörte auf zu rubbeln und hob den Kopf, um Wilfried anzusehen. »Eigentlich nicht.«

»Nicht?«

Werner warf das Tuch auf den Wohnzimmertisch und setzte sich auf den anderen Sessel gegenüber von Wilfried. »Das mit dem Restaurant war Riekes Idee. Wahrscheinlich denkt sie, dass ich ehrgeiziger sein sollte.« Er sah mich an und meinte: »Das sollte kein Vorwurf an dich sein, Spätzchen.«

Ich bemühte mich um ein Lächeln. »Schon gut, Herzchen. Das musst du allein entscheiden.«

Über Wilfrieds Gesicht legte sich ein missbilligender Schatten. »Spätzchen, Herzchen. Reden so Erwachsene miteinander?«

»Wir sind eben verliebt«, verteidigte Werner uns. Er sah mich mit amüsiertem Blick an. Seine Augen leuchteten wie bei Menschen, die ehrliches Interesse an ihrem Gegenüber hatten. In diesem Moment wünschte ich mir nichts sehnlicher, als dass Wilfried nicht da wäre. Und im nächsten Moment war ich froh darüber, dass er da war, sonst würde ich mich am Ende noch mehr in meine Gefühle für Werner verstricken. Ich fand ihn auch so schon viel zu ... sympathisch.

»Ich will euch das Geld gerne schenken, aber ihr müsst mir keine Rechenschaft abgeben, was ihr damit macht.«

Werner sah nun wieder zu Wilfried. »Ich mag meine Arbeit, weißt du. Mit meinem Chef verstehe ich mich bestens. Ich sehe, wie viel Verantwortung und Arbeit es ist, ein Restaurant zu führen, und ich will mir das nicht aufhalsen. Ich will meinen Feierabend und meine freien Tage behalten.«

Wilfried nickte. »Das ist nicht unvernünftig. Ich war lange genug selbstständig, und rückblickend tut es mir leid, dass ich nicht mehr in mein Privatleben investiert habe.« Dann nickte er Werner zu. »Rede weiter, mein Junge.«

»Also dachte ich, dass es besser wäre, etwas Geld anzulegen, um ein wenig vorzusorgen und so.«

Wilfried trank wieder etwas Saft, dann stellte er das Glas am Tisch ab. »Wie gesagt, es ist eure Sache, was ihr damit macht. Und es ist natürlich auch eure Sache, was ihr später mit dem Haus macht. Ich werde dann nicht mehr sein, also habe ich sowieso keinen Einfluss mehr darauf. Dennoch möchte ich euch einen Vorschlag machen.«

»Einen Vorschlag?« Werner klang überrascht, und ich konnte mir nicht vorstellen, welche Art von Vorschlag das sein könnte.

Wilfried blickte von mir zu Werner, dann wieder zu mir und zurück zu Werner, und schließlich sagte er: »Was haltet ihr davon, wenn ihr schon jetzt zu mir ins Haus zieht?«

Zunächst war ich mir nicht sicher, ob ich ihn richtig verstanden hatte. Es dauerte ein paar Sekunden, bis die Worte zu mir durchgedrungen waren. Werner schien es ebenso zu gehen, denn er neigte nachdenklich den Kopf. »In dein Haus ziehen? Aber du wärst auch da, oder?«

»Nein, ich hatte vor, in die Garage umzuziehen. Natürlich werde ich auch da sein! Aber das Haus ist groß genug, da hättet ihr in der oberen Etage euer eigenes Wohnzimmer. Ich habe dir ja alles gezeigt, als du da warst. Das Wohnzimmer hat ebenfalls einen Kamin. Ihr hättet drei Zimmer und ein eigenes Bad. Wenn ich euch auf die Nerven gehe, könnt ihr mir tagelang aus dem Weg gehen. Und die Fredi muss auch nicht putzen und nicht kochen ... Ach ja, das kann sie ja gar nicht. Muss sie auch nicht, weil die Barbara regelmäßig kommt. Mit der hab ich das übrigens schon abgesprochen. Die hätte dann mehr zu tun, aber sie will natürlich mehr Geld dafür. Ist eine knallharte Geschäftsfrau, die Barbara. Aber da hat sie auch recht.

Nächste Woche habe ich übrigens einen Termin beim Notar, um mein Testament festzusetzen. Nur damit ihr's wisst: Der Barbara werde ich zweihunderttausend Euro hinterlassen, weil sie immer zuverlässig war und sich gut um mich und das Haus gekümmert hat.«

Werner und ich saßen stocksteif in unseren Sesseln. Das lag sicher nicht an seiner Mitteilung, wie er Barbara für ihre Treue belohnen würde. Ich war mir sicher, dass sie jeden Cent davon redlich verdient hatte. Aber sein Vorschlag, in das Haus zu ziehen, verursachte in meinem Kopf ein Chaos. Meine Wohnung aufgeben? Wenn Wilfried für immer die Augen schloss, könnte Werner mich noch am selben Tag hinauswerfen, und dann stünde ich ohne Wohnung da und müsste zu Emma ziehen und dort im Kinderzimmer schlafen …

»Was haltet ihr davon?« Komischerweise sah er zuerst mich an.

»Ich weiß nicht. Meine Wohnung aufgeben …«

»Welche Wohnung denn, Fredi? Du hast noch eine eigene Wohnung?«

»Was?«

»Wohnst du nicht hier bei Werner?«

»Hier bei Werner? Doch. Ja. Aber auch bei mir. Ich habe auch noch meine eigene Wohnung.«

»Warum das denn? Ihr wollt doch bestimmt bald heiraten, oder?«

»Ja? Ja, ja. Doch. Wollen wir. Irgendwann mal.«

»Weißt du, Wilfried«, kam Werner mir zu Hilfe, »Rieke hat ihre Wohnung bis jetzt behalten, weil sie so viele Sachen hat, und weil es von dort nicht weit zu ihrer Arbeit ist.«

»Aber das ist doch Geldverschwendung.«

»Und wir wollen uns verloben, weil wir ... uns ... lieben. Aber mit einer Heirat haben wir es nicht eilig.«

»Nicht eilig? Aber ihr seid doch auch nicht mehr die Jüngsten. Ich mochte diese schlampigen Verhältnisse noch nie und sehe auch keinen Sinn darin.«

O Gott. Hatten wir mit unserem Geplapper alles kaputt gemacht? Würde er uns das Geld nicht geben, wenn nicht alles schwarz auf weiß besiegelt war?

»Na ja, ich kann euch kaum zu einer Heirat zwingen. Das ist eure Sache, aber wenn ich eine Frau wäre, wäre ich gerne abgesichert. Also, was nun? Werdet ihr über meinen Vorschlag nachdenken? Ich fände es ganz nett, wenn ihr bei mir einziehen würdet. Nach München pendeln ist auch nicht so schlimm, dauert eine Dreiviertelstunde. Bei einem Mittelklassewagen sind das etwa hundertzwanzig Euro Benzingeld monatlich. Abzüglich der Wohnungsmiete bleibt da ein satter Betrag übrig. Ich war nie geizig, aber sparsam war ich schon. Ich hasse es, Geld zum Fenster hinauszuwerfen.«

Werner biss sich auf die Unterlippe. Unsere Blicke trafen sich. Schließlich sagte Werner: »Danke für dein großzügiges Angebot, Wilfried. Wir werden auf jeden Fall darüber nachdenken.«

»Schön.« Wilfried nickte uns aufmunternd zu. Er hielt sich gähnend die Hand vor den Mund. »Jetzt werde ich langsam müde.« Wilfried blickte abwechselnd zu mir und Werner. »Und? Wo werde ich schlafen?«

»Hier auf der Couch, auf der du sitzt.«

Wilfried sah zerknirscht nach unten und drückte tastend die Couch ab. »Hier?«

»Ja.«

»Kann man die Couch ausziehen?«

»Selbstverständlich«, antwortete Werner. »Das geht ratzfatz. Man zieht nur an den Sitzpolstern, und schon hat man ein Bett.«

»Aha. Na, dann hoffe ich, dass ich mit meiner Arthrose von diesem Schaumstoff morgen wieder hochkomme.«

15

Im Bad verbrachte ich viel Zeit. Erst zog ich mich um, dann schminkte ich mich ab und cremte mich ein. Als ich die Nachtcreme zurück auf die Ablage stellte, fiel mein Blick auf Wilfrieds weinrot-braun karierten Kulturbeutel. Er hatte ihn auf die Waschmaschine gestellt, allerdings ganz dezent ins hintere Eck. Der Reißverschluss war offen, und ich sah eine Tube, auf der »Rheumasalbe« stand. Daneben steckten eine Tablettenpackung und Magentropfen. Sekundenlang konnte ich mich nicht rühren, weil er mir in diesem Moment so leidtat. Er war alt, schleppte eine kleine Apotheke mit sich herum – und er glaubte uns. Werner und mir. Er glaubte, dass wir das waren, was wir vorgaben zu sein, ein verliebtes Paar, das sich bald verloben und irgendwann heiraten würde. Er hatte sein Leben lang hart gearbeitet, war sparsam gewesen, wie er sagte, war jetzt einsam und allein – und alles, was uns interessierte, war sein Geld. Ich musste mich zusammennehmen, denn was sollte ich sonst tun, in diesem Moment? Zu ihm ins Wohnzimmer rennen und ihm alles beichten? Als ich auf der Toilette saß, fiel mein Blick wieder auf den Spruch an der gegenüberliegenden Wand.

Genieße den heutigen Tag, denn mit dem heutigen Tag beginnt der Rest deines Lebens.

Ja. Der Rest des Lebens. Wie würde ich den Rest des Lebens damit fertig werden? Angenommen, Wilfried würde nächsten Monat sterben, und ich würde in meinem wundervollen neuen Laden stehen ... in dem Bewusstsein, dass ich all das nur hatte, weil ich einen alten Mann belogen hatte?

Ich wusch mir die Hände, ging in meinem ärmellosen Nachthemd, das mir bis übers Knie ging, in die Küche und flüsterte: »Wilfried?«

Ich konnte seine Silhouette erkennen, weil das Mondlicht durch die Rollos fiel. »Ja?«

»Brauchst du noch etwas?«

»Nein, danke.«

»Hast du's bequem?«

»Wenn ich Nein sage, hättest du einen Alternativvorschlag?«

»Nein.«

»Also gut, ich habe es bequem. Ich glaube, das letzte Mal, als ich so geschlafen habe, war auf der Studentenfeier eines Freundes in den Sechzigerjahren.«

»Tut mir leid.«

»Macht ja nichts. Bevor du reingekommen bist, Fredi, hab ich gedacht, wie verrückt das ist. Noch vor ein paar Wochen, da hatte ich den Werner nur im Hinterkopf, konnte mich kaum an ihn erinnern, und jetzt? Da übernachte ich bei euch und freue mich darüber, dass ich in Frieden gehen kann, wenn es mal so weit ist.«

Es war mir nicht möglich, etwas darauf zu sagen, weil ich die Tränen zurückhielt.

»Fredi?«

»Hm?«

»Bist ein feines Mädchen. Und das mit den *gebrauchten Klamotten* war nicht so gemeint.«

»Du bist auch ein feiner Kerl, Wilfried. Und wenn's was Blödes meinerseits gibt, dann war's auch nicht so gemeint.«

»Da gibt es nichts.«

»Gute Nacht, Wilfried. Schlaf gut.«

»Gute Nacht, Fredi.«

Leise schloss ich die Küchentür hinter mir. Als ich kurz darauf vor dem Schlafzimmer stand, war ich ziemlich nervös. Ich wünschte, Werner wäre ein ungepflegter, unreifer Prolet. Nein, das wäre jetzt auch nicht gut, denn dann wäre es ein Martyrium, die ganze Nacht neben ihm zu liegen. Allerdings würde es so auch nicht entspannt werden, aber auf eine anders unangenehme Art. Ich würde sicher die ganze Nacht kein Auge zumachen. Vielleicht schlief er schon? Leise drückte ich die Klinke, trat ein und warf einen Blick aufs Bett, während ich zur anderen Seite des Bettes ging, ans Fenster. In der Dunkelheit konnte ich nicht erkennen, ob Werner die Augen geschlossen hatte oder nicht. Leise und behutsam schlüpfte ich unter die Decke, dann streckte ich mich aus. Er lag einen knappen Meter von mir entfernt.

»Ich muss dir etwas sagen, Rieke.«

Seltsamerweise erschrak ich. Dabei hätte ich mir doch denken können, dass er vielleicht noch nicht eingeschlafen war. Aber seine tiefe, raue Stimme plötzlich in dieser Stille klang so kraftvoll. »Was denn?«

»Ich weiß nicht, wie du es aufnehmen wirst.«

Wir lagen beide auf dem Rücken und starrten in der Dunkelheit zur Decke. »Ich glaube, ich weiß auch so schon, was du mir sagen willst. Aber ich bin mir nicht sicher, also sag es.«

»Was glaubst du denn, was ich sagen will?«

»Du zuerst.«

»Na gut.« Ich hörte ihn tief durchatmen. »Nachdem ich jetzt weiß, dass das Haus schon so lange in Familienbesitz ist und mein Urgroßvater darin geboren ist, kann ich es nicht verkaufen. Verstehst du, Rieke? Wilfried etwas vorzuspielen, damit er es nicht irgendjemandem hinterlässt, ist eine Sache. Aber das Haus zu verscherbeln, nachdem ich das jetzt weiß ... Ich könnte mich nicht mehr im Spiegel ansehen.«

Ich wandte den Kopf in seine Richtung, dann blickte auch er mich in der Dunkelheit an. »Ich wusste, dass es das ist, was du mir sagen wolltest.«

»Wirklich?«, fragte er verwundert.

»Ja. Und ich bin froh, dass du es so siehst. An deiner Stelle würde ich es auch behalten wollen.«

»Aber der Deal?«

Was sollte ich darauf sagen? Das Ganze entwickelte sich in eine andere Richtung als geplant. Aber konnte ich Werner deshalb Vorwürfe machen?

»Du antwortest ja gar nichts.«

»Mir fällt nichts ein, was ich sagen könnte. Aber das mit dem Haus ist eine gute und anständige Entscheidung, finde ich.«

»Wenn er der Putzfrau zweihunderttausend hinterlässt, dann muss doch noch jede Menge da sein, oder?« Nach einer kurzen Pause fügte er hinzu: »Wobei ich natürlich nicht weiß, ob es sich dabei um zehntausend oder zehn Millionen handelt.«

»Da hast du dir aber eine große Spannbreite ausgesucht.«

Werner lachte leise auf. »Aber wenn er uns zur Verlobungsfeier hunderttausend schenkt, dann ist da bestimmt mehr ... Darf ich ehrlich sein, Rieke?«

»Klar.«

»Ich will nicht mehr auf diese Art weiterreden, weil ich mir dabei irgendwie fies vorkomme.«

»Ich weiß, was du meinst.«

»Ehrlich? Das beruhigt mich.«

»Ich habe übrigens eine Entscheidung getroffen«, sagte ich dann.

In der Dunkelheit konnte ich Werners Umrisse erkennen und sah, wie er sich den rechten Arm hinter den Kopf legte. »Und welche?«

»Wenn du mir die zwanzigtausend zur Verlobungsfeier gibst, werde ich den Laden anmieten. Und falls Kaution und Einrichtung mehr schlucken, dann greife ich halt auf mein Erspartes zurück. Ich will nicht mein restliches Leben immer nur vernünftig sein und mit achtzig bereuen, dass ich das nicht gemacht habe. Es ist, wie es an der Wand in deinem Badezimmer steht: *Mit dem heutigen Tag beginnt der Rest deines Lebens.*

Werner machte jetzt diesen Schnaufer-Lacher, den ich so mochte. »Die Karte hat mir Jupp, ein alter Freund, zum Geburtstag geschenkt, zusammen mit einem Rasierapparat. Aber deine Entscheidung finde ich gut, Rieke. Von dem vererbten Bargeld gebe ich dir zehn Prozent. Ist das okay? Ich meine, ich muss ja auch Erbschaftssteuer zahlen und so.«

»Ich finde es schrecklich, so etwas zu sagen, weil du ein netter Mensch bist, aber kann ich das schriftlich haben?«

Werner rührte sich nicht. Vielleicht war er gekränkt. Aber das musste er doch verstehen! »Werner?«

»Als ich im *Jean-Luc* kündigen wollte, weil ich eine Stelle als Küchenchef gefunden hatte, sagte Gerd: ›Bitte geh nicht, Werner. In anderthalb Jahren wird Harald pensioniert, und dann wirst du Küchenchef.‹ Mein Gedanke war, der kann mir viel erzählen und versprechen, aber dann sagte er: ›Ich gebe dir mein Wort.‹ Ich hab ihm geglaubt. Weil das mehr zählt als etwas Schriftliches. Jedenfalls für mich.«

Ich biss mir auf die Unterlippe. »Ich wollte damit nicht sagen, dass ich dir nicht vertraue.«

»Dir etwas zu versprechen und dann nicht Wort zu halten, das würde ich niemals tun. Verträge kann man brechen, aber niemals ein Wort.« Er atmete hörbar aus. »Aber ich setze das schriftlich auf, damit du beruhigt bist.«

»Nein.«

»Es macht mir nichts aus.«

»Nein.« Ich zog die Bettdecke ein Stück nach unten und legte die Arme frei. »Weißt du, was verrückt ist? Wir sprechen von gegenseitigem Vertrauen, aber da drüben schläft ein alter Mann, der uns vertraut, obwohl wir dieses Vertrauen nicht verdienen.«

»Ja, wir sind irgendwie Abschaum.«

Erschrocken fuhr ich mit dem Oberkörper hoch. »Was?«

»Nun leg dich wieder hin. Natürlich sind wir das nicht, aber wenn wir uns ständig hochschaukeln, wie scheiße das ist, dann können wir auch gleich zu ihm rübergehen und ihm die Wahrheit sagen. Aber jetzt haben wir schon damit angefangen. Also, was sollen wir tun?«

»Es ist dein Verwandter und dein Erbe. Ich werde dir bestimmt nicht sagen, was du tun sollst.« Langsam ließ ich mich wieder auf den Rücken sinken.

»Ich kann es nicht fassen, dass du keinen Freund hast«, sagte Werner plötzlich.

»Wie bitte? Und warum soll ich dann fassen können, dass du keine Freundin hast?« Erst als ich es ausgesprochen hatte, wurde mir bewusst, wie bewundernd sich das anhörte. »Ich meine, natürlich kann ich es fassen. Irgendwie hast du so etwas Antiheiratsmäßiges.«

Da war er wieder, sein Schnaufer-Lacher. Mein Herz klopfte schneller. Wie sollte ich heute Nacht bloß schlafen?

»Und was ist das genau, das Antiheiratsmäßige?«

»Das kann man nicht erklären.«

»Oh, okay. Komischerweise finde ich dich genau umgekehrt.«

»Du findest mich umgekehrt?«

»Wenn ich dich nicht kennen würde, käme ich nie auf die Idee, dass du alleine bist, so eine wie du.«

»So eine wie ich? Was soll das denn bitte heißen?«

»So eine Frau wie du eben. Wie soll ich sagen, so eine … ansprechende Frau wie du. Es gibt nur eine Sache, die mir an dir nicht gefällt.«

»Was denn?«, wollte ich wissen, sobald er den Satz zu Ende gesprochen hatte. »Ich wette, es sind meine Haare. Die Leute finden sie entweder furchtbar oder toll.«

»Deine Haare sind wunderschön.«

Ich war heilfroh, dass Werner nicht sehen konnte, wie ich lächelte.

»Ist es meine Stimme? Pierre sagt, wenn ich mich aufrege, klinge ich wie Micky Maus auf Speed.«

»Deine Stimme ist toll.«

»Was ist es dann?«, fragte ich etwas gereizt.

»Du hast diese Abwehrhaltung, zumindest mir gegenüber.«

Abwehrhaltung? Wie kam er denn darauf? Wenn es einen Mann gab, mit dem ich mir ein richtiges Date wünschte, dann war es Werner, aber das konnte ich ihm schlecht sagen. »Keine Ahnung, was ich machen soll, damit du das nicht so empfindest. Dir jedes Mal in die Arme fallen, wenn wir uns sehen? Mich bei dir auf den Schoß setzen statt auf einen Stuhl?«

»Au ja, das wäre ein guter Anfang.«

»Wir sind ... Geschäftspartner.«

»O Mann, und was für welche. Liegen hier, mit 'nem alten Onkel im Wohnzimmer, und flennen uns die Ohren voll, was für schreckliche Menschen wir sind. Die absoluten Business-Profis, würde ich sagen.«

»Du weißt, was ich meine.«

Darauf sagte er nichts. »Schade, dass du keine Familie gegründet hast, Rieke. Aber das Gleiche denke ich manchmal auch über mich selbst. Ich glaube, ich wäre ein guter Vater geworden. Und du bestimmt eine gute Mutter.«

Mein Körper erstarrte. Ich konnte mich nicht rühren. Werner wandte mir den Kopf zu, betrachtete mich schweigend, obwohl er meinen Gesichtsausdruck nicht sehen konnte. Minuten vergingen, ohne dass einer von uns sprach, und irgendwann sagte ich mit brüchiger Stimme: »Ich hatte mal ein Kind.«

Werner rührte sich nicht und wartete darauf, dass ich

weitersprach. Und das tat ich, es sprudelte einfach aus mir heraus, ohne dass ich darüber nachdachte. »Ihr Name war Marlies. Ich habe sie nach meiner Mutter genannt. Vielleicht war das kein gutes Omen. Sie war fünf Monate alt. Am Tag vor ihrem Tod habe ich sie gefüttert, und da gab es einen so wundervollen Augenblick zwischen uns. Sie hat mir direkt in die Augen gesehen, und dann hat sie mich angelacht, so aus tiefstem Herzen. Ich hab den Löffel hingelegt, ihr Gesicht in beide Hände genommen und mit Küssen bedeckt. Daraufhin hat sie so laut gequiekt und gelacht, dass ich auch lachen musste. Das ist meine schönste Erinnerung an sie. Und dann kam diese Nacht. Gregor und ich lebten zusammen, wir wollten nicht heiraten. Nachdem wir uns kennengelernt hatten, wurde ich ziemlich schnell schwanger. Gregor war vollkommen fertig – aber ich freute mich unbeschreiblich, obwohl ich es nicht geplant hatte. Als Marlies da war, wollte Gregor von seiner Ablehnung meiner Schwangerschaft nichts mehr wissen. Vom ersten Augenblick an hat er seine Tochter geliebt. Alles lief gut, und ich fand, wir waren eine großartige kleine Familie. Ich versuchte schon, Gregor zu einem zweiten Kind zu überreden, damit der Abstand zwischen Marlies und dem Geschwisterchen nicht so groß wurde. Und dann, in dieser Nacht ... steht Gregor um vier Uhr morgens auf, um auf die Toilette zugehen. Er hat wie immer noch kurz nach Marlies gesehen. Dann höre ich ihn panisch schreien: ›Rieke! Sie bewegt sich nicht! Unser Kind ist tot! Sie bewegt sich nicht!‹ Ich renne ins Kinderzimmer, hebe sie hoch ... und ihr kleines Köpfchen hängt leblos nach unten. Ich schüttle sie und schreie panisch ihren Namen. Gregor bricht zusammen. Danach kann ich mich kaum mehr an etwas erinnern. Einer von uns beiden hat wohl den Notarzt gerufen, und plötzlich finde ich mich im Krankenhaus wieder, nehme alles nur durch einen Nebel wahr. Die nächsten Tage spreche ich nicht, kann einfach nichts sagen – und Gregor packt nach ein paar Wochen seine Koffer und lässt mich zurück, völlig hilflos und allein. Als er mit dem Koffer vor mir steht, weiß ich, dass ich ihn zurückhalten sollte, aber ich habe die Kraft nicht. Und ich wünsche mir nichts sehnlicher, als dass er sagt: ›Komm, Rieke, wir stehen das zusammen durch.‹ Aber er sagt es nicht. Als die Tür hinter ihm zufällt, schwöre ich mir, nie wieder jemanden zu lieben.«

Werner und ich rühren uns nicht. Er sagt kein Wort. Dann streckt er seinen Arm aus, sucht meine Hand und umfasst sie, ganz sanft. So liegen wir schweigend da, halten uns an den Händen und schlafen irgendwann ein.

16

Nachdem ich mich am nächsten Morgen geduscht, angezogen und geschminkt hatte, schaute ich zu Wilfried ins Wohnzimmer. Er schlief noch, und dabei machte er stöhnende Laute, als würde er leiden oder hätte Schmerzen.

Fertig angezogen und mit der Tasche über der Schulter ging ich noch mal ins Schlafzimmer, um mich von Werner zu verabschieden. Das musste ich wohl tun, auch wenn es mir furchtbar unangenehm war, auf welche Weise ich heute aufgewacht war. Unter meiner Hand hatte ich einen sich hebenden und senkenden männlichen Brustkorb gespürt und schlagartig die Augen aufgerissen. Als ich den Kopf hob, blickte in Werners Augen. Erschrocken zog ich meine Hand fort und rutschte von ihm weg. Wie hatte das passieren können, dass ich wie ein Magnet an ihm haftete? Instinktiv hielt ich mir die Bettdecke vor die Brust, obwohl ich mein Nachthemd anhatte.

Werner lächelte. »Du hast dich vor einer halben Stunde an mich gekuschelt, und ich habe es nicht fertiggebracht, dich bei den Schultern zu packen und auf deine Seite des Bettes zu werfen.«

»Vielleicht hättest du genau das tun sollen.«

»Ich bin doch kein Barbar.«

Als ich jetzt die Tür öffnete, stand er mit dem Rücken zu mir und zog sich gerade die Jeans über. Das T-Shirt hatte er anbehalten. Er drehte sich um. »Oh, das Bad ist frei. Bin ich gar nicht gewöhnt, dass ich morgens zum Duschen Schlange stehen muss. Wilfried schläft noch?« Er zog den Reißverschluss seiner Jeans hoch.

»Ja.«

»Willst du nicht zum Frühstück bleiben? Wenigstens auf einen Kaffee?«

»Nein, lieber nicht. Ich wollte dich nur noch an unser Treffen morgen erinnern. Vergiss es nicht.«

»Natürlich vergesse ich es nicht.

»Okay, dann bis morgen.« Ich hatte mich schon halb umgedreht, als Werner fragte: »Hast du heute Abend schon was vor?«

»Heute Abend? Nein. Warum?«

»Ich dachte, weißt du, vielleicht sollten wir uns für morgen ein bisschen warm laufen.«

»Keine Ahnung, wie du das meinst.«

Er verzog nachdenklich den Mund, dann meinte er: »Ich will dich näher kennenlernen.«

In der ersten Sekunde fühlte ich mich richtig glücklich – und in der nächsten Sekunde machte mir genau das Angst. Ich durfte mich nicht darauf einlassen. Er hatte eine einzige feste Beziehung gehabt, genau wie ich. War er genauso wenig an einer Beziehung interessiert wie ich? Womöglich hatte Wilfried recht, wenn er vermutete, dass sich zwei Verkorkste gefunden hatten. In diesem Fall rein zufällig. Aber warum wollte er mich näher kennenlernen? Unter diesen Umständen würde es das Ganze nur noch komplizierter machen. Also schüttelte ich den Kopf. »Vielleicht ist das keine gute Idee.«

»Du sagst nie, was du denkst. Warum ist es keine gute Idee?«

Ich atmete hörbar ein. »Du willst wirklich wissen, was ich denke? Okay, ich sag dir, was ich denke. Ich mag dich und finde dich ... ansprechend, um es mit deinen Worten auszudrücken.« Um seinen Mund bildete sich ein hintergründiges Lächeln, und sein Blick war unverwandt auf meine Augen gerichtet. »Und ich will mich nicht darauf einlassen.«

»Ich würde dich jetzt gerne küssen, aber verdammt, ich hab mir noch nicht die Zähne geputzt.«

Eine innere Unruhe packte mich, und ich spürte, wie mein Herz hämmerte. »Also dann ...«

»Was ist dir lieber? Essen, Kino, Spazierengehen?«

»Spazierengehen im Herbstregen? Ich weiß nicht recht. Und Kino ergibt doch keinen Sinn, wenn du mich kennenlernen willst.«

»Also Kino *und* Essen. Klar, warum nicht.«

»Nein, Werner.«

»Wie schade.« Bedauernd neigte er den Kopf zur Seite. »Oh, warte mal kurz hier, ja? Bin gleich wieder da.«

»Was? Wieso denn ...?«

Im nächsten Moment war er durch die Tür, und ich nahm meine Tasche von der Schulter und ließ sie auf den Boden fallen. Was wollte er denn holen? Oder wollte er mir etwas zeigen? Ich ging im Zimmer auf und ab und wartete. Mein Blick fiel auf eine kleine viereckige Packung, die auf der Kommode neben ein paar seiner Klamotten lagen. O mein Gott. Er ließ seine Kondome einfach so offen herum … Ach nein, das waren Pfefferminzbonbons.

Die Tür ging auf, Werner trat ein, schloss die Tür wieder hinter sich und sah mir ins Gesicht.

»Und?« In fragender Geste hob ich die Handflächen nach oben. »Was ist nun? Was hast du gemacht?«

»Ich hab mir die Zähne geputzt?«

»Wie bitte?«

»Nicht was du jetzt denkst. Ich möchte dich nur in den Arm nehmen.«

»Mich in … den Arm nehmen?«

Werner kam auf mich zu, breitete die Arme aus und drückte mich an sich. Vor Verwirrung wusste ich nicht, ob ich ihn wegstoßen oder ebenfalls umarmen sollte. Warum tat er das? Eins war klar: Ein bisschen schräg war er schon. Blöderweise fand ich diese Umarmung sehr angenehm, deshalb schloss ich ebenfalls meine Arme um seinen Hals und seine Schultern. So standen wir da, eine ganze Minute lang, und ich fragte mich, was wohl in Werners Kopf vorging. Es war beunruhigend schön. Nie zuvor hatte ich erlebt, dass ein Mann mich einfach so in den Arm nehmen wollte. Nur einmal, Alfonso im Italienurlaub. Aber das hatte sich im Nachhinein als billiger Trick herausgestellt, denn eine halbe Stunde später wollte er meine Zimmernummer wissen. »Nur fur zusamme rede.«

Werners Finger fuhren durch meine Haare – da wurde plötzlich die Tür aufgerissen! Erschrocken ließen wir voneinander ab und sahen in Wilfrieds verschlafenes Gesicht. »Ist das nicht das Bad? Ach, ich dachte, hier ist das Bad. Lasst euch von mir nicht stören. Ihr jungen Leute könnt nicht voneinander lassen, was? Ach, ist das schön. Ich freue mich, dass ihr euch so gern habt.«

»Ich muss los«, sagte ich zum Teppichboden, denn ich brachte es nicht fertig, Wilfried oder Werner ins Gesicht zu sehen.

Pierre kannte mich gut. Deshalb sah er sich zu dem Kommentar veranlasst: »Irgendetwas stimmt nicht mit dir.«

»Wie kommst du denn darauf?«

Er setzte sich auf meinen Schreibtisch und sah mir zu, wie ich die Rechnungsdurchschläge abheftete. »Du bist so abwesend.«

»Tja.« Eigentlich wollte ich nicht darüber sprechen. Ich war über mich selbst verwirrt. Diese seltsame Situation, in Werners Bett zu liegen und über meine innersten Gefühle zu sprechen – und seine Reaktion darauf, die tröstende Hand in meiner. Trotzdem wünschte ich, dass ich mich mehr unter Kontrolle gehabt und diese schreckliche Sache nicht erzählt hätte. So war alles wieder hochgekommen. Ich wollte den Schmerz nicht spüren, zwang mich immer wieder zu anderen Gedanken.

»Nun sag schon«, drängte Pierre, »Hat es was mit der letzten Nacht in Werners Bett zu tun?«

»Quatsch!«

»Ist etwas ... vorgefallen?« Anzüglich hob und senkte er seine Augenbrauen.

»Ich bitte dich! Glaubst du, er ist über mich hergefallen, hat mir die Kleider vom Leib gerissen, und wir haben uns die ganze Nacht geliebt?« Ich blickte zu Pierre hoch.

»Leider war es nicht so, oder? Dabei hättet ihr das gerne

gemacht, ihr wohlerzogenen, erwachsenen, zivilisierten Menschen.«

»Du kannst manchmal so vulgär sein.«

»Aber meinen Vulgarismus lebe ich wenigstens aus und spule ihn nicht heimlich im Kopf ab.«

»Er hat mich umarmt.«

»Neiiiiin!«, tat er fasziniert und hielt sich die Faust vor den Mund. »Ich will alle schmutzigen Details wissen.«

»Ach, ich erzähle dir einfach gar nichts mehr«, sagte ich verärgert.

»Jetzt erzähl schon! Tut mir leid. Also?«

Und dann erzählte ich. Von dem Essen mit Wilfried, unserem Gespräch im Bett und wie ich mich ihm gegenüber geöffnet hatte mit der Geschichte über Gregor und unser Kind. Und ich erzählte, wie ich aufgewacht war (darüber lachte er zwei Minuten lang) und wie Werner sich die Zähne geputzt hatte und zurückgekommen war.

»Ich finde diesen Kerl großartig!«, meinte Pierre.

»Warum?«

»Was warum?«

»Kannst du das definieren? Warum du ihn großartig findest, meine ich.«

Pierre schüttelte irritiert den Kopf. »Selbst wenn ich das könnte, brauchst du das doch nicht, oder? Du hast dich doch sowieso schon in ihn verknallt.«

Hatte ich das? Ich musste das unter Kontrolle bekommen. Wenn jeder von uns nur eine einzige mickrige Beziehung hinter sich hatte, dann konnten wir einander nur enttäuschen. »Verknallt, was für ein Wort. Bin ich fünfzehn?«

»Was hat denn das mit dem Alter zu tun?«

»Du weißt, dass ich recht habe.«

»Nein, weiß ich nicht. Kann man sich denn mit siebzig nicht mehr verknallen? Stirbt da im Körper irgendwann 'ne Verliebtheitszelle ab, von der ich nichts weiß?«

»Sei nicht albern. Werner hat eine einzige ernsthafte Beziehung hinter sich genau wie ich. Lächerlich, dass etwas daraus werden könnte. Die Enttäuschung ist quasi vorprogrammiert.«

»O Gott!« Pierre schlug die Hände über dem Kopf zusammen. »Zwei Worte sind euer Todesurteil, und das sind ›Enttäuschung‹ und ›vorprogrammiert‹.«

Ich lehnte mich im Stuhl zurück. »Ja, sicher. Man weiß nicht, was das Leben bringt, und ob ...«

Pierre fiel mir einfach ins Wort: »Zunächst einmal wende ich das Wort ›Enttäuschung‹ niemals auf einen Menschen an. Das heißt nämlich nichts anderes, als dass dich derjenige bewusst getäuscht und dir etwas vorgemacht hat. Der andere kann doch nichts dafür, wenn er meine Erwartungen nicht erfüllt. Das Wort ›Enttäuschung‹ ist anmaßend und menschenverachtend.«

»Nun übertreib doch nicht so.«

»Und ›vorprogrammiert‹ soll bitte was bedeuten? Ist Werner oder eure Verbindung ein Computer? Nichts ist vorprogrammiert, weil alles offen ist und wir es in der Hand haben, in welche Richtung wir unser Leben steuern.«

Seine Worte nahm ich ernst und dachte kurz darüber nach. »Vielleicht hast du recht, aber so philosophisch bist du selten. Hat das etwas mit Bernd zu tun?«

Mir entging nicht, dass Pierre für einen winzigen Moment überrascht war, dann nickte er. »Er fährt doch nächsten Mittwoch nach Berlin.«

»Ich weiß. Tut mir leid für dich, wirklich.«

»Mittlerweile hat er mich gefragt, ob ich mitgehen möchte.«

»Wirklich?«, rief ich. »Das ist doch toll! Das heißt, er empfindet für dich genauso stark.«

Pierre lächelte bitter. »Gestern Abend, als ich nach Hause kam, saß er auf der Treppe vor meiner Wohnungstür.«

»O Pierre ...«

»Wir haben die halbe Nacht geredet. Die andere Hälfte haben wir ... na ja, du weißt schon ... unsere Pyjamas bewundert. Jedenfalls sagt er, dass er mich in dieser Agentur unterbringen könnte, als Assistent der Styling-Beraterin. Und wenn ich gut bin, könnte ich mich nach oben arbeiten.«

»Und wie seid ihr verblieben?« Ich ging davon aus, dass Pierre nun erst einmal viele Wochenenden in Berlin verbringen würde. Deshalb hatte ich noch ein Lächeln im Gesicht, als Pierre sagte: »Ich glaube, ich werde mitgehen, Rieke.«

Ich konnte spüren, wie mir das Lächeln gefror. Es war mir nicht möglich, meine Gesichtsmuskeln zu bewegen, deshalb starrte ich ihn nur an.

»Was sagst du dazu?«

»Was ... wie ... mitgehen? Nach Berlin?«

»Ja.«

Mit beiden Händen umfasste ich meine Stuhllehne. Am liebsten wäre ich sofort aufgesprungen, hätte die Arme um ihn geschlungen und gerufen: »Bitte, geh nicht!« Aber ich bemühte mich, vernünftig zu bleiben. Pierre, mein Drama-King, hatte nach langer Suche seine große Liebe gefunden, und nun wollte ich ihn davon abhalten, mit ihr zusammenzuziehen, weil ich mir ein Leben ohne ihn nicht vorstellen konnte?

Andererseits – *Glamour Secondhand* ohne Pierre? Unsere Fernsehabende, unsere Besuche bei *Jean-Luc* und seine bescheuerten Geschichten, die mich immer genervt hatten ... Wie sollte ich ohne diese Geschichten hier in meinem Laden stehen, sie nicht mehr jeden Tag hören? Daher musste ich all meine Kraft zusammennehmen, als ich sagte: »Wenn du glaubst, dass Bernd es verdient, dass du dein Leben umkrempelst, dann solltest du gehen.«

Pierre verzog lächelnd den Mund. »Ich weiß noch nicht, ob Bernd das verdient. Aber *ich* verdiene es, Rieke.« Er fuhr sich mit den Fingern durch die Haare. »Mein Leben lang habe ich hier gelebt, und daran ist sicher nichts Schlechtes. Ich bin glücklich mit meiner Arbeit und bin froh, dass es einen Menschen wie dich in meinem Leben gibt, Rieke. Aber manchmal habe ich das Gefühl, mich im Kreis zu drehen, und dann sehe ich mich als alten Mann, total allein. Und davor habe ich einfach eine Scheißangst, verstehst du? Ich habe mir jetzt doch lange genug bewiesen, dass ich ohne jemanden klarkomme. Ich brauch das nicht mehr. Ich hab's einfach satt, immerzu alleine schlafen zu gehen und alleine aufzuwachen und mir vorzusagen, dass Cowboys das auszuhalten haben. Darauf hab ich keinen Bock mehr.«

»Ich weiß nicht, was ich sagen soll.« Mir gelang ein einigermaßen munterer Gesichtsausdruck, als ich sagte: »Natürlich wünsche ich dir alles Gute, und ich wünsche dir, dass sich das mit Bernd und Berlin als die beste Entscheidung deines Lebens erweist, aber du hast keine Ahnung, welche Lücke du in meinem Leben hinterlassen wirst.«

Hatte ich das gerade gesagt? Ich konnte es selbst kaum glauben. Aber es stimmte. Das wusste ich schon jetzt, obwohl er noch nicht weg war.

»Das weiß ich, Riekchen.« Pierre streckte den Arm aus und drückte meine Schulter. »Mir geht's doch genauso.«

17

Nach unserem Gespräch kamen mehrere Kundinnen herein und zwischendurch auch noch Gigi mit meinem Cappuccino und dem Cremetörtchen. Für diese Unterbrechungen war ich dankbar. Heute war Samstag, und an diesem Tag sperrten wir schon um vierzehn Uhr ab. Als Pierre sich seine Jacke anzog und ich schon die Ladenschlüssel in der Hand hielt, blickte er an mir vorbei durchs Schaufenster und sagte grinsend: »Da wartet jemand auf dich.«

Ich drehte mich um – und sah Werner, wie er an der gegenüberliegenden Wand neben Gigis Schneiderei lehnte und zu uns herübersah. »Oh«, war das Einzige, was ich herausbrachte.

Pierre lachte in sich hinein. »Na gut, ich hau ab, ja?«

Mit zitternden Fingern nahm ich meine Jacke vom Haken und zog sie an. »Okay, bis morgen.«

»Morgen ist Sonntag. Du bist ja ganz durcheinander. Hat das was mit dem Mann da draußen zu tun?«

»Du wolltest doch abhauen.«

Er verbeugte sich tief. »Ja, Sklaventreiberin. Ganz wie Sie wünschen.«

»Könntest du nur ein einziges Mal deine vorlaute Klappe halten?«

Pierre drehte sich weg und machte die Ladentür auf. »Hallo, Werner. Erinnern Sie sich an mich? Ich bin der Kerl, dem Sie gesagt haben, dass er toll aussieht.«

Ich nahm meine Tasche und ging zur Tür. Werner lachte, dann blickte er auf mich. »Ihr seht beide toll aus.«

»Ach, geben Sie's doch zu«, neckte ihn Pierre, »Sie meinen doch nur Rieke, und mich beziehen Sie nur mit ein, weil Sie gute Manieren haben.« Dann machte Pierre spaßeshalber eine wegwerfende Handbewegung, lachte uns noch mal zu und ging. Mittlerweile hatte ich abgesperrt und zog gerade das Gitter herunter, als Werner sich neben mich stellte und sagte: »Vielleicht ist es dir nicht recht, dass ich hier bin?«

»Musst du heute nicht bis vier arbeiten?«

»Ich bin früher gegangen. Hab sowieso ein paar Überstunden.«

»Und warum bist du hier?«

»Ich möchte etwas mit dir besprechen. Können wir irgendwo hingehen? Nur eine Stunde. Ich habe sowieso nicht viel Zeit, weil ich noch einen Termin habe.«

»Von mir aus. Hier in der Nähe gibt es eine neue Bar. Ich war schon mit Pierre dort, und es ist da ganz nett.«

Um Werners Mund bildete sich ein ironisches Lächeln. »Muss ja eine krasse Bar sein, die nachmittags schon geöffnet hat.«

Nachdem ich mich in Bewegung gesetzt hatte, folgte Werner mir. »Es ist eine ganz normale Bar, mit dem Unterschied, dass sie um vierzehn Uhr öffnet.«

»Das Publikum dort ist zwischen zwölf und siebzehn?«

»Quatsch!«

Ich drehte mich zu ihm um, und wir sahen uns an. Beim Anblick seines warmherzigen Lächelns fuhr mir durch den Kopf: Wenn ich doch nur Gewissheit hätte, dass er mich nicht enttäuschen würde! Dann musste ich an Pierres Plädoyer gegen das Wort ›Enttäuschung‹ denken und fragte mich, ob es ein Synonym dafür gab. Fiasko? Misserfolg? Desillusionierung?

»Warum hast du nicht einfach angerufen, sondern machst dir die Mühe herzukommen?«

»Das ist keine Mühe, dich zu treffen.«

»Ah, okay. Eigentlich wollte ich dir heute noch eine Nachricht schicken.«

»Wolltest du?« Er sah mich an, während er neben mir herlief. »Was Romantisches?«

»Nein. Ich wollte vorschlagen, dass wir uns vor dem Besuch bei meinem Vater irgendwo treffen. Es sieht doch blöd aus, wenn wir getrennt auftauchen. Deshalb könnten wir uns auf dem Spielplatz um die Ecke treffen. Um fünf Minuten vor drei.«

»Alles klar.«

»Und noch etwas: Du solltest aufhören, mit mir zu flirten.«

»Das tue ich doch gar nicht«, sagte er lächelnd.«

»Doch. Warum fragst du, ob ich dir etwas Romantisches schicken wollte?«

»Es gibt da eine Form des rhetorischen Ausdrucks, der sich Scherz nennt.«

Ernst sah ich ihn an. »Ja, klar. Trotzdem.«

Als wir kurz darauf die Bar betraten, waren wir die einzigen Gäste. Bei meinem letzten Besuch hatten Pierre und ich auf den Barhockern gesessen, von denen ich Rückenschmerzen bekam. Deshalb steuerte ich auf einen Tisch in der hinteren Ecke zu. Kaum, dass wir uns gesetzt hatten, kam der Barkeeper an den Tisch. Derjenige, dem Pierre die Geschichte meines Mörder-Vaters und seines Anwalt-Vaters erzählt hatte. »Hallo. Heute mit einem anderen Begleiter?«, fragte der Barkeeper freundlich.

»Ja. Das hier ist mein Bruder.«

»Und wie geht es Ihrem Mann?«

»Gut, danke.«

Wir bestellten zwei Wodka Tonic, und als sich der Barkeeper entfernt hatte, bemerkte Werner: »Ein netter Service hier, aber eins ist klar: Wer Wert auf Diskretion legt, ist hier am falschen Ort.«

Ich lachte. »Wohl wahr. Ich musste dich als meinen Bruder vorstellen, weil er doch denkt, dass Pierre mein Mann ist.«

»Ja, selbstverständlich«, meinte Werner gespielt einsichtig. »Schließlich wollen wir den Barkeeper nicht verwirren.« Er zwinkerte mir lächelnd zu, und diese kurze und kleine Geste machte mich verdammt nervös.

»Also gut, worüber wolltest du denn mit mir sprechen?«

»Es sind zwei Dinge. Zum einen will ich etwas loswerden, und zum Zweiten will ich dich etwas fragen.«

»Fangen wir mit dem Loswerden an. Obwohl mich die Frage, ehrlich gesagt, mehr interessiert.«

»Wir können auch mit der Frage anfangen.«

»Nein, erst das Loswerden.«

Werner senkte den Kopf, drehte das Teelicht hin und her, und sagte: »Warten wir, bis die Getränke kommen. Sonst werden wir unterbrochen.«

»Wie du willst.«

Die nächsten zwei Minuten saßen wir uns gegenüber und schenkten uns gelegentlich ein Lächeln. Wir suchten wahrscheinlich beide nach einem unverfänglichen Thema, aber uns fiel nichts ein. Endlich kam der Barkeeper und stellte die Getränke vor uns hin. Wir nahmen einen Schluck, dann fing Werner endlich an: »Diese Geschichte mit Gregor und deinem Kind ... Das tut mir so furchtbar leid für dich. Und das hätte ich dir sagen sollen. Ich hab einfach nichts darauf gesagt, weil ich nicht wusste, was passend gewesen wäre. Das tat mir heute Morgen noch leid, und deshalb wollte ich dich in den Arm nehmen. Aber dann dachte ich, du musst mich jetzt irgendwie für gestört halten. Ich meine, du konntest ja nicht wissen, dass es mir ein Bedürfnis war, dich in den Arm zu nehmen, weil es mir leidtat, nichts dazu gesagt zu haben. Und dann mache ich den gleichen Fehler noch mal und sage wieder nichts. Es ist total blöd, ich weiß, aber ich habe mit so etwas einfach keine Erfahrung.«

Ich wusste nicht, was ich sagen sollte. Werner hatte mir die Hand gedrückt, und das war schöner gewesen als tausend Worte. Er hatte mich in den Arm genommen, so warmherzig und mitfühlend. Das war fast zu perfekt, um wahr zu sein. Aber wenn er so warmherzig und mitfühlend war, weshalb war er dann noch Single?

»Ich wollte dir das einfach sagen, Rieke. Den ganzen Tag habe ich darüber nachgedacht, dass du mich für einen Bekloppten halten musst. Und ich will nicht, dass du mich dafür hältst.«

»Das tue ich nicht.«

»Und weißt du, worüber ich auch nachdenken muss? Dass du gesagt hast, ich gefalle dir.« Wie er mir so gegenübersaß und mich mit seinem Blick fixierte, wurde mir fast ein bisschen schlecht. Nicht auf die Art, wie einem schlecht wurde, wenn ein ekliger Typ einem Honig ums Maul schmiert, sondern eher so furchtbar nervös, wie wenn man auf einer Bühne steht. Nicht dass ich jemals auf einer Bühne gestanden hätte, aber so stellte ich es mir vor. »Aber ich habe das nicht gesagt.«

»Du sagtest, dass du mich ansprechend findest.«

»Ja. Ich mag deine Frisur.« Was redete ich denn da für einen ausgemachten Blödsinn?

Werner stutzte und streckte seinen Kopf vor. Es war ihm anzusehen, dass er verwirrt war. »Meine Frisur? Oh, klar, da hätte ich selbst draufkommen können. Und ich wiederum befürworte die Art, in welche Form du deine Nägel feilst.«

»Jedenfalls finde ich dich nicht schrecklich, und wie es aussieht, du mich auch nicht. Deshalb sollten wir auf Distanz gehen. Findest du nicht auch?«

Mit der Antwort ließ er sich ein paar Sekunden Zeit. »Auf Distanz gehen, so so. Dann erübrigt sich die Frage, die ich dir stellen wollte.«

»Was war es denn?«

Er schüttelte den Kopf. »Ist nicht mehr wichtig.«

»Jetzt sag schon.«

»Das möchte ich lieber nicht.«

»Es gibt doch nichts zu verlieren. Du kannst es ruhig sagen.«

Zuerst wand er sich, aber dann rückte er damit heraus. »Also gut. Wilfried hat doch den Vorschlag gemacht, in das Haus zu ziehen. Wenn wir eine ganze Etage hätten, jeder sein eigenes Zimmer und ein Bad, das wir uns teilen, dann überleg mal, wie viel Miete wir uns hier in München sparen würden.«

In aller Ruhe nahm ich einen Schluck aus meinem Glas, dann antwortete ich: »Das mit der Miete stimmt natürlich. Aber das kommt für mich nicht infrage, Werner. Ich schätze es sehr, mein eigenes kleines Reich zu haben. Das eigene Reich kann man natürlich mit der geeigneten Person teilen, und man kann auch umziehen, aber ich kann mir beim besten Willen nicht vorstellen, in dem Haus deines Onkels zu leben. Er würde nicht mit uns zusammenwohnen, aber er wäre immer da. Wir würden gemeinsam essen, und er würde sehen, wann ich nach Hause komme und wann ich weggehe. Und was, wenn er ein Pflegefall wird?«

»Dafür hat er schon vorgesorgt, hat er mir erzählt.«

»Ja, das mag schon sein, aber indirekt steht man in der Verpflichtung. Der Onkel wird ins Pflegeheim gebracht, und wir bleiben einfach da wohnen und winken ihm nach? Oder es kommt täglich jemand, um ihn zu pflegen, und wir gehen fröhlich pfeifend an ihm und seiner Pflegerin vorbei, setzen uns ins Auto und fahren ins Grüne? Nein, das bring ich nicht fertig.«

Werner nickte, während ich sprach, und auch, als ich bereits wieder schwieg. Dann sagte er: »Weißt du, ich hab mir nämlich überlegt, dorthin umzuziehen. Erstens würde ich jede Menge Miete sparen, und zweitens gefällt es mir dort. Wilfried ist jetzt vierundachtzig, ihm bleiben noch ein paar Jahre. Und ich dachte, wäre es denn wirklich so schlimm, wenn ich ihn einmal die Woche im Pflegeheim besuche und ihm ein paar Stunden lang die Zeit vertreibe? Falls es überhaupt so weit kommt. Er könnte auch einen schnellen Tod haben.«

»Natürlich wäre es nicht schlimm. Ganz im Gegenteil. Das solltest du auch, nach ihm sehen und dich um ihn kümmern, falls er pflegebedürftig wird. Aber Werner, ich habe noch meinen Vater, und ich weiß nicht, was mich und Emma da noch erwartet. Deshalb behalte ich als Verpflichtung lieber meinen Vater und du Wilfried.«

Er lächelte mich an, nickte wieder und sagte: »Das siehst du ganz richtig. Aber ich kann nicht ohne dich in das Haus ziehen.«

Ich beugte mich über den Tisch, schob das Glas zur Seite und sagte: »Es tut mir leid, Werner, aber diesen Schritt werde ich nicht gehen.«

Eine Minute lang sahen wir abwechselnd einander an und auf die Tischplatte.

»Okay«, meinte Werner schließlich. »Das akzeptiere ich. Ich werde nie wieder davon anfangen.«

Erleichtert nickte ich ihm zu.

Nachdem Werner beim Barkeeper bezahlt hatte, traten wir nach draußen. Ich wollte gerade gehen, da hielt er mich leicht am Arm fest. »Mir geht da etwas Verrücktes im Kopf herum, Rieke.«

»Und was?«

»Nachdem ich deine Geschichte nun kenne und weiß, wie sehr du Angst davor hast, wieder jemanden in dein Leben zu lassen, bin ich traurig, dass das Schicksal, falls es so etwas gibt, uns nicht früher zusammengeführt hat.«

»Ich hätte es dir nicht erzählen sollen!«, blockte ich ab.

»Was? Nein! Ich bin froh, dass du es mir erzählt hast. Weißt du, Rieke«, er legte seine Hand auf sein Herz, »ich habe in meinem Leben viele und doch keine Frau gehabt. Anders lässt es sich nicht beschreiben. Mit Christiane hat sich die Beziehung einfach ergeben, so nüchtern es klingt. Und dann sind mir die Kinder ans Herz gewachsen, aber das war keine Basis für eine Beziehung. Und von den anderen Frauen waren einige nett und klug und charmant … aber keine hat sich so in meinem Kopf eingenistet wie du.«

Meine Kehle war wie zugeschnürt. Ich spürte meinen gehetzten Atem. Alles in mir schaltete auf Abwehr. Ich wollte ihn gleichzeitig berühren und von mir stoßen, war gleichzeitig gerührt und verletzt. »Ist das alles, Werner?«

Er war völlig vor den Kopf gestoßen. »Was?«

»Du weißt also nun, was mit mir los ist, und willst mir helfen, meine Dämonen zu besiegen. Das ist so was von gönnerhaft. Aber dass auch du nur eine einzige Beziehung hattest, ist natürlich etwas ganz anderes als bei mir. Bei dir war es einfach nur Zufall, dass dir die Richtige nicht über den Weg gelaufen ist. Und nun hast du beschlossen, dass wir eine Liebesbeziehung eingehen sollten.«

»Nein!«, meinte er entschieden. »Aber vielleicht könnten wir versuchen, etwas entstehen zu lassen. Im Grunde passen wir doch gut zusammen. Du und ich, wir sind beinahe so etwas wie Beziehungsjungfrauen.«

»Wie bitte?«

»Na ja, fast. Wir sind vorbelastet, aber es läuft doch darauf hinaus, dass Christiane nicht die Richtige für mich war und Gregor nicht der Richtige für dich.«

»Wir haben eine Abmachung, haben uns ein paarmal gesehen, und nun willst du eine Beziehung anfangen? Ich glaube, du spinnst!« Den letzten Satz schleuderte ich ihm mit einer Wucht entgegen, die ich so gar nicht beabsichtigt hatte. Und ich bereute ihn sofort. Das war aus mir herausgebrochen, aber im selben Moment war mir klar, dass ich eine Grenze überschritten hatte. Ich hatte Werner damit seine Würde genommen. Im Schnelldurchlauf überlegte ich, was ich sagen sollte und wie ich meine Worte relativieren könnte, und gerade als ich: »Bitte entschuldige den letzten Satz!« sagen wollte, flüsterte Werner: »Ja, wahrscheinlich spinne ich. Du hast recht. Es ist vernünftiger, wenn wir beim Geschäftlichen bleiben. Schönen Abend noch.« Damit drehte er sich um und ging.

Lange sah ich ihm nach und überlegte, ob ich ihm nachlaufen sollte, aber ich war wie gelähmt. Werner sah sich nicht mehr um.

Später sah ich mir im Vorabendprogramm *Die Braut, die sich nicht traut* an. Welche Ironie! Dieser Film an diesem Tag. Als wollte mein Schutzengel mir sagen: »Diese Frau bist du!« Werner wollte einen Schritt weiter gehen, das hatte ich gespürt, aber nach meiner Abwehrreaktion und meiner Bemerkung über seine Frisur (dafür schämte ich mich immer noch) hatte er sich zurückgezogen.

Werner mochte mich. Und er hatte seinem Freund Jupp von mir vorgeschwärmt. Daran musste doch etwas Positives sein. Vielleicht war es das für normale Leute, aber ich bekam Schweißausbrüche, wenn ich daran dachte, dass Werner meine Welt werden könnte, und dann würde er irgendwann ebenfalls mit einem Koffer vor mir stehen und sich verabschieden. Alle verabschiedeten sich irgendwann. Sogar Pierre. Beim Gedanken an ihn verspürte ich einen Stich. Ich musste mich ablenken! Zuerst rief ich Saskia an, ob sie vorbeikommen wolle. Nein, sie konnte nicht, weil ihr »depperter Chef« im Krankenhaus war und sie ihm sterile Handtücher bringen musste.

Pierre bedauerte, aber Bernd und er hatten sich auch gerade *Die Braut, die sich nicht traut* angesehen, und nun waren sie auf dem Weg zu einer Party von Bernds Kunden, einem Galeristen.

Missmutig warf ich das Telefon auf den Wohnzimmertisch. Ich stellte mir vor, wie ich Werner anrief, einfach nur deshalb, weil ich seine Stimme so toll fand. »Erzähl mir irgendwas. Ist wurscht, was. Ich hör nur gern deine Stimme.« Ach, was hatte ich nur getan! Wie viel Überwindung ihn das gekostet haben musste – und dann kam ich und überrollte seine guten Absichten und die schönen Worte wie ein Laster eine Blume. Wie konnte ich ihm morgen bloß unter die Augen treten? Würde er überhaupt auftauchen? Ich schätzte ihn so ein, dass er es unsinnig finden würde, aus gekränkter Eitelkeit unseren Pakt zu beenden. Außerdem war er ein Mann – und ein Mann wollte nach einer so peinlichen Situation mit einer Frau nicht auch noch gekränkt oder trotzig erscheinen.

Es klingelte. Die Uhr zeigte zehn Minuten vor neun.

Da dämmerte es mir: Werner! Er wollte noch mal mit mir sprechen, war zu der Erkenntnis gekommen, dass ich es nicht so gemeint hatte. Ich sprang von der Couch auf und rannte in den Flur. Mit einem erwartungsvollen Lächeln öffnete ich schwungvoll die Tür. Sollte er doch sehen, dass ich mich freute, ihn zu sehen!

Aber es war nicht Werner. Vor meiner Tür stand ein etwa fünfzigjähriger Mann, gut gekleidet, mit silbernen Strähnen in dunklen Haaren und sah mich niedergeschlagen an.

»Wer sind Sie?«, fragte ich, nicht gerade freundlich.

»Frau Diesel«, fing er an, und dabei schwang ein

dramatischer Unterton in seiner Stimme mit, »bitte entschuldigen Sie die späte Störung. Ich bin der Sohn Ihrer Nachbarin Grete Hindemann.«

»Sie sind der Sohn von Frau Hindemann? Aha. Nun gut, okay. Brauchen Sie vielleicht Fencheltee? Tut mir leid, ich hab leider immer noch keinen im Haus.«

»Fencheltee? Nein, ich brauche keinen Fencheltee. Die Sache ist die, Frau Diesel: Meine Mutter ist heute Nacht gestorben.«

»Nein!«, rief ich schockiert. »Das kann doch nicht sein! Ich hab mich doch noch gestern oder vorgestern mit ihr unterhalten.«

»Hm, ja.«

»Ach, das tut mir so leid für Sie, Herr Hindemann. Mein herzliches Beileid.«

»Danke«, erwiderte er traurig nickend, »sehr nett von Ihnen.«

»Möchten Sie reinkommen?«

»Nein, nein, vielen Dank. Wissen Sie, Frau Diesel, ich habe ein Problem.«

»Ja?«

»Meine Mutter hat Sie manchmal erwähnt, was für eine nette Dame Sie sind, und dass Sie sich immer Zeit für ein paar freundliche Worte genommen haben.«

Das machte mich furchtbar traurig. Ich musste die Tränen zurückhalten und blinzelte ein paarmal. Das fiel ihm auf, und er sah mich freundlich an. »Meine Mutter wurde bereits weggebracht, und in den nächsten Tagen räumen wir die Wohnung aus ... Das Problem ist der Kater.«

»Seppi?«

»Ja, Seppi. Meine Mutter sagte schon, wie gern Sie beide sich haben. Jedenfalls kann ich ihn nicht nehmen, weil meine Frau und meine Tochter extrem allergisch gegen Katzenhaare sind. In unserem Familien- und Freundeskreis kann ihn auch niemand nehmen, na ja, oder will nicht.«

Mir war nicht klar, ob ich ihn richtig verstanden hatte. »Sie möchten, dass ... ich ... Seppi ... nehme?«

»Würden Sie?«

Wortlos schüttelte ich den Kopf.

»Nein?«

»Ich dachte ... ich hätte ... Nein gesagt. Unmöglich, Herr Hindemann. Das geht nicht. Ich hatte noch nie ein Haustier. Nicht einmal einen Goldfisch.«

»Selbst wenn«, meinte er, »würde uns das nichts nützen, weil ein Goldfisch und eine Katze nicht viel gemeinsam haben. Aber was macht es schon, dass Sie nie ein Haustier hatten? Für ein Haustier braucht man kein Diplom oder so. Gerade eine Katze ist unkompliziert.«

Seppi sollte unkompliziert sein? Das wäre mir neu. »Ich bin den ganzen Tag in der Arbeit.«

»Ein Hund sollte nicht den ganzen Tag alleine sein, aber für eine Katze ist das kein Problem.«

»Nein, wirklich nicht. Tut mir leid, Herr Hindemann. Wirklich. Und das mit Ihrer Mutter tut mir auch so schrecklich leid.«

Er nickte traurig. »Ich danke Ihnen. Und entschuldigen Sie, dass ich gefragt habe. Dazu hatte ich vielleicht kein Recht. Gut, dann, alles Gute, Frau Diesel.«

Ich nickte traurig. »Für Sie auch.« Langsam nahm er die Stufen nach unten, und ich machte genauso langsam die Tür wieder zu. Als sie ins Schloss gefallen war, riss ich sie wieder auf. Herr Hindemann war bereits beim Treppenabsatz angelangt. »Was passiert denn nun mit Seppi?«

Herr Hindemann hob den Kopf und blickte in meine Richtung. »Ich muss ihn ins Tierheim bringen, was sonst.«

»Ins Tierheim?«, wiederholte ich leise.

»Eine andere Möglichkeit sehe ich nicht. Aber ich werde ein Inserat in die Zeitung setzen. Vielleicht will ihn jemand zu sich nehmen.« Er zuckte die Schultern. »Aber große Chancen sehe ich nicht für den armen Kerl. Er ist sieben Jahre alt.«

»Wie alt können Katzen denn werden?«

»Etwa fünfzehn Jahre. Die Katze meiner Oma wurde sogar siebzehn.«

»Hm. Aber vielleicht nimmt ihn doch jemand, wenn Sie inserieren?«

»Ich hoffe es. Auf Wiedersehen, Frau Diesel.«

»Wiedersehen.« Wieder ließ ich langsam die Tür ins Schloss fallen. Ich hatte noch die Klinke in der Hand, und dann sah ich ihn vor meinem inneren Auge: Seppi mit seinen verklebten Augen im Tierheim – und die Leute dort wussten nicht, dass man sie ihm mit Fencheltee säubern musste. Seppi zwischen anderen Katzen mit leerem, stumpfem Blick und traurigen Erinnerungen ... Ich riss die Tür auf, ging in den Hausgang, lehnte mich übers Geländer und rief: »Herr Hindemann?«

Nach ein paar Sekunden tauchte sein Kopf unter dem Geländer auf. »Ja?«

»Ich nehme ihn.«

»Sind Sie sicher?«

»Worüber denn?«

»Ob Sie das wirklich wollen?«

»Fragen Sie lieber nicht. Ich nehme ihn. Oder wollen Sie ihn lieber ins Tierheim stecken?«

»Natürlich nicht. Ich bringe ihn dann zu Ihnen hoch.« Er sah sehr erleichtert aus. »Und die Transportbox. Und das Katzenklo. Und sein Körbchen. Und Fress- und Wassernapf. Und den Katzenbaum.«

»Nein, das Ding ist hässlich. Es macht sich nicht gut in meinem Wohnzimmer.«

»Aber dann zerkratzt er Ihnen die Möbel.«

»Bringen Sie bitte den Katzenbaum. Unbedingt!«

Eine Viertelstunde später stand ich Herrn Hindemann, der Seppi unter dem Arm hielt, in meinem Flur gegenüber, umgeben von Seppis Equipment: Katzenbaum, zwei Körbchen, Transportbox, Näpfe, Deckchen, Spielsachen – und ein kleines Treppchen, das Seppi brauchte, um auf die Couch zu gelangen, denn angeblich liebte er Fernsehen. Das ließ ich so stehen, denn als frischgebackene Haustierbesitzerin wollte ich keine Besserwisserei betreiben. Vielleicht stimmte es sogar, das konnte ich schließlich nicht wissen.

Als Herr Hindemann sich herzlich bedankt und verabschiedet hatte und ich auf Seppi hinunterblickte, sagte ich: »Okay. Bist du nett zu mir, bin ich nett zu dir. Wenn du mich auch nur einmal anfauchst, stecke ich dich ins Tierheim.«

Seppi blickte zu Boden, dann ging er zu einem der beiden Körbchen und legte sich hin. Sein Blick war stumpf, und er machte den Eindruck, als ob ihm alles egal wäre. In diesem Moment tat er mir leid, und deshalb beschloss ich, mich zu bemühen, so gut ich konnte, damit wir beide einigermaßen miteinander klarkamen. Wir würden einander zwar nicht ins Herz schließen, aber man konnte durchaus nebeneinanderher leben, ohne sich emotional zu binden ...

Und dann passierte es!

Dieser letzte Satz, den ich einfach nur unbedacht vor mich hingedacht hatte, brach sich in meinem Inneren Bahn. Er wanderte in Bruchteilen von Sekunden von meinem Kopf zu meinem Herzen, zu meinem Bauch und wieder zurück. Ich ließ mich auf den Boden fallen, setzte mich im Schneidersitz vor Seppis Körbchen, und wir sahen uns an. Jeder auf seine Art verwundert und ängstlich.

Ohne sich emotional zu binden ... Wenn es doch so einfach wäre! Es passierte, ohne dass man es verhindern konnte. Konnte ich sagen, dass Pierre, sollte er wirklich weggehen, einfach nur ein Mitarbeiter war, dessen plötzliche Abwesenheit nur eine Gewohnheitssache war? Nein, verdammt! Ich hatte mehr Zeit mit diesem verrückten Mistkerl verbracht als mit irgendjemandem sonst in meinem Leben. Dieser Gedanke war so schmerzhaft, so intensiv, dass mir automatisch die Tränen runterliefen.

Alles, was so etwas wie Hoffnung aufkeimen ließ, musste ich wegschieben. *Vielleicht würde Pierre nicht mit Bernd zusammenbleiben* ... Ich schämte mich.

Ich musste Pierre gehen lassen, ohne ihm Schuldgefühle zu machen, aber gerade so viel Bedauern zeigen, dass er wusste, er würde mir fehlen. Und die Sache mit Werner war noch schwieriger. Ihm musste ich zeigen, wie sehr ich mein Verhalten bereute, aber gleichzeitig Würde bewahren und mich nicht erniedrigen, damit er mich weiterhin respektierte.

»Meine Güte«, seufzte ich, »Lieben ist wirklich kompliziert.«

Seppi hob den Kopf, sah mich an und schloss kurz die Augen. Dann legte er sich wieder hin, als ob er sagen wollte, ich sollte ihm etwas Neues erzählen.

18

Ich war zu früh dran. Also saß ich im Auto und wartete darauf, dass die zwanzig Minuten vergingen. Ich legte eine CD von Sylvie Vartan ein und lehnte mich zurück. In Entspannung brauchte ich mich gar nicht erst zu versuchen, denn dafür gab es gerade zu viel Unruhe in meinem Leben.

Die Sache mit Seppi war davon noch das Harmloseste. Gestern hatte ich noch sein Zeug in der Wohnung verteilt, den Katzenbaum in die Ecke des Wohnzimmers gestellt (so furchtbar sah es gar nicht aus), seine Näpfe in die Küche, das Treppchen vor die Couch (meinetwegen sollte er doch, die Couch wurde von einer Decke geschützt) und seine beiden Körbchen – eines ins Wohnzimmer und eines im Flur. Eigentlich hatte ich die ganze Nacht Miauen und Gezeter erwartet, aber ich hörte keinen Mucks. Heute Morgen fand ich ihn traurig in seinem Körbchen im Flur. Gefressen hat er nicht viel, und mich beachtete er gar nicht. Bevor ich die Wohnungstür zuzog, sah ich noch mal zum Körbchen. Da lag er und starrte vor sich hin.

Die Sache mit Pierre machte mich auf so dumpfe Art fertig. Nun, bis er sich endgültig entschließen würde, konnte noch viel passieren, also würde es vielleicht gar nicht dazu kommen. Pierre war sprunghaft, und wenn es dieser Bernd auch war ... Verdammt! Schon wieder hegte ich insgeheim diesen fiesen Wunsch, seine Beziehung würde scheitern. Nein, natürlich wünschte ich es ihm nicht! Ich vergrub den Kopf in den Händen, dann riss ich mich zusammen oder versuchte es. Wenn er wirklich ging, dann würde ich nie wieder jemanden finden, der so war wie er. Unbewusst schüttelte ich den Kopf. Mir war überhaupt nicht bewusst gewesen, wie viel er mir bedeutete, erst jetzt, bei der Vorstellung, ihn nicht mehr jeden Tag um mich zu haben, hätte ich losheulen können und nie wieder damit aufhören.

Und die Sache mit Werner war das, was mich gerade am meisten fertigmachte. So hart meine Zurückweisung auch gewesen war – ich wusste selbst nicht, ob mein Verhalten ihm gegenüber mich vor einer weiteren schlimmen Enttäuschung bewahrt hatte, oder ob ich mich um die schönste Erfahrung meines Lebens gebracht hatte. Vielleicht sogar beides. Werner und ich würden eine Weile lang Romantik und Glück durchleben, und dann wäre es aus, von einem Tag auf den anderen. So etwas passierte ständig. Solche Geschichten hatte ich schon so oft gehört und nicht zuletzt selbst erlebt.

So einen Mann wie ihn hatte ich noch nie kennengelernt. Dieses spitzbübische Lächeln von einem doch so maskulinen Mann, diese selbstbewusste und gleichzeitig sensible Art. Er war bestimmt etwas Besonderes. Aber glaubten das nicht alle von dem Menschen, in den sie sich verliebten? *Er ist etwas ganz Besonderes.* Natürlich. Aber waren wir das nicht alle?

Ich blickte auf die Uhr. Drei Minuten vor drei! Werner

und ich waren fünf vor drei am Spielplatz verabredet. Hektisch schaltete ich den CD-Player aus und stieg aus dem Auto. Es war eine Minute vor drei, als ich am Spielplatz ankam. Werner stand mit dem Rücken zu mir, hatte die Hände in der Jackentasche vergraben und hielt Ausschau. An seinem linken Handgelenk baumelte eine kleine Papiertüte eines bekannten Delikatessengeschäfts. Eiligen Schrittes ging ich auf ihn zu, dann rief ich seinen Namen. Er drehte sich nach mir um, nickte grüßend und kam auf mich zu. Mein Herz klopfte wild, als er immer näher kam. Ich lächelte ihn an, aber sein Gesicht blieb ernst, von einem Lächeln keine Spur. »Hallo.«

»Hallo, Werner. Entschuldige, dass ich zu spät bin.«

»Schon okay, sind ja nur ein paar Minuten.«

»Ähm ... Wir müssen in diese Richtung.« Ich zeigte mit dem Daumen über die Schulter.

Wir gingen los. »Was hast du denn in der Tüte?«, fragte ich in freundlichem Ton.

»Ich wusste nicht, was ich mitbringen sollte, und nachdem Wilfried so entsetzt auf Alkohol reagiert hat, habe ich ein paar Delikatessen gekauft. Das, was normalerweise in einem Fresskorb drin ist.«

»Wie nett von dir.«

»Na ja, gehört sich doch schließlich. Würde das nicht als nett bezeichnen.« Er verhielt sich nicht direkt abweisend, hatte auch keinen scharfen Ton, aber er hatte eine unsichtbare Mauer zwischen uns aufgebaut, so viel war klar. Kurz bevor wir vor der Haustür meines Vaters ankamen, blieb ich stehen und sah ihn an. »Werner, ich möchte mich entschuldi...«

»Nein, nein«, fiel er mir ins Wort. Er stand mir gegenüber und wirkte jetzt ein kleines bisschen zugänglicher, als er sagte: »Das musst du wirklich nicht. Die Schuld liegt ganz bei mir. Ich habe mich absolut idiotisch verhalten. Ich hatte kein Recht, dich damit zu überfallen. Und ich habe bestimmt auch kein Recht, dir deswegen böse zu sein. Alles ist gut, wirklich.«

»Aber trotzdem würde ich es dir gerne erklären. Weißt du, kurz davor hat Pierre mir offenbart, dass er vielleicht nach Berlin zieht, und ich war noch so schockiert darüber.«

Nun lächelte er doch ein bisschen, aber es war eher ein ironisches Aber-sicher-doch-Lächeln. »Rieke! Auch wenn ich mir gut vorstellen kann, dass dich das mitgenommen hat, du kannst nicht erwarten, dass ich dir abnehme, dass deine Zurückweisung alleine darauf zurückzuführen ist. Steh doch wenigstens dazu und sag offen, dass du kein Interesse an mir hast. Ich bin ein großer Junge und komme damit klar.«

»Aber ich ...«

»Wollen wir nicht langsam los?« Er warf einen Blick auf seine Armbanduhr. »Es ist sieben Minuten nach drei.«

Die erste Stunde lief alles gut. Werner kam bei meinem Vater besser an, als ich es mir vorzustellen gewagt hätte. Katharina und Samuel fanden ihn cool, das konnte ich ihnen ansehen. Lutz und Werner hatten sofort einen guten Draht zueinander. Mein Vater hatte Sauerbraten gemacht. Als ich ihn daran erinnerte, dass wir alle gesättigt bei ihm auftauchen sollten, reagierte er pikiert. »Aber ich wollte euch eine Freude machen, hab mich ins Zeug gelegt – und jetzt?«

»Aber wir haben doch keinen Hunger, Papa, weil wir schon zu Mittag gegessen haben«, appellierte ich an seine Vernunft.

»Wie lange ist das her? Zwei Stunden? Drei?«

»Wissen Sie was, Herr Diesel«, brachte Werner sich ein, »das sieht so großartig aus, dass ich direkt wieder Appetit bekomme.«

»Seht ihr«, triumphierte mein Vater in die Runde, während er mit beiden Händen den Schmortopf in die Luft hielt, »der Werner hat Manieren. Der gibt einem alten Mann keinen Korb. Einem alten Mann, der stundenlang in der Küche …«

»Jetzt bring halt das Zeug auf den Tisch, Opa!«, kam es ungeduldig von Katharina. Wahrscheinlich hatte sie heute noch etwas vor.

Und in dieser ersten Stunde, als noch alles gut lief und Werner und Emma sich noch nicht in der Wolle hatten, saßen wir am Tisch und schoben das deftige Essen in uns hinein. Ich aß Semmelknödel und Blaukraut, und mein Vater nörgelte, dass ich ja ruhig mal eine Ausnahme machen könnte mit meiner »persönlichen militanten Antifleisch-Kampagne«.

Lutz bemerkte: »So sind sie halt, die Kinder, gell, Lothar? Am schlimmsten sind sie zwischen vierzig und fünfzig. Ha, ha!«

Mein Vater warf mir einen Blick zu, der mir zu verstehen geben sollte, dass Lutz ihn wieder einmal zum Lachen zwang. Ich tat so, als hätte ich nichts bemerkt.

Es gab ein bisschen Smalltalk. Werner fragte meinen Vater, was er früher gearbeitet habe. »Ich war in der Museumsverwaltung«, antwortete er.

»Und mochten Sie Ihre Arbeit?«

»Ja, schon. Es war viel Routine dabei, aber das machte mir nichts aus. Ich bin nicht so der Typ, der täglich Herausforderungen braucht.«

Werner wurde gefragt, ob er noch Geschwister habe und ob *ihm* denn seine Arbeit Spaß mache. »Auf jeden Fall.« Werner blickte in die Runde und ergänzte: »Ich könnte mir nichts Besseres für mich vorstellen.«

Mein Vater erzählte über seine Skatabende und wie stolz er auf seine Töchter sei, dass sie es beide zu etwas gebracht hätten, obwohl sie keine Mutter hatten, die ihnen »weibliche Richtlinien« vorgab. Das fand ich sehr nett, und ich lächelte ihn liebevoll an. Mein Vater lächelte zurück.

»Du hast uns andere Richtlinien vorgegeben, Papa. Weniger weibliche, aber dafür menschliche Werte.«

Mein Vater nickte. »Hab mein Bestes versucht. Alles in allem bin ich mit meinen beiden Töchtern zufrieden. Nun gut, Emma könnte etwas weniger belehrend sein und Rieke weniger verschlossen, aber was will man machen, gell.«

Emma verdrehte die Augen. »Ja, Papa«, sagte sie, und in einem ironischen Tonfall fuhr sie fort: »Und du bist der unkomplizierteste Mensch, den ich kenne.«

Mein Vater grinste. »Hab gehört, dass komplizierte Menschen interessant sein sollen.«

»Ja, so kann man's auch sehen«, murmelte Emma.

Werner und die Kinder lachten leise.

Werner lobte das Essen, was Emma zu dem Kommentar verleitete: »Ja, unser Vater kann wirklich gut kochen, und unsere Mutter war ebenfalls eine großartige Köchin.

Wir schätzen, dass Rieke nach Onkel Armin kommt. Der hat sein Leben lang alleine gelebt und immer nur Spiegeleier und Fertigdosen gegessen.«

Lutz kommentierte: »Ja, da hat der Lothar die kleine Rieke etwas verzogen. Ha, ha.«

Emma seufzte leidend und sagte: »Nicht nur, was das Kochen betrifft. Rieke hätte so viel aus ihrem Leben machen können, aber sie hatte nie besonders viel Ehrgeiz. Bei Ihnen ist es wahrscheinlich ähnlich. Sie scheinen mir ein kluger Mann zu sein. Wie kommt es, dass Sie sich seit Jahrzehnten beruflich im Kreis drehen?«

Sekundenlang war es still. Es war kein Besteck mehr auf den Tellern zu hören, und alle sahen Werner an. So war Emma. Immer alles raushauen, was ihr in den Sinn kam. Ich fragte mich, ob ihr in diesem Moment bewusst war, welche Wirkung ihre Worte auf uns hatten.

Werner legte in aller Seelenruhe das Besteck auf seinen Teller, betupfte sich den Mund, nahm einen Schluck Rotwein (in diesem Moment erinnerte er mich sehr an Wilfried) und sah Emma direkt an. »Wissen Sie, Emma. Ich finde, es sollte mehr Menschen wie Sie geben.«

Alle blickten zu Emma.

»Ja? Warum?«, wollte sie wissen.

»Na ja, Sie sagen, was Sie denken, da weiß man doch gleich, woran man ist. Lassen Sie mich offen sprechen, ja?«

Ich ahnte nichts Gutes.

»Ja«, kam es von Emma, aber es klang verunsichert.

»Rieke hat mir erzählt, dass sie Ihnen ewig dankbar sein wird, weil Sie ihr geholfen haben, als sie ihre Familie am meisten brauchte. Sie spricht mit so einer Hochachtung von Ihnen und Ihrer Familie, dass ich zu behaupten wage, Sie wissen überhaupt nicht, wie sehr Rieke sich Ihnen verpflichtet fühlt.«

Alle Blicke richteten sich auf mich. Über Emmas Gesicht sah ich für einen Augenblick eine Spur von Reue huschen. Aber vielleicht war es eher Überraschung statt Reue? Ich konnte es nicht richtig deuten.

»Wenn mangelnder Ehrgeiz für Sie eine Charakterschwäche ist«, fuhr Werner fort, »dann bitte schön. Ich finde, Rieke hat ihr Leben bisher wunderbar gemeistert und verdient ihr Geld mit dem, was sie am meisten liebt. Und was mein eigenes Imkreisdrehen betrifft, wie Sie es nennen: Ich empfinde es komischerweise gar nicht so. Und auch ich liebe meine Arbeit, habe einen großartigen Chef, verdiene nicht schlecht und habe es bis zum Küchenchef gebracht. Wem das nicht genug ist, der mag das gerne für sich behalten, denn mich interessiert es nicht.«

Niemand sagte etwas. Emma nickte und gab sich anerkennend, indem sie sagte: »Da haben Sie vollkommen recht, wenn man bedenkt, wie weit unten Sie angefangen haben«, aber ich kannte sie gut genug, um zu wissen, dass sie vor Wut innerlich kochte. Sie fand es schon schlimm genug, wenn man ihre Meinung nicht teilte, aber sie vor anderen zu brüskieren und ihre Äußerungen zu kritisieren, kam für sie einer Ohrfeige gleich. Allerdings wollte sie wohl auch keinen Streit vom Zaun brechen. Die Stimmung war nun merklich angespannt. Fieberhaft wartete ich, dass jemand etwas sagte, irgendetwas, aber es kam nichts. Alle stocherten betreten in ihren Tellern herum. Nach sekundenlangem Schweigen räusperte ich mich und sagte: »Ich habe jetzt eine Katze.«

Alle sahen mich an, als wäre ich übergeschnappt.

»Was heißt das?«, fragte mein Vater.

»Was das heißt? Na ja, dass ich eine Katze habe.«

»Eine richtige, lebendige?«

»Nein, Papa. Ich habe mir ein Stofftier gekauft, und es schien mir gerade passend, euch darüber zu informieren.«

Das lockerte die Stimmung dann doch ein wenig auf, weil Katharina und Samuel das lustig fanden. Dann erzählte ich von Frau Hindemann und ihrem Seppi, der jetzt mein Seppi war. »Er kann mich nicht leiden«, sagte ich.

»Der Kater?«, hakte mein Vater nach. »Wie kommst du denn darauf?«

»Ich weiß es. Immer, wenn er mich sah, hat er mich angefaucht und hasserfüllt angesehen.«

»Ach, Rieke«, lachte mein Vater, »es ist eine Katze. Die fauchen und beschützen ihr Revier. Du musst ihn ganz viel streicheln, ihm gut zureden und mit ihm spielen.«

»Spielen? Was spielt man mit einer Katze?«

»Keine Ahnung. Find's raus.«

19

Werner und ich gingen zusammen weg. Von meinem Vater verabschiedete er sich mit einem kräftigen Händedruck und bedankte sich für das tolle Essen. Mit Lutz und den Kindern lief es ähnlich. Ich merkte, dass sie ihn mochten. Als er Emma aus sicherer Entfernung und mit einem sparsamen Lächeln die Hand reichte, ließ sie sich etwas Zeit, bevor sie die Geste erwiderte. Darüber ärgerte ich mich fast noch mehr als über ihren dämlichen Kommentar von vorhin.

»Es war … interessant«, sagte sie, wofür ich sie am liebsten geohrfeigt hätte.

»Wirklich?«, konterte Werner. »Ich fand es eher unangenehm zwischen uns beiden, aber vielleicht können wir irgendwann darüber lachen.«

Wow!

Die anderen grinsten schon jetzt darüber, aber Emma nickte nur, mit diesem leicht arroganten Ausdruck, den sie aufsetzte, wenn sie in einer Situation nicht die Oberhand behielt.

Kurz darauf standen Werner und ich vor dem Haus auf dem Bürgersteig. Es war dunkel und neblig, die Art Wetter, bei dem man sich am liebsten zu Hause in eine Decke kuschelte. Im Licht der Straßenlaternen war leichter Nieselregen zu sehen.

»Bist du mit dem Auto da?«, fragte ich.

»Nein, ich bin auf dem Weg zu einer Geburtstagsfeier von einem Freund, da fahre ich lieber mit den Öffentlichen.«

»Kann ich dich irgendwohin mitnehmen?«

»Nein, danke. Die U-Bahn ist ja gleich ums Eck. Und es sind nur ein paar Stationen.«

»Hm, wie du meinst. Es macht mir wirklich nichts aus.«

Werner schüttelte den Kopf. »Nein, trotzdem danke, sehr nett von dir. Also dann …«

»Warte!«, stieß ich aus.

»Ja?« Er sah mich direkt an und wartete darauf, was ich zu sagen hatte. Das machte mich total nervös. »Ich wollte dir dafür danken, wie du mich verteidigt hast. Du hast so schöne Worte für mich gefunden.«

Gleichgültig zuckte er die Schultern. »Ich habe nur meine Meinung gesagt. Das hätte ich über jeden anderen auch gesagt.«

Das war wie ein leichter Dolchstoß ins Herz, aber ich ließ mir nichts anmerken, denn dafür war ich zu stolz. »Ach so, ja, natürlich.«

»Mach's gut, Rieke.« Er nickte mir noch mal zu, dann ging er davon.

Nun war es Werner, der mich vor den Kopf stieß. Wollte er mir die Verletzung mit gleicher Münze heimzahlen? Mir war natürlich klar, dass er eben nicht jeden Emma gegenüber verteidigt hätte, aber was sollte ich tun? Ihm hinterherlaufen und ihn anbetteln, er solle zugeben, dass er für mich in die Bresche gesprungen war, weil er mich gern hatte?

Und *ich* bezeichnete mich als harten Brocken in Liebesdingen! Werner war um keinen Deut besser. Wirklich nicht. Natürlich war meine Zurückweisung hart gewesen, aber diese gekränkte Ehre, die er jetzt an den Tag legte, war schon bemerkenswert. Es kristallisierte sich immer deutlicher heraus, dass Wilfried wirklich recht gehabt hatte: zwei Verkorkste, die sich gefunden hatten. Allerdings waren wir auf dem besten Weg, uns schon wieder zu verlieren.

Als ich nach Hause kam, lag Seppi in seinem Körbchen. Ich fragte mich, ob er wieder oder immer noch dort lag. Das Futter hatte er nicht angerührt. Wenn seine Appetitlosigkeit noch die nächsten zwei Tage andauerte, würde ich den Tierarzt anrufen, dessen Nummer mir Herr Hindemann dagelassen hatte. Zaghaft streckte ich den Arm nach dem Kater aus, um ihm wenigstens eine kleine Streicheleinheit zukommen zu lassen, aber er versteifte sich und wich sogar mit dem Kopf nach hinten aus. Also zog ich die Hand zurück, um nichts zu erzwingen. »Du vermisst dein Frauchen«, redete ich behutsam auf ihn ein, »kann ich doch verstehen.«

Von wegen, ich solle mit ihm spielen. Es gab nichts auf dieser Welt, was Seppi aus diesem Körbchen gelockt hätte. Seine Spielsachen und ein Wollknäuel lagen neben ihm, aber das war fürs Erste nur Dekoration, denn er interessierte sich für gar nichts.

Ich bot ihm verschiedene Sachen aus meinem Kühlschrank an, die er auch nicht mochte. Herr Hindemann hatte mir ein paar Dosen von Seppis Lieblingsfutter gebracht, aber das lag seit gestern unangerührt in seinem Napf. Daher schüttete ich es in die Toilette, wischte den Napf mit Küchenkrepp aus und befüllte ihn mit frischem Futter. Seppi beobachtete mich, machte aber keine Anstalten, aufzustehen und zu fressen. Vielleicht brauchte er einfach Zeit, wie Menschen eben auch. Ich kannte niemanden, der nach dem Tod eines Angehörigen genussvoll Essen in sich hineinschaufelte. Warum sollten Tiere sich in ihrer Trauer anders verhalten?

Nachdem ich ein Entspannungsbad genommen hatte, rief ich Emma an. Sie war eigentlich wie immer, nur als ich sie fragte, wie sie Werner fand, nahm ihre Stimme einen abweisenden Ton an. »Bist du sicher, dass er zu dir passt?«, fragte sie mich in ihrer direkten Art.

»Nein, bin ich nicht. Kann man sich denn jemals sicher sein?«

»Soll ich dir was sagen, Rieke?«

Ich prustete in mich hinein. Bei Emma war diese Frage reinste Rhetorik. Sie ignorierte das Geräusch und fuhr einfach fort: »Ich finde, zu dir passt eher ein zarter, sensibler Mann.«

»Du wirst es nicht glauben, Emma, aber Werner hat durchaus seine sensiblen Seiten.«

»Wenn du das sagst.«

»Wie solltest du das bemerken? Noch dazu beim ersten Treffen? Soll er vor überwältigender Liebe am Tisch zusammenbrechen? Er hat mich vor dir doch ausgiebig verteidigt. Ist das nicht Sensibilität genug?«

»Das war alles andere als sensibel. Er hat mich vor meiner Familie zurechtgewiesen.«

»Bist du da nicht etwas ungerecht, Emma? Du hast ihn – und, nicht zu vergessen, auch mich – vor der Familie seiner Freundin beleidigt und unser Leben kleingeredet. Du kannst dir doch sicher vorstellen, dass er auch ein bisschen nervös war. Und da wir gerade bei dem Thema sind, Emma, ich hatte keine Ahnung, dass du mein Leben so langweilig und bedeutungslos findest.«

»Das ist nicht wahr!«, rief sie entschieden, und das hörte sich aufrichtig an. »Ehrlich gesagt habe ich das nur als Aufhänger für den Schwenk zu ihm genommen. Ich verstehe nicht, dass er bis zu seiner Rente als Koch arbeiten will.«

»Ist das denn wichtig? Dein Verständnis, meine ich. Warum soll es von Bedeutung sein, dass du das verstehst?«

Am anderen Ende der Leitung hörte ich ein tiefes Seufzen. »Ich kann einfach nicht aufhören, mir um dich Sorgen zu machen. Nicht dass ich Anlass dazu hätte, aber du wirst halt immer meine kleine Schwester sein. Und ich will nicht, dass du noch einmal so etwas erlebst, wie mit ... du weißt schon.«

»Ja, weiß ich doch, Emma. Aber da kann doch Werner nichts dafür.«

Was dann von Emma kam, überraschte mich so sehr, dass ich mit offenem Mund dasaß und kein Wort mehr herausbrachte, weil es so gar nicht zu Emma passte: »Sag Werner, dass es mir leidtut. Und ich freue mich, dass ihr beiden euch begegnet seid.«

Ich konnte es nicht fassen! Wie viel sie das an Überwindung gekostet hatte, konnte nur jemand wissen, der sie gut kannte. Und das tat sie allein mir zuliebe, damit ich mich nicht weiterhin schlecht fühlte.

»Und ich bin froh, dass du meine große Schwester bist, du abgedrehtes Weibsstück.«

Sie sagte nichts.

Ich hatte mich schon eine Million Mal über sie geärgert, und als Kind hatte ich mir oft genug gewünscht, ein Einzelkind zu sein. Aber vielleicht gehörte auch das dazu, wenn man jemanden gern hatte: seine Schattenseiten in Kauf zu nehmen und sich nicht abzuwenden, wenn es unangenehm wurde. »Emma? Bist du noch da?«

»Ich bin da, Rieke. Immer, wenn du mich brauchst.«

»Hey, Emma. Du haust mich um. Hast du irgendeine Pille genommen, als du nach Hause gekommen bist?«

»Du kannst mich mal.«

»Oh, die Pille hört auf zu wirken. Nein, im Ernst, Emma. Ich freue mich über das, was du gesagt hast, und ich richte deine Entschuldigung gerne aus.«

Danach rief ich meinen Vater an, und der hatte sich offenbar in Werner verliebt. »Das ist ja ein netter Kerl, der Werner. Du, ich hab schon von den Cognac-Trüffeln genascht, die er mir mitgebracht hat, und ich kann dir sagen, dass da 'ne ordentliche Portion Cognac drin ist.«

»Ach, deswegen bist du so redselig.«

»Schade ist nur, dass der Werner und die Emma sich …«

»Das ist geklärt, Papa. Emma hat sich gerade entschuldigt. Das werde ich Werner ausrichten.

»Och, das ist ja fein. Und ein Flotter ist das, der Werner. Sieht adrett aus. Ordentlich gekämmt, kein Dreck unter den Fingernägeln …«

»Ja, und die Ohren putzt er sich auch.«

»Wie der dich ein paarmal angesehen hat, Rieke, da

merkt man gleich, dass der einen Narren an dir gefressen hat.«

»Ja?«

»Da hab ich 'n Blick für. Außerdem sind dabei jedes Mal seine Pupillen größer geworden. Hab mal gelesen, dass das ein Zeichen ist, wenn der andere was sieht, das ihm gefällt. Darauf hab ich absichtlich geachtet, da staunste, was?«

»Allerdings, Papa. Könnte aber auch ein Hinweis auf Drogenkonsum sein.«

»Was?«

»Das war ein Scherz. Vergiss es.«

»Ich mag das Bürschchen.«

»Du meinst *Werner*.«

»Ja, wen soll ich sonst meinen, um Himmels willen?«

Nachdem ich das Gespräch mit meinem Vater beendet hatte, nahm ich mein Handy und setzte mich auf die Couch im Wohnzimmer. Ich machte den Fernseher an. Vielleicht würde Seppi das hören und zum Fernsehen zu mir kommen, wenn er das angeblich gerne tat, wie mir Herr Hindemann erzählt hatte. Das Treppchen zur Couch war immer noch unberührt, und auch der Katzenbaum wurde nicht beachtet. Im Fernsehen lief *Schlaflos in Seattle*, den ich schon zweimal gesehen hatte. Ich mochte den Film, aber jedes Mal gab mir die Figur der Meg Ryan Rätsel auf. Der Mann schwärmte so von seiner verstorbenen Frau und trauerte ihr immer noch hinterher, dass klar wird, sie war die Liebe seines Lebens. Ich würde nie einem Mann hinterherlaufen, dessen Herz noch so an einer anderen hängt. Beide Male, nachdem ich den Film gesehen hatte, fragte ich mich, ob ich ausgeprägt selbstbewusst oder genau das Gegenteil war. Was hätte ich davon, ihn zu erobern? Im ewigen Schatten seiner großen Liebe zu stehen stellte ich mir nicht besonders schön vor. Oder tat Meg Ryan das, weil sie hoffte, er würde sie eines Tages genauso lieben können? Weil dieser Mann fähig war, tief zu lieben? Aber woher sollte sie wissen, dass er ihr gegenüber die gleichen Gefühle … Ach, darum konnte ich mich jetzt nicht kümmern. Ich hob mein Handy ins Blickfeld und suchte Werners Nummer. Meine SMS fiel etwas länger aus als beabsichtigt:

Hallo Werner, ich soll dir von Emma ausrichten, dass sie sich bei dir entschuldigt. Sie hat sogar gesagt, dass sie froh ist, dass wir uns begegnet sind. Sie sorgt sich einfach um mich und will nicht, dass ich in die falschen Hände komme. ☺ In 13 Tagen ist ja unsere »Verlobungsfeier«, und ich wollte dich fragen, ob wir uns bis dahin noch mal treffen wollen. Was meinst du? Liebe Grüße, Rieke.

Ich wartete und wartete. Meg Ryan war mittlerweile bei der Szene mit dem Apfelschälen, als ich die Hoffnung aufgab, dass Werner noch antworten würde. Mittlerweile war es halb elf. Wahrscheinlich hatte er auf dieser Geburtstagsfeier meine Nachricht noch gar nicht gelesen.

Aus den Augenwinkeln sah ich Seppi im Flur entlanggehen. Ich wandte den Kopf und beobachtete, dass er endlich beschlossen hatte, etwas zu fressen. In der Küche, neben der Eingangstür, standen sein Fress- und der Wassernapf. Zaghaft kaute er an ein paar Happen herum, dann trank er. Na immerhin. Er ging wieder in den Flur, blieb kurz stehen, sah zu mir herüber, als ob er hin und her überlegte, aber schließlich verschwand er wieder hinter der Wand, und ich hörte das Rattan des Körbchens knarzen.

»Seppi, komm«, versuchte ich es, dann noch mal: »Na komm, Seppi, komm fernsehen.« Dann schüttelte ich den Kopf über mich. Wow! Ich würde die seltsame Frau werden, die sich mit ihrer Katze unterhält.

Mein Handy piepte. Hektisch schnappte ich danach. Werner.

Hallo, Rieke. Sag deiner Schwester einen schönen Gruß. Was mich angeht, ist das vergessen. Ja, ich bin sicher, dass sie es gut mit dir meint. Treffen? Ja, klar, warum nicht. Melde mich in den nächsten Tagen. Gruß, W.

Was hatte ich erwartet? Er hatte Emmas Entschuldigung angenommen – meine hingegen nahm er nicht an. Natürlich konnte ich das nicht vergleichen, zumindest nicht, wenn ich fair bleiben wollte. Die Zusage zu einem Treffen war so unverbindlich und gleichgültig, dass es mir lieber gewesen wäre, er hätte gar nichts geschrieben. Ich dachte darüber nach, ihm zu schreiben, er müsse ja nicht, wenn er nicht wolle, aber das verwarf ich sofort, weil es vor gekränkter Eitelkeit triefte.

Pierre setzte sich auf meinen Schreibtisch und sah mir zu, wie ich behutsam einen locker sitzenden Knopf an der heute eingekauften Givenchy-Bluse fixierte. Frau Eisenach hatte sie mir neben einer Bluse von Alexander McQueen überlassen. Ich vergötterte seine Mode – weshalb ich die Bluse selbst behalten würde. Ich fand, dass Alexander

McQueen selbst ziemlich sexy gewesen war. Er hatte eher wie ein harter Kerl gewirkt, einer, der nebenberuflich als Aufpasser in einem noblen Club arbeitet, aber natürlich war er schwul. Seine Geschichte so tragisch. Als Sohn eines Taxifahrers sehr bescheiden aufgewachsen, dann der große Erfolg – und schließlich sein Selbstmord. Nach großen Events soll er immer in ein tiefes Loch gefallen sein. Sein Tod hatte mich lange beschäftigt. Immer wieder bestätigten Forschungen, dass Erfolg und Geld nicht unbedingt glücklich machten. Es gab so viele glückliche Menschen, die beides nicht hatten – und umgekehrt. Aber was machte dann glücklich? Dankbarkeit? Liebe? Und das, was Werner als Dreizehnjähriger geschrieben hatte: Glück entsteht durch die Aufmerksamkeit auf kleine Dinge?

»Wie war dein Wochenende?«, wollte Pierre wissen, während er mir beim Nähen zusah. Er selbst machte das nie, angeblich hatte er zwei linke Hände. Hatte er nicht. Und was er auch nicht hatte, war Lust aufs Nähen.

Die nächsten zwanzig Minuten erzählte ich von dem Essen bei meinem Vater und er über Bernd, Bernd, Bernd.

Ich blickte auf. »Übermorgen ist es so weit, oder?«

Pierre nickte. »Sein Flieger geht um neun. Das heißt, ich werde übermorgen etwas später zur Arbeit kommen.«

Ich nickte verständnisvoll. »Und wie geht es weiter, Pierre?«

Er kräuselte die Lippen. »Na ja, also … Er hat ja schon diesen Job für mich organisiert. Erst mal würde ich in der Eventfirma als Styling-Assistent fungieren, und wir beide wissen, dass das ein nett umschriebenes Wort für Styling-Handlanger ist, aber später hätte ich Chancen, aufzusteigen.«

»Und wann wäre das? Dein Start in Berlin, meine ich.«

Pierre wand sich ein bisschen. »Ich wollte das heute noch ansprechen. Der Job wäre ab zweiten Januar, aber Bernd möchte gerne, dass wir in der Vorweihnachtszeit zusammen sind, und ich möchte das auch und ... Also, ich würde am Sonntag in drei Wochen die Segel hissen.«

Der Knopf war angenäht, ich schnitt den Faden ab und faltete die Bluse zusammen, was genau genommen blödsinnig war, weil ich sie in fünf Minuten aufhängen würde, aber ich wollte nicht, dass Pierre in meine Augen sah. »So, so«, sagte ich nur.

»Aber natürlich nur, wenn du damit kein Problem hast. Du wirst ja bestimmt eine Annonce für einen neuen Mitarbeiter aufgeben. Wenn da niemand Passender dabei ist, und du ...

»Nein, mach dir darüber bitte keine Gedanken.« Ich hob den Kopf und sah ihn lächelnd an. »Ich komme schon klar. Im schlimmsten Fall kann ich den Laden auch ein paar Wochen alleine schmeißen, aber so weit wird es wahrscheinlich nicht kommen.«

»Bist du mir böse?«

Ungläubig verzog ich den Mund. »Das ist doch nicht dein Ernst! Ich will doch nicht, dass du wegen mir hier bleibst und deinen Freund gehen lässt.«

»Ja, schon, aber deswegen kannst du trotzdem verstimmt sein.«

»Nein.« Ich schüttelte entschieden den Kopf. »Ganz bestimmt nicht, Pierre. Ich wünsche dir alles Glück der Welt, für dich und deinen Bernd.«

»Okay, danke. Hast du heute schon was vor?«

»Du hast heute Zeit? Aber Bernd fliegt doch übermorgen. Ich dachte, ihr nutzt jede Minute.«

»Das tun wir auch, aber heute Abend ist er bei seinen Eltern. Seine Geschwister sind auch da. Du weißt schon, so eine Junge-komm-bald-wieder-Szenerie.«

»Ach so. Ja, ich hab Zeit. Wollen wir zu mir? Ich hab nämlich eine Katze und ...«

»Ist das ein Codewort für irgendwas? Ein neuer bayrischer Gettoslang?«

»Nein. Warum glaubt nur jeder, es wäre eine Metapher? Ich habe wirklich eine Katze. Meine alte Nachbarin ist gestorben, und ich habe jetzt ihren Kater. Seppi ist so furchtbar traurig und will nicht fressen. Hattest du mal eine Katze?«

»Eine Familie, bei der ich mal war, hatte einen Kater. Das war das einzige Lebewesen in meiner Kindheit, das mich mochte.« Pierre lachte kurz auf.

»Die Familie, bei der du warst? Was meinst du damit?«

Pierres Gesichtsausdruck wirkte gehetzt. »Tja, Familie halt.« Er stand von meinem Schreibtisch auf und ging nach hinten. Kurz danach hörte ich die Toilettentür zufallen.

An diesem Abend begegneten sich Pierre und Seppi zum ersten Mal, aber der Kater ließ sich von Pierre streicheln. Ich ärgerte mich, dass mich das tatsächlich kränkte. Warum mochte mich dieser Kater nicht? Ich stellte ihm doch seit ein paar Tagen sein Fresschen hin und hatte sogar versucht, ihn zu streicheln. Ich redete liebevoll auf ihn ein und hatte seine kleinen Katzen-Habseligkeiten in meiner Wohnung verteilt. Wusste er das nicht zu schätzen? »Er mag mich nicht«, platzte es weinerlich aus mir heraus.

Pierre schüttelte den Kopf, ohne mich anzusehen. Stattdessen genoss er lieber den Anblick von Seppi. »Unsinn. Er braucht nur ein bisschen Zeit. Vielleicht mag er keine Frauen.«

»Seine einzige Bezugsperson bis jetzt war eine Frau.«

»Dann mag er vielleicht keine Frauen, die nörgeln und jammern.«

Als er sich endlich an Seppi satt gestreichelt hatte, fragte mich Pierre, was ich zu essen da hätte. Mit meiner Auswahl an Käse, Joghurt und Fertigporridge war er nicht zufrieden. Also bestellten wir Pizza. Während wir darauf warteten, redeten wir über Werner. Es war beruhigend, dass Pierre meinen brutalen Satz gegenüber Werner zwar als heftig bezeichnete, aber Werners Kränkung darüber würde mit der Zeit verblassen, meinte er.

»Bist du sicher?«, fragte ich.

Pierre saß auf der Anrichte meiner Küche, während ich uns Rotwein einschenkte. Auf dem Tisch stand ein Ständer mit drei Teelichtern. Ich liebte diese gemütlichen Abende mit ihm.

»Du weißt genau, dass ich mir nicht sicher sein kann. Aber ich vermute es.«

Er nahm das Weinglas, das ich ihm reichte, und wir stießen an. »Auf Werner und dich«, rief Pierre feierlich und trank in einem Zug das halbe Glas leer. »Sag mal, Rieke, warum genau willst du die Harmonie zwischen euch wiederherstellen? Gibt es dafür einen speziellen Grund? Eigentlich kann dir das doch schnuppe sein.«

»Wie bitte?«

Pierre nahm noch einen großen Schluck, dann stellte er das Glas neben sich auf die Anrichte. »Dafür kann es nur zwei Gründe geben, oder?«

»Und welche wären das, deiner Ansicht nach?«

»Grund eins: Du bist harmoniesüchtig und verkraftest es nicht, dass zwischen dir und jemand anderem Missstimmung herrscht. Grund zwei: Es macht dich fertig, dass er sich zurückzieht, weil du eigentlich mit ihm zusammenkommen willst.«

»Das hört sich schablonenhaft an. Aber ich weiß sowieso, dass du Grund zwei vermutest.«

»Richtig geraten.« Er grinste, dann stützte er sich mit den Händen auf, um mir ganz lässig zu verkünden: »Es ergibt aber nur Sinn, wenn du das auch wirklich willst. Du kannst ihm nicht wieder näherkommen und dich dann erneut zurückziehen.«

»Das ist ja das Problem«, meinte ich kleinlaut, »dass ich es gleichzeitig will und große Angst davor habe.«

Pierre verzog den Mund. »Hm ... Aber wenn ihr euch annähert und du dich wieder zurückziehst, zeigt er dir irgendwann den Mittelfinger. Im übertragenen Sinn, meine ich.«

»Ja, das ist anzunehmen. Und wenn ich es gar nicht versuche, dann passiert nichts, weil er kein zweites Mal einen Versuch wagen wird.«

Pierre nickte vor sich hin. »Tja, so sind sie, die Männer. Ich finde, man sollte dieses gekränkte Ehrgefühl aus ihnen rausprügeln, bis sie Blut spucken.«

Fragend hob ich die Augenbrauen. »Ich nehme an, du zählst dich nicht dazu?«

»Nein!«, rief er erbost und meinte es völlig ernst. »Ich sehe die Dinge klar und vernünftig und schmolle nicht sinnlos vor mich hin.«

»Dein Selbstbild stimmt eins zu eins mit dem Fremdbild überein.«

»Du solltest nicht so viel *Psychologie Heute* lesen. Bleib bei dem, was du kennst. *Vogue, Marie Claire, Madame* …«

Unsere Pizza kam, und Pierre bestand darauf, zu bezahlen. Wir saßen im Wohnzimmer, tranken Wein und aßen Pizza, und im Hintergrund lief Edith Piaf. Der Wein war uns nur ein kleines bisschen zu Kopf gestiegen, nicht genug, um angeheitert zu sein, aber genug, um die Zunge zu lösen. Deshalb entwickelte sich Pierres Besuch in eine Richtung, die ich nie für möglich gehalten hätte und die das Band zwischen uns noch fester schloss.

Angenehm gesättigt lehnten wir uns auf der Couch zurück. Pierre sagte, dass er sich in Berlin vielleicht auch eine Katze anschaffen werde, worauf mir einfiel: »Was meintest du heute damit, als du diese Katze erwähnt hast, bei einer Familie? Was heißt *eine Familie*?«

Pierre schloss für einen Moment die Augen und stöhnte kurz auf. »Beinahe hätte ich es geschafft, dieser Frage für immer zu entkommen. Aber ich hab mich heute verplappert. Schätze, ich bin dir schuldig, dass ich's dir erzähle.«

»Du bist mir gar nichts schuldig, Pierre. Ich möchte, dass du es mir erzählst, weil du es willst, und nicht, weil du mir etwas schuldest.«

Er starrte geradeaus, und es dauerte eine ganze Weile, bis er ansetzte: »Sie haben mich in einem Karton vor dem Münchner Waisenhaus gefunden. Da hatte mich jemand ausgesetzt, wahrscheinlich meine Mutter.«

Entsetzt starrte ich ihn an. Ich wusste, wie dünn das Eis gerade war, und wusste auch, wenn ich jetzt ein falsches Wort sagte, würde er nicht weiterreden.

»Es war Anfang Februar und scheißkalt. Ich war ein paar Tage alt, eingewickelt in eine Decke, und ich steckte in diesem Karton. Erst mit drei Jahren kam ich in die erste Pflegefamilie, weil ich so ein kränkliches Kind war. In wie vielen Pflegefamilien ich war, kann ich gar nicht zählen. Adoptieren wollte mich sowieso niemand. Schwer erziehbar und so, na ja, jedenfalls war ich dann bis achtzehn im Heim, aber eigentlich war es nicht schlimm da. Ein paar dieser Sozialpädagogen waren echt nett. Hab halt so hin und her gejobbt, und ich hätte jedes Mal lachen können, wenn sie mich beim Bewerbungsgespräch gefragt haben: ›Und was machen Sie in Ihrer Freizeit?‹ Tja, in meiner Freizeit gehe ich regelmäßig zur Psychotherapie und versuche, meine Mutter zu finden.« Er sah mich an.

»Sprich weiter«, forderte ich ihn auf.

»Also, wie es aussieht, bin ich halb deutsch und die andere Hälfte kommt wahrscheinlich aus dem arabischen Raum. Es gibt zwei Annahmen: Entweder meine deutsche Mutter hat sich mit einem Touristen, Asylanten oder so eingelassen und sich nicht getraut, es ihrer Familie zu sagen. Oder meine arabische Mutter hat sich mit einem Deutschen eingelassen und sich nicht getraut, es ihrer Familie zu sagen. Wahrscheinlich ist es Ersteres.«

Pierre starrte immer noch geradeaus. Als er keine Anstalten machte weiterzusprechen, rutschte ich zu ihm hin, legte meinen Kopf an seine Schulter und schlang den Arm um ihn. »O Pierre«, flüsterte ich. »Es tut mir leid, so entsetzlich leid.«

»Aaah, hab gelernt, damit zu leben.« Pause. »Du bist bis jetzt der einzige Mensch, von dem ich mich geliebt fühle, Rieke.«

Das ging mir so schrecklich nahe, dass mir die Tränen

übers Gesicht liefen und auf sein Hemd tropften. »Du bist mein Seelenverwandter.«

Er streichelte mir sanft über den Kopf. »Ja, das sind wir, seelenverwandt. Weißt du, dass dieses Wort ständig missbraucht wird? Manche Leute haben einen einzigen geilen One-Night-Stand und erzählen allen, dass sie ihren Seelenverwandten getroffen haben. Und Verliebte nehmen automatisch an, dass der andere ihr Seelenverwandter ist. Dabei kapieren sie die Bedeutung des Wortes gar nicht. Es bedeutet nämlich, dass man in einem anderen Leben schon einmal miteinander zu tun hatte.«

»Ja, komischerweise denkt man beim Verliebtsein immer an Seelenverwandtschaft.«

»Aber der Seelenverwandte ist nicht immer der Liebespartner, das kapieren die nicht. Bernd ist nicht mein Seelenverwandter, und wir ergänzen uns so gut, gerade weil wir nicht seelenverwandt sind. Darüber bin ich verdammt froh.«

»Ich glaube, mir ist gerade etwas klargeworden.«

»Was denn?«

»Dass Werner und ich uns in ein paar Punkten ähnlich sind, uns aber in anderen Dingen total unterscheiden. Und das ist vielleicht das Gute daran.«

»Du solltest aus deiner verdammten neurotischen Ecke kommen und Werner so richtig den Kopf verdrehen, bis er nie wieder jemand anderen will. Aber vielleicht will er das schon jetzt nicht, und statt ihn zu verführen, kuschelst du mit mir auf dem Sofa rum.«

»Du bist ein Holzkopf.«

»Ja, ich liebe dich auch.«

20

Normalerweise verging eine Woche so rasend schnell, dass man sich am Freitag stets wunderte, dass schon wieder Freitag war. Diesmal war es anders. Die Tage zogen sich dahin.

Am Dienstag schickte ich eine Mail an Isabella und fragte, ob sie am Freitag Lust hätte, ins *Jean-Luc* mitzukommen.

Werner meldete sich nicht – und ich musste ihn einfach sehen! Vielleicht würde Jessica noch mal so nett sein und ihm Bescheid sagen, dass wir da waren. Isabella antwortete, dass sie gerne am Freitag mitkommen würde. Dann rief mich endlich Saskia mal wieder an und sagte, dass ihre Stressphase vorbei sei. Ihr Enkel sei nun gesund und ihr blöder Chef wieder aus dem Krankenhaus entlassen. Sie wollte ebenfalls am Freitag mitkommen. Dass Pierre dabei sein würde, verstand sich von selbst. Nur Gigi konnte leider nicht, weil ihre Schwiegereltern zu Besuch waren.

Am Mittwoch erschien Pierre später zur Arbeit, weil er Bernd zum Flughafen gefahren hatte. Er schlug sich wacker. Wahrscheinlich lag es daran, dass er es nicht allzu lange ohne Bernd aushalten musste. In zweieinhalb

Wochen würde er weg sein! Und am Donnerstag rannten uns die Kundinnen die Tür ein, was bedeutete, dass ich einen hervorragenden Umsatz machte.

Seppi hatte mittlerweile einen normalen Appetit entwickelt, aber sein Treppchen zu meiner Couch blieb immer noch unbenutzt. Als ich am Donnerstagabend nach Hause kam, hatte er verklebte Augen, und ich rannte zum Supermarkt, um Fencheltee zu kaufen. Behutsam wischte ich ihm damit über die Augen, und er ließ es geschehen. Dabei ließ er es auch zum ersten Mal zu, dass ich ihn streichelte. Er schnurrte zwar nicht vor Wohlbehagen, aber er ging auch nicht auf Abwehr. Danach kam er zum ersten Mal ins Wohnzimmer, nicht auf die Couch, aber in sein anderes Körbchen. Nun gut, allmählich hatte er akzeptiert, dass er die Dinge nehmen musste, wie sie waren.

Werner ließ die ganze Woche nichts von sich hören, obwohl er geschrieben hatte, er werde sich in den nächsten Tagen melden. Pierre schimpfte über meine Sturheit, aber warum sollte ich Kontakt aufnehmen, wenn wir anders verblieben waren? Nein, ich würde ihn nicht anrufen. Nachgeben war eine Sache, aber sein Rückgrat zu verbiegen eine andere.

Bevor wir am Freitag ins *Jean-Luc* aufbrachen, gab ich online eine Stellenanzeige auf. Sie würde am Mittwoch erscheinen, und wenn ich Glück hatte, fand ich jemand Geeigneten, wenn Pierre nach Berlin ging.

Zum ersten Mal war das *Jean-Luc* an einem Freitag nicht brechend voll. Vermutlich lag es daran, dass manche Leute bereits für Weihnachten sparten und ihr Geld lieber in Geschenke investierten. Jessica begrüßte uns herzlich.

Als sie uns an unseren Tisch brachte und uns die Karten reichte, sagte sie: »Ich sag Werner Bescheid, dass Sie da sind.«

»Super«, meinte Pierre.

Saskia nickte.

Isabella informierte Jessica: »Und ich bin diesmal auch dabei, Isabella ist mein Name. Sagen Sie ihm das, ja? Da wird er überrascht sein.«

Daraufhin blickte Jessica in meine Richtung, lächelte mich abwartend an, und als ich nichts sagte, fragte sie: »Sie sind Rieke, oder? Die Frau, mit der Werner sich verloben will.«

Vor Überraschung blieb mir der Mund offen stehen. »Was? Ich? Ja. Was hat er gesagt?« Diese Frage hätte ich mir verkneifen sollen.

»Er hat gesagt, dass Sie die Frau sind, mit der er sich verloben wird.«

Ich hielt es nicht aus, sondern musste einfach weiterfragen, egal was die anderen darüber denken mochten: »Wann hat er das gesagt? Nachdem wir das letzte Mal hier waren oder erst kürzlich?«

Jessica sah für einen Augenblick verwirrt aus, dann dachte sie kurz nach und antwortete: »Es war, glaube ich, einen Tag nachdem Sie zuletzt hier waren.«

»Oh.«

»Äh ... Nun gut. Wissen Sie schon, was Sie trinken möchten?«

Wir aßen die Vorspeise, die Hauptspeise, bestellten die dritte Runde an Getränken, aber Werner kam nicht. Es war ein schöner Abend, alle waren guter Laune und erzählten von früher, und wir lachten über Pierre und auch über Isabella, die mich mit ihrem ironischen Humor überraschte.

Aber Werner ließ sich nicht blicken.

Als Jessica unsere Teller abräumte, fragte Pierre: »Hat Werner heute keine Zeit?«

Jessica zuckte die Schultern. »Ich hab ihm gesagt, dass Sie da sind.«

»Und was hat er gesagt?«, bohrte Pierre.

»Gar nichts.«

Mir wurde klar, dass ich für Werner gestorben war. Aber hätte er nicht wenigstens den anderen Hallo sagen können? Na gut, ich wollte nicht länger darüber nachdenken. In acht Tagen sollte die Verlobungsfeier sein, und die würde ich wie vereinbart über die Bühne bringen. Was danach kam, war mir egal. Jawohl, ganz egal. War doch sein Problem, nicht meines. Ich würde diese Zwanzigtausend nehmen, die Wilfried uns zur Verlobung schenken wollte, denn schließlich hatte ich schon Zeit und Mühe investiert, und dann würde ich mich zurückziehen. Sollte er doch Wilfried erzählen, was er wollte ...

»Hallo zusammen«, hörte ich auf einmal diese einzigartige Stimme hinter mir. Mir fiel beinahe das Glas aus der Hand. Wie es aussah, war ich so in meine Gedanken vertieft gewesen, dass ich Werners Kommen nicht bemerkt hatte. Ich hob den Kopf, aber Werner sah an mir vorbei. »Wie geht's?«, fragte er wen auch immer, mich jedenfalls nicht.

Werner und die anderen unterhielten sich über das Essen, und Werner meinte, es sei nett, dass Isabella da sei. Hin und wieder blickte ich zu ihm auf, sah sein freundliches Gesicht und das schöne und einnehmende Lächeln, aber ich hätte genauso gut in Turkmenistan sein können – er nahm keinerlei Notiz von mir.

»Rieke hat mich gefragt, ob ich mitkommen will«, erklärte Isabella. »Ist das nicht süß von ihr?«

Das war der Moment. Wie würde er reagieren? Werner bewegte langsam den Kopf in meine Richtung, sah mich an, lächelte kaum merklich und sagte: »Ja. Rieke kann süß sein, wenn sie will.«

Ich hörte Gekicher, wahrscheinlich von Saskia und Isabella. Pierre stützte sich am Tisch ab, hatte einen ernsten Gesichtsausdruck und sah Werner ins Gesicht. »Ach, eigentlich ist Rieke immer süß, Werner. Und wenn sie es mal nicht ist, dann liegt es daran, dass sie auch mal einen miesen Tag hat oder die falschen Worte wählt. Wie wir alle von Zeit zu Zeit. Wer sie kennt, weiß, dass sie selbst das am meisten bereut.«

Mein Puls raste. Ach, Pierre. Er konnte mich einfach nicht leiden sehen. Würde Werner mich weiter all dem aussetzen? Dann sagte er: »Verstehe«, schenkte mir ein Lächeln und versprach, uns ein paar Desserts rauszuschicken. *Verstehe?* Was sollte das heißen? Verstand er wirklich, oder war es nur eine Floskel?

Er verabschiedete sich, wobei er mir zumindest jetzt grüßend zunickte.

Wir verputzten die Desserts, bezahlten und standen auf. Die anderen gingen voraus, ich war die Letzte in der Schlange auf dem Weg zur Tür. Kurz vor dem Ausgang blickte ich nach rechts und warf einen Blick zur Küche. Da stand er, mit dem Rücken zu mir, lachte über etwas, das einer der Köche gerade sagte. Er drehte sich um, als ich die Klinke schon in der Hand hatte, und für zwei

Sekunden sahen wir uns an. Ich trat nach draußen in die Kälte und versuchte zu begreifen, was mit mir geschah: Ich musste mich gar nicht mehr vor einem gebrochenen Herzen schützen. Es war bereits geschehen. Ich war sechsundvierzigeinhalb und noch nie in meinem Leben so verliebt gewesen.

Als ich um elf Uhr nach Hause kam, hörte ich dreimal hintereinander *So bist du* von Maffay und dachte an Werner. Werner. Werner. Werner. Nie hatte es einen schöneren Männernamen gegeben. Das Lied machte mich fertig, auch weil ich wusste, dass Werner es mochte und wahrscheinlich alle Strophen auswendig kannte. Wenn ich wollte, dass wir beide eine Chance hatten – und das wollte ich –, dann musste ich über meinen Schatten springen. Ich nahm mein Handy und tippte:

Hey Werner, war nett, dich mal wieder zu sehen. Ich höre gerade ein bisschen Musik, und weißt du was? So bist du *ist zu einem meiner Lieblingssongs geworden, neben* Du erinnerst mich an Liebe *von Ich + Ich. Kennst du das? Herzlichen Gruß, Rieke*

Mittlerweile wusste ich, dass Werner beim Antworten nicht einer der Schnellsten war. Es war kurz nach Mitternacht, jetzt endete seine Schicht. Vielleicht würde er gar nicht auf seinem Handy nachsehen, bis er nach Hause gekommen und geduscht hatte. Oder bis morgen.

Es verging eine halbe Stunde, bis ich im Bad fertig war und mir noch einen Tee machte. Immer noch nichts. Na, dann eben nicht. Ich würde mich nicht zur Idiotin machen und ihm noch mal eine Nachricht schicken. Und wenn mich dieser verdammte Schmerz und die Reue auffraßen – das war's von meiner Seite!

Ich legte mich ins Bett, deckte mich zu, machte es mir bequem – da piepte mein Handy. Eiligst nahm ich es von dem kleinen Mosaiktischchen neben meinem Bett. Er schrieb:

Ja, ich fand es auch nett, euch zu sehen. Du erinnerst mich an Liebe *ist toll, ich mag es auch. Schlaf gut.*
Gruß, W.

Ich solle gut schlafen? Seine Zeilen waren nicht persönlicher als eine Nachricht der Lufthansa an einen Fluggast.

Gut. Wenn er stur sein wollte, bitte. Meinen Stolz würde ich nicht aufgeben!

Für den nächsten Tag hatte ich mir nichts vorgenommen. Es war Samstag, ich verbrachte den Abend vor dem Fernseher und sah mir Chips essend *Downton Abbey* auf DVD an. Pierre mochte die Serie auch, vor allem wegen Rob James-Collier, der einen schwulen Dienstboten spielte. Aber Pierre hatte schon etwas vor, und Saskia machte zu Hause Bürokram, den sie von der Arbeit mitgenommen hatte. Wenn uns vor zwanzig Jahren jemand erzählt hätte, dass wir mit Mitte vierzig an einem Samstag zu Hause vor dem Fernseher sitzen oder Bürokram erledigen würden, hätten wir wahrscheinlich gesagt, da könnten wir uns doch gleich vor einen Zug werfen.

Um halb acht klingelte es. Diese abendlichen Klingeleien an meiner Haustür in letzter Zeit hatten immer etwas mit Seppi zu tun gehabt. Aber Werner arbeitete samstags nur bis vier. Möglicherweise wollte er mal vorbeischauen? Ich hoffte es so sehr!

An der Tür war Herr Hindemann. Er habe die restlichen Sachen aus der Wohnung seiner Mutter abtransportiert, erzählte er. Er wollte wissen, ob ich mit Seppi gut zurechtkam und wie es ihm ging. Das fand ich sehr nett von ihm. Schließlich hätte er auch keinen Gedanken mehr an den Kater seiner Mutter verschwenden können. Seppi verhielt sich ihm gegenüber noch gleichgültiger als mir gegenüber. Herr Hindemann kam kurz herein, streichelte ihn und sagte. »Freut mich, dass alles in Ordnung ist. Aber meine Mutter sagte mir ja schon, dass Sie und Seppi einen guten Draht zueinander haben.«

»Ja«, sagte ich. Was hätte ich sonst sagen sollen? Dass wir einander nicht ausstehen konnten? Allerdings musste ich zugeben, dass ich ihn inzwischen nicht mehr verabscheute, und wie es aussah, wollte auch Seppi mir nicht mehr die Augen auskratzen.

Als Herr Hindemann sich verabschiedet hatte, kehrte ich wieder auf die Couch und zu meiner DVD zurück. Zehn Minuten später klingelte es erneut. Wollte Herr Hindemann mir noch etwas mitteilen?

Ich riss die Tür auf, und da stand er. Werner, die Haare vom Wind zerzaust und die Haut frisch und leicht gerötet. Er sah mir ins Gesicht, so eindringlich, wie ich es noch nie bei einem Mann gesehen hatte.

»Hallo, Werner.« Ich merkte selbst, wie überrascht ich klang.

»Hallo, Rieke. Ich hätte es dir eigentlich schon gestern sagen sollen, wollte das aber nicht vor den anderen tun.«

»Und was?«

Er setzte zum Sprechen an, aber dann sagte ich: »Komm doch rein.«

»Ja, ist vielleicht besser. Die Nachbarn müssen nicht alles mitbekommen.«

Nachdem er im Flur stand, drückte ich die Tür ins Schloss, und Werners Augen blieben auf Seppi haften, der in seinem Körbchen saß und ihn hasserfüllt anblickte. Dieser Blick kam mir nur allzu bekannt vor.

»Ist das die Katze, von der du erzählt hast?«

»Nein, Werner. Das ist ein Walross.«

Werner lächelte. »Okay. Ist das *die* Katze?«

»Sie ist ein Er, ein Kater. Er heißt Seppi und hat meiner Nachbarin gehört, die kürzlich verstorben ist.«

»Ich weiß. Du hast es bei deinem Vater erzählt. Finde ich wirklich nett von dir, dass du ihn aufgenommen hast.«

»Was hätte ich denn tun sollen? Er wäre sonst ins Tierheim gekommen.«

Werner sah mich beinahe ein bisschen bewundernd an. »Du bist gutmütiger, als du zugeben willst. Ich weiß gar nicht, warum du das so verbirgst. Das ist doch keine Charakterschwäche.«

Das machte mich verlegen. »Ich mache uns mal einen Tee.« Ich wollte schon in die Küche gehen, aber er sagte: »Nein, ich geh gleich wieder, wollte dir nur etwas vorbeibringen.« Werner hielt eine kleine Papiertüte von Karstadt hoch, die ich bis jetzt nicht bemerkt hatte.

»Was ist das?« Er brachte mir ein Geschenk mit? Einfach so? Und was hatte er mir gestern schon sagen wollen, aber nicht vor den anderen? Ich konnte es kaum erwarten zu sehen, was er mir mitgebracht hatte. Noch gespannter war ich auf das, was er mir zu sagen hatte.

»Als du bei mir übernachtet hast ...«

»Ja?«

»Also, an dem Morgen hat Wilfried mich nach meiner Bankverbindung gefragt und ... er hat mir das Geld gestern schon überwiesen. Eigentlich hatte ich nicht damit gerechnet, dass er das schon vor der Feier macht. Jedenfalls ...« Er reichte mir die Tüte. »Hier sind deine Zwanzigtausend.«

Ich wusste nicht recht, wie ich reagieren sollte. Sollte ich die Sache hier und jetzt beenden, ihm sagen, dass mir das Geld egal sei, und dass er doch sehen sollte, wie er das mit Wilfried geregelt bekam? Oder sollte ich mir nichts anmerken lassen und einfach Danke sagen? Beide Varianten erschienen mir zu extrem, und authentisch fand ich sie ebenfalls nicht. Also griff ich nach den Henkeln der Tüte, wobei ich seine Hand streifte. »Du spazierst mit zwanzigtausend Euro in einem Karstadt-Tütchen durch die Straßen? Aber es heißt ja, das Sicherste in Ausnahmesituationen sei, so normal wie möglich zu wirken.«

Werner lachte, zeigte dabei seine tollen Zähne und die sympathischen Lachfältchen um seine Augen. »Du hast recht, aber ich wollte dich nicht nach deiner Kontonummer fragen, das fand ich zu persönlich.«

»Persönlich? Es gibt kaum etwas Unpersönlicheres als Kontonummern. Vermutlich kam es dir indiskret vor.«

»Ja, klar.« Ich konnte sehen, wie unangenehm ihm meine Zurechtweisung war. Weshalb, wurde mir zu spät bewusst: Ich benahm mich wie Wilfried mit seinen Deutschlektionen. Um die Peinlichkeit zu überspielen, sagte ich schnell:

»Aber weißt du, was? Ich bringe zum Beispiel ständig legitim und legal durcheinander, oder pathetisch und pragmatisch ... Ach ja, und den Unterschied zwischen Ironie und Sarkasmus habe ich bis heute nicht kapiert.«

»Ach, echt?«, meinte er, nun erst recht pikiert. »Kennst du den Unterschied zwischen Überheblichkeit und Klugscheißerei? Falls ja, dann lass es mich wissen, denn ich kann da nicht so differenzieren. Oder wie wir Dumpfbacken zu sagen pflegen: ›Kömma ned unterscheiden, den Unterschied, der wo da drinsteckt.‹«

»Ach komm, hör schon auf! Du weißt doch, dass ich das nicht so gemeint habe.«

»Weiß ich das?«

»Solltest du. Und außerdem finde ich, wir sollten nicht blöde im Flur herumstehen. Ich mit zwanzigtausend Euro in der Hand und du mit ... mit deinem gekränkten Stolz.«

»Ich habe keine Zeit. Und was heißt da gekränkter Stolz? Wie kommst du darauf?«

»Es tut mir leid, dass ich dich verbessert habe. Es war idiotisch. Du weißt, dass ich weiß, dass wir beide wissen, wie klug wir sind.«

Werner sah nachdenklich aus, tat betont verwirrt, schließlich sagte er: »Alles klar. Hör zu, Rieke, in einer Woche ist die Feier. Wilfried hat gefragt, ob er wieder bei uns übernachten kann, aber ich will nicht, dass das zur Gewohnheit wird, und außerdem kann ich nicht schon wieder von dir verlangen, dass du mit mir ... äh, bei mir schläfst. Darum hab ich zu ihm gesagt, wir würden direkt danach bis Sonntagabend nach Neuschwanstein fahren. Gott weiß, warum mir ausgerechnet das eingefallen ist.«

»Wahrscheinlich wegen der Bettwäsche.«

»Wie bitte?«

»Als du mich von Wilfried aus angerufen hast, hast du gesagt, auf der Bettwäsche sind König Ludwig und Schloss Neuschwanstein abgebildet.«

»Ach ja, kann sein, dass es daran liegt. Gott sei Dank, ich war schon beunruhigt.«

Darüber musste ich ein bisschen lachen. »Aber wir müssen doch nicht wirklich nach Neuschwanstein ...«

»Ich fürchte schon.«

»Was?«

Werner atmete erschöpft aus. »Ich zitiere: ›Wirklich? Ich liebe Neuschwanstein und alles, was mit König Ludwig zu tun hat. Da werdet ihr bestimmt ein paar wunderschöne Fotos machen. Die müsst ihr mir zeigen!‹ Zitat Ende.«

»Ach, Werner!« Ich verdrehte die Augen, aber die Vorstellung, den Sonntag mit Werner zu verbringen, ließ mein Herz klopfen wie verrückt.

»Ich habe zwei Einzelzimmer in der Nähe von Neuschwanstein reserviert, für die Nacht von Samstag auf Sonntag.«

»Okay. Wollen wir jetzt nicht doch in die Küche oder ins Wohnzimmer?«

»Nein, ich muss weg.« Er wandte sich zum Gehen.

»Was hast du denn noch vor?«

»Du bist ja verdammt neugierig«, sagte er über die Schulter.

»Kann sein, ja.«

Werner sah mich an, und ich merkte ihm an, wie er im Schnelltempo nach einer Ausrede suchte. Er wollte mir vermutlich nicht sagen, dass er sich mit einer Frau traf, weil er glaubte, ich würde ihn für sprunghaft halten. Aber was dann aus seinem Mund kam, machte mich sprachlos.

Er steckte die Hände in die Jackentasche, nickte zweimal, dann hob er den Kopf, sah mich an und sagte: »Na gut. Ich habe nichts vor, okay? Aber ich will nicht hierbleiben, weil ... Also, mir ist das Ganze furchtbar peinlich, Rieke. Ich bin doch gar nicht böse auf dich, sondern sauer auf mich selbst, weil ich einen total falschen Ansatz hatte. Ich dachte, hey, du hast dich noch nie in deinem Leben vor eine Frau hingestellt und ihr gesagt, dass du sie toll findest – weil es einfach keine gab. Und dann benehme ich mich wie ein Elefant im Porzellanladen und bringe dich in eine unmögliche Situation. Es tut mir wirklich leid, Rieke. Dazu hatte ich kein Recht, und wie komme ich überhaupt dazu ...«

»Werner, ich ...«

»Nein, nein ... Es wäre mir ganz recht, wenn wir das nicht mehr erwähnen, ja? Ich sehe doch, wie du seitdem von deinem schlechten Gewissen geplagt wirst. Bitte, Rieke, stell das ab. Wir vergessen das einfach.«

»Werner, warte! Ich kann dir versichern ...«

»Nee, jetzt ist es gut. Akzeptiere das doch, bitte!«, sagte er so entschieden, dass ich zurückzuckte. »Gute Nacht!« Er öffnete die Tür, trat hinaus und schloss sie leise hinter sich.

Ich starrte die Tür an, ließ die Tüte fallen und hob fassungslos die Hände. Was war denn das? Das konnte doch unmöglich gerade passiert sein! Ich ließ mich auf den Boden fallen und schlug mit einer Hand auf den Boden. »Scheiße. Scheiße. Scheiße.« Ich vergrub den Kopf in den

Händen, saß unbeweglich da und konnte das alles nicht glauben.

Da spürte ich etwas an meinem linken Ohr und fuhr erschrocken auf. Seppi hatte seine Schnauze in meinen Haaren vergraben. Nun saß er da und sah mich an. Ich setzte mich wieder, streckte die Arme nach ihm aus und nahm ihn behutsam hoch. Er wehrte sich nicht, und ich drückte ihn an mich und sagte: »Weißt du was, Seppi? Wie es aussieht, ist es mein Schicksal, alleine zu sein. Das ist okay. Bis jetzt war es schließlich auch okay. Aber vielleicht sollte ich nicht mit einem Kater über meine Gefühle sprechen?«

21

Am Sonntagmorgen sagte mein Vater unser Essen bei ihm ab, weil er und seine Skatkumpels beschlossen hatten, zum Seniorentee zu gehen. Wie es aussah, gab es in einem Wohnstift einmal im Monat eine Veranstaltung, zu der auch Außenstehende kommen konnten.

»Auf diese Weise werben sie für neue Bewohner, sagt der Rudi, aber uns ist das wurscht. Wir wollen Tee trinken und ein bisschen tanzen.«

»Und Frauen kennenlernen?«, feixte ich.

»Och, man weiß schließlich nicht, wann man jemanden trifft, mit dem man alt werden möchte, gell.«

»Hey, der war gut, Papa. Aber ich frage mich, wie viele von denen noch tanzen können.«

»Pah, immer diese Vorurteile gegenüber alten Leuten. Wir machen ja nicht Racknroll, sondern tanzen ganz klassisch.«

»Gut zu wissen, Papa. Aber wenn du dich übernimmst und wir eine neue Hüfte zahlen müssen, dann wird dir das von deiner Rente abgezogen. Und Stubenarrest gibt's auch.«

»Rieke, sei mir nicht bös, aber ich muss los.«

»Gut, ich will dich ja nicht zum Lachen zwingen.«

»Tschüschen!«, rief er vergnügt und legte auf.

Unerwartet war ich ein bisschen traurig darüber, dass er mich ausgeladen hatte. Offenbar hatte ich mich doch bereits an das Sonntagsessen bei meinem Vater gewöhnt.

Ich rief Saskia an und fragte sie, ob sie Zeit habe. Sie kannte mich gut genug, um mir schon an der Stimme anzumerken, dass mich etwas bedrückte. Also erzählte ich in groben Zügen von gestern Abend und von Werner.

Wir verabredeten uns für drei Uhr, gingen im Englischen Garten spazieren und sammelten Kastanien für ihren Enkel Linus. »Wahnsinn, Rieke«, sagte sie mit sehnsuchtsvoller Stimme, als sie sich mit zwei Kastanien in der Hand wieder aufrichtete. »Wenn du mal darüber nachdenkst, wie schnell die Jahre vergehen ...«

»Ja, das tun sie«, sagte ich bestätigend.

Traurig senkte sie den Kopf und besah sich die beiden Kastanien in ihrer Hand. »Mir kommt es vor wie gestern, dass ich Kastanien gesammelt habe und Schlitten gefahren bin. Wenn ich die Augen schließe und mich konzentriere, kann ich heute noch den kalten Wind im Gesicht spüren.«

»Ja, komisch. Als Kind scheint einem ein Jahr so lang. Und irgendwann bist du eine Frau im mittleren Alter, was bis jetzt immer die Freundinnen deiner Mutter waren.«

Saskia sah mich an und lächelte. »Ich glaube, wir sind im gefährlichsten Alter.«

Ich schüttelte verständnislos Kopf. »Gefährlich? Im Sinne von *Leichte Beute für Diebe und Bauernfänger* oder im Sinne von *Man fragt sich, was man hätte besser machen können?*«

»Das weißt du doch.«

Wir setzten uns wieder in Bewegung. Die Herbstblätter hatten ihre kräftige Farbe verloren und waren von Regen und Schmutz braun und verklebt. »Ja, ich weiß. Aber wir alle tun doch unser Bestes, oder?«

Saskia blieb wieder stehen. »Ich muss dir etwas sagen. Du bist der einzige Mensch, dem ich das sagen kann, weil ich weiß, dass du mich nicht verurteilen wirst.«

»Du hast dich wieder mit Thorsten versöhnt?«

Saskia sah mich entsetzt an. »Nein, wirklich nicht. Mir ist doch klar, dass es keinen Sinn hätte.«

»Was ist es dann?«

»Ich vermisse ihn, nicht ständig, aber ganz oft. Und irgendwann habe ich begriffen, dass ich gar nicht Thorsten vermisse, sondern das Alleinsein nicht mag.«

Ich nickte ihr lächelnd zu.

»Du kommst damit bestens klar, Rieke, das konnte man ja über viele Jahre hinweg sehen, genießt es sogar. Das hab ich immer an dir bewundert. Aber ...« Sie brach ab und wirkte verunsichert, ob sie weitersprechen sollte.

»Du kannst ruhig aussprechen, was du denkst, Saskia.«

»Aber ... bei dir scheint es umgekehrt zu sein.«

»Umgekehrt?« Was meinte sie denn damit?

Sie krempelte den Kragen ihres Mantels hoch. »Ich war mit Thorsten zusammen, weil ich das Alleinsein nicht packe. Deshalb geht es mir jetzt schlecht, und das hat nichts mit Thorsten persönlich zu tun. Und dir ging es mit dem Alleinsein immer gut, aber jetzt geht es dir schlecht. Wegen Werner. Du willst nicht mehr alleine sein, aber nicht, weil du gegen das Alleinsein kämpfst, sondern nur wegen Werner.«

Das hörte sich furchtbar traurig an, und so fühlte ich mich auch, unendlich traurig.

»Ich weiß, dass dir das nun wirklich kein Trost ist, Rieke,

aber du kannst stolz auf dich sein. Was du alles geschafft und überstanden hast. Und dann kommt plötzlich dieser Mann, der wie geschaffen für dich ist. Unser Werner, der im Sommer immer diese grässlichen weißen Tennisshirts getragen hat.«

»Poloshirts.«

»Na, meinetwegen.«

Wir lachten kurz darüber.

»Du musst es ihm sagen, Rieke!«

»Was denn sagen?«

»Dass du dein Herz an ihn verloren hast.«

»Bist du verrückt? Er glaubt doch, dass ich so nett zu ihm bin, weil ich ihn wegen meiner Ablehnung trösten will.«

»Dann schreib ihm alles.«

»Ich soll ihm einen Brief schreiben, wie eine Vierzehnjährige?«

»Oder stell dich vor ihn hin und sage: ›So, jetzt pass mal auf, Werner ...‹«

»O ja, da wird er bestimmt sofort in romantische Stimmung kommen ...«

»Dann sag ihm, du musst unbedingt ... Nein, streich das, das hat was Panikmäßiges. Also du musst mit ihm sprechen, und es ist wichtig, dass er dich ausreden lässt.«

»Er glaubt mir nicht, das ist das Problem. Er denkt, dass ich nett zu ihm bin, weil ich ein schlechtes Gewissen habe und ich ihn bemitleide.«

»Ihn bemitleidest?« Saskia machte eine amüsierte Grimasse. »Hast du ihn dir schon mal angesehen? Ich glaube nicht, dass Werner große Probleme hat, eine Frau aufzureißen.«

»Ich habe keine Ahnung, was er eigentlich denkt.«

»Und er hat keine Ahnung, was du denkst. Da haben sich ja zwei Knallköpfe gefunden.«

Ich blieb stehen und sah sie beunruhigt an. »Weißt du, dass Wilfried auch so etwas Ähnliches gesagt hat?«

»Ein Mann mit Lebenserfahrung, der Wilfried.«

»Glaubst du wirklich, dass wir beide ... seltsam sind?«

»Definiere ›seltsam‹. Ihr seid beide ein bisschen beziehungsgestört, ist ja nicht so schlimm. Vielleicht ist es sogar besser, dass ihr es beide seid. Muss schwieriger sein, wenn einer gestört ist und der andere normal.«

Um Viertel vor zehn an diesem Abend klingelte mein Telefon. Ich hatte die Hoffnung, dass es Werner war, aber es war Emma. Sie verzichtete auf eine Begrüßung und kam gleich zur Sache: »Papa war heute auf einem sogenannten Seniorentee. Und er hat eine Frau kennengelernt!«

»Sag das noch mal!« Mein harmloser Scherz hatte tatsächlich Gestalt angenommen. »Hat er dir das gesagt?«

»Ich habe ihn vor einer Stunde angerufen, und er hat mir von diesem Seniorentee berichtet. Dann fängt er plötzlich an, von dieser Lucinda zu erzählen.«

»Lucinda? Was ist sie? Revuetänzerin?«

»Seit vier Jahren Witwe, hat zwei Söhne und wohnt in Ottobrunn. Sie haben sich für Freitag verabredet, da gehen sie Kaffee trinken, vor seiner Skatrunde. Das Ganze wäre ja nicht so schlimm, aber sie ist viel zu jung für ihn.«

Vor meinem inneren Auge sah ich eine dreißigjährige Stiefmutter, die meinem Vater auf High Heels und in einem Kurt-Cobain-T-Shirt sein Frühstück machte. »Mein Gott, wie alt ist sie denn?«

»Fünfundsechzig! Elf Jahre jünger als er!«

War Emma übergeschnappt? Ich blinzelte verwirrt, weil ich ihre Spießigkeit manchmal nicht fassen konnte. »Emma, das ist doch wohl ein Witz! Sie ist doch auch schon alt – wo ist dein Problem? Glaubst du, sie ist hinter seiner Angestelltenrente her?«

»Ich finde einen so großen Altersunterschied bedenklich.«

»Äh … Emma? Du und Lutz …«

»Ja, ich weiß. Und gerade deshalb bin ich dagegen! So ein Altersunterschied bringt große Probleme.«

»Habt ihr eine intakte Ehe?«

»Das schon, aber …«

»Liebt ihr euch?«

»Das schon, aber …«

»Emma? Hör jetzt bitte auf, ja? Soweit ich mich erinnere, hat niemand aus der Familie damals versucht, dir Lutz auszureden, obwohl er so viel älter ist. Was du gerade tust, ist unfair.«

»Aber wäre es nicht besser, er würde alleine bleiben oder sich jemanden seines Jahrgangs suchen?«

»Ich will dir nicht zu nahetreten, aber dieses Gespräch wird mir jetzt zu blöd.«

»Ich darf doch wohl noch sagen, was ich denke?«

»Schlaf drüber, Emma. Du siehst das Ganze viel zu eng. Lass die beiden Alten doch ihren zweiten Frühling erleben, also wirklich. Ich finde das sogar niedlich. Meine Güte, er war doch lange genug alleine.«

Emma nörgelte noch ein bisschen herum, aber ich hörte gar nicht mehr richtig hin. Werner war ihr zu wenig ehrgeizig, Pierre zu schwul, ich zu verschwenderisch – und jetzt war eben unser Vater dran.

»Findest du nicht auch?«

»Was?«

»Dass wir mit ihm reden sollten?«

»Emma!« Plötzlich brach mein Ärger über meine Schwester aus mir heraus. »Es reicht, wirklich! Er ist doch kein Schulbub mehr, sondern ein erwachsener Mann. Lass ihn in Ruhe!«

»Wie du meinst.« Sie hörte sich etwas pikiert an, aber das Gute an Emma war, dass sie nicht allzu lange schmollte und sich schnell wieder versöhnte.

Ich fügte hinzu: »Tut mir leid, wenn ich mich im Ton vergriffen habe, aber ich finde wirklich, wir sollten uns da raushalten.«

»Na gut. Vielleicht hast du recht.«

Als ich auflegte, war ich immer noch verärgert über meine Schwester. In regelmäßigen Abständen machte sie mich wütend. Wie oft hatte ich schon versucht, mit ihr darüber vernünftig zu sprechen, und sie gab mir manchmal sogar recht, aber dann kam wieder eine Situation wie die gerade eben, und sie vergaß ihre guten Vorsätze.

Nachdenklich stand ich vor dem Telefon und stellte mir meinen Vater vor, wie er diese Lucinda becircte. Zumindest versuchte ich es, aber es gelang mir nicht. Wäre es nicht schön, wenn er seine letzten Jahre noch mit jemandem teilen könnte? Ehrlich gesagt hätte ich nie erwartet, dass so etwas passieren könnte. Ich dachte eher, dass wir noch jahrelang an den Sonntagen bei ihm zum Essen verabredet sein würden.

22

Einige meiner Kundinnen waren am Boden zerstört, als sie erfuhren, dass Pierre uns verlassen würde. Frau Knobloch schüttelte ungläubig den Kopf und sagte immer wieder: »Ich glaube das nicht, ich glaube das nicht.« Ich befürchtete schon, sie würde anfangen, sich die Haare zu raufen. Frau Wittner sagte, das sei »ein herber Verlust«, und Frau Eisenach, die sonst stets stoische Superfrau, war so vor den Kopf gestoßen, dass sie ungläubig sagte: »Ach, Pierre, hör doch auf! Das ist doch nur wieder eine deiner Storys!« Bisher hatte sie nie zu verstehen gegeben, dass sie seine Geschichten durchschaut hatte.

Ich konnte sehen, wie gerührt Pierre war, wenn die Kundinnen ihr tiefes Bedauern über seinen Weggang äußerten. Diese Anerkennung bedeutete ihm etwas, auch wenn er es nicht offen zeigte. Und mich berührte es ebenfalls.

Nachdem die Woche mit Abschiedsgedanken angefangen hatte, lenkte mich Pierres Humor ab – und zu Hause Seppi. Endlich stieg er zum ersten Mal das Treppchen zur Couch hoch, und ich war verrückterweise so erfreut darüber, dass ich am liebsten jemanden angerufen hätte, um davon zu erzählen. Aber natürlich wäre es bescheuert gewesen, jemanden um halb zehn Uhr abends anzurufen und freudestrahlend zu verkünden, Seppi sei das Treppchen hochgegangen, und ich verwarf diesen Gedanken schnell wieder. Niemand würde das verstehen. Aber mir bedeutete es seltsamerweise etwas. Ich betrachtete es wie einen kleinen Sieg, obwohl der Kater nur dalag und keine Anstalten machte, sich an mich zu kuscheln. Ich streichelte sein weiches orangefarbenes Fell, und wir sahen uns zusammen eine uralte Krimiserie an.

Dabei fiel mein Blick auf die Schublade unter dem Fernseher, in der die zwanzigtausend Euro steckten. Merkwürdig, dass mein Traum von dem Laden gerade ein wenig in den Hintergrund getreten war. Aber mir fehlte auch der Mut, das Geld zu nehmen und für den neuen Laden – falls er überhaupt noch zu haben war – eine Anzahlung zu leisten. Eine innere Stimme mahnte mich: Was, wenn das Projekt abgebrochen wird und Wilfried das Geld zurückfordert? Das war nicht unbedingt irrational, denn ich überlegte inzwischen ernsthaft, aus der Sache auszusteigen. Aber ich konnte Werner nicht einfach fallen lassen.

Im Grunde würde ich nichts verlieren, wenn ich ihm das Geld zurückgab und sagte, ich machte nicht mehr mit. Es war ja nicht so, dass ich mit meinem jetzigen Laden unglücklich war. Natürlich wäre der neue Laden wundervoll, aber ich könnte damit leben, wenn dieser Traum nicht in Erfüllung ging. Nur würde Werner vor Wilfried blöd dastehen, wenn er sagen müsste, die Rieke habe plötzlich Schluss gemacht. Vielleicht würde ihn das sogar um sein Erbe bringen? Dass ich seit Samstagabend nichts mehr von Werner gehört hatte, war keine Überraschung, damit hatte ich auch nicht gerechnet. Gestern Abend war ich zwar kurz davor gewesen, ihm eine Nachricht zu schicken, dass ich mit ihm reden wolle und er mich diesmal bitte ausreden lassen sollte. Aber ich tat es nicht, weil ich mir dabei blöd vorgekommen wäre. Ich würde diese Feier hinter mich bringen und vielleicht noch ein- oder zweimal mit Werner zu Wilfried fahren, dann sollte er ihm sagen, wir hätten die Beziehung beendet. Und eigentlich konnte ich mir nicht vorstellen, dass Wilfried Werner deshalb enterben würde.

Am Mittwoch erschien die Stellenanzeige. Ein paar seltsame Leute riefen an, darunter eine Straßenbahnfahrerin, die sich neu orientieren wollte, und eine Frau, die mir sagte, sie wolle nach ihrer Scheidung wieder arbeiten – und mir dann geschlagene zehn Minuten von ihrer Scheidung erzählte. Dennoch konnte ich aus diesen Anrufen drei heraussuchen – alle drei Frauen –, die ich bat, am nächsten Tag nach Ladenschluss vorbeizukommen. Die Termine legte ich so, dass ich für jede von ihnen zwanzig Minuten Zeit hatte. Pierre wollte unbedingt dabei sein. Es hatte beinahe etwas Verstörendes, dass meine neue Mitarbeiterin eine Frau sein sollte, nach all den Jahren mit Pierre.

Die Erste fiel schon nach fünf Sekunden durchs Raster, weil sie vulgär wirkte. Tiefes Dekolleté, knallroter Lippenstift zu orangefarbenem Nagellack. Aber die Krönung war ihr schwarzer Lederrock, dicht gefolgt von den schwarzen Netzstrümpfen. Ich konnte schlecht schon nach ein paar Minuten sagen: »Da ist die Tür«, also saß ich den Termin ab und stellte pro forma ein paar Fragen. Nachdem sie draußen war, meinte Pierre: »Wenn du die einstellen würdest, müsstest du dein Geschäft umbenennen in *Glamour Secondhand for Bitches*.«

»Na ja, jedem das Seine«, erwiderte ich.

Die Zweite war eine bildhübsche, sehr sympathische Vierzigjährige, die mich aber nach fünf Minuten schon wahnsinnig machte. Alle paar Sekunden fuhr sie sich mit der Hand durch ihr langes Haar und warf es gleich darauf auf die andere Seite. Immer wieder, ohne Unterlass. Fast genauso störend war, dass sie in regelmäßigen Abständen »im Prinzip« sagte. Als sie draußen war, meinte Pierre: »Im Prinzip kannst du die im Hinterkopf behalten.«

Die Dritte war die Richtige. Claudia, achtunddreißig, gut gekleidet und mit guten Manieren. Kräftiger Händedruck, aufrichtiges Lächeln, leicht nervös, aber trotzdem selbstbewusst. Sie hatte einen blonden Pagenschnitt und war etwa eins fünfundfünfzig groß, also einen ganzen Kopf kleiner als ich. Als sie draußen war, meinte Pierre: »Die nehmen wir.«

»Wir? Du hast gar nichts mehr zu melden.«

Meine Bemerkung ignorierte er großzügig. »Ich finde, ihr seht süß aus zusammen. Sie ist klein und blond, du bist groß und dunkel ... Ihr einziger Makel ist diese billige Plastiktasche. Aber dafür wollen wir sie nicht verurteilen. Wahrscheinlich braucht sie den Job wegen des Geldes.«

»Ja, wahrscheinlich.«

Schon am nächsten Tag meldete ich mich bei Claudia und sagte zu. Sie freute sich unglaublich darüber, was wiederum mich freute. Es war schön, wenn man dafür gesorgt hatte, dass jemand glücklich war. »Können Sie übernächsten Montag anfangen?«

»Klar! Wann soll ich da sein?«

Als ich auflegte, hatte ich noch ein Lächeln im Gesicht.

Die Ladentür ging auf, ich hob den Kopf, und da stand – Wilfried!

Er lächelte mich an. »Tach, Fredi.«

»Wilfried?«

»Ja, ich hier. Und nicht in Hollywood.«

»Was ...«

Pierre kam ums Eck. »Hallo.«

Ich ging um den Schreibtisch herum und stellte die beiden einander vor. Sie schüttelten sich die Hand. »Bin heute schon angereist, weißt du, wegen der Feier morgen. Ich habe in einer Pension zwei Nächte gebucht, wäre mir zu anstrengend gewesen, morgen erst anzureisen.«

»In einer Pension? Nicht im Hotel?«, fragte ich.

»Warum? Eine Pension ist gut genug für mich. Hab mein Leben lang hart für mein Geld gearbeitet. Da schmeiße ich es nicht zum Fenster hinaus.«

Als er das sagte, fühlte ich mein schlechtes Gewissen. Ich nickte schweigend.

»Und da hab ich gedacht, wenn du schon hier bist, dann besuch doch die Fredi.«

»Wen?«, fragte Pierre.

»Die Fredi«, sagte Wilfried wie selbstverständlich und zeigte mit der Hand in meine Richtung.

»Rieke?«

»Und wer sind Sie?«, wollte Wilfried wissen. Er ahnte nicht, dass dies der Mann war, über dessen Geschenkeauswahl er sich so gefreut hatte. »Arbeiten Sie hier?«

»Ich? Wie kommen Sie denn darauf? Ich schaue mich nur ein bisschen um und dachte, na, sag ich doch mal Hallo zu dem Kunden, der da gerade zur Tür hereinkommt.«

»Sie sind ein Witzbold?«

»Ganz recht.«

Wilfried sah ihn von oben bis unten an, dann bemerkte er: »Sie sind schwul.«

Das fand ich allerdings bemerkenswert. Dass Pierre schwul war, merkte man nicht auf den ersten Blick. Er wirkte sogar ziemlich maskulin.

Pierre verschränkte die Arme, dann hob er in einer weibischen Geste eine Hand zum Kinn. »Glauben Sie wirklich? Wissen Sie, der Gedanke ist mir auch schon gekommen. Und Sie? Sind Sie schwul?«

»Wie kommen Sie denn auf so einen Blödsinn? In meiner Generation gab's so was nicht.«

»Ach ja, klar. Wie dumm von mir. Das ist eine Erfindung der Neuzeit.«

»Wenn Sie mich fragen, hat man das einzig und allein den Medien zu verdanken ...«

»Wilfried«, unterbrach ich, »wie schön, dass du da bist. Nimm doch Platz.« Ich schob meinen Schreibtischstuhl zu ihm hin und sagte: »Ich hole uns aus dem Coffeeshop einen Kaffee.«

»Pfui Teufel, Kaffee. Haben die auch Bananensaft?«

Pierre beugte sich vornüber, stützte sich mit den Händen an den Knien ab und schüttelte sich vor Lachen.

»Nein, Wilfried«, erklärte ich geduldig. »Aber ich glaube, dass sie Pfirsichsaft haben. Ginge das auch?«

»Wenn's sein muss«, brummelte er mürrisch.

Also ging ich los und kaufte Cappuccino, Tee und Pfirsichsaft. Als ich zurückkam, saß Pierre auf meinem Schreibtisch und lachte aus vollem Hals.

»Was ist denn so lustig?«, wollte ich wissen.

»Komm, erzählen Sie ihr den Witz, Willi.«

»Ich heiße Wilfried.«

»Na wenn schon. Und Rieke heißt nicht Fredi, und ich heiße nicht Pius.«

»Also gut«, fing Wilfried an und nahm den Saft entgegen. »Ein Ehepaar geht am Strand spazieren, dann bleiben sie stehen und sehen einem Maler dabei zu, wie er in Pastell das Strandpanorama malt. Und der Ehemann sagt voller Mitgefühl zu seiner Frau: ›Der arme Kerl. Kann sich keinen Fotoapparat leisten.‹«

Pierre lacht wieder, dann sagt er: »Erzählen Sie auch den anderen.«

»Nein, der ist männer- UND frauenfeindlich.«

»Das sind doch die besten.«

»Also schön. Aber dann ist Schluss. Gibt ein Mann an seinem Stammtisch damit an, dass seine Frau ihm immer gehorcht, sogar das Auto wäscht sie, wenn er es anordnet. Ein anderer sagt: ›Das ist doch gar nichts. Wenn ich schreie: Hey, bring mir mal einen Eimer heißes Wasser!, dann springt die, kann ich euch sagen.‹ Sein Gegenüber fragt: ›Was willst du denn mit einem Eimer heißem Wasser?‹ Darauf bekommt er zur Antwort: ›Na, glaubt ihr, ich mache den Abwasch mit kaltem Wasser?‹«

Pierre lachte, und ich sagte: »Du bist ja ein richtiger Schelm, Wilfried.«

Er zuckte die Schultern. »Ich liebe Witze, aber die meisten Leute mögen es nicht, wenn man Witze erzählt. Sie finden das einfältig.«

Pierre winkte ab. »Es ist total einfältig, das einfältig zu finden.«

Wilfried nahm einen kräftigen Schluck von seinem Pfirsichsaft, dann machte er eine Grimasse, als handle es sich um puren Zitronensaft. »Gott, schmeckt viel zu intensiv nach Pfirsich.«

Ich versuchte gar nicht erst, das zu verstehen.

Wilfried sah sich um. »Nett hast du es hier und sehr ordentlich und sauber.«

»Dieses Kompliment gebührt eher Pierre«, gab ich zu. »Aber er wird nur noch nächste Woche für mich arbeiten.« Wehmütig warf ich einen Blick auf meinen Mitarbeiter. »Pierre zieht nach Berlin.«

»Berlin?« Wilfried stellte das Getränk wieder auf den Tisch. »Was haben Sie in Berlin vor?«

»Mein Freund ist dorthin gezogen, und ich will mal etwas Neues anfangen. Aber ... Rieke und München werden mir fehlen.« Pierre lächelte mich an.

»Och ja, aber dort werden Sie neue Menschen kennenlernen, und Berlin ist schon eine großartige Stadt. Allerdings war ich seit vierzig Jahren nicht mehr dort, hat sich seitdem bestimmt ein bisschen verändert.«

Wir plauderten noch ein bisschen, dann kam eine Kundin, und Wilfried stand auf. »So, Kinder. Ich will euch nicht von der Arbeit abhalten.«

Die Kundin betrachtete die Schuhe und wandte uns den Rücken zu. »Kann ich Ihnen helfen, oder möchten Sie sich erst ein wenig umsehen?«, fragte Pierre. Sie antwortete, sie wolle sich erst umsehen.

Wilfried sah Pierre an. »Werden Sie morgen auch da sein?«

»Natürlich.«

»Schön. Sie sind mir sympathisch. Obwohl ich bis jetzt noch nie einen Homosexuellen getroffen habe.«

Die Kundin blickte irritiert in unsere Richtung.

»Natürlich nicht«, bestätigte Pierre ironisch. »Ich bin der erste dieser Art, der Ihren Weg kreuzt.«

»Ja, aber das macht ja nichts.«

Als ich nach Hause kam, lief Seppi mir entgegen und wollte gestreichelt werden. Er machte einen Buckel und lief zwischen meinen Beinen herum. Verzückt bückte ich mich und hob ihn hoch. Während ich ihn streichelte, hörte ich mich »Mein lieber süßer Fratz« sagen. Völlig neue Seiten, die ich durch Seppi an mir entdeckte! Spätestens jetzt wurde mir klar, dass ich mich von Seppi nicht mehr trennen konnte, das würde mich fertigmachen. Das zwischen mir und Seppi war so etwas wie Liebe auf den tausendsten Blick.

In der Küche machte ich mir zuerst einen Tee, dann schob ich eine vegetarische Pizza in den Backofen. Seppi bekam sein Lieblingsfutter, das er genüsslich fraß. Während die Pizza im Backofen war, rief ich meinen Vater an. Er meldete sich nicht, also rief ich ihn auf dem Handy an. Er war noch bei seinen Skatkumpels. »Ich will dich nicht lange stören, Papa. Sei pünktlich morgen, ja?«

»Wieso, was ist denn morgen?«

»Papa! Morgen ist die Verlob ...«

»Ein Scherz, Rieke, nur ein Scherz. Ich hör dich nicht lachen?«

»Schon gut, Papa. Gut, dann spiel mal weiter, ja?«

»Übrigens, macht es dir etwas aus, wenn ich jemanden mitbringe?«

»Lucinda?«

Schweigen.

»Ach, Papa, du weißt doch, dass ich mich mit Emma unterhalte. Natürlich kannst du sie mitbringen. Ich schätze, dass eine Person mehr kein Problem für die Reservierung darstellt.«

»Danke, Rieke.« An seiner Stimme merkte ich, wie erleichtert und froh er darüber war. Hatte er sich etwa tatsächlich verliebt? So schnell? Diesen Gedanken fand ich sehr befremdlich, wollte seine gute Laune aber nicht trüben, indem ich nachfragte. Daher sagte ich nur: »Klar doch, Papa.«

Später war ich gerade dabei, Seppis Katzenklo zu reinigen, als ich auf meinem Handy eine ankommende SMS hörte. Ich zog die Handschuhe aus und sah nach. Die Nachricht war von Werner:

Hallo, soll ich dich morgen abholen, oder gehen wir getrennt hin? Was dir lieber ist. Gruß, W.

Ich schrieb zurück:

Mir ist eigentlich beides recht. Du kannst mich gerne abholen, wenn du willst.

Ich zog mir die Handschuhe wieder an und kniete mich wieder nieder, um weiterzuarbeiten. Werner ließ sich mit den Nachrichten sowieso immer viel Zeit, und ich hatte nicht vor, vor dem Handy zu stehen und draufzustarren, bis es aufleuchtete. Diesmal war es anders. Er antwortete schnell. Also stand ich wieder auf, streifte mir die Handschuhe ab und las:

Halb sechs? Dürfte reichen, wenn um 18:00 reserviert ist, können zu Fuß gehen.

Ich schrieb zurück:

O. K. Bis dann.

Gerne hätte ich noch etwas Nettes dazugeschrieben, aber mir fiel einfach nichts ein. Etwas wie »Freu mich« mochte ich nicht schreiben, weil er sonst wieder denken könnte, ich würde ihn von oben herab behandeln. Und etwas anderes fiel mir beim besten Willen nicht ein.

Ich zog mir wieder die Handschuhe über und machte mich an die Arbeit. Dabei grübelte ich darüber, dass ich diese halbe Stunde morgen geschickt nutzen musste, um ihn davon zu überzeugen, dass mir etwas an ihm lag – ohne dabei allzu anhänglich zu wirken.

Das Handy piepte wieder. Das durfte doch nicht wahr sein! Seppi schien mittlerweile auch ganz verwirrt zu sein; er sah abwechselnd von mir zum Katzenklo, was mich beinahe zum Lachen brachte.

Noch mal Werner:

Ich schwanke zwischen Smoking und bayerischer Tracht. Was schlägst du vor?

Lachend schrieb ich zurück:

Gehe den Mittelweg, und ziehe einen Jogginganzug an ☺

Nachdem ich die Nachricht abgeschickt hatte, blieb ich nun doch stehen und starrte auf mein Handy, aber es kam nichts mehr. So zog ich mir die Handschuhe wieder an …

Es piepte. Werner:

Mach ich! Nee, echt. Warum nicht? Ich hole dich dann in meinem lila Jogginganzug ab, stelle mich unter dein Fenster und schreie: Riekeee! Bin daaaa!

Das brachte mich endgültig so sehr zum Lachen, dass ich kaum die Tasten bedienen konnte, weil ich mir die Szene bildlich vorstellte.

Alles klar! Ich lege schon mal mein Matrosenkleid mit dem großen weißen Kragen bereit. Wir werden die Schönsten sein!

Würde er noch mal eine Nachricht schicken? Nach zwei Minuten piepte es:

Na ja, »wir« würde ich nicht sagen, aber DU ganz bestimmt. Gute Nacht.

Mit einem Lächeln im Gesicht und überglücklich putzte ich das Katzenklo fertig.

23

Der Abend unserer Verlobung war angenehm und zeitweise sogar wunderbar gewesen. Wie hatte er nur in so einem Desaster enden können?

Es war zwanzig nach fünf, jeden Moment konnte Werner klingeln. Emma und Lutz hatten mir die Armbanduhr von Bulgari zum vierzigsten Geburtstag geschenkt. Emma machte sich nicht allzu viel aus Mode und glaubte, die Marke stamme aus Bulgarien. Tatsächlich hatte aber der Grieche Sotirios Voulgaris, der Gründer des Labels, seinen Namen in Sotirio Bulgari geändert, als er nach Italien kam. Ich warf noch einen letzten Blick in den großen Spiegel neben der Garderobe. Ich hatte eine gute Wahl getroffen, elegant, aber lässig. Zur Feier des Tages hatte ich roten Lippenstift aufgetragen, aber dafür an den Augen nur Wimperntusche verwendet. Ich hielt mich an die altbekannte Regel, entweder die Augen oder die Lippen kräftig zu schminken, niemals beides. Mein schwarzer Blazer von Eva Zangoni war eher wie eine Bluse, deshalb zog ich einen warmen Mantel darüber. Die sandfarbene Annette-Görtz-Hose passte gut dazu. Es klingelte, ich nahm meine betagte und gern benutzte Marc-Jacobs-Tasche von der Kommode und verließ die Wohnung.

»Also doch kein lila Jogginganzug«, sagte ich zu Werner, als ich nach unten kam. Er hatte sich für eine schwarze Hose mit Lederjacke entschieden. Darunter sah ich ein weißes Hemd.

»Lieber nicht, nein.« Er lächelte. »Du würdest klasse aussehen, wenn bloß der Hut nicht wäre.«

Wir gingen los, und ich fasste mir instinktiv an den Kopf. »Der Hut ist toll und passt perfekt zum Mantel. Außerdem stehen mir Hüte.«

Werner ging neben mir her, sah auf meinen Hut und machte abschätzig: »Okay?«

»Gefällt er dir wirklich nicht?«

In gespielter Dramatik schloss er kurz die Augen. »Wenn du mich so direkt fragst, ich finde Hüte furchtbar, und das meine ich wirklich ernst.« Er lächelte mich versöhnlich an, aber das machte es nicht besser.

»Ich werde weiterhin Hüte tragen.«

Er lachte kurz auf. »Ich habe auch nicht angenommen, dass du alle deine Hüte in den Müll wirfst, bloß weil ich keine Hüte mag.«

»Alle meine Hüte? Ich habe fünf oder sechs, mehr nicht.« Dieses Thema war bescheuert, und ich versuchte, etwas Angenehmeres zu finden. Also erzählte ich von meiner neuen Angestellten Claudia und wie sehr Pierre mir fehlen würde.

Werner nickte mir lächelnd zu. Dann schien er einen Moment lang nachzudenken. »Ich glaube, wenn Pierre nicht schwul wäre, wärt ihr längst zusammen.«

Ich lächelte milde. »Wenn Pierre nicht schwul wäre, dann wäre er nicht Pierre, sondern jemand ganz anderer. Aber ich weiß, was du meinst. Zwischen uns war immer ein besonderes Band, eigentlich von Anfang an.« Und damit fand ich den perfekten Übergang. »Glaubst du eigentlich an Seelenverwandtschaft?«

Werner sah überrascht aus. »Seelenverwandtschaft? Ich weiß nicht besonders viel darüber, hab mich nie damit beschäftigt. Warum?«

»Pierre sagt, man sollte seinen Seelenverwandten besser nicht zum Liebespartner machen.«

»Das klingt etwas berechnend. Vielleicht sollte man sich nicht den Kopf über solche Dinge zerbrechen.«

Ich blieb stehen und war so nervös, dass ich mich am Riemen meiner Handtasche festhielt, die mir über der Schulter hing. »Als du letztes Mal bei mir warst, da wollte ich dir etwas sagen, aber du bist mir ins Wort gefallen, und dann bist du gegangen.«

Auf Werners Gesicht zog sich ein Schatten. »Du willst jetzt nicht wieder mit diesem Thema anfangen, oder?«

»Kannst du mich bitte anhören? Es ist mir wichtig.« Ich merkte, wie entschlossen ich klang.

»Also gut, Rieke. Was willst du mir sagen?« Er stand ganz nah vor mir und betrachtete mich abwartend. Dass er sich so auf meine Worte konzentrierte, machte mich etwas nervös.

»Weißt du, Werner, als du mir diese wunderbaren Dinge gesagt hast, das war ... Wie soll ich sagen? Es war ein furchtbar schlechtes Timing. Pierre hatte mir kurz davor gesagt, dass er nach Berlin gehen wird, und mir wurde bewusst, wie sehr ich doch an ihm hänge. Schon wieder so ein Trennungsschmerz. Ich musste diesen furchtbaren Schmerz schon so oft und so hart erleben, durch Tod, durch Trennung ... Deshalb habe ich nach Gregor diese

Liebes- und Partnerschaftsgeschichten vermieden. Ehrlich gesagt ist mir das gut gelungen.« Das meinte ich wirklich so, denn ich hatte die letzten Jahre unter keiner Trennung mehr gelitten. Werner hörte mir aufmerksam zu. »Und als Pierre mir das sagte, wurde mir erst richtig bewusst, wie viel er mir bedeutet. Das war mir bis dahin gar nicht klar gewesen. Natürlich war er mehr als ein Angestellter für mich, aber es macht mich fertig, wenn ich daran denke, dass wir uns bald trennen werden. Was ich damit sagen will: Da sagst du mir all diese netten Dinge – und innerlich breche ich in Panik aus, weil ich angefangen habe ... du weißt schon ... dich sehr zu mögen. Und ich habe einfach eine Scheißangst, dass du irgendwann gehst und ich das nicht verkrafte.«

Werner lächelte mich warmherzig an. Er nahm meine Hände und drückte sie sanft. »Ich habe auch eine Scheißangst, Rieke.«

»Ach ja?«

»Was glaubst du denn? Ich habe eigentlich keine Ahnung, wie eine richtige Beziehung funktioniert. Bis auf Christiane hatte ich immer nur kurze Affären, und ehrlich gesagt war ich gar nicht unzufrieden mit diesem Zustand. Mir hat nichts gefehlt. Ein paar von ihnen waren wirklich tolle Frauen, aber sie haben nichts in mir berührt. Und dann bist du gekommen und hast ziemlich schnell etwas in mir ausgelöst. Da dachte ich, jetzt setze ich alles auf eine Karte und sage dir, dass ich dich näher kennenlernen möchte.«

Ich drückte seine Hände. Sie fühlten sich warm und seltsam vertraut an. »Aber die Dinge haben sich geändert, Werner.«

Für einen Moment sah er mich etwas erschrocken an, deshalb fuhr ich gleich fort: »Ich habe keine Angst mehr vor dem Schmerz.«

Werner lächelt erleichtert.

»Nein, ich habe keine Angst mehr. Wenn ich wählen könnte, fünf Monate lang meine Tochter zu haben oder gar nicht, nur um dem Schmerz zu entgehen, dann würde ich mich für diese wunderbaren fünf Monate entscheiden. Und an meine Mutter habe ich schöne Erinnerungen, wie sie mir vorgelesen hat, mit mir meine Klamotten genäht hat und als Einzige meinen Modespleen unterstützt hat. Und ich bin froh, dass ich Pierre kennengelernt habe und so lange mit ihm arbeiten konnte, auch wenn ich jetzt traurig bin über seinen Weggang. Mein Vater wird eines Tages sterben, und ich weiß, wie schrecklich traurig ich darüber sein werde, aber ich hatte ein Leben lang einen wundervollen Vater. Dann diese Geschichte mit Seppi ... Ich konnte ihn nicht mal leiden, und jetzt macht es mich glücklich, wenn er sein Katzentreppchen zur Couch hochgeht. Und du ... Ich kann dir gar nicht sagen, wie sehr ich mir wünsche, mit dir zusammen zu sein. Egal, was passiert, mit allen Konsequenzen.«

Werner sah mich lange an, dann fragte er: »Die Dämonen sind besiegt?«

Seine Frage nahm ich ernst, weshalb ich erst kurz darüber nachdachte, bevor ich antwortete: »Möglicherweise noch nicht ganz, aber größtenteils.«

»Geht mir ähnlich.«

»Dann sind wir beide auf dem besten Weg.«

»Das sind wir.«

»Weißt du, was verrückt ist? Wir reden über unsere Gefühle, dabei haben wir uns noch nicht einmal geküsst. Ist das nicht schräg?«

»Total schräg«, bestätigte er. »Zumindest in der heutigen Zeit. Wenn wir 1750 hätten, wäre es okay, denke ich. Und wir sollten das unbedingt ändern.« Er ließ meine Hände los, strich mir eine Strähne aus dem Gesicht, dann umfasste er mein Gesicht und zog mich zu sich heran. Im nächsten Moment spürte ich seinen Mund auf meinem, seine Zunge, die nach Minze schmeckte, und seine Hand auf meiner Wange. Mit der anderen Hand umfasste er meine Taille, und in diesem Moment wünschte ich, dass es außerhalb von uns keine andere Welt gäbe, keine Verpflichtungen und vor allem keinen Deal. Ich wünschte mir, dass Werner mir sagte, er wolle mich heiraten und mir die Welt zu Füßen legen. Vielleicht war das töricht und kitschig, aber es fühlte sich so innig und intensiv an. Ich ließ alles geschehen und wusste, dass mich noch nie ein Mann so leidenschaftlich und hingebungsvoll geküsst hatte.

Er ließ mich los und sagte: »Glaubst du, es wäre schlimm, wenn wir ein bisschen zu spät kommen?«

»Bestimmt nicht. Sie stehen doch nicht im Regen.«

Wir liefen zurück, und dann die Treppen hoch zu meiner Wohnung. Dort knallte ich die Tür hinter uns zu, und wir küssten uns stürmisch. O Gott, er roch so gut, fühlte sich so vertraut und gleichzeitig so geheimnisvoll an. Wir stolperten durch den Flur, während wir uns gegenseitig auszogen. Aus den Augenwinkeln sah ich Seppi, wie er verstört um uns herumlief und dann miauend in der Küche verschwand. Als Werner und ich im Schlafzimmer waren, warf ich ihn aufs Bett. Er lachte auf. »Genau, lass uns keine Zeit verlieren. Schließlich werden wir nicht jünger.«

Ich legte mich auf ihn. Werner nahm meinen Kopf zwischen seine Hände und sagte: »Du bist es, Rieke. Die Richtige für mich. Ich weiß es genau.«

Ich war hin und weg.

Total verknallt mit sechsundvierzig.

In einen ehemaligen Mitschüler aus meiner Klasse.

Alles an ihm war so toll. Sein Lächeln, seine Augen, sein Name, sein Beruf, seine Stimme ... Und die Art, wie er »Rieke« sagte. So wie jetzt. »Rieke«, flüsterte er, und das brachte mich beinahe um den Verstand.

Noch nie war ich einem Menschen so nahe gewesen, fühlte mich körperlich und geistig mit jemandem so verschmolzen. Werner war mir unerklärlich vertraut, als wären wir schon jahrelang zusammen. Ich machte mir keine Gedanken mehr über irgendetwas, fühlte nur noch das Glück darüber, ihm begegnet zu sein, fühlte seine Haut auf meiner, roch seinen angenehm herben Duft und spürte seinen rasenden Herzschlag an meiner Brust.

Als wir danach nebeneinanderlagen, sagte Werner: »Warum hat dieses verdammte Klassentreffen nicht zehn Jahre früher stattgefunden?«

»Weil wir dann nicht zueinandergefunden hätten.«

»Doch. Ich hätte dich auch ohne diese Wilfried-Geschichte um ein Date gebeten.«

»Hättest du nicht.«

»Doch. Bestimmt sogar.«

»Wirklich?«

»Ja. Aber vielleicht wäre es vor zehn Jahren nicht der richtige Zeitpunkt gewesen.«

»Das ist jetzt nicht mehr wichtig.«

24

Als wir im Restaurant ankamen, waren alle schon da. Wir hatten befürchtet, dass sie verärgert sein könnten, aber das waren sie zum Glück nicht. Wilfried erzählte gerade einen Witz, und alle saßen um einen riesigen runden Tisch: mein Vater und neben ihm eine flotte Seniorin (wahrscheinlich Lucinda), Emma, Lutz, Katharina und Samuel, Pierre, Saskia, Gigi, Isabella (die ich kurzfristig noch eingeladen hatte), Jessica (die Bedienung aus dem *Jean-Luc*) und zwei Männer, die ich nicht kannte.

»Du hast Jessica eingeladen?«, fragte ich, als wir neben dem Reservierungspult standen und in den Raum blickten.

»Ja, warum? Ist dir das nicht recht?«

»Quatsch. Ich finde sie nett. Aber ich wusste gar nicht, dass ihr befreundet seid?«

»Doch, sind wir. Schon seit Jahren.«

»Ach? Du hast sie doch kurz in Betracht gezogen, oder? Um sie Wilfried als deine Freundin vorzustellen, meine ich.«

»Rieke, willst du mir jetzt eine Szene machen?«, fragte Werner scherzhaft. Dann erklärte er: »Sie hat einen Freund, der ist Türsteher in einem Hardrock-Club. Mit dem würde ich mich keinesfalls anlegen. Nein, im Ernst, zwischen Jessica und mir knistert es ungefähr so sehr wie zwischen dir und Saskia.«

»Okay, dann bin ich beruhigt.«

Wir gingen zum Tisch, und die anderen begrüßten uns herzlich. »Tut mir leid, dass wir zu spät kommen«, sagte Werner. »Die Katze hatte 'ne Maus verschluckt, und wir mussten sie reanimieren.«

»Wirklich?«, fragte Isabella erschrocken.

»Das war ein Scherz, Isabella.« Werner legte ihr kurz die Hand auf die Schulter, damit sie sich nicht bloßgestellt fühlte. Die anderen warteten auf Werners echte Erklärung, aber die kam nicht. Das fand ich gut, auch wenn unser Zuspätkommen genau genommen ziemlich unhöflich war.

Die beiden Männer stellte Werner mir als Henning und Maxim vor. Henning hatte früher im *Jean-Luc* als Kellner gearbeitet, und sie waren heute noch befreundet. Maxim kannte er noch aus seiner Ausbildung zum Koch, aber er hatte die Lehre abgebrochen und sich doch für ein VWL-Studium entschieden.

Wir setzten uns nebeneinander, Wilfried, meinem Vater und Lucinda gegenüber. Ich betrachtete Lucinda, und sie nickte mir freundlich zu. »Wissen Sie, Rieke«, fing sie an, »eigentlich wollte ich nicht mitgehen, aber Ihr Vater war so hartnäckig.«

»Ist doch kein Problem, Frau ... Lucinda.«

Sie kicherte. »Mein Nachname ist Rothmeier, aber Sie dürfen gerne Lucinda sagen.« Lucinda trug ihr schwarzes Haar kurz geschnitten und etwas verwuschelt, was gut aussah. Sie war korpulent, aber nicht wirklich dick. Ein bisschen sah sie wie eine italienische *mamma* aus. »Woher kommen Sie denn?«, fragte ich.

»Woher ich komme? Aus dem Westend.«

»Ah, ach so. Ich dachte, Sie hätten vielleicht italienische Vorfahren oder so. Wegen Ihres Namens.«

»Nee.« Sie schüttelte den Kopf. »Aber meinem Vater hat der Name gut gefallen. Na ja, ich hatte Glück, würde ich sagen. Bei meinem Bruder durfte dann meine Mutter den Namen aussuchen, und der heißt Ariel.«

»Oh, den Namen finde ich sogar sehr schön.«

Lucinda sah mich prüfend an. »Tatsächlich?«

»Absolut. Ehrlich gesagt finde ich ihn toll. Wie heißen denn Ihre Söhne?«

»Notker und Nepomuk.«

»Ah, auch schön.«

»Aber wir nennen sie Notti und Neppi.«

Oje. Die armen Jungs.

Mein Vater klinkte sich ein: »Die Rieke heißt Frederieke.«

Das hörte Wilfried und gab seinen Kommentar dazu: »Ich hätte sie von klein auf Fredchen genannt. Das passt viel besser zu ihr.«

»Frettchen?«, fragte ich.

»Fredchen«, wiederholte Wilfried. Dann wandte er sich Pierre zu: »Und wie heißen Sie richtig?«

»Pierre.«

»Ach, Quatsch!«, schimpfte Wilfried. »Ihre Eltern haben Sie doch bestimmt anders genannt?«

»Okay, Leute«, unterbrach ich diese Konversation, die sich in eine merkwürdige Richtung bewegte. »Nachdem wir uns nun alle vorgestellt und unsere Namen analysiert haben, könnten wir doch eine Flasche Champagner bestellen und auf unsere Verlobung anstoßen.«

Das fand allgemeine Zustimmung, und Werner flüsterte mir ins Ohr: »Auch wenn es nicht so wirklich unsere Verlobung ist. Aber es ist wenigstens nicht mehr alles erlogen, und wir müssen nicht mehr so tun als ob. Das ist richtig erleichternd.«

»Finde ich auch.«

Wir sahen uns an, und dann gab er mir einen kurzen Kuss auf den Mund.

»Sind sie nicht herzallerliebst?«, hörte ich Pierres Stimme.

»Was flüstert ihr euch denn ins Ohr?«, wollte Wilfried wissen.

»Etwas Romantisches«, erklärte Werner.

»Macht das bitte, wenn ihr alleine seid«, befahl Wilfried trocken.

Darüber lachte Pierre so laut, dass die anderen mit einstimmten.

Die nächsten zwei Stunden waren wunderbar. Wir aßen, tranken, lachten, und keiner der Anwesenden zog die Aufmerksamkeit auf sich, indem er über seine Befindlichkeiten lamentierte. Jeder beteiligte sich am Gespräch, und alle schienen sich sympathisch zu sein. Wilfried und mein Vater tauschten sich über die Zeit ihrer Kindheit und Jugend aus, dass man hätte meinen können, sie wären miteinander aufgewachsen. Die acht Jahre Altersunterschied schienen in diesem Alter nicht mehr ins Gewicht zu fallen.

Ich unterhielt mich mit Jessica. Irgendwie kam es mir schräg vor, dass wir hier zusammensaßen, wobei ich gar nicht erklären konnte, weshalb. Vielleicht weil ich nie eine richtige Unterhaltung mit ihr geführt, sondern immer nur Informationen ausgetauscht hatte. Sie war nett und hatte etwas Warmherziges, was mir bisher nie aufgefallen war.

Werners Freunde Henning und Maxim waren zwar vollkommen unterschiedliche Typen, aber beide sehr sympathisch und lustig. Henning wirkte eher wie ein Kerl, den nichts erschüttern konnte, groß und mit markanten Gesichtszügen. Maxim kam mir zunächst etwas scheu und zartbesaitet vor, aber spätestens, als er erzählte, er sei letztes Jahr allein durch Vietnam geradelt, musste ich diesen ersten Eindruck revidieren.

»Na, das ist ja schön«, fing Henning im Plauderton an, »dass wir uns mal kennenlernen.«

Wilfried wandte den Kopf. »Ihr kennt euch noch nicht?«

Ich fing an zu husten, weil ich mich vor Schreck an meinem Risotto verschluckt hatte.

»Was?« Henning schüttelte heftig den Kopf. »Ach ja, wir sind nie dazu gekommen, wissen Sie, weil ich so wenig Zeit habe.«

Wie es aussah, hatte Werner ihn eingeweiht, und Henning schien zu wissen, worum es ging.

Ich hustete immer noch.

»Und Sie?« Wilfried starrte auf Maxim.

»Ich?«, piepste Maxim.

Werner warf ihm einen besorgten Blick zu.

»Ich kenne Rieke, natürlich«, kam es souverän von Maxim. Wir waren schon zusammen am Baggersee, auf der Wies'n, beim Wandern ... äh ... im Kino ...«

Wilfried hob die Augenbrauen. »Ich hoffe, dass Werner da jedes Mal dabei war.«

»Ja, natürlich«, bekräftigte Maxim. »Jedes Mal!«

Mein Husten legte sich etwas, und ich trank einen Schluck von dem Wasser aus der Karaffe.

»Hast du dich verschluckt, Fredi? Hoffentlich ist es nicht das Asthma.«

In der nächsten Sekunde drehten sich sämtliche Köpfe zu mir, und alle starrten mich an. »Asthma?«, riefen die meisten der Anwesenden, am lautesten mein Vater und Emma. Sie sahen besorgt aus, und ich hatte ein furchtbar schlechtes Gewissen.

»Ihr wusstet es nicht?«, fragte Wilfried verblüfft.

»Seit wann hast du denn Asthma?« Mein Vater war kreidebleich geworden.

»Ach«, winkte ich ab, als würden wir von einer leichten Erkältung sprechen. »Gar nicht schlimm, wirklich. »Der Arzt meinte, es wäre Verdacht auf Asthma, aber dann war ich wieder bei der Untersuchung, und es stellte sich heraus, dass da doch nichts ist.«

»Wirklich?« Emmas Blick war äußerst skeptisch.

»Wirklich«, bestätigte ich.

»Das ist ja fein«, meinte Wilfried. »Tja, manchmal erledigen sich die Dinge von selbst, nicht wahr?«

Ich nickte. »Genau.«

Gott sei Dank nahmen die Gespräche danach wieder Fahrt auf, aber trotzdem spürte ich ständig einen leichten Druck auf den Schultern. Es war mühsam, seine Worte ständig abzuwägen, mit der Angst im Nacken, dass jemand sich verplappern konnte.

Aber es passierte nicht.

Dafür passierte etwas anderes.

Werner flüsterte mir ins Ohr, er müsse »sich die Nase pudern«, was ich ungeheuer witzig fand. Das lag zum einen an den zwei Gläsern Rotwein und zum anderen an der Tatsache, dass man, wenn man verliebt ist, die Witze des anderen plötzlich zum Totlachen findet. Dabei wollte Werner nicht unbedingt witzig sein, er sagte es nur so dahin, was ich wiederum toll fand.

Die nächsten zehn Minuten unterhielt ich mich mit Gigi, Emma und Maxim über die Vorteile von Farbdruckern (man kam manchmal auf die seltsamsten Themen). Plötzlich fand ich es seltsam, dass Werner so lange wegblieb. Ich wandte den Kopf in Richtung Foyer, sah aber niemanden. Es vergingen weitere Minuten, er kam nicht wieder. Also stand ich auf und wollte nachsehen, obwohl ich mich scheute, die Tür zur Herrentoilette aufzumachen und zu rufen: »Werner, alles in Ordnung?« Sicher wäre das unangenehm – besonders, wenn außer ihm noch jemand dort war –, aber ich spürte, dass irgendetwas nicht stimmte.

Ich nahm die drei Stufen hinauf zum Foyer, sah den Wegweiser »Toiletten« mit einem Pfeil, der nach links wies, und wandte mich in diese Richtung.

Da sah ich Werner mit einer Frau stehen. Sie unterhielten sich, hatten aber beide eine deutlich abweisende Körpersprache, und Werners Gesicht verriet Unverständnis und Genervtheit.

Beunruhigt ging ich auf die beiden zu. Gleichzeitig blickten sie zu mir herüber, und Werner sah für einen kurzen Moment erschrocken aus. Die Frau sah mich von oben bis unten an, checkte mich innerhalb zwei Sekunden durch. Sie war etwa vierzig, leicht füllig, oder, wie mein

Vater zu sagen pflegte: mit weiblichen Rundungen, und trug das blond gefärbte Haar wellig bis zu den Schultern. Eigentlich wäre sie eine recht attraktive Frau, überlegte ich, wenn sie nicht so knallig geschminkt wäre und das rosafarbene Kostüm nicht zu beigefarbenen Schuhen mit Keilabsätzen tragen würde. Aber das war meine persönliche Meinung: Keilabsätze waren für mich noch schlimmer als Blockabsätze. Außerdem sah man ihr an, dass sie viel Zeit damit verbracht hatte, sich herzurichten, und wenn es ein No-Go gab, dann war es das. Eine Frau wirkte dann am eindrucksvollsten, wenn sie aussah, als habe sie einfach in den Schrank gegriffen und sich keine Gedanken um ihre Wirkung gemacht. Das perfekt Gestylte und sorgfältig Abgestimmte nahm einer Frau viel von ihrer Ausstrahlung und Präsenz.

Die beiden verstummten, als ich auf sie zukam. Ich konnte Werner ansehen, dass er in diesem Moment an jedem anderen Ort lieber gewesen wäre als hier. Das schmeichelte mir, und ich fand es wunderbar, dass er hier einer Exfreundin über den Weg lief und es hasste. Warum machte er sich denn so verrückt deshalb? Als ob ich nicht wüsste, dass er ein Leben vor dem Klassentreffen gehabt hatte. »Hallo«, grüßte ich lächelnd, um den beiden ihre Befangenheit zu nehmen.

»Hallo«, kam es von der Frau.

»Ich bin Rieke«, sagte ich und reichte ihr die Hand.

Zögernd ergriff sie diese und meinte: »Äh ... angenehm.«

»Und wer sind Sie?«

»Viola.« Es klang verunsichert, als ob sie sich selbst fragte, ob das wahr sei.

»Viola – und wer sind Sie?«, fragte ich ein weiteres Mal.

»Warum?« Sie zog ihre Hand aus meiner. »Wer sind Sie denn?«

»Ich würde sagen«, kam es von Werner, »wir beide gehen wieder an unseren Tisch zurück und Sie an Ihren.«

»Oh, wir siezen uns«, sagte Viola überspitzt.

»Darf ich vielleicht erfahren, was das Ganze hier soll und wer das ist?« Da ich von dieser Frau keine Antwort bekam, sah ich Werner an und wartete auf eine Antwort.

Er schüttelte genervt den Kopf. »Ich kenne sie kaum …«

»Aha«, rief Viola kokett, »und trotzdem kann ich über dich sagen, dass du ein Arschloch bist.«

Das waren recht klare und schwere Worte, wie ich fand. »Und weshalb?«, hakte ich nach.

»Er hat mich eingewickelt und ausgenutzt, und gesagt, dass er anruft, aber das ist nicht passiert.«

Werner stand mit offenem Mund da, dann fasste er sich wieder. »Eingewickelt und ausgenutzt? Das ist doch ein verdammter Witz, oder? Sie haben mir den ganzen Abend vorgeflennt, wie sehr Sie die Vorstellung hassen, jetzt alleine nach Hause zu gehen und die Nacht alleine zu verbringen.«

»Kannst du aufhören, mich zu siezen, ja?«

»Nein, kann ich nicht. Ich kenne Sie ja kaum, und diese Nacht ist längst vorbei.«

»Was heißt längst?« Obwohl ich es wissen wollte, hatte ich Angst vor der Antwort.

Wir mussten zur Seite treten, weil ein Mann zur Toilette wollte. Dass wir blöde vor den Toilettentüren herumstanden, machte die Situation nicht besser.

»Ach, verdammt.« Werner gestikulierte herum. »Es war an dem Samstagabend, als du mich abgewiesen hast. Ich war fertig, bin in eine Bar und hab etwas getrunken. Diese Frau saß am Barhocker neben mir, fand gerade alles scheiße, und ich pflichtete ihr bei und … na ja. Ich bin nicht mal zum Frühstück geblieben.« Er sah Viola an. »Ich bin sicher, Sie sind ein netter Mensch, aber ich kann nicht glauben, dass Sie mir hier über den Weg laufen und mich ernsthaft zur Rechenschaft ziehen, weil ich mich nicht mehr gemeldet habe. Ich kann mich kaum noch an diese Nacht erinnern.«

Viola hatte plötzlich ein höhnisches Lächeln im Gesicht. »Ich bin froh, dass ich dich nur benutzt habe. Du bist nämlich ein lausiger Liebhaber.«

Nun, das stimmte nicht, aber irgendwas musste sie ja sagen, bevor sie auf dem Absatz kehrtmachte. Als sie gegangen war, atmete Werner erleichtert auf und lachte nervös. »Also so etwas ist mir noch nicht passiert.«

Mir war überhaupt nicht zum Lachen. Nein, alles andere als das. Warum habe ich nicht mein Leben weitergelebt, wie ich es jahrelang für richtig gehalten habe? Es ist wieder passiert. Jemand hat mir brutal jegliche Hoffnung zerstört, es könnte doch so etwas wie Ehrlichkeit in dieser Welt geben. Um meine Würde nicht zu verlieren, wollte ich mir die Enttäuschung, die sich in mir breitmachte, nicht anmerken lassen. Deshalb sagte ich nur: »Ich würde vorschlagen, wir vergessen, was heute Nachmittag passiert ist. Wir knüpfen einfach dort an, wo wir noch vor Kurzem standen, und denken nur noch an unsere Vereinbarung.«

»Rieke!« Werner packte mich bei den Armen. »Wenn

du dich jetzt sehen könntest, mit welcher Kälte du mich ansiehst!«

»Ja? Gut. Kannst du mich bitte loslassen?«

»Rieke!« Werner sah mir verständnislos ins Gesicht. »Du kannst doch nicht behaupten, dass ich dich betrogen habe! Wir waren doch gar nicht zusammen.«

»Das stimmt. Aber es zeigt mir, wie viel deine Worte wert sind, Werner. Nämlich nichts. Wenn dir wirklich etwas an mir gelegen wäre und du alles so meinst, wie du es gesagt hast, dann wärst du nicht losgezogen und hättest dich auf die nächstbeste Frau geworfen.«

Pierre stand plötzlich neben uns.

»Was ist?«, fragte ich ungehalten.

»Och, nichts. Möchte nur auf Toilette.« Dann machte er die Tür auf, blieb noch unnötige Sekunden stehen, und als er nichts von uns hörte, ließ er sie hinter sich zufallen.

»Nun hör mir mal zu, Rieke. Ich bin nicht losgezogen und habe mich auf jemanden geworfen. Es hat sich ergeben, und ich bin deshalb niemandem Rechenschaft schuldig. Du hast mich zurückgewiesen, und ich habe dir daraus keinen Vorwurf gemacht. Ich war ein freier Mann und konnte tun und lassen, was ich wollte. Etwas anderes wäre es gewesen, wenn du mir signalisiert hättest, dass du Interesse an mir hast. Aber so war es ja nicht.«

»Ich habe es dir erklärt ...«

»Ja, natürlich! Und ich habe es verstanden und verstehe es auch jetzt, aber ich habe nichts Unrechtes getan.«

Wütend riss ich mich von ihm los und trat einen Schritt zurück. »Ach, wirklich? Du hast also nicht vor, dich zu entschuldigen?«

»Mich entschuldigen? Wofür denn?«

Ich konnte es nicht fassen! Wie hatte ich mich in Werner nur so täuschen können? Wie konnte ich nur so dumm sein und meine Prinzipien, die mir über die Jahre so gute Dienste geleistet hatten, so einfach über Bord werfen? Das hatte ich nun davon.

»Weißt du, Werner, ich glaube, diese Viola hat recht. Du bist ein Arschloch.«

In seinem Gesicht las ich pure Erschütterung. Er legte seine Hand auf die Brust und fragte: »Du hältst mich für ein Arschloch?«

»Ja«, sagte ich nur.

Dann drehte ich mich um und ging zurück zu unserer Verlobungsfeier, deren Farce mich nun geradezu anwiderte.

Den restlichen Abend gab ich mir alle Mühe, mir nichts anmerken zu lassen, was mich viel Kraft kostete. Ich setzte mich weg von Werner und zu Emma, und später zu Isabella und meinen Freunden. Pierres prüfende Blicke ignorierte ich, aber er fragte nicht nach. Um elf Uhr standen Emma und ihre Familie auf, um sich auf den Heimweg zu machen. Die anderen taten es ihnen gleich, zogen sich ihre Jacken an und sprachen ein paar verabschiedende und dankende Worte.

Wilfried rief unseren Kellner und verlangte die Rechnung.

Werner stand auf, ging zum Kellner an die Kasse, und ich sah, wie er seine Kredit- oder EC-Karte zückte. Der Kellner steckte sie ins Gerät und händigte ihm den Beleg aus.

»Wo bleibt denn der Kellner mit der Rechnung?«, fragte

Wilfried, als er vom Stuhl aufstand. Er ging zur Säule, auf der sein Mantel hing, nahm ihn an sich und kam an den Tisch zurück. Der Kellner wollte an unseren Tisch vorbeigehen, da fragte Wilfried: »Denken Sie bitte an meine Rechnung? Ich bin müde und will jetzt gehen.«

»Der Herr hier hat schon bezahlt.« Er zeigte auf Werner, der bereits angezogen dastand.

»Was?«, rief Wilfried, beinahe aufgebracht. »Was soll denn das, Werner? Diese Feier wollte ich übernehmen. Das habe ich doch gesagt!«

»Schon gut, Wilfried«, sagte Werner freundlich. »Du bist schon großzügig genug gewesen.«

Wilfried sah zu mir herüber. »Also das ist mir jetzt aber peinlich, Kinder.«

In diesem Moment wäre ich am liebsten zu ihm gerannt, hätte ihn umarmt und gesagt, wie leid mir alles tut. Und das tat es. Ich beschloss, mich von Werner zurückzuziehen. Sollte er die Sache zu Ende bringen, wie er es für richtig hielt. Von nun an wollte ich mich raushalten. Sollte er sein dreckiges Spiel alleine weiterspielen, ohne mich.

»Das muss dir nicht peinlich sein, Wilfried«, sagte ich.

»Ach, herrje«, jammerte er weiter. »So, und ihr fahrt jetzt nach Neuschwanstein?«

O Gott, das hatte ich ja ganz vergessen. »Ähm …«

»Nein!«, hörte ich Werner sagen. »Das haben wir abgesagt.«

»Warum denn?«

»Weil … Wir sind müde und … vielleicht irgendwann anders.«

»Wie schade. Na ja, dann holt ihr das bald nach, nicht wahr?«

»Ja«, meinte Werner knapp.

Als wir wieder draußen waren, verabschiedeten wir uns von allen, bis auf meinen Vater und Wilfried. Die beiden warteten auf ein Taxi, das sie sich teilen wollten. Sie hatten sich einiges zu erzählen gehabt und sich gut verstanden. Normalerweise hätte ich mich darüber gefreut, aber mir war alles egal geworden. Ich fühlte mich nur noch als Betrogene und als Betrügerin. Beides fühlte sich gleich schlimm an. Als die beiden in das Taxi gestiegen und davongefahren waren, fragte Werner: »Darf ich dich nach Hause begleiten?«

»Nein!«

»Ich würde gerne mit dir reden, Rieke.«

»Es gibt nichts mehr zu reden.« Ich machte einen Schritt von ihm weg und wandte mich ab.

»Willst du es wirklich so zu Ende gehen lassen?«, hörte ich ihn hinter mir rufen.

»Ich will dich nicht mehr sehen«, rief ich über die Schulter.

»Wie du dich aufführst, ist lächerlich!«

»Deine Meinung interessiert mich nicht.«

Mechanisch setzte ich einen Fuß vor den anderen und drehte mich lange nicht um. Erst als ich fast an der Ecke war, an der ich abbiegen musste, wandte ich den Kopf. Werner stand immer noch am selben Fleck und sah mir nach. Wie ich ihn da stehen sah, wäre ich am liebsten zurückgelaufen und hätte mich in seine Arme geworfen. Aber ich war völlig kraftlos, traurig und enttäuscht. Pierre hatte gesagt, er wende das Wort Enttäuschung nie auf Menschen an, weil es sich danach anhöre, dass der andere ein Blender sei und man sich von ihm habe täuschen lassen. Ich hielt Werner nicht für einen Blender, aber wie es aussah, hatte ich mich verrannt. Das Einzige, was mir leidtat, war, dass ich ihn ein Arschloch genannt hatte. Das war er nicht. Diese Enttäuschung war allein mein Problem.

25

Es war das schlimmste Wochenende nach langer Zeit. Das Vertrackte an einer Krise ist, dass man sich ihrer bewusst ist und weiß, man sollte dagegen angehen – sich aber nicht dazu überwinden kann. Ich stopfte alle Süßigkeiten in mich hinein, die ich finden konnte, duschte nicht und saß im Schlafanzug vor dem Fernseher. Das Sonntagsessen mit meinem Vater fand nicht statt, weil er mir noch am Freitag gesagt hatte, er würde mit Lucinda ins Kino gehen – und im Kino sei er seit vierzig Jahren nicht mehr gewesen. Aber ich wäre diesmal wahrscheinlich sowieso nicht zu ihm gefahren. Ich wollte meine Ruhe. Aber eigentlich war es das Einzige, was ich nicht hatte. Im Kreis laufende Gedanken und Selbstvorwürfe quälten mich.

Das einzig Gute war zu wissen, dass es Menschen gab, die sich um mich sorgten. Auf meinem Anrufbeantworter hatten sich bis zum Sonntagabend dreizehn Nachrichten angesammelt. Pierre hinterließ drei Nachrichten mit der Bitte um Rückruf. Beim dritten Mal sagte er: »Melde dich endlich, das geht mir auf den Sack!«

Emma, Gigi und Saskia riefen je einmal an und sagten, wie nett es gewesen sei. Und dann war da noch Werner, der sieben Nachrichten hinterließ. Er müsse mit mir reden.

Er könne nicht verstehen, dass ich so reagierte. Ob mir der Freitagnachmittag denn nichts bedeutet habe ... Das war mal wieder typisch für unreife Leute. Er hatte Mist gebaut, tat aber so, als hätte er nichts damit zu tun, und schob mir die Verantwortung für den weiteren Verlauf der Beziehung zu. Seine letzte Nachricht kam am Sonntagabend um zwanzig nach zehn: »Ich rufe hiermit zum letzten Mal an, Rieke. Wenn du wirklich nichts mehr von mir wissen willst, dann akzeptiere ich das. Aber es erscheint mir nicht fair, dass du mir nicht mal die Chance geben willst, es noch mal richtig zu erklären.«

Erklären. Was wollte er denn erklären? Werner schien nicht begriffen zu haben, dass mir das Ganze durchaus klar war. Er war mir, in Anbetracht meiner Zurückweisung, keine Rechenschaft schuldig. Es war irrational, aber ich wünschte mir wirklich, Werner wäre an diesem Abend nach Hause gegangen und hätte sich überlegt, wie er mich doch noch erobern könnte. Ja, das war natürlich blödsinnig, weil ich das auch nicht getan hätte. Wie heuchlerisch, etwas von ihm zu erwarten, was ich selbst nicht tun würde, nur weil es mich als Person aufgewertet hätte. Wenn man Gefühle für jemanden entwickelte, wurde man immer so sentimental und verlor irgendwie den Blick für die Wirklichkeit. Nein, ich wollte nicht wirklich, dass er nach Hause gerannt wäre und sich heulend in die Kissen gestürzt hätte – ich wollte ja nicht, dass er litt oder unglücklich durchs Leben ging. Ich fand es immer abstoßend, wenn Frauen oder auch Filmfiguren sich damit brüsteten, dass zwei Männer sich wegen ihnen geprügelt hatten. Was sollte daran gut sein? Es war kindisch und erbärmlich.

Nein, ich wollte nicht, dass Werner litt, aber ich konnte einfach nicht über meinen Schatten springen und den Hörer abnehmen, ich war viel zu traurig. Und wütend auf mich selbst, weil ich mich wider besseres Wissen doch noch auf ihn eingelassen hatte.

Um halb elf schickte ich Emma, Gigi und Saskia eine Nachricht, dass es mir gut ginge und ich nur müde sei. Es ging mir ganz und gar nicht gut, aber ich hatte keine Lust auf tröstende Anrufe. Wenn es mir richtig dreckig ging, wollte ich allein sein. Menschen, die mit ihrem Kummer andere überschwemmten und reden wollten, konnte ich noch nie verstehen. Reden. Worüber denn? Und was sollte der andere dann sagen? Armes Häschen, du tust mir ja so unsagbar leid ... Ich wollte einfach gar nichts hören, weder liebevolle noch aufmunternde Worte.

Am nächsten Morgen stand ich um fünf Uhr auf, weil ich nicht mehr schlafen konnte. Ich verbrachte eine geschlagene Stunde im Bad, duschte ausgiebig, wusch mir die Haare und schminkte mich. Seppi lag in der Ecke auf dem alten Handtuch, das ich ihm für diesen Zweck zur Verfügung stellte. Wie sich herauskristallisiert hatte, genoss er es, morgens im Bad bei mir zu sein, und ich wollte ihm nicht zumuten, auf den kalten Fliesen zu liegen.

»Ich sehe schrecklich aus«, sagte ich zu meinem Spiegelbild. Mir waren alle Schminktricks vertraut, mit denen man eine schlechte Nacht kaschieren konnte, aber es war der Gesichtsausdruck, mein Inneres, das man nicht wegschminken konnte.

Als ich später zur Arbeit kam, war Pierre schon da. Ich schloss die Ladentür hinter mir ab, weil wir bis zur

Öffnung noch dreizehn Minuten hatten, und machte mir einen Instantkaffee. Pierre hatte bei meiner Ankunft mein furchtbares Aussehen nicht kommentiert, was ihm gar nicht ähnlich sah. Ich nippte an meinem Instantkaffee und sagte: »Eigentlich hätte ich erwartet, dass du sagst, wie scheiße ich heute aussehe.«

Pierre ordnete die Shirts auf der unteren Ablage des Regals, dann erhob er sich und sah mich an. »Na ja, du hast es gerade selbst gesagt.«

»Witzig. Also, bringe es schon hinter dich.«

»Nein. Du kannst mich nicht dazu zwingen, dir zu sagen, dass du scheiße aussiehst.«

»Das ist irgendwie untypisch für dich.«

Er faltete das Airfield-Shirt zusammen, legte es behutsam obenauf, dann wandte er mir wieder seine Aufmerksamkeit zu. »Ich habe so ein bisschen mitbekommen, worum es da ging, am Freitag, zwischen dir und Werner. Nicht dass ich auf dem Weg zur Toilette langsamer gegangen wäre und absichtlich gelauscht hätte ... Okay, ein bisschen vielleicht. Also, wenn ich das richtig verstanden habe, hat Werner eine Frau um den Schlaf gebracht in der Nacht, nachdem du ihn abgewiesen hast. Und jetzt bist du deswegen fertig. Weil du erwartet hast, dass Werner dir treu ist, auch wenn ihr gar nicht zusammen seid.«

Ich funkelte ihn an. »Warum machst du das so lächerlich?«

Pierre schüttelte den Kopf. »Das tue ich gar nicht. Ich gebe nur die Tatbestände wieder.«

Mit einer hastigen Bewegung stellte ich die Tasse auf meinem Schreibtisch ab und ging nach hinten. Ziellos schob ich Jacken und Mäntel auf dem Kleiderständer hin und her und tat so, als hätte dieses Tun einen Zweck.

»Ich weiß ...«, hörte ich Pierres Stimme hinter mir, »ich weiß, dass du gekränkt bist, und ich kann auch nachvollziehen, warum. Aber überleg mal, Riekchen, ob Werner wirklich so viel Schuld auf sich geladen hat, dass es das alles wert ist.«

Ich drehte mich zu ihm um. »Was willst du denn damit sagen?«

»Das Leben ist so verdammt kurz, und manchmal verschleudern wir wertvolle Dinge nur deswegen, weil unser verfluchtes Ego es gerne anders hätte. Vielleicht hat dein Unterbewusstsein einfach nur auf eine vertraute Kränkung reagiert, und dann sind alte Gefühle wieder hochgekommen. Könnte doch sein, oder? Ich meine, ganz ehrlich, Rieke ... Sei mir nicht böse, aber ... er hat eine Frau gevögelt, während es zwischen euch noch nicht mal einen Kuss gegeben hatte und du ihm gesagt hast, du willst nichts von ihm. Überleg doch mal!«

»Ja, ich überlege, Pierre – und ich habe die letzten Tage viel überlegt. Offenbar hat ihn mein Nein nicht gerade traurig gestimmt, wenn er losgeht ...«

»Oder genau umgekehrt.«

»Wie bitte?«

»Ach«, winkte Pierre ab, »das ist Männerhirn-Logik. Vergiss es. Okay, wir beide wissen, dass du gerade ziemlichen Blödsinn redest, oder?«

»Was geht dich das Ganze eigentlich an? Lass mich doch in Ruhe!«, schrie ich ihn an. Das tat ich zum allerersten Mal. Ich schrie ihm richtiggehend ins Gesicht: »Vielleicht bin ich gar nicht auf ihn wütend. Ja, vielleicht bin ich auf mich wütend. Ich bin wütend! So scheißwütend auf mich, weil ich aus meiner vertrauten Ecke herausgekrochen bin, statt darin hocken zu bleiben, wo es mir gut ging. Hört doch auf, auf mir herumzuhacken und mir einzureden, dass ich nicht in Ordnung bin. Als ob ich krank wäre und ihr mich heilen wollt!« Ich vergrub das Gesicht in den Händen und schluchzte. Es war, als ob ich nie wieder damit aufhören könnte.

Ich spürte Pierres Hände, die mir über den Kopf strichen. »Du bist nicht krank, Rieke. Ein bisschen gaga vielleicht, aber wie du weißt, habe ich eine Schwäche für Leute, die ein bisschen gaga sind.« Er legte seine Arme um mich und zog mich an sich. Lange standen wir so da, und allmählich beruhigte ich mich wieder. Dann wischte Pierre mir die Tränen aus dem Gesicht und hielt mich etwas von sich weg, um mich anzusehen. »Zum ersten Mal hast du die Kontrolle verloren. Ist das nicht ein großartiges Gefühl?«

»Was?«, flüsterte ich kraftlos.

»Ist es nicht ein befreiendes Gefühl?«

»Befreiend? Ich weiß nicht.«

»Du weißt doch, was man sagt: Lass es raus, Baby.«

»Hm, weiß nicht«, meinte ich und strich mir das Haar wieder zurecht, »soll angeblich nicht so empfehlenswert sein, sich so gehen zu lassen.«

Pierre zwinkerte und schüttelte den Kopf. »Ich rede auch nicht von hysterischen Hitzköpfen, die dreimal pro Woche zusammenbrechen, sondern von Gefühlen, die nach außen sollen, wenn es an der Zeit ist.«

»Alles klar, Sigmund, wenn du das sagst.«

»So, und jetzt solltest du noch einen Schritt weiter gehen«, sagte Pierre feierlich und richtete sich auf.

»Was hast du denn jetzt vor? Du siehst doch, wie ausgelaugt ich bin.«

»Ausgelaugt? Bist du ein Wischmopp oder eine Frau?«

»Was heißt, einen Schritt weiter?«

»Als du mal betrunken warst, vor zwei oder drei Jahren, hast du mir erzählt, du hättest noch nie in deinem Leben jemandem gesagt, dass du ihn liebst.«

Ich fasste mir mit Zeige-und Mittelfingern an die Schläfen. »Ich war nicht betrunken, höchstens leicht angetrunken. Ja, das habe ich dir gesagt, es ist wahr.«

»Wir üben das jetzt.«

»Pierre?«

»Ja?«

»Du solltest mal deine Synapsen überprüfen lassen. Da scheinen mir einige Drähte ein bisschen ausgefranst zu sein.«

»Ich gehe zweimal im Jahr zur Synapsen-Kontrolle. Genauso oft wie zum Zahnarzt. Da passt alles. Hör zu: Du konzentrierst dich jetzt und sagst klar und deutlich: ›Ich liebe dich, Werner‹, und dann wirst du spüren, ob es echt ist und wie es sich anfühlt.«

»Pierre, was ...«, ich machte mit dem Zeigefinger eine Kreisbewegung, »was soll das hier werden?«

»Vertrau mir. Ich habe es zu Bernd gesagt, und es hat sich echt angefühlt. Da wusste ich es.«

Ich nahm einen tiefen Atemzug.

Pierre sah mich abwartend an.

Ich konzentrierte mich.

Pierre wartete geduldig.

Und dann nahm ich all meinen Mut zusammen. »Ich liebe dich, Werner.«

Es vergingen ein paar Sekunden, bevor Pierre fragte: »Fühlt es sich echt an?«

Ich nickte.

Pierre strahlte. »Call me Master La Ferrer!« Er streckte die Arme zum Himmel. »Du musst zu ihm und es ihm sagen!«

»Bist du verrückt? Glaubst du, ich habe keinen Stolz?«

Pierre ließ die Arme sinken, hörte auf zu lachen und gab mir mit der flachen Hand einen Klaps auf die Stirn. »Dann ertrinke in deinem Schmerz, und trachte nach der Melancholie des Augenblicks, der niemals kommen wird.«

»Von wem ist das?«

»Was?« Er prustete in sich hinein. »Das habe ich gerade erfunden.«

»Du wirst mir fehlen«, hörte ich mich plötzlich sagen.

Pierre lächelte. »Sag es!«

»Was?«

»Du weißt genau, was ich meine.«

»Du bist der beste Freund, den ich je hatte.«

»Sag es!«

»Der Allerbeste!«

»Sag es!«

»Ich liebe meine Schwester!«

Pierre wartete.

»Und meinen Vater!«

»Sag es!«

»Nein!«

»Jetzt!«

»Nein!«

»Saaag eees!«

»Ich liebe dich!«

Pierre hob den Kopf, atmete durch die Nase ein, dann durch den Mund wieder aus. Dann sah er mich an. »Ich liebe dich auch, Rieke. Und jetzt gehst du zu deiner Schwester und zu deinem Vater und sagst es ihnen.«

»Jetzt?«

»Nein, nicht jetzt sofort, aber so bald wie möglich.«

»Und du glaubst, das wird mein Leben verbessern?«

»Ja.«

»Werde ich dich irgendwann als Prediger im weißen Gewand im Fernsehen sehen?«

Er ignorierte meine Frage. »Du bist bereit, Rieke. Und das erste Mal, als du es ausgesprochen hast, da hast du Werner gesagt – und das sollte er wissen.«

»Ich habe Angst. Ich bin wütend. Ich will, dass er mir nachläuft und mir sagt, dass er verrückt nach mir ist.«

»Mh-hm, wir haben hier eine Figur aus einer griechischen Tragödie. Aber gut, wir haben alle ein Bedürfnis nach dramatischer Effekthascherei. Jeder auf seine Weise.«

»Er hat ein paar Nachrichten auf dem AB hinterlassen.«

»Aber das reicht dir nicht. Du willst, dass er deine Wohnung mit Blumen füllt und er ein Flugzeug mietet, das deinen Namen in den Himmel schreibt.«

»Hör doch auf mit diesem Blödsinn. Als ob ich so abgedroschene Liebesbeweise erwarten würde. Aber ein Heiratsantrag während der WM-Übertragung auf dem Großmonitor im Stadion wäre nett.«

Pierre lachte kurz darüber. »Ja, das wäre das Mindeste.«

»Willst du Bernd irgendwann heiraten?«

Pierre zuckte die Schultern. »Das weiß ich noch nicht. Ich lasse die Dinge einfach auf mich zukommen.«

»Was erwartest du von dieser Beziehung, Pierre?«

»Weißt du, Riekchen, ich hab wahrscheinlich nicht viel in meinem Leben gelernt, aber eins mit Sicherheit: Das Schöne an der großen Liebe ist, dass der andere eben *nichts* erwartet.«

26

Mein Vater stand staunend in der Tür. »Rieke? Na so was.«

»Bist du alleine, Papa?«

»Ja, komm rein.«

Während ich mir im Flur die Jacke auszog, erzählte er, dass der gestrige Tag mit Lucinda wunderschön, aber anstrengend gewesen sei.

Wir gingen in die Küche, und ich setzte mich auf den Platz, auf dem ich immer saß. »Magst du einen Zitronen-Ingwer-Tee?«

»Ja, gern.«

Er nahm einen Teekessel, füllte ihn mit Wasser und setzte ihn auf. Während er den Tee und die Tassen aus dem Schränkchen nahm, sagte ich: »Bin vorbeigekommen, um dir etwas zu sagen, Papa.«

Er tat die Teebeutel in die Tassen, musterte mich und dann setzte er sich auf den anderen Stuhl. »Was denn?«

»Ich liebe dich, Papa.« Es hatte mich nicht viel Überwindung gekostet, das zu sagen, was mich selbst überraschte. Vielleicht war das wie mit dem Töten – der erste Mord ist angeblich der schwerste.

Über das Gesicht meines Vaters zogen sich plötzlich

tiefe Furchen. Er sah besorgt aus. »Ist es doch Asthma? Oder ist es was Schlimmeres?«

»Nein, Papa. Mit meiner Gesundheit ist alles in Ordnung.«

»Stimmt etwas nicht, Rieke? Du kommst unangemeldet vorbei und sagst, dass du mich liebst ...«

»Ich will nicht, dass du irgendwann stirbst und ich es dir nie gesagt habe.«

»Aber das musst du doch gar nicht. Ich weiß es doch. Und ich hab dich auch lieb, meine Kleine.«

Ich lächelte ihn an.

Der Teekessel pfiff. Er stand auf und goss den Tee auf, dann stellte er die Tassen auf den Tisch und setzte sich wieder.

»Und da ist noch etwas, Papa.«

»O Gott!«, rief er und schlug die Hände über dem Kopf zusammen. Ich wusste es doch. Nun sag es schon.«

Ich schnaufte tief durch. »Ich bin gesund.«

»Wirklich?«

»Ja. Aber ich werde dir jetzt eine Geschichte erzählen, und ich bin nicht sicher, ob du danach nicht furchtbar enttäuscht von mir sein wirst.«

Seine Mundwinkel zogen sich nach unten. »Du machst mir Angst.«

»Ich muss es dir erzählen. Ich kann dich unmöglich weiterhin belügen. Das hast du nicht verdient, Papa.«

Ich konnte spüren, wie er sich innerlich anspannte. Aber er bemühte sich, ruhig zu bleiben. »Also gut. Erzähle mir deine Geschichte.«

Und ich tat es. Ich fing mit dem Klassentreffen an und hörte mit Sonntagabend auf. Es dauerte über eine halbe

Stunde, in der er mich kein einziges Mal unterbrach. Sein Gesichtsausdruck verriet hin und wieder Überraschung oder Nachdenklichkeit, aber er hörte die ganze Zeit aufmerksam zu und sagte kein Wort.

Als ich am Ende angelangt war, lehnte ich mich zurück und sah ihn an.

Sein Blick war auf seine Teetasse gerichtet. Stumm schien er dort nach Antworten zu suchen. Irgendwann hob er den Kopf, sah mich an und sagte: »Nun werde ich dir eine Geschichte erzählen, und das wird meine Antwort auf deine Geschichte sein.«

Ich hatte mit allem gerechnet, aber nicht damit. »In Ordnung«, sagte ich nur.

Er nahm einen kräftigen Schluck Tee, setzte seine Tasse ab, und dann fing er an: »Deine Mutter und ich waren neun Jahre verheiratet, als es passierte. Wir führten eine gute Ehe, würde ich sagen. Hatten zwei wundervolle Kinder, beide waren wir mit unserer Arbeit zufrieden ... Ja, alles lief gut. Und trotzdem passierte es. Ich war übers Wochenende auf einem Seminar, wegen meiner Beförderung. Das war in Köln. Das Seminar dauerte drei Tage, und es fand ein paar Tage vor dem Karneval statt. Also hängte ich noch ein paar Tage dran, besuchte meinen Onkel und meine Tante in Bonn und wollte mal beim Karneval in Köln dabei sein. Da lernte ich diese Frau kennen ... und ich weiß, wie leichtfertig es sich anhört, zu sagen: Es ist einfach passiert. Nichts passiert einfach so. Und so etwas schon gar nicht, weil man es natürlich selbst in der Hand hat. Wir verbrachten Rosenmontag und Faschingsdienstag zusammen, und ich muss die Details wohl nicht ausführen. Jedenfalls hatte ich vor, es deiner Mutter zu gestehen.

Aber dann dachte ich: Ja, und dann? Wird sie mich verlassen und die Kinder mitnehmen? Ist es dieser unbedeutende Fehltritt wirklich wert, dass deshalb die Familie auseinanderbricht, meine Frau und die Kinder mich hassen und ich den Rest meines Lebens damit verbringe, mir Vorwürfe zu machen und zu bereuen?« Er machte eine Pause, dann fuhr er fort: »Wir tun manchmal falsche Dinge, um uns besser zu fühlen. Und manchmal reißen wir andere dabei mit.«

Ich beugte mich nach vorne und sah meinem Vater direkt ins Gesicht. »Warum hast du das getan? Es muss einen Grund gehabt haben. Du sagst, alles war in Ordnung, aber wenn es in Ordnung gewesen wäre, hättest du es nicht getan.«

»Ach, Rieke. Du kannst mir glauben, ich hätte viel besser damit leben können, wenn es einen Grund gehabt hätte. Ja, den hätte ich mir geradezu gewünscht, aber es gab keinen. Es war einfach nur leichtfertig und dumm.«

»Na gut, Papa. Das ist sehr lange her. Ich bin überzeugt, dass du es tief bereut hast – und ich bin erleichtert, dass du es Mama nicht gesagt hast, weil es vielleicht wirklich mit einer Scheidung geendet hätte. Jedenfalls hab ich dich deswegen nicht weniger gern, und ich bin froh, dass du es mir erzählt hast.«

»Ja, ich bin auch froh, Rieke. Du bist der einzige Mensch, dem ich das je erzählt habe.« Pause. »Aber du fragst dich, was das mit deiner Geschichte zu tun hat?«

Ich nickte.

»Ich will dir damit sagen, dass ich nicht den Moralapostel spielen will, weil ich selbst in meinem Leben Fehler gemacht habe. Und ich weiß, wie es ist, mit einem schlechten

Gewissen zu leben. Deswegen will ich dein schlechtes Gewissen nicht noch schlimmer machen.«

»Danke, Papa.«

»Wenn ich das richtig verstanden hab, dann stellst du dir zwei Fragen. Die erste ist: Sollst du es Wilfried sagen? Die zweite ist: Sollst du Werner verzeihen?«

»Ich würde sagen, du hast das sehr gut auf den Punkt gebracht.«

»Na gut, dann lass uns mal nachdenken. Zuerst mal diese ... nennen wir es Beichte, ja?«

»Meinetwegen.«

»Zunächst mal erzählst du es Emma nicht. Dazu besteht überhaupt keine Veranlassung, hörst du? Dabei entsteht nur so unnötiger Diskussionskram.«

»Diskussionskram, okay.«

»Vielleicht hat sie auch ein kleines Geheimnis, von dem wir nichts wissen, und wenn es so ist, dann ist das ihre Sache, ob sie es uns sagen will oder nicht.«

»Vermutlich hast du recht.«

»Und das mit Wilfried ... hm. Ich würde sagen, es steht dir nicht zu, es ihm zu sagen.«

»Ja, schon klar. Ich hatte nicht vor, ihn anzurufen und es ihm zu gestehen. Er ist Werners Onkel. Aber ich hatte vor, mich aus der Sache zurückzuziehen.«

»Wenn du meine Meinung hören willst ...«

»Ja, das will ich.«

»Zieh dich zurück. Genauso, wie du es vorgehabt hast.«

Auch wenn ich wusste, dass es das einzig Anständige war – bei der Vorstellung, Werner nicht mehr wiederzusehen, trieb es mir die Tränen in die Augen. Meinem Vater entging das nicht.

»Und das mit Werner hängt da miteinander, also ineinander.«

»Wie bitte?«

»Du weißt schon, wie ich es meine. Hängt zusammen, ja, genau.«

»Wie meinst du das?«

Er kratzte sich an seiner Glatze. »Wenn Werner ohne dich weitermacht oder sich panisch eine andere Frau anlacht und sie heiratet, damit Wilfried zufrieden ist, dann ... tja, muss ich wohl nicht weiter ausführen.«

»Ich weiß, dass ihm auch nicht ganz wohl bei der Sache ist. Anfangs haben wir uns da so gierig hineingestürzt, aber ich weiß nicht so richtig, was in Werner vorgeht. Aber als Wilfried erwähnt hat, dass sein Großvater in dem Haus geboren wurde, da hat Werner es nicht mehr übers Herz gebracht, Pläne für den Verkauf zu schmieden.«

»Nun, das spricht für ihn, würde ich sagen.«

»Findest du es schlimm, was wir getan haben? Sag es mir ganz ehrlich.«

Er verzog den Mund. »Ich werde nicht leugnen, dass es unmoralisch war, aber das weißt du selbst. Du hättest es nie durchgehalten, diesen alten Mann zu belügen, dafür kenne ich dich zu gut.«

»Ich werde die zwanzigtausend Euro an Werner zurückgeben. Und weißt du was, Papa? Von meinem Ersparten werde ich meinen alten Laden ein bisschen aufpeppen. Aber eigentlich will ich da gar nicht raus. Es hängen so viele schöne Erinnerungen daran.«

»Kann ich verstehen.«

Ich lachte ihn erleichtert an. »So offen und frei haben wir noch nie geredet, Papa. Du bist heute so vernünftig.«

»Ah, nur heute. Na schönen Dank auch.«

»Ach komm. Ich wollte nur sagen, es war ein schönes Gespräch.«

»Ja, das stimmt.«

»Wenn du an meiner Stelle wärst, würdest du Werner verzeihen?«

»Also, da ich heute so vernünftig bin, sage ich dir dazu Folgendes«, meinte er in leicht ironischem Tonfall, der aber umschlug in tiefe Ernsthaftigkeit: »Es gibt Ratschläge, die sollten Eltern ihren Kindern niemals erteilen, und dazu zählt die Wahl des Liebsten.«

»Okay, verstanden. Betrachte es nicht als Ratschlag. Betrachte es als Meinungsäußerung. Ich bin einfach neugierig, was du tun würdest.«

Er lächelte kurz, dann wurde er wieder ernst und sagte: »Ich würde nicht zulassen, dass diese Viola mich um die Liebe meines Lebens bringt. So viel Macht würde ich der nicht geben. Aber ich würde abwarten wollen, wie die Sache mit Wilfried und ihm weitergeht. Weil du auf diese Art viel von seinem Charakter erfährst.«

Auf dem Heimweg spulte ich das Gespräch noch mal zurück. Ich war froh, dass ich mich entschlossen hatte, zu meinem Vater zu gehen. Sein Geständnis hatte mich zwar beinahe umgehauen, aber andererseits hatte er durch dieses Erlebnis einen anderen Zugang zu meiner Geschichte. Verrückt. Es passierten manchmal Dinge im Leben, die wahrlich nichts Positives haben, aber irgendwann stellte man fest, dass sie doch für irgendetwas notwendig waren. Nein, den Tod der beiden Menschen, die ich über alles geliebt habe, der war bestimmt nicht notwendig gewesen.

Durch ihren Tod war in mir etwas zerbrochen, was ich vielleicht notdürftig zusammenkleben und kitten konnte, aber die Spuren würden für immer bleiben. Damit musste ich zurechtkommen, und damit musste ich leben – und ich wollte überhaupt nicht vergessen. Ich würde meine Tochter und meine Mutter immer bei mir tragen. Manchmal kramte ich die Fotoalben raus und schwelgte in Erinnerungen, als meine Mutter und mein Baby noch lebten. Wie glücklich wir gewesen waren! Aber ich hatte keine Fotos von ihnen an der Wand. Der tägliche Anblick wäre zu schmerzhaft, und noch verwirrender fände ich, wenn ich diese Bilder irgendwann vielleicht gar nicht mehr richtig wahrnehmen würde, weil sie schon so lange da hingen. Deshalb hingen in meiner Wohnung nur Bilder und Poster mit irgendwelchen Motiven, die mir einfach gefielen.

Plötzlich schob sich ein unerwarteter Gedanke in den Vordergrund: Vielleicht hätte ich mit Werner wirklich noch eine Chance? Aber mein Vater hatte recht, das wusste ich. Wenn Werner mit Wilfried weiterhin ein falsches Spiel spielte, dann war es wohl besser, mich endgültig in meine Ecke zurückzuziehen. Ich würde es durchstehen. Ich hatte meine Familie, meine Freunde, Seppi ...

Inzwischen war ich vor meinem Haus angekommen. Und als ich bei diesem Gedanken mechanisch den Kopf hob, sah ich ihn. Seppi. Er saß am Wohnzimmerfenster auf dem Fensterbrett und wartete auf mich. Unsere Blicke trafen sich. Das ging mir so unter die Haut, dass ich ins Haus stürmte, die Treppen hinauflief und im Eiltempo die Tür aufsperrte. Er lief mir entgegen, und ich hob ihn hoch. »Mein kleiner süßer Spatz«, sagte ich und drückte ihn an mich. Er schnurrte zufrieden.

Mit Seppi auf dem Arm blickte ich auf meinen Anrufbeantworter. Keine Nachrichten. Werner hat also nicht angerufen. Weder auf meinem Handy noch auf dem Festnetz.

Heute war Montag, und er hatte frei. Zeit hätte er also gehabt. Aber vielleicht erwartete ich jetzt zu viel von ihm. Schließlich hatte er gestern sieben Nachrichten hinterlassen. Bestimmt würde er sich morgen melden. Vor der Arbeit oder zwischendurch.

Aber auch am Dienstag meldete er sich nicht.

Am Mittwoch hörte ich ebenfalls nichts von ihm.

Am Donnerstag: keine Nachricht von Werner.

Am Freitag war ich sehr niedergeschlagen und mittlerweile ziemlich durch den Wind. Kein Lebenszeichen von Werner. Und dann auch noch der vorletzte Arbeitstag mit Pierre. Er versuchte ein paarmal, mich aufzuheitern, aber es gelang ihm nicht, weil mich die Traurigkeit über Werner und Pierre fest in der Hand hatte.

Ein paar unserer Stammkundinnen waren im Laufe der Woche gekommen, um sich von Pierre zu verabschieden. Petra Wittner kam Freitag kurz vor Ladenschluss und umarmte ihn. »Wirst du denn trotzdem zu meiner Hochzeit kommen, Pierre?«

»Wahrscheinlich nicht, Petra.«

»Aber warum denn nicht? Von Berlin nach München gibt es Flüge, weißt du.«

»Ja, witzig, Petra. Vielleicht kann ich es einrichten, aber ich will es erst mal nicht versprechen, okay?«

»Ach, Pierre. Du wirst hier eine Lücke hinterlassen.«

»Ach, die Claudia ist 'ne total Nette. Ihr werdet sie mögen.«

»Wer ist Claudia?«

»Die Neue.«

»Ach so«, meinte Frau Wittner schmollend. »Wenn du das sagst.«

Als Frau Wittner wieder draußen war, fragte Pierre: »Wie sieht es aus, Rieke? Morgen ist mein letzter Abend in München. Was hältst du vom *Jean-Luc*? Nur du und ich.«

»Es ehrt mich, dass du deinen letzten Abend mit mir verbringen willst, aber nicht im *Jean-Luc*.«

»Warum nicht?«

»Du bist zu klug für blöde Fragen, Pierre.«

»Gott, bist du dickköpfig.«

»Wie wär's mit unserer Bar?«

»Unsere Bar? Wir waren nur zwei- oder dreimal dort.«

»Trotzdem ist es unsere Bar.«

»Na gut. Aber ich hab dann Hunger, und von Longdrinks werde ich nicht satt.«

»Dann bestellen wir uns hier vorher eine Pizza. Wir sperren den Laden ab und essen. Danach gehen wir in die Bar.«

»Okay, klingt gut.«

Zu Hause streichelte ich zur Begrüßung und zum Abschied Seppis kuschelweiches Fell, nahm die Zwanzigtausend aus dem Wohnzimmer und machte mich auf den Weg zu Werner.

Ich musste vor der Haustür vierzig Minuten warten, bis jemand herauskam, weil ich nicht bei Werner klingeln wollte. Als ich endlich im Hausflur war, warf ich ihm den Umschlag mit dem Geld in den Briefkasten. Natürlich war es vollkommen kirre, aber da niemand davon wusste, würde auch niemand den Briefkasten aufbrechen. Dem Geld hatte ich eine Notiz beigefügt:

Hallo Werner, hiermit gebe ich dir das Geld zurück. Ich breche den Deal ab, weil es mir unanständig vorkommt. Wilfried ist ein netter Mensch, und ich kann das einfach nicht – was du daraus machst, ist natürlich deine Sache und geht mich nichts an.
Sollte ich nichts mehr von dir hören, dann wünsche ich dir auf diesem Wege alles Gute! Trotz allem: Ich bereue nicht, auf das Klassentreffen gegangen zu sein und dich getroffen zu haben.
Sei mir nicht böse, aber ich kann dir das nicht verzeihen. Ich kann mich nicht zu etwas zwingen, was nicht meiner Natur entspricht.

Herzlichst, Rieke

Ich hatte es einfach so hingeschrieben, wie ich es sah und fühlte. Mehr konnte ich nicht tun. Zumindest nicht, ohne mich zu verbiegen. Denn wenn man der Liebe wegen erst einmal so anfängt, dann hat man einen schlechten Start.

27

Samstags arbeitete Werner bis vier. Also hatte ich die Hoffnung, dass er nach Hause kommen, den Briefkasten aufmachen – und mich sofort anrufen würde. Aber das tat er nicht. Die Vernunft sagte mir: Wenn er das täte, würde er deine Entscheidung nicht respektieren. Aber mein Herz sagte: Wenn ihm etwas an dir liegt, wird er dich überzeugen wollen, dass du das Falsche tust.

Hatte er das Interesse verloren? War er einfach zu stolz, mich davon zu überzeugen, dass wir noch eine Chance hatten? Kam ihm der Brief gerade recht, weil er mich sowieso loswerden wollte? War er nach der Arbeit nicht direkt nach Hause gegangen? Hatte er Viola angerufen und sich für sie entschieden? Oje. Das war das Problem am Grübeln: Man landete irgendwann bei den abstrusesten Gedanken. Wie könnte er sich für eine Frau mit Keilabsätzen entscheiden? Ich versuchte es mit Humor, aber lächeln musste ich nicht.

Pierre und ich hatten das Licht im Laden ausgemacht und aßen Pizza. Die Straßenbeleuchtung, die hereinschien, genügte uns vollkommen. Wir hatten das Radio eingeschaltet, und im Hintergrund lief *Daddy Cool* von Boney M. Ein paarmal kam jemand am Laden vorbei, blieb stehen und glotzte herein. Wir verstanden gar nicht, was so ungewöhnlich war an zwei Menschen, die im Dunkeln in einem Geschäft saßen und Pizza aßen.

»Die fünfzehn Jahre sind so schnell vergangen«, sagte Pierre mit vollem Mund.

»Ja, unglaublich.«

»Ich hab so verdammt gerne hier gearbeitet.«

Nachdenklich hielt ich im Kauen inne, dann sagte ich: »Weißt du, ich hab mir oft gedacht, wie sehr ich meine Arbeit liebe und den Laden und all das. Und mir war gar nicht richtig bewusst, dass du einen großen Anteil daran hast.«

Pierre ließ ein dreckiges Lachen hören. »Ja, ich weiß. Ich hab's drauf. Aber ich rede nicht gerne drüber.«

»Genau. Du bist der bescheidenste Mensch, den ich kenne.«

Wir aßen weiter unsere Pizza.

Im Radio kam der Song *Let it be,* und das beschwor eine etwas bedrückte Stimmung herauf.

»Ich werde aber ein oder zwei Mal im Jahr nach München kommen. Ganz bestimmt.«

»Das wäre schön.«

»Kann ich dann bei dir pennen?«

»Klar. Nachdem du den Boden geschrubbt, die Wände gestrichen und die Kohlen aus dem Keller geholt hast.«

»So kenn ich dich, Chefin. Wenn ich nicht schwul wäre, hättest du mich auch noch als Liebessklave benutzt – und wenn ich nicht schwul wäre, hätte es mir wahrscheinlich auch nichts ausgemacht.«

Wir lachten.

Dann fiel mir etwas ein. »Weißt du, was Werner gesagt

hat? Wenn du nicht schwul wärst, dann wären wir längst zusammen. Aber ich weiß, dass es irgendwie unappetitlich ist, darüber nachzudenken. Einmal hast du dich bei dem Gedanken geschüttelt, soweit ich mich erinnere.«

Pierre grinste. »Ja. Wir beide sind unterschiedlich gepolt und so vertraut miteinander, dass es fast unmöglich ist, sich das vorzustellen. Aber ...«

Weil er nicht weitersprach, fragte ich: »Was aber?«

»Aber wahrscheinlich stimmt es. Wenn ich nicht schwul wäre, würde ich dir längst zu Füßen liegen.«

Ich ließ das Pizzastück, in das ich gerade beißen wollte, in der Luft verharren. »Wirklich?«

»Ja. Und einmal habe ich das auch gedacht, weißt du. Das muss vor elf oder zwölf Jahren gewesen sein.«

»Wie – hast du gedacht?«

»Wie soll ich sagen? Ich halte es da mit dem Ex-Bürgermeister von Berlin, der gesagt hat: ›Ich bin schwul, und das ist gut so.‹ Ich bin gerne schwul und will es nicht anders haben. Nur einmal ist mir dieser Gedanke durch den Kopf geschossen, einen kurzen Moment lang. Da habe ich ein bisschen bedauert, schwul zu sein, und mir vorgestellt, wie es wäre, mit dir zusammen zu sein.«

»Das ist das Schönste, was du je zu mir gesagt hast, und du hast viele nette Dinge zu mir gesagt.«

»Bedeutet es dir etwas?«

»Ja, es bedeutet mir etwas.«

»Du hast recht. Wir sind Seelenverwandte.«

»Ich weiß.«

Als wir kurz darauf fertig gegessen hatten, standen wir auf, und ich packte die leeren Pizzaschachteln in die Mülltüte.

Pierre stand mitten im Laden und sah sich um. Ich wusste, was in ihm vorging. All die schönen Momente, die Gespräche und Begegnungen zogen gerade an ihm vorbei. Er sah aus, als ob er sich jede Kleinigkeit einprägen und in sich aufsaugen wollte, um später davon zu zehren.

Am nächsten Morgen wachte ich mit Kopfschmerzen auf. In der Bar hatte der Barkeeper als Erstes gefragt, wie es meinem Bruder ging.

Pierre und ich hatten jeder drei Gin Tonic getrunken und waren anschließend mit dem Taxi nach Hause gefahren. Um ein Uhr nachts war ich nach Hause gekommen und um halb zwei ins Bett gefallen.

Ich sah auf meinen Wecker: zehn Minuten vor zehn! O Gott, ich hatte den halben Vormittag verschlafen. Armer Seppi, bekam er doch um neun sein Fresschen. Er war so brav, hatte mich ausschlafen lassen und neben meinem Bett gewartet, bis ich die Augen aufschlug. Wie ein Stalker saß er da und starrte mich an.

Also stand ich auf und gab erst einmal Seppi sein Futter, bevor ich unter die Dusche ging.

Während ich mich im Bad zurechtmachte, dachte ich an Werner und Pierre. Werner hatte mich abgeschossen. Das musste ich akzeptieren. Ich hatte ja keine andere Wahl. Mit der Zeit würde es immer weniger wehtun. Das wusste ich, denn darin hatte ich Erfahrung. Und Pierre würde ich in vier Stunden abholen und zum Flughafen fahren. Natürlich würden wir uns regelmäßig schreiben, telefonieren und uns hin und wieder sehen – aber alles in allem war es ein Abschied für immer. Jedes Mal, wenn mir das bewusst wurde, tröstete ich mich damit, dass Pierre seine große

Liebe gefunden hatte und dass Claudia bestimmt auch eine Bereicherung sein würde.

Ich zog gerade den Reißverschluss meiner *G-Star* zu, als das Telefon klingelte. Es war mir egal, dass diese holländische Marke eher Jugendliche im Fokus hatte. Für meinen Geschmack hatte sie einen der besten Schnitte und die schönsten Jeans. Allerdings kaufte ich mir tatsächlich keine T-Shirts dieser Marke, weil sie mir zu jugendlich waren.

Ich hob den Hörer von der Basis. Unbekannte Nummer. Verdammt. Natürlich hatte ich gehofft, auf dem Display würde der süßeste Name der Menschheitsgeschichte stehen: *Werner*.

»Diesel«, meldete ich mich.

»Fredi?«

Vor Überraschung brachte ich kein Wort heraus.

»Hallo? Fredi? Ich bin doch bei Fredi Diesel?«

»Hallo, Wilfried.«

»Wie geht es dir?«, brüllte Wilfried in den Hörer.

»Warum schreist du so?«

»Tue ich das? Oh, Verzeihung.«

»Macht nichts. Mir geht es gut, danke. Und dir, Wilfried?«

»Na ja. Ich bin ein wenig verwirrt, Fredi.«

»Verwirrt? Dass du verwirrt bist, verwirrt mich irgendwie.«

Wilfried schnaufte durch den Hörer. »Ach, Fredi. Warum habt ihr denn dieses Kasperletheater mit mir veranstaltet?«

Er wusste es! Ich fasste mir mit der Hand an die Stirn und wäre am liebsten im Erdboden versunken.

»Der Werner war gestern Abend hier.«

»Werner war bei dir?«

»Ja. Er hat mir die ganze Geschichte erzählt. Und er hat mir das Geld zurückgebracht, seine Achtzigtausend und deine Zwanzigtausend, die du ihm in den Briefkasten geworfen hast. Ich habe dich für klug gehalten. Weißt du, wie hirnverbrannt es ist, zwanzigtausend Euro in einen Briefkasten zu werfen?«

»Es wusste doch niemand.« Pause. »Aber du hast recht. Letztendlich ist es nicht empfehlenswert, das zu tun. Hör zu, Wilfried. Mir tut die ganze Geschichte furchtbar leid. Ich möchte mich aufrichtig bei dir entschuldigen. Ich ... wusste nicht, was für ein netter und anständiger Mensch du bist, und ich ... Ich schäme mich dafür.«

»Nun ja. Jetzt ist es ja schon passiert, nicht wahr. Und von deinem Schämen kann ich mir auch nichts kaufen.«

»Natürlich.«

»Wenn ich darüber nicht verärgert wäre, dann könnte ich fast darüber lachen. Das mit dem ›Ich vermache mein Vermögen doch keinem Hallodri‹ habe ich doch nur so dahingesagt. Werner hat das anscheinend wörtlich genommen. Er ist mein einziger Verwandter, und ich bin doch nicht so vermessen, eine Ehe zur Bedingung zu machen. Dieser ganze Aufwand ... Mit Hallodri dachte ich eher an obdachloser Alkoholiker. Ja, natürlich habe ich ihn damals am Telefon gefragt, ob er Frau und Kinder habe, aber eher aus Neugier. Offenbar hat er das falsch interpretiert.«

»Wilfried, bitte nimm meine Entschuldigung an. Wenn du mich kennen würdest, dann wüsstest du, dass ich kein schlechter Mensch bin und ...«

»Ach, Fredi! Nu hör aber auf, ja? Ich kann gut in Gesichtern lesen, und ich hab von Anfang an gesehen, wie angespannt und belastet du bist. Und dann gebt ihr, du und Werner, mir auch noch das Geld zurück. Natürlich seid ihr keine Verbrecher. Aber trotzdem habt ihr etwas Falsches getan.«

»Das steht außer Frage«, gab ich sofort zu.

»Ich will, dass du morgen Abend zum Essen kommst.«

»Morgen Abend? Zum Essen? Nach Ebersberg?«

»Ja. Seitdem bin ich nicht umgezogen, also nach Ebersberg.«

Ich schätzte, das war ich ihm schuldig. Aber dass er mich trotz allem auch noch zum Essen einlud? »Dass du mich nach alldem noch wiedersehen willst?«

»Jetzt mach mal halblang, Fredi. Wir kannten uns bis dahin nicht, also kann ich es kaum persönlich nehmen, oder?«

»Was ist mit Werner?«

»Was soll mit ihm sein?«

»Bist du ihm böse?«

»Ich will's mal so sagen: Nach seinem Geständnis habe ich nicht Limbo getanzt, aber er hat mir das doch alles recht gut erklärt, und auch eure Beweggründe und die gedankenlose Planung. Er hat mich um Verzeihung gebeten. Das Haus werde ich ihm vererben. Die Hunderttausend hab ich ihm wiedergegeben, weil ich es niveaulos finde, Geschenke zurückzunehmen. Aber ich werde in den nächsten Tagen mein Testament ändern. Werner bekommt nur noch die Hälfte meines Vermögens, die andere Hälfte bekommt Barbara, meine Putzfrau. Tja, ein bisschen Strafe muss sein. Ich möchte nicht in Streit und Verbitterung sterben – aber trotzdem muss Werner auf gewisse Weise die Konsequenzen tragen.«

»Hm, das ist eure Sache. Da mische ich mich nicht ein, nicht *mehr* jedenfalls.«

»Also bekommen Werner und Barbara jeder eineinhalb Millionen.«

»Wow! Putzfrau müsste man sein.«

Wilfried hustete kräftig in die Hörmuschel, und ich hielt sie kurz einen halben Meter von meinem Ohr weg.

»Werner sagt, du willst nichts mehr mit ihm zu tun haben.«

»Was? Nein, ich ...«

»Er hat tausend Nachrichten auf deinem Anrufbeantworter hinterlassen, sagt er.«

»Es waren sieben.«

»Und du hast nicht zurückgerufen.«

»Werner hat mich verletzt.«

»Was hat er getan?«

»Ach, das ist eine blöde Geschichte.« Wenn ich daran dachte, dass Werner zu Wilfried gefahren, ihm das Geld zurückgegeben und ihm alles gestanden hatte, war ich so glücklich und gleichzeitig so ergriffen.

»Sehr verwirrend das Ganze. Werner sagt, er hat sich während eurer ... Vereinbarung ... in dich verliebt, aber du hast ihm gesagt, du willst nichts von ihm, dann hatte er ein Stelldichein mit einer Frau, und obwohl ihr während seiner Affäre gar nicht zusammen wart, hast du mit ihm Schluss gemacht.«

»So wie du es erzählst, hört es sich dämlich an.«

»Dann erzähle es mir so, dass es sich klug anhört.«

»Werner hat sich in mich verliebt? Hat er das gesagt?«

»Hat er, Fredi.«

»Oh.«

»Und du? Gefällt dir der Werner nicht? Ist doch ein fescher Junge.«

»Ach, Wilfried«, meinte ich im Jammerton. »Ich hab überzogen reagiert, kann sein. Aber jetzt meldet er sich nicht mehr.«

»Dann melde du dich doch bei ihm.«

»Und wenn es dafür zu spät ist?«

»Ihr beiden regt mich auf. Findet eine Lösung!«

»Äh, ja.«

»Bis wann arbeitest du morgen?«

»Bis achtzehn Uhr.«

»Dann sehen wir uns um sieben.«

»Soll ich etwas mitbringen?«

»Was denn? Eine Tischdecke? Besteck? Hab ich alles.«

»Bis morgen, Wilfried.«

»Bis morgen, Fredi.«

Mit dem Hörer in der Hand stand ich da und überlegte, ob ich Werner anrufen sollte. Er hatte zu Wilfried gesagt, dass er sich in mich verliebt hat! Ich lächelte über das ganze Gesicht und wollte gar nicht mehr damit aufhören. Am liebsten hätte ich mich auf den Balkon gestellt und hinausgeschrien: »Werner liebt mich!«

Aber vielleicht hat er sich mittlerweile *ent*liebt.

Wenigstens wusste ich jetzt, dass er nichts mehr von sich hören ließ, weil ich mich nach seinen Anrufen nicht gemeldet hatte. Ich ließ mich auf den Küchenstuhl fallen und starrte gedankenverloren zum Fenster hinaus. Alle sagten, dass ich übertrieben reagierte. Aber für mich hatte es sich nun einmal schrecklich angefühlt, was Werner getan hatte. Was war hier richtig und was falsch? Sollte ich auf die Menschen hören, die es gut mit mir meinten? Oder sollte ich dazu stehen, dass ich verletzt war und weiterhin … ja, was eigentlich? Beleidigt sein? Mich zurückziehen? Werner für immer ignorieren? Zu welchem Preis? Ich fand es nicht schlimm, allein zu leben. Manchmal fand ich es sogar gut. Ich fände es auch nicht schlimm, nie wieder eine feste Beziehung zu haben. Aber dann dachte ich: Ist es denn nicht schlimm, einen Mann wie Werner ziehen zu lassen, weil ich eifersüchtig auf einen One-Night-Stand bin, der stattgefunden hatte, als zwischen uns nichts war?

Ich nahm den Hörer, klickte bis W und rief ihn an.

Es klingelte.

Ich war total nervös.

Mein Herz klopfte wie verrückt.

Nach dem fünften Klingeln ging der Anrufbeantworter an. Ich hörte seine wundervolle Stimme: »Ich bin nicht zu Hause. Sie können eine Nachricht hinterlassen.«

Langer Piepton.

Mein Mund öffnete sich und heraus kam: »Äh … aah … Hallo Wörner …« WÖRNER!? Ich war am Durchdrehen!

»Hallo, Werner.« Jetzt wiederholte ich es auch noch!

»Hier ist Rieke Diesel.« Okay, spätestens jetzt musste er annehmen, dass ich betrunken war oder den Verstand verloren hatte. Meinen Nachnamen dazuzusagen!

»Ich wollte …« Meine Stimme wurde plötzlich ganz piepsig.

Ich räusperte mich, dann: »Ich wollte mal schau'n, wie's dir geht.« Nein! Das war zweifellos die bescheuertste Nachricht, die ich je hinterlassen hatte.

»Ich würde mich freuen, wenn du mich zurückrufst. Auf ABs zu sprechen ist nicht so mein Ding, wie du merkst. Tschüs.« Ich legte auf. Na gut, der letzte Teil war nicht schlecht, vielleicht konnte ich damit den Anfang einigermaßen ausgleichen.

Nervös lief ich in meiner Wohnung auf und ab. Dabei fand ich heraus, dass Nagellack schrecklich schmeckte. Noch nie in meinem Leben hatte ich Nägel gekaut, also würde ich nicht jetzt damit anfangen! Ich machte mir einen Tee und versuchte, mich zu beruhigen. Werners Schweigen machte mich fertig. Und dann stand mir auch noch der Abschied von Pierre bevor! Der Tee beruhigte mich tatsächlich, und auch der Gedanke, dass ich mich nicht wegen etwas verrückt machen sollte, was ich ohnehin nicht ändern konnte.

Stunden später stiegen Pierre und ich aus dem Auto. Ich öffnete die Haube des Kofferraums, und er nahm seine beiden Koffer heraus, stellte sie auf den Boden. »Am besten, wir verabschieden uns gleich hier.«

»Aber ich will dich begleiten«, insistierte ich.

»Nein. Lass uns das nicht in die Länge ziehen.«

»Wie du willst.«

Ein paar Sekunden standen wir so da, dann sagte Pierre: »Das, was du mir gerade im Auto erzählt hast, Rieke ... Fahr doch einfach zu ihm.«

»Pierre! Wenn er nicht zu Hause ist oder nicht abnehmen will, wenn ich anrufe, dann wird auch seine Haustür nicht für mich aufgehen.«

Er verzog den Mund. »Bis jetzt musste er annehmen, dass du seine Anrufe nicht beantwortet hast, weil du nicht interessiert bist. Dann rufst du an und sagst, du wolltest mal schau'n, wie's ihm geht. Warum hast du nicht gesagt, dass du ihn vermisst und dass du ihn unbedingt sehen willst, weil du nur noch an ihn denken kannst?«

»Und dann kommt er mit einem Kumpel nach Hause, schaltet den AB ein, und dann hören sie, wie ich mich flennend nach ihm verzehre.«

»Boah, Weib, hast du 'ne Paranoia!« Pierre schüttelte den Kopf.

»Findest du?«

»Du musst dich dem stellen, Rieke! Du musst es ihm sagen. Jetzt musst *du* eben ein paar Nachrichten hinterlassen. Aber bitte sag nie wieder, dass du ›schau'n wolltest, wie es ihm geht‹. Sag ihm, dass du ihn heiß findest und hin und weg von ihm bist.«

Ich blinzelte irritiert. »Das könnte noch ein Weilchen dauern, bis ich das auf einem AB über die Lippen bringe.«

»Nein!«, rief Pierre und hob ungeduldig die Arme. »Nicht auf dem AB, sondern ...« Er streckte Zeige- und Mittelfinger aus und zeigte abwechselnd in meine und seine Augen. *»Eye to eye, Baby.«*

»Na gut.«

»Fahr jetzt zu ihm.«

»Okay.«

»Tust du es?«

»Ja.«

»Ich verlasse mich drauf.«

»Oje!« Ich schnappte nach Luft. »Ich habe beinahe etwas vergessen!« Ich drehte mich um und machte die hintere Tür meines Wagens auf. Hektisch kramte ich in meiner Tasche herum. Als ich mit dem Päckchen vor Pierre stand, sah er angewidert auf das Herzchen-Geschenkpapier. »Tut mir leid«, sagte ich kleinlaut, »aber ich hatte kein anderes Papier zur Hand.«

»Was ist denn da drin?«

»Dein Lieblingsparfüm und eine CD.«

»Rammstein?«

»Nein. Udo und Jenny Jürgens.«

Pierre sah mich an, als sei ich nicht bei Trost. »Wie bitte?«

»Es ist nur ein einziges Lied drauf, und eigentlich ist das Lied von einem Vater an seine Tochter, aber ich finde, es passt zu jeder Situation, wenn ein geliebter Mensch weggeht. Jedes Wort darin erinnert mich an uns.«

Pierre nahm das Päckchen und fragte: »Und wie heißt das Lied?«

»Liebe ohne Leiden.«

»Hm.« Er lächelte. »Das wünsche ich dir auch, Rieckchen, Liebe ohne Leiden.«

Ich nickte traurig.

»Und nun komm in meine Arme, du emotional gestörtes Sahneschnittchen.« Er schlang seine Arme um mich und drückte mich an sich. Ich tat das Gleiche, und wir standen lange so da, fest umschlungen und ohne etwas zu sagen.

Als er mich irgendwann losließ, sah er mich mit einem Blick an, den ich noch nie an ihm gesehen hatte. Es war eine Mischung aus Sorge und Traurigkeit. »Pass gut auf dich auf.«

»Mach ich. Du auch, ja?«

Er nickte, drückte meine Schultern und sagte: »Danke für alles, Rieke.«

»Was? Wofür denn?«

»Für einfach alles.« Er biss sich auf die Unterlippe, dann nickte er mir noch mal zu, nahm seine Koffer an sich und warf mir einen letzten Blick zu. »Wir sehen uns.«

»Wir sehen uns«, quetschte ich mit Mühe hervor, weil ich die Tränen zurückhielt.

Ich sah ihm nach, bis er durch die Glastür verschwunden war. Er drehte sich nicht mehr um. Erst dann wischte ich mir die Tränen aus dem Gesicht.

28

Claudia kam eine halbe Stunde zu früh. Ich konnte sehen, wie nervös sie war. Es gefiel mir, dass sie alles wissen wollte und eifrig darum bemüht war, so schnell wie möglich alles zu lernen. Aber sie tat mir furchtbar leid. Als Erste kam Frau Emker, eine Kundin, die ein- bis zweimal im Jahr bei mir einkaufte, sah Claudia erstaunt an und fragte nach Pierre. Ich informierte sie darüber, dass Pierre nach Berlin umgezogen und Claudia seine Nachfolgerin sei.

»Waaaas?« Die ansonsten eher schüchterne Frau Emker betrachtete Claudia misstrauisch, ohne sich dessen bewusst zu sein. »Ich hatte ja keine Ahnung. Da bin ich mal ein paar Monate verreist, und schon ist Pierre nicht mehr da.«

»Aber Claudia ist jetzt da«, sagte ich lächelnd.

»Ach ja«, meinte Frau Emker nörglerisch, »aber das ist nicht dasselbe.«

Claudia machte gute Miene zum bösen Spiel und zwang sich, darüber wegzulächeln.

Das Szenario wiederholte sich an diesem Tag weitere drei Male in leichten Abstufungen. Claudia ließ sich nichts anmerken. Und ich versuchte, mir ebenfalls nichts anmerken zu lassen, denn ich empfand die arme Claudia selbst wie einen Fremdkörper. Immer wieder erwartete ich, dass Pierre neben mir stand und einen blöden Spruch abließ oder eine abstruse Geschichte erzählte. Als kurz vor Ladenschluss eine mir unbekannte Kundin den Laden betrat und fragte: »Haben Sie auch ungetragene Kleidung?«, antwortete Claudia freundlich: »Aber das ist ein Secondhand-Geschäft.«

In diesem Moment stellte ich mir vor, wie Pierre reagiert und was er gesagt hätte.

Als ich den Ladenschlüssel nahm und Claudia sich ihren Mantel überzog, sagte ich: »Alles braucht seine Zeit. Unsere Stammkundinnen sind alle sehr nett, und Sie werden sich bald aneinander gewöhnen.«

»Ist doch klar, Rieke. Als Neue hat man doch überall die Arschkarte.«

Erstaunt blickte ich sie an. Diesen Ausdruck hätte ich ihr gar nicht zugetraut. Aber das war das Interessante an neuen Bekanntschaften: dass man Schicht um Schicht vorstieß, bis man zum Kern vorgedrungen war und die Person in all ihren Facetten kannte. »Genau«, bestätigte ich. »Und bald werden die Kundinnen Sie genauso gerne mögen wie Pierre.«

»Ist das eigentlich sein richtiger Name?«

»Aber ja. Seine Vorfahren kamen aus den unterschiedlichsten Ecken dieser Erde.«

Ich hatte überhaupt keine Lust, nach Ebersberg zu fahren. Schon gar nicht nach einem langen Arbeitstag und bei strömendem Regen. Auch wenn ich Wilfried mochte und es von Größe zeugte, dass er uns nichts nachtrug (außer, dass Werner eineinhalb Millionen weniger bekommen würde), so war mir klar, worüber wir sprechen würden – über unsere Lügerei und Täuschung. Aber ich wollte es hinter mich bringen. Das war ich Wilfried schuldig, obwohl ich genau genommen keinen Cent bekam, auch deshalb, weil ich nichts mehr davon haben wollte. Werner würde das Haus und eineinhalb Millionen erben. Ich gönnte es ihm und freute mich für ihn. Er würde zwar einen beträchtlichen Teil an Steuern zahlen, aber wenn er das Geld gut anlegte, dann hatte er ausgesorgt.

Nachdem ich Pierre am Flughafen abgesetzt hatte, war ich zu Werner gefahren, so wie ich es Pierre versprochen hatte. Die Freude über den perfekten Parkplatz vor Werners Haus wurde in der nächsten Sekunde dadurch gedämpft, dass ich ihn mit Henning ins Haus gehen sah. Bei Werners Anblick wäre ich am liebsten ausgestiegen und zu ihm gelaufen. Ich wollte ihn an mich drücken und sagen: »Schick den da weg. Ich will bei dir sein, jetzt und für immer.« Schon seltsam, was für kitschige Seiten man an sich entdeckte, wenn man sich verliebte. So etwas passte eigentlich nicht zu mir, und solche Worte waren mir bisher weder über die Lippen gekommen, noch hatte ich sie jemals gedacht.

Ich hatte keine Ahnung, wie ich an Werner herankommen sollte. Ich hatte meine Chance vertan. Dass ich seine Anrufe am vorletzten Wochenende nicht entgegengenommen hatte, warf ich mir nicht vor, weil der Schreck über diese Bar-Bekanntschaft noch zu frisch gewesen war. Aber warum war ich so stur gewesen, nachdem alle mir gesagt hatten, dass ich es gut sein lassen sollte? Warum hatte ich ihn nicht mit Anrufen bombardiert und ihm Nachrichten geschickt, in denen ich mich eindeutig zu ihm bekannte? Warum hatte ich ihm nicht gesagt, dass ich verliebt in ihn war? Stattdessen die nichtssagende Notiz in dem Geldkuvert und dieser behämmerte Text auf dem Anrufbeantworter – den er gestern wahrscheinlich zusammen mit Henning abgehört hatte. Ich stellte mir vor, wie Henning ihn fragend ansah und Werner darauf erklärte, dass er mich sowieso schon abgeschossen hatte.

Vielleicht könnte ich später Wilfried gegenüber sagen, dass er zu Werner sagen sollte, dass ich gesagt hätte ... Ach nee, das wäre Wilfried zu kompliziert. Aber ich könnte sagen: »Richte doch bitte Werner schöne Grüße aus, und sage ihm, dass ich ihn liebe.«

Hervorragende Idee.

Oder vielleicht: »Sag Werner viele Grüße von mir. Ich denke ständig an ihn und vermisse ihn und wünschte ...«

Hier würde Wilfried mich unterbrechen und grantig kommentieren: »Sag ihm das doch selbst, Fredi. Da steht das Telefon.«

Oder ich könnte Wilfried bald mal zum Essen einladen und dabei sagen: »Bring den Werner ruhig mit.«

Irgendwie wurden meine Ideen immer schräger.

Vielleicht würde mir spontan etwas einfallen, wenn ich bei Wilfried war.

Warum brauchte Wilfried so lange, bis er die Tür öffnete? Ich stand vor seiner Haustür unter dem Vordach, faltete den Regenschirm zusammen und klingelte zum zweiten Mal.

Endlich ging die Tür auf. »Tach, Fredi.« Wilfried stand vor mir, mit Karo-Pantoffeln und brauner Strickjacke.

»Tach«, sagte ich ebenfalls und lächelte. Nachdem sein Großneffe und ich uns ihm gegenüber so mies verhalten hatten, konnte ich ihm schwerlich vorwerfen, dass er mir die Tür zu langsam öffnete.

»Komm rein.«

»Hast du einen Schirmständer?«, fragte ich, während ich mich in der Eingangshalle suchend umsah.

Wilfried zuckte die Schultern. »Nö.«

»Nö? Und was machst du mit einem nassen Schirm?«

»Hab nie einen nassen Schirm. Ich mag den Regen und bin in dieser Hinsicht nicht so empfindlich.«

»Ja gut, aber wohin soll ich denn mit dem tropfenden Schirm?«

»Gib her«, meinte Wilfried ungeduldig und nahm mir den Schirm aus der Hand. Er öffnete die Haustür und stellte ihn in die Ecke. »So«, sagte er, »nachdem wir dieses Problem nun gelöst haben, gehen wir doch ins Wohnzimmer, Fredi.«

Er ging voran, und ich folgte ihm.

Als ich das Wohnzimmer betrat, zuckte ich zusammen. Vor Freude, Überraschung, Dankbarkeit ... Da saß Werner!

Er stand von der Couch auf und sah mich an. »Hallo, Rieke.«

»Hallo, Werner. Wie schön, dich zu sehen. Ich hab dich vermisst.« Es war, als ob ich mein Sprachzentrum nicht unter Kontrolle hatte. Die Worte kamen einfach aus mir heraus.

Werner sah mir in die Augen und lächelte. »Ich hab dich auch vermisst, aber ich dachte, dass es dir recht ist, wenn ich mich nicht mehr bei dir melde, und ...«

»Nein! Nein, das ist mir nicht recht.«

So standen wir da und sahen uns lächelnd an.

»Mensch, Kinder!«, hörten wir Wilfried plötzlich ausrufen. Irritiert blickten wir zu ihm hinüber.

»Da fällt mir doch glatt ein ...«, er schlug sich mit der flachen Hand leicht auf die Stirn, »ich hab ja einen wichtigen Termin. Ich glaub, ich muss los.« Im nächsten Moment war er auch schon im Flur, und wir hörten, wie er sich anzog. Werner und ich standen etwas verlegen herum, dann kam Wilfried noch mal herein und sagte: »Das wird wahrscheinlich die ganze Nacht dauern. Ein furchtbar wichtiges Gespräch mit ... meinem Notar ... Der hat leider nur nachts Zeit.« Er zuckte die Schultern. »Na ja, die Welt wird immer verrückter, nicht wahr? Ich komme nicht vor morgen Vormittag zurück. Lasst das Geschirr einfach stehen. Macht euch einen schönen Abend. Wiedersehen, ihr beiden.« Wilfried drehte sich um und ging.

Das fand ich einfach umwerfend von ihm. Wilfried war ein seltsamer Mann mit einem großen Herzen. Und ich hoffte, dass dieses Herz noch sehr lange schlagen würde.

Als die Tür hinter ihm zufiel, nahm Werner mein Gesicht in seine Hände und sagte: »Ich wünschte, ich hätte mich anders verhalten und dich besser verstanden. Das bereue ich so sehr, Rieke.«

»Es gibt nichts zu bereuen. Jeder versucht sein Bestes, und manchmal macht man dabei Fehler.« Dabei musste ich an meinen Vater und sein Geständnis denken.

Er küsste mich leicht auf den Mund, dann sagte er: »Wir haben uns verändert, Rieke. Das ist gut.«

»Wir haben *einander* verändert. Das ist noch viel besser.«

Das Essen wurde kalt. Wir gingen nach oben ins Gästezimmer und blieben dort die ganze Nacht. Als die Sonne aufging, sagte ich zu Werner: »Weißt du, dass ich letzte Woche zum ersten Mal in meinem Leben ausgesprochen habe, dass ich jemanden liebe?«

Er wandte den Kopf und sah mich enttäuscht an. »Oh. Und an wen waren deine Worte gerichtet?«

»An dich. Pierre hat mit mir geübt. Er war ziemlich hartnäckig und wollte, dass ich es ausspreche. Dann habe ich es gesagt, laut und deutlich: ›Ich liebe dich, Werner.‹ Und es hat sich so gut und so richtig angefühlt.«

»Das tue ich auch.«

»Du liebst dich auch?«

»Klar.« Er zwinkerte mir zu. »Aber auch dich liebe ich. Mehr als sonst jemanden. Und ich weiß, ich muss nicht erst ein Jahr mit dir zusammenleben, um das zu erkennen.«

»Wenn wir in der Schule schon zusammengekommen wären ... wäre das nicht toll gewesen?«

»Das wäre bescheuert gewesen. Außerdem warst du damals ziemlich schräg, mit deinen exzentrischen Klamotten. Ich fand dich ein bisschen seltsam.«

»Und du mit deinen ewigen Polohemden hast mir auch nicht gerade schlaflose Nächte beschert. Ist es nicht verrückt, dass wir uns nach dreißig Jahren über den Weg laufen und uns verlieben?«

»Total verrückt. Wir sollten die Geschichte ans Fernsehen verkaufen.« Er lächelte, dann erhob er sich und stützte sich mit dem Arm ab. Eine ganze Weile sah er mich schweigend an, dann fragte er: »Könntest du dir vorstellen, mich zu heiraten?«

»Könnte ich.«

»Würdest du es tun?«

»Ja.«

Er strich mir zärtlich übers Gesicht und küsste mich. Dann sagte er: »Das ist wundervoll.«

»Ja, das ist es wirklich.«

»Eigentlich wollte Wilfried dir heute noch etwas sagen, aber dann hatte er doch diesen dringlichen Nachttermin.«

Wir lachten kurz darüber.

»Was wollte er mir denn sagen?«

»Wilfried hat den neuen Laden für dich gekauft.«

Ich war wie erstarrt, dann lächelte ich, gerührt von so viel Großzügigkeit. »Ich weiß gar nicht, was ich sagen soll.«

»Sag, dass du glücklich bist, hier zu sein.«

Ich sah Werner an, dann legte ich meine Hand in seine. »Es gibt viele schlimme Geschichten, unsere und fremde, aber es gibt auch wunderschöne Geschichten, und das mit uns ist so eine wunderschöne Geschichte.«

Werner zog mich zu sich heran, umarmte mich und sagte: »Ich habe dich wirklich im *Jean-Luc* gesehen, war mir aber nicht sicher und fragte mich, ob ich hinausgehen sollte und sagen: ›Rieke? Bist du das?‹ Deshalb habe ich das damals vorgeschlagen, weil es wirklich so war.«

»Warum bist du nicht rausgekommen und hast es gesagt?«

»Ich war mir sicher, du hättest keinerlei Erinnerung mehr an mich.« Dann lächelte er. »Dabei bin ich doch der Junge mit dem Taschentuch.«

»Ach, Werner. Letztendlich ist es egal. Wir haben uns trotzdem gefunden.«

Erleichtert sah er mich an. »Ja, das haben wir. Du bist das Beste, was mir je passiert ist.«

SECHS MONATE SPÄTER

Mein Leben veränderte sich vollkommen. Darüber war ich glücklich. Das heißt nicht, dass mein Leben bis dahin schlecht gewesen war. Ich hatte es bis dahin als gut empfunden, wusste aber nicht um den Reichtum, der einem zufällt, wenn man offen dafür ist, andere Menschen in sein Leben zu lassen – mit allen eventuellen Konsequenzen. Wenn man die Furcht ausschaltet und seine Gefühle zulässt.

Pierre kam doch zu Petra Wittners Hochzeit – und wir gingen als Pärchen hin. Ich besuchte ihn in Berlin und lernte endlich Bernd kennen. Wir fanden uns okay, mehr aber auch nicht. Interessant, dass wir beide Pierre gern hatten und er uns, dass aber Bernd und ich uns nur geradeso akzeptierten und zwischen uns weit und breit keinerlei Schwingung zu erkennen war. Aber das machte nichts, Hauptsache, Pierre war glücklich – und das war er. Als wir in einem Berliner Restaurant saßen, erzählte er mir, dass er, als er sich die CD angehört habe, die ich ihm vor seinem Abflug gegeben hatte, beinahe geheult hätte. »Ich hab's mir dreimal hintereinander angehört, Riekchen, und das sind wir beide, eins zu eins.«

Wir telefonierten einmal pro Woche und schickten uns alle paar Tage eine Mail.

Mein Vater und Lucinda heirateten im Februar. Sie zog zu ihm. Unsere Sonntagsessen gab es nicht mehr. Zumindest nicht das feste Ritual, das damit verbunden war. Dinge verändern sich, aber das ist nicht schlimm. Er hatte jetzt Lucinda – und ich hatte Werner.

Werner und ich heirateten im März, fünf Wochen nach meinem Vater und Lucinda. Wie versprochen wurde Pierre mein Trauzeuge. Ich heiße nun Frederieke Diesel-Mielke, was mein Vater mit den Worten »neumodischer Krimskrams!« kommentierte. Es war eine große Hochzeit mit neunzig Leuten. Wilfried wollte es so. Er bestand darauf, die Hochzeit zu bezahlen, und schenkte uns eine einwöchige Hochzeitsreise nach Rom. Claudia passte derweil auf meinen neuen Laden auf. Sie war eine wahre Perle. Nein, Pierre konnte sie nicht ersetzen, aber sie war eben nicht Pierre, sondern Claudia. Die Stammkundinnen schlossen sie bald ins Herz. Der neue Laden, den Wilfried mir gekauft hatte, rief tagtäglich Glücksgefühle bei mir hervor. Ich konnte mich an der Inneneinrichtung wochenlang nicht sattsehen und bekam viele Komplimente dafür. Und ich verkaufte jetzt auch Isabellas Modeschmuck. Sie war überglücklich, auch wenn sie von den Einnahmen nicht hätte leben können, aber das musste sie zum Glück nicht.

Neue Freundschaften stellten sich in meinem Leben ein: Isabella, Jessica und Jupp mit seiner Freundin Camilla. Jupp hatte Werner die Postkarte aus New York geschickt, und als ich ihn und Camilla kennenlernte, war es Freundschaft auf den ersten Blick.

Saskia war mit ihrem Singledasein ausgesprochen zufrieden, wie sie sich ausdrückte. Fürs Erste wollte sie allein bleiben, und sie sagte, dass sie es jetzt erst einmal richtig genieße.

Werner und ich. Manchmal wachte ich morgens auf und erschrak. War alles nur ein Traum gewesen? Aber in der nächsten Sekunde entspannte ich mich. Nein, es war kein Traum. Es war das Leben und die Liebe mit all ihren Facetten.

Die Woche in Rom, in der wir jede Sekunde miteinander verbrachten, zeigte mir umso mehr, wie sehr wir füreinander bestimmt waren. Werner hörte zu, wirklich zu, wenn ich etwas erzählte. Und manchmal erzählte ich viel und befürchtete, es könnte ihm zu viel werden. Über mein altes Leben. So nannte ich es. Aber dann spürte ich irgendwann ganz plötzlich, dass es nichts mehr darüber zu sagen gab. Ich schloss diese Zeit ab. Ich warf sie nicht einfach weg, sondern legte die Erinnerungen in eine Schatzkiste, schloss den Deckel und strich behutsam darüber. Ich konnte den Deckel jederzeit öffnen und darin stöbern, wenn ich wollte.

Barbara, Wilfrieds Haushaltshilfe, rief mich Ende April auf dem Handy in der Arbeit an, weil Werner nicht erreichbar war und sie den Namen des Restaurants vergessen hatte, in dem er arbeitete. Sie sagte mir, dass Wilfried einen Herzanfall gehabt habe und im Krankenhaus sei. Ich ließ alles stehen und liegen, und Claudia blieb allein im Laden zurück. Von unterwegs rief ich Werner in der Arbeit an, und er sagte, er käme ins Krankenhaus, sobald er könne.

Als ich aufgelöst am Empfang des Krankenhauses erschien und man mir die Zimmernummer mitteilte, fand ich vor Sorge und Verwirrung das Zimmer nicht. Schließlich war mir eine Krankenschwester behilflich und brachte mich zu Wilfried. Da lag er, angeschlossen an irgendwelche Maschinen. Als er mich näher kommen sah, lächelte er und wirkte für einen kurzen Moment richtig glücklich. Ich zog meine Jacke aus, warf die Handtasche auf einen Stuhl und beugte mich über ihn.

»Fredi«, flüsterte er kraftlos. »Ich glaub, ich schaff's nicht.«

Ich streichelte ihm übers Gesicht. All die Kraft, die mir in diesem Augenblick zur Verfügung stand, legte ich in meine Stimme und sagte: »Unsinn, Wilfried. Du bist hart wie Stahl. Es ist ein wunderschöner Frühlingstag, und man stirbt nicht an wunderschönen Frühlingstagen. Wir haben noch viel vor. Denk nur an das Blumenbeet, das du vergrößern willst. Das muss getan werden – und du weißt, dass Werner und ich das nicht hinkriegen.«

Seine Augen wurden glasig, und seine Lippen zitterten. »Weißt du, was mich glücklich macht, Fredi?«

Ich schob meinen Arm unter seinen Nacken und mit meiner anderen Hand umfasste ich seine Brust, sodass ich ihn umarmen konnte. »Was denn, Wilfried?«

»Ohne mich hättet ihr, Werner und du, nicht zueinandergefunden, nicht wahr?«

Ich nickte. »Das stimmt. Das haben wir dir zu verdanken.«

»Das ist ein gutes Gefühl.«

»Ja, Wilfried.«

Ein paar Sekunden starrte er vor sich hin, dann schloss er die Augen, und sein Kopf sackte weg.

Wilfried starb in meinen Armen.

Dieses Erlebnis warf mich völlig um, so sehr, dass mir

die Kraft zum Weinen fehlte. Aber irgendwann war ich froh darum. Dass Wilfried nicht allein in einem anonymen Krankenzimmer gestorben war, sondern in den Armen eines Menschen, der ihn liebte.

Wilfried und Isabella hatten mich eines gelehrt, und das war Vergebung. Bei Isabella war ich diejenige, die ihr nichts mehr nachtrug; und bei Wilfried war ich glücklich darüber, dass er uns vergeben hatte, ohne dass wir ihn dafür anbetteln mussten. Ich denke, er sah in Werner und mir auch die guten Seiten und das Bedauern. Vielleicht hatte er auch die Größe, es nicht persönlich zu nehmen, da wir ihn bis dahin nicht gekannt hatten.

Ein paar Wochen nach Wilfrieds Tod zogen Werner und ich in das Haus in Ebersberg. Barbara arbeitete natürlich nicht weiter für uns, denn sie war im Rentenalter und hatte anderthalb Millionen geerbt. Aber wir stellten eine nette Haushaltshilfe ein, die zweimal pro Woche kam. So ein Haus machte viel Arbeit, und unsere Freizeit war uns wichtiger.

Ich sortierte Wilfrieds persönliche Dinge aus, und dabei stieß ich auf das Buch *Mein Leben*, das ich ihm bei meinem ersten Besuch mitgebracht hatte. Wilfried hatte es komplett ausgefüllt, mit Fotos und persönlichen Kommentaren. Ich betrachtete die Fotos von Christa und Ingrid, seinen zwei Liebesbeziehungen. Unter Christas Foto hatte er geschrieben: »Das liebste Mädchen auf Gottes Erde.« Unter Ingrids Bild stand: »Viel zu früh von mir gegangen, mein Engel.« Auf der letzten Seite war das Hochzeitsfoto von Werner und mir. Darunter stand: »Am Ende habe ich so etwas wie eine kleine Familie bekommen: Werner und Fredi.«

Das Buch steht auf der obersten Sprosse meines Bücherregals bei meinen Lieblingsbüchern.

Wenn ich von der Arbeit nach Hause komme und müde bin, dann schließe ich die Tür auf, und alles ist gut. Seppi läuft mir entgegen und will hochgenommen werden. Er ist viel im Garten und fühlt sich auf dem Land offenbar pudelwohl, aber sein Lieblingsplatz ist seltsamerweise auf dem Ohrensessel von Wilfried, und davor steht sein Treppchen.

Wenn Werner in der Arbeit ist, dann verbringe ich meine Abende so ähnlich wie zuvor in meiner Wohnung. Und an den Tagen, an denen Werner zu Hause ist, kommt er mit einem Geschirrtuch um die Hüften aus der Küche, küsst mich und sagt: »Rieke, Liebling, das Essen ist fertig.«

DANK

Ich danke meinem Agenten Harry Olechnowitz für konstruktive Vorschläge und für sein Engagement, dem gesamten Team des DIANA Verlags danke ich vielmals für die großartige Zusammenarbeit und die fortwährende Unterstützung. Es ist eine Freude, mit DIANA Bücher zu entwickeln. Meiner Lektorin Carolin Klemenz bin ich dankbar für die richtige Mischung aus Begeisterung und kritischem Blick aufs Manuskript. Herzlich bedanke ich mich auch bei Julia Jerosch, Anna Kalb, Helga Schörnig und nicht zuletzt natürlich bei Britta Hansen und Ulrich Genzler! Danke auch an Uta Rupprecht für die gründliche Durchsicht des Manuskripts.

Auch wenn er diese Danksagung nie lesen wird, danke ich Karl Lagerfeld (und selbst wenn er davon erfahren würde, sehe ich es vor mir: Er wedelt mit dem Fächer vor dem Gesicht und sagt so etwas wie »Ich kenne diese Frau nicht. Wer soll das sein …« Das macht nichts, Karl, schon okay …) Ich danke ihm deshalb, weil er ein exzentrisches Genie mit Unterhaltungswert ist. Manche seiner Zitate werden bleiben, und mein Lieblingszitat ist: »Klein zu sein empfand ich als die größte Zeitverschwendung in meinem Leben.« Was wäre die Modewelt ohne ihn? Unvorstellbar …

Und wie immer: meiner Familie, deren Liebe und Unterstützung mich zur glücklichen Autorin machen.